KB261887

편 작

扁 鵲

지은이 / 이풍원

머리말

동한(東漢)시대 장중경(張仲景)이 집안 일족 200여 명의 과반수가 급성 감염병인 상한(傷寒)으로 죽자, 그는 치료법을 연구하여 의서(醫書)《상한잡병론》을 저술함으로써 한의학은 꽃을 피우게 되었고, 한나라의 의학이라는 한의(漢醫)와 한방(漢方)이라는 말이 생겨났다. 그러자 백성들은 장중경을 의성(醫聖)으로 칭송했다.

한의(漢醫)는 중국의 문화혁명 이후로 중의(中醫)로 바뀌고, 대한민국에서는 한의(韓醫)라고 부르기 시작하였다. 한나라 이전에는 편작이 제나라 때 노나라 지역 사람이기에 제노(齊魯) 의학으로 불렸다.

화타와 더불어 최고의 명의로 칭송받는 인물 편작은 의술이 뛰어났기에 명의의 상징으로 남아, 병이 위중한 상태를 가리켜 "편작이 여럿 와도 못 고친다."라는 비유를 할 정도로 명의를 뛰어넘어 신의(神醫)로 칭송되었다. 이런 편작의 발자취를 찾아 2400년 전으로 거슬러 올라가 제자들과 방방곡곡을 두루 다니며 치료한 이야기를 이 책에 담았다.

편작의 의학 경험과 기술은 후대에 큰 영향을 미쳤고, 그의 의학이론의 결정체인 《황제팔십일난경(黃帝八十一難經)》이라는 귀중한 의학책은 어려운 문제 해결 답안이란 뜻인 「81난경」으로 1~22난(難)은 맥(脈), 23~29난은 경락(經絡), 30~40난은 장부(臟腑), 48~61난은 질병(疾病), 69~81난은 침법(針法)에 대하여 간단하면서도 자세히 서술한 의학의 경전이다.

서양의학에서는 아랍 명의인 이븐시나(Avicenna 980~1037년)는 그의 저서 《의학전범(醫學典範)》에 최초로 맥에 대해서 소개하였는데, 이미 기원전 편작의 맥에 대한 연구로 내려오다가 282년 서진(西晉)시대에 왕숙화(王叔和)는 그의 저서 《맥경(脈經)》에서 요골동맥에서 맥을 측정하여 24가지의 맥(脈)의 종류를 파악하는 방법을 기술하였는데, 이는 기원전 400여 년 전 편작의 절맥(切脈)하는 방법에서 전해 내려오게 된 것이다.

필자는 35여 년 전 Los Angeles 한의과대학인 동국 한의대 (DULA), Emperor(黃帝) 한의대, Samra 한의대 3개 대학에서 한의학개론, 경혈생리학, 본초학, 방제학, 혈위학 등을 강의로 12개 경락과 임맥, 독맥의 경혈자리 명칭을 순서대로 외우기 쉽게 경혈가(經穴歌)를 학생들에게 가르쳤다.

최근 박성빈 한의사와 대화 중 필자가 가르친 경혈가가 미국에서 한국으로 건너와 구전으로 소개되어 그 경혈가로 공부했다는 말에 경탄했다. 거의 35여 년 동안 구전으로 미국에서 한국으로 전해 내려왔기 때문이다. 그러나 편작이 제자들에게 절맥(切脈)을 가르쳤는데 2400여 년이 지난 지금의 한의사들이 똑같이 배우고 있다는 것이 편작의 놀라운 업적으로 찬사를 보낸다.

편작이 의술을 펼친 제남(濟南)에서 진(秦)나라 때 수도인 장안(長安 : 지금의 西安)까지 기차여행을 한 적이 있다. 직선거리가 약 900km이지만 편작은 제자들과 걸어서 산을 넘고, 강을 건너 주변 여러 국가와 도시들을 거쳐서 머나먼 길을 의술 치료에 전심을 기울였던 편작의 고귀한 발걸음이 한의학 발전을 가져왔던 것이다.

중국의 소문난 샘인 박돌천(趵突泉)을 가보았다. 남쪽으로 천불산(千佛山), 북쪽으로는 대명호(大明湖)와 오룡담(五龍潭)을 바라보며, 제남(濟南) 지역 72개 이름난 샘 가운데서도 으뜸인 박돌천의 박(趵)은 '발로 차는 소리'로 '솟구치다'는 뜻으로 건륭(乾隆)황제가 강남을 순시하러 행차 때 이곳 샘물을 마셔보고 '천하제일천(天下第一泉)'이라는 명칭을 하사했다고 한다. 바로 이곳에서도 편작이 약초를 채집하였다.

여기에는 한의학 실전에 쓰이는 처방과 맥진(脈診)과 포제법을 자세히 기술하여 한의학 전공하시는 분이나 관심 있는 분

에게 도움이 되고 본초, 방제와 침구치료에도 유용하게 사용할
수 있다.

필자가 《편작》을 집필할 때 자료 수집에 도움을 준 중국 웨이하이(威海)의 린린(琳琳)과 전 건국대학 총장 전병태 교수, 집필할 때 사용하라고 노트북을 건네준 이성구 동문, 집필할 때 간식을 늘 준비해 준 이상원 동문, 한 달 동안 미국 Atlanta에 머물며 편집 구상을 하고, Elvis Presley 생가가 있는 Memphis와 Disney World가 있는 Orlando, Miami, 미국 최남단 Key West를 같이 동행한 정구봉 동문에게 이 책을 집필하는 데 활력을 주어 감사드린다.

저자 이풍원

목 차

제 1장. 畢生爲醫(필생위의)　　　　　7

제 2장. 從師學醫(종사학의)　　　　　28

제 3장. 懸壺濟世(현호제세)　　　　　92

제 4장. 妙手回春(묘수회춘)　　　　　133

제 5장. 怒斥弟子(노척제자)　　　　　185

제 6장. 製丹得效(제단득효)　　　　　192

제 7장. 起死回生(기사회생)　　　　　227

제 8장. 人外有人(인외유인)　　　　　265

제 9장. 判因換心(판인환심)　　　　　306

제10장. 諱疾忌醫(휘질기의)　　　　　324

제11장. 名揚四方(명양사방)　　　　　351

제12장. 扁氏三絕(편씨삼절)　　　　　366

제13장. 伯牙絕絃(백아절현)　　　　　385

제14장. 專治兒疾(전치아질)　　　　　409

제15장. 險象橫生(험상횡생)　　　　　431

제16장. 啓迪後人(계적후인)　　　　　445

제1장. 畢生爲醫(일생을 의학을 위해)

편작의 고향 제나라 노읍(盧邑)은 유구한 역사를 가지고 있다. 서주(西周) 초기에 강자아[1](姜子牙)는 학구열에 심취하여 70세까지 관직에는 나아가지 않고 공부만 하다 보니, 부인은 뒷바라지에 견디지 못할 지경이었다.

집안에 식량이 떨어진 강자아는 위수 가에서 낚시를 하였다. 주(周)나라 문왕(文王)이 사냥을 나갔는데, 그날따라 한 마리의 짐승도 못 잡고 발길을 돌려야 했다. 실망한 문왕이 강가를 지나다 한 노인이 낚시를 하고 있는 것을 보았다. 문왕이 노인에게 말을 건넸다.

"낚시를 즐겨 하시나 봅니다."

그러자 노인이 대답하였다.

"일을 함에 있어 군자는 뜻을 얻음을 즐기고, 소인은 이익을

---

[1] 흔히 강태공으로 알려진 그는 서주(西周) 초기의 공신으로 성은 강(姜), 이름은 상(尙) 또는 망(望), 자는 자아(子牙), 단호아(單呼牙), 호는 비웅(飛熊)이라 했다. 이름과 자를 따서 강상, 강자아라 부르기도 하고, 그 선조가 우(禹)임금을 도와 치수에서 큰 공을 세워 여(呂)라는 땅에서 책봉되었기 때문에 여상이라 부르기도 한다.

얻음을 즐깁니다. 낚시질하는 것도 이와 비슷하며 지금 저는 고기를 낚고 있는 것이 아닙니다.”

한눈에 비범한 사람임을 알아챈 문왕이 다시 물었다.

“그렇다면 지금 낚시질이 정치와 어떤 연관이 있는지 말해 줄 수 있소?”

노인이 다시 답했다.

“낚시에는 세 가지의 심오한 이치가 숨어 있습니다. 첫째는 미끼로써 고기를 낚는 것인데, 이는 녹을 주어 인재를 취하는 것과 같은 이치입니다. 둘째는 좋은 미끼로써 물고기를 낚을 수 있듯이, 인재에게 녹(祿)을 많이 주면 줄수록 자신의 목숨을 아끼지 않는 충성스런 신하가 나오는 이치와 같습니다. 마지막으로 물고기는 크기와 종류에 따라 요리법이 다르듯, 인재의 성품과 됨됨이에 따라 벼슬을 달리 맡기는 이치와 같습니다.”

서백창은 강태공의 말에 다시 물었다.

“어떻게 하면 천하 만백성의 민심을 얻을 수 있겠습니까?”

강태공은 서백창을 보며 말했다.

“천하는 군주 한 사람의 천하가 아니라 천하 만민의 천하입니다. 천하의 이익을 백성들과 함께 나누려는 마음을 가진 군주는 천하를 얻을 수 있고, 이와 반대로 천하의 이익을 자기 혼자 독점하려는 자는 반드시 천하를 잃게 됩니다. 하늘에는 춘하추동

강자아(강태공)

4계절이 있어 음과 양이 순환하고, 그로 말미암아 대지에는 생산이 이루어져 재물과 보화가 있게 됩니다.

이 하늘의 시(時)와 땅의 재(財)를 백성들과 함께 누리는 것을 인(仁)이라고 합니다. 사람들은 인(仁)이 있는 곳에 모이게 마련인지라 어진 사람이 정치를 하면 그 덕이 저절로 나타나 어렵지 않게 천하의 민심도 얻을 것입니다. 죽을 처지에 놓인 사람을 건져주고, 재난을 당한 사람을 도와주며, 사람을 환난에서 구제해 주고, 위급한 사람을 구원해 주는 것은 덕(德)입니다. 천하 인심은 덕이 있는 곳에 돌아가는 것입니다. 많은 사람들과 시름을 같이 하고, 많은 백성들과 즐거움을 같이 하며, 그들이 좋아하는 것을 같이 좋아하고, 그들이 싫어하는 것을 함께 꺼리면 이것은 의(義)입니다. 천하의 인심은 의가 있는 곳으로 쏠리게 됩니다. 본래 사람은 죽는 것을 싫어하고 살기를 좋아하며, 덕을 좋아하고 이득을 따릅니다. 그러므로 사람을 살리며 그들에게 이익을 돌려주는 데 힘쓰는 것을 도(道)라고 합니다. 천하의 인심은 도가 있는 곳으로 귀의하는 것입니다.”

문왕과 무왕의 주(周)나라가 강력했던 상나라를 멸망시키는 데 결정적인 기여를 한 인물이 바로 강태공(姜太公)이다. 흔히 낚시꾼의 대명사로 알려져 있는데, 바로 문왕에게 인재로 등용되기 위해 위수에 있는 반계(磻溪)라는 곳에서 날마다 미끼 없는 곧은 낚시질을 하였다.

때를 기다리며 낚시질을 했다고 하여 강태공(姜太公)이라고 불렀다. 고대 중국에서는 왕조란 ‘천명에 의해 일어나는 것’이라 했는데 천명(命)이 바뀌는(革)것이 혁명이고, 대개의 경우 임금의 가문이 바뀌기 때문에 새 왕조는 전 왕조와 다른 성(姓)을 갖게 되는 역성혁명(易姓革命)이다. 성공하고 개선하는 강자아 앞에 오래 전에 가출했던 그의 아내가 돌아와 받아달라고 청했는데, 그는 그릇에 담긴 물을 바닥에 쏟은 후 "엎어진 물은 되돌릴 수 없다(覆水不反盆)"고 했다.

그의 나이 72세 처음 문왕을 만났으며, 문왕은 그를 태공망(太公望)이라 칭하며 국사(國士)로 봉했다. 강가에서 낚시하던 그가 강자아 여상(呂尙)으로 후에 주무왕(周武王)을 보좌하여 상(商)나라를 멸한 공로로 영구(營丘)라는 국호를 제(齊)로 사칭(史稱)은 '강제(姜齊)2)'였다. 영구는 지금 산동 임치(臨淄) 일대이다.

이리하여 동방에 웅거한 대국 제(齊)나라의 역사가 시작되었다. BC 685년 춘추시대 제(齊)나라에 관중(管仲)과 포숙(鮑叔)이라는 두 인물이 있었다. 당시 제나라는 폭군 양공(襄公)으로 인해 혼란에 빠져 있었다. 결국 공자 규(糾)는 관중과 함께 노나라로 망명했고, 규의 동생인 소백(小白)은 포숙과 함께 거나라로 망명했다.

이후 양공이 권력 쟁탈 끝에 살해되고 나라는 혼란이 계속

---

2) 주(周) 문왕(文王)과 무왕(武王)을 도와 상(商)을 멸하는 데 큰 공을 세운 태공망(太公望) 강상(姜尙)이 영구(營丘 : 山東省)에 책봉된 데서 비롯되었다. 후일 도읍을 임치(臨淄)로 옮겼는데, 환공(桓公) 때 명재상 관중(管仲)의 보좌를 받아서 동방의 부강국이 되어 춘추시대 최초의 패자(覇者)가 되었다.

되어 군주의 자리가 비게 되었다. 그러자 두 공자는 서로 왕위에 오르기 위해 서둘러 귀국길에 올랐다.

이에 규는 관중을 보내 귀국길에 오른 소백을 암살하고 느긋하게 귀국길에 올랐다. 그러나 소백은 천만다행으로 관중이 쏜 화살이 허리띠에 맞아 목숨을 구했고 부랴부랴 귀국해 군주의 자리를 차지하였다.

결국 소백에게 잡힌 규는 자결하였고 관중은 사형 집행을 눈앞에 두었다. 이때 포숙이 나서서 소백에게 말했다.

"전하, 전하께서 제나라에 만족하신다면 신으로 충분할 것입니다. 그러나 천하의 패자가 되고자 하신다면 관중 외에는 인물이 없을 것입니다. 부디 그를 등용하십시오."

결국 관중은 자신이 죽이려던 자 휘하에서 재상이 되었고, 이후 명재상 관중의 보좌를 받은 소백은 제환공에 올라 춘추오패 가운데 한 사람이 되었다.

그 후 관중은 사람들에게 말했습니다.

"일찍이 내가 가난할 때 포숙과 함께 장사를 했는데, 이익을 나눌 때 나는 내 몫을 더 크게 했다. 그러나 포숙은 나를 욕심쟁이라고 말하지 않았다. 내가 가난함을 알고 있었기 때문이다. 또한 내가 사업을 하다가 실패하였으나, 포숙은 나를 어리석다고 말하지 않았다. 세상 흐름에 따라 이로울 수도 있고 그렇지 않을 수도 있음을 알았기 때문이다. 내가 세 번 벼슬길에 나아갔다가 번번이 쫓겨났으나 포숙은 나를 무능하다고 말하지 않았다. 내가 시대를 만나지 못했음을 알았기 때문이다. 내가 싸움터에 나가 세 번 모두 패하고 도망쳤지만 포숙은 나를 겁쟁이라고 비웃지 않았다. 내게 늙으신 어머니가 계심을 알았기 때문이다. 나를 낳은 이는 부모님이지만 나를 알아준 이는 포숙이다(生我者父母 知我者鮑叔兒也)."

관중과 포숙의 두터운 우정을 말하는 관포지교(管鮑之交)는 무엇을 해도 허물없이 받아들이는 친구 사이의 아름다운 우정을 말한다.

공자 소백(小伯)을 옹립하여 군위, 즉 제환공(齊桓公)에 오르면서 정치의 샛별이 춘추 무대에 떠오르게 되었다. 제환공은 고혜에게 고마움을 느껴 노읍(盧邑) 땅을 고혜에게 주었다. 이 때부터 노읍은 자기의 역사를 쓰기 시작하였다.

노읍(盧邑)은 원래 노(盧)나라로 춘추(春秋)시대 제나라의 중요한 큰 성읍으로 지금의 제남시(濟南市), 장청구(長淸區) 서남쪽으로 18km 정도 떨어진 곳에 있었다. 노읍은 부지 면적이 4㎢에 가까우며 성곽이 견고하여 번창하였다.

노읍은 산과 물을 끼고 살기 좋은 곳으로, 북쪽으로 펼쳐진 제하(齊河)와 남쪽으로 끝없이 펼쳐진 대청하(大淸河)와 인접하여 주변에 구릉으로 둘러싸고 있다. 노읍은 교통의 요지로 춘추 전국시대의 일부 전쟁이 이곳에서 일어났다.

2천 4백여 년 전 역사는 춘추(春秋)에서 전국(戰國)으로 들어가고 있었다. 중국 고대 역사상 가장 격렬한 변혁의 시대이기도 했다. 대국이 소국을 침략하여 다음으로 중원을 쟁탈하였다. 그리고 살아남은 작은 나라들이 큰 나라들 사이에 끼여 어렵게 생존을 모색하고 있었다.

그러나 그 당시에도 여전히 많은 제후국이 분포하고 있었다. 이렇게 긴장된 형세 속에서 중국은 첫번째, 대 발전 시기를 맞

제선왕

이하였고 수많은 걸출한 인물들이 배출되었다.

전제(田齊)시대 제선왕(齊宣王)은 개방과 포용의 정신으로 학사(學士)를 널리 받아들였다. 당시 명성이 자자했던 인물들, 예컨대 추연(鄒衍)·전변(田騈)·신도(愼到)·환연(環淵) 등이 나라 도읍인 임치(臨淄)에 모여들었다.

학자들이 모여 제나라는 전국시대의 학술 요충지이자 문화 중심지가 되었다. 추연과 전변, 신도, 환연 등은 모두 황제(黃帝)와 노자(老子)의 학술인 황노지술(黃老之術)을 배웠고 이들의 학문 전파는 제나라의 의학 발전을 촉진시켰다.

사실 제노(齊盧) 선민(先民)들은 일찍부터 많은 선진(先進) 지식을 습득했다. 《사기》에는 연제(燕齊)의 땅에 방기(方技)의 전통이 있다고 기록되어 있으며 사람들은 생명의 오묘함에 대해 호기심을 가지고 장수하고 불로장생의 비법을 끊임없이 연구하고 있었다.

불로장생의 염원은 허황된 것이지만, 수명연장에 대한 이들의 시도와 노력은 급기야는 의학의 발전을 이끌었다.

제노(齊魯)는 예부터 훌륭한 의원들을 배출했으며, 이는 제(齊)나라의 문화적 추앙과 밀접한 관련이 있었다. 청나라 때 태의원의 선의묘(先醫廟)에 역사상 뛰어난 공헌을 한 10명의 의원 가운데 산동(山東) 출신으로 이윤(伊尹), 진월인(秦越人), 순

순우의

우의(淳于意), 왕숙화(王叔和), 전을(錢乙)이 있었다.

제노(齊魯)의학은 한의학 발전에 뛰어난 공훈이 있으며 한의학의 중요한 구성 부분이다.

BC 475~227년 무렵은 중국은 한창 봉화(烽火)가 하늘로 치솟는 전국(戰國) 시기이다. 그 무렵 크고 작은 나라로 나뉘어져 있었는데 여러 나라들 사이에 세력 확충을 위한 국토 쟁탈전이 치열하였다.

대부분 백성들은 농노(農奴) 제도의 압박에서 벗어났지만, 연이은 전화(戰火)와 과중한 노동 그리고 지배층의 가렴주구(苛斂誅求)로 백성들의 생활은 빈곤과 질병에 시달렸다.

양주(楊朱)는 전국시대 초기 사상가이다. 자(字)는 자거(子居), 위(衛)나라 사람이다. 개인주의 사상인 위아설(爲我說)을 설파하였고, 묵적(墨翟)과 아울러 그 사람의 설이 천하에 가득 차 있었다고 한다. 《맹자》에 기록되어 있는 것으로 보아 기원전 4세기에서 3세기에 걸쳐 그 학설이 유행했었다.

양주의 학설은 《맹자(孟子)》, 《열자(列子)》, 《한비자(韓非子)》, 《여씨춘추(呂氏春秋)》, 《회남자(淮南子)》에 보인다. 양주는 하나의 생명이야말로 가장 귀중하다고 생각하여 생활의 일체는 이 하나의 생명을 기르고자 존재한다고 주장한다.

생명의 주체는 '나(我)'다. 그 '나'를 소중하게 하는 바로 그것이 중요하다고 주장한다. 노자(老子)는 무아(無我)를 말하여 무아 속에 개인의 존속을 도모하려고 하였으나 양주는 무엇이든 나를 위해서만 해야 한다는 위아설(爲我設)을 주장하였다.

그것은 극단인 개인주의이기도 하였으므로 묵자(墨子)가 말하는 '겸애'의 생각과 상이해 대비된다. 양주의 이 주장은 한 마디로 '전성보진(全性保眞)'의 설이라고 평가받는다.

이런 학설인 양주지학(楊朱之學)과 인(仁)으로써 모든 도덕을 일관하는 최고 이념을 삼아 수신(修身)·제가(齊家)·치국(治國)·평천하(平天下)를 이룩함을 목표로 하는 일종의 윤리·정치학으로, 공자가 체계화한 사상인 유학(儒學)과 묵가(墨家)는 춘추전국시대에 존재하였던 제자백가의 한 학파로 묵자(墨子 : BC 470~391)를 시조로 하며 전국시대에 활약하다가 진시황의 통일 이후 홀연히 사라졌다. 춘추전국시대의 제자백가 가운데 주요 네 철학 학파(유가·묵가·도가·법가) 중 하나였다.

묵자는 겸애설(兼愛說)을 가르쳤다. 겸애는 조건 없이 사람들을 사랑하고 서로 이롭게 하는 것이다. 하늘의 뜻이 바로 겸애이고 하느님은 겸애의 화신이다. 또한 묵자는 서로를 이롭게 한다(交相利)는 시각에서 근면한 노동으로 물자를 생산할 것과 절용(節用 : 쓰임과 절약, 검약) 등을 주장했다.

또한 유명한 사상으로는, 인재 등용론인 상현(尙賢)과 공격 전쟁 반대인 비공(非攻) 등의 사상이 있다. 또한 묵자는 체험을 근본으로 하여 사물의 본질을 추론하는 논리적 사고를 하는 묵학(墨學)이 있다.

진월인의 아버지는 성실한 시골 사람으로 생활이 그리 넉넉하지 못한 촌의(村醫)였다. 그의 이름은 진불위(秦不韋)로 진(秦)나라 사람이고 진월인의 어머니는 월(越)나라 사람이다.

그는 아들 진월인에게 사물에 대하여 그것을 식별하는 기술과 그 사물이 어떻게 사용되고 작용하는지, 또는 사물의 특성을 알려주었다. 진월인은 어릴 때부터 선천적인 재능이 돋보였다. 유(儒)·묵(墨)·양주지학(楊朱之學)에 별로 관심이 없는 듯하나, 오히려 꽃과 나무들에 유난히 빠져 유심히 관찰하였다.

어린 진월인은 꽃, 새, 벌레, 물고기……등등 한 번만 가르쳐주면 기억해 냈다.

이름뿐만 아니라 특성까지도 파악하여 주변의 모든 물질, 사물들을 파악하였다. 이런 아버지의 교육 방법은 쉽게 자연을 접할 수 있게 되었고, 자연에서 나오는 모든 산물(産物)이 귀중하다는 것도 알게 되었다.

아버지 진불위는 촌의(村醫)이기에 쉽게 식물들을 구별하여 주위 사람들에게 그것으로 치료하였다. 진월인은 늘 아버지 곁에서 아버지가 약초를 가지고 환자들을 치료하는 것을 보았다.

"의원님, 감기에 걸린 것 같아요."

"증상이 어떻습니까?"

"머리가 아프고, 가래가 나오고, 더부룩하고, 열이 나고, 사지(四肢)가 힘이 없고 춥습니다."

"귤껍질 말린 것, 생강과 마늘, 파뿌리를 넣어서 끓여 먹도록 하시오."

"감사합니다."

사물에 대한 관찰력이 남다른 어린 월인이 물었다.

"아버지 귤껍질은 왜 쓰나요?"

"귤껍질은 진피(陳皮)로 비위(脾胃)에 기체(氣滯)가 생겨서 오는 완복창만(脘腹脹滿)과 트림, 구토에 쓰이며 감기 증상 등에 사용하지."

"그럼 파뿌리는요?"

"파뿌리는 총백(蔥白)이라 하여 매운맛(辛)과 따뜻한(溫) 성미(性味)가 있어 피부의 감기 기운을 땀을 나게(發汗解表) 하기에 감기에 좋단다."

월인은 궁금한 것이 있으면 하나라도 놓칠세라 계속 묻고 또 물었다.

"생강과 마늘은요?"

"생강은 성질이 맵고(辛), 미온(微溫)하며, 속을 따뜻하게(溫中) 해주며, 구토를 막아주고, 폐(肺)를 따스하게 하며, 해수(咳嗽)를 멎게 한단다. 마늘은 대산(大蒜)이라고 하는데, 성미는 맵고(辛), 따뜻하며(溫) 감기 예방과 면역강화에 탁월하단다. 특히 이질, 설사에도 좋고 오래된 기침에도 좋은 효과를 가져오지."

옆에서 월인은 아버지의 치료하는 것을 보고 자랐다. 특히 약초에 대해 관심이 많았다. 이런 월인에 대해 아버지는 기대가 컸으며 더한층 사랑스러웠다.

편작(扁鵲), 즉 진월인은 BC 4세기 중국의 위대한 의학자이다. 그는 지금의 산동성(山東省) 제남시(濟南市) 장청구(長淸區) 귀덕진(歸德鎭) 노성와(盧城窪)에서 태어났다.

편작(진월인)

2400여 년 전 춘추전국시대에 제(齊)나라 강역(疆域)에 속하였는데, 이때는 노읍(盧邑)이라 하였다. 의학사에서 이 작은 도시는 위대한 의학자 진월인의 탄생으로 유명하다.

진월인의 본관에 대해서는 하북(河北) 임구(任丘)에 있다는 설도 있다. 다만 진월인의 본관은 제나라 산동(山東)이다. 서한(西漢)시대 사마천(司馬遷)은 《사기(史記)》 〈편작창공열전(扁鵲倉公列傳)〉에 편작은 발해군(渤海郡) 막인(鄭人)이라고 기록하였다.

진월인은 괵(虢)나라 지날 때 중서자(中庶子)에게 말하였다.

"신(臣)은 제나라 발해 출신 진월인으로 집은 정(鄭)에 있습니다."

여기서 발해는 제(齊)나라이고 진월인의 본관은 오늘날 산동(山東)이다. 이전에 정(鄭)이라고 했다.

진불위는 아들 진월인을 독서와 공부를 통해 선비가 되어야만 관직을 얻어 출세시킨다는 생각에 공부를 시키기로 마음먹었다. 특히 진월인은 한눈에 본 것은 외울 정도로 학업성적이 우수하였다.

진불위는 아들이 의원이 되려는 것은 바라지 않고 출세하기를 바랐지만, 진월인은 출세에 관심이 없고, 오히려 의약에 관심이 있어 시종 뜨거운 열정을 유지하였다. 이는 그의 가정환경에 처한 것과 관련이 깊었다.

진월인의 어머니는 몸이 허약하여 그를 낳은 후 병으로 쓰러진 적이 있다. 또한 일년내내 약을 달고 살았다. 그로 인해 어린 진월인의 마음에 깊은 상처를 남겼다.

풀이 자라고 꾀꼬리가 날 때가 되면 이들 형제 세 명은 산간에 나가 놀면서 약초의 특성을 가까이서 관찰하게 되었다. 산간이라는 광활한 천지는 월인의 지식을 구하는 마음이 고삐 풀린 야생마처럼 마음껏 달릴 수 있게 하였다.

아버지도 아들의 취미에 크게 간섭하지 않았고 차츰 진월인은 약초에 대한 지식이 나날이 풍부해졌다. 의학에 대한 지식이 이들 또래 아이들 사이에서 유난히 어른스럽고 유별나게 보였다.

그들 근처의 아이들을 데리고 산으로 놀러가서 어떤 풀이 병을 치료할 수 있는지, 어떤 풀이 반하(半夏)이고 어떤 풀이 천두국(天頭菊)인지 알게 되었다.

즐거운 어린 시절의 생활은 월인에게는 제남(濟南)의 산에 있는 꽃(花), 풀(草), 벌레(蟲), 돌(石) 같은 것들에 관심을 두었다. 다만 이 익숙한 산과 약초꽃 사이에 그의 일생에 어떤 의미를 담고 있는지 깨닫지 못하고 있을 뿐이었다.

춘추전국시대에는 전란이 잦고 질병이 자주 발생하여 많은 사람들이 질병에 시달렸다. 의원도 약도 부족했던 시절이었다.

진월인은 질병이 사람들에게 주는 고통을 뼈저리게 느꼈다. 그는 커서 백성의 병을 고칠 수 있는 의원이 되겠다는 뜻을 가졌다.

사실 역대에 의약 업종을 천한 직업으로 여겨 의원을 마치 점쟁이, 무당 등과 같이 취급하였다. 의원의 사회적 지위가 상당히 낮아 후에 진월인은 굿을 하는 무속인이 의원과 무슨 차이가 있는가를 뼈저리게 느꼈다.

사실 춘추전국시대 연(燕)나라, 제(齊)나라 일대에는 무당과 굿이 성행하였고 진한(秦漢)시대에도 천하를 종횡무진했던 진시황(秦始皇)과 뛰어난 재능과 원대한 지략의 한무제(漢武帝)도 대규모 방사(方士)를 불러들렸는데, 이들 방사(方士)들은 대부분 제(齊)나라 출신이었다.

사마천이 《사기(史記)》에 '연나라와 제나라는 많은 방사(方士)들이 있다(燕齊多方士)' 라고 기재했다. 상고시대는 무당과 의술이 일체(一體)였다. 전국 초기까지만 해도 의술은 무술(巫術)에서 완전히 벗어나지 못했다. 굿을 의학을 유령처럼 얽어매는데, 진찰할 줄 아는 의원들이 사실은 무당인데, 그들은 점괘를 통해 귀신에게 병의 원인(病灶)을 돌리는 경우가 많았다.

앓던 병이 치료만 받으면 쉽게 낫는 환자가 많았는데, 결국 무속인들에 의해 억지로 죽임을 당하기도 하였다. 원래 백성들을 구제해야 할 의료가 사람을 죽이고 입을 막는 업종으로 바

꿰었다는 것은 엄청난 것이었다.

어릴 때 진월인은 무당이 잘못해서 사람이 죽음에 이르게 하는 것을 보고 어린 마음에 깊은 충격을 받았다.

진월인은 이 모든 것을 바꾸고 환자가 고통에서 벗어나도록 돕고, 사람을 해치는 무당 굿을 의료계에서 없애고 싶었다.

몇 년 후, 청년이 된 그는 아버지에게 자신의 생각을 말했다.

"아버지, 저는 고관(高官)이 되고 싶지 않습니다. 저는 단지 의술로 백성을 치료하며 구제하는 의원이 되어 환자가 병에서 벗어나도록 돕고 싶습니다."

"월인아! 의원 생활은 생활을 풍족하게 해 주지 않는단다. 풍족한 생활을 누리려면 관직을 얻어 생활하는 것이 좋을 것 같은데."

"아버지, 저는 생활이 풍족한 것보다는 아픈 이들을 치료하고 싶어요."

"그래도 관직을 얻어 출세하는 것이 내 바람인데……."

"저는 병으로 아파하는 사람들로부터 병에서 해방시키고 싶습니다."

"의학을 공부한다는 것은 사명이 투철해야 하고, 사람을 긍휼히 여겨야 한다."

아버지는 아들에게 희망을 걸었는데 세 아들 모두 천대받는 의원이 되려 할 줄은 몰랐다. 아버지는 아들들의 장래가 걱정이 되었다.

"의원이 되는 것은 결코 쉬운 일이 아니다. 사람을 치료하면 몰라도 만일 치료하다 자칫 죽기라도 하면 큰일이 아니겠느냐?"

"저는 치료하다가 죽는 것이 두렵지 않습니다."

"의원들 모두 관청에서 수련하고, 의원 모두 관부(官府)에서 양성해서 의관(醫官)을 하고, 의서(醫書)도 관부에서 보관하고 있다. 너는 누구에게 의학을 배우려 하느냐? 일자리를 구해 자신의 의식주를 건사하는 게 고작인데⋯⋯."

아버지의 말씀에도 일리가 없는 것은 아니었다. 또한 아버지 진불위는 작은 시골 동네에 아픈 이들이 있으면 치료하며 농사 짓는 보잘것없는 촌의(村醫)였고, 그들이 살던 시대에는 의원들이 모두 세습된 업종이었고, 의학에 관한 서적들 모두 관부에서 관할하고 있기 때문에 일반인들이 의원이 되는 것은 불가능에 가까웠다.

진월인는 항상 학당에 다니는 틈을 타 산과 들로 나가 꽃과 약초를 찾아다녔다. 그런 중에도 가정형편이 어려워 가족을 부양할 일자리를 구해야 했다.

진월인은 아버지의 뜻대로 노읍(盧邑)의 한 여관(旅館)에 가

직하학궁

서 심부름하는 일자리를 얻었다. 이렇게 해서 이 어린 소년이 의술로 세상을 구제하는 현호제세(懸壺濟世)의 꿈은 깨졌지만, 집안에 도움을 주고자 여관에서 일하였다.

진월인이 춘추전국시대에 살았던 것은 매우 행운이라고 말할 수 있다. 춘추전국시대에는 독서인들이 각국을 왕래하며 문화교류와 사상의 번영을 도모하였다.

역사상 전제(田齊)는 학문기관인 직하학궁(稷下學宮)을 창건한 것으로 유명하다. 제위왕(齊威王)은 인재를 끌어들이기 위해 후한 대우를 해주었으며, 게다가 넉넉한 문화환경을 조성하여 제(齊)나라는 한때 문화의 중심지가 되었다.

사람들의 빈번한 이동은 객관(客館)과 여사(旅舍)의 발전을 촉진시켰다. 노읍(盧邑)의 가장 번화한 거리 양쪽에 크고 작은 상가, 주막들이 들어섰다.

유학(留學)의 선비(儒士)와 선약(仙藥)을 구하러 다니는 방사(方士)와 종행무진으로 유세하는 책사(策士)들, 골목마다 돌아다니는 장사꾼, 의술을 행하는 의원 등이 즐비한 성읍의 번영을 과시하였다.

BC 387년 집안 형편이 궁핍한 진월인이 아버지의 뜻에 따라 노읍(盧邑)의 한 귀족이 차린 여관에서 심부름을 하여 박봉이나마 가족을 부양하였다.

그는 여관에서 일한 지 10여 년이 되어 부지런함과 성실함으로 여관의 주인이 되었다.

제2장. 從師學醫(스승을 좇아서 의학을 배우다)

서주(西周) 후기에 서주(西周) 통치자들이 약탈과 전쟁을 계속하여 노예와 평민들은 힘든 생활이 가중되었다. 주려왕(周厲王)은 재물을 탐내 백성들을 잔혹하게 착취하였다.

마침내 서주(西周)의 도성(都城) 호경(鎬京)에서 백성들의 무장 폭동이 일어난 것이었다. 호경은 지금의 섬서(陜西) 서안(西安) 서쪽이다. 이 폭동으로 서주(西周)의 노예제도는 왕조(王朝)를 강력한 타격을 주었다.

주(周)나라는 이때부터 쇠락하여 분열될 국면에 다다랐다. 서주(西周) 말년 사회가 계속 요동치고 왕실이 쇠약해지고, 주위 제후(諸侯)들은 왕에게 알현(朝見)하러 오지도 않았다.

주유왕(周幽王) 11년(BC 771년) 소수민족 견융(犬戎)이 서주의 도성 호경을 공격하였다. 이듬해, 주평왕(周平王)은 어쩔 수 없이 호경을 버리고 낙읍(洛邑 : 지금의 하남 낙양)으로 천도(遷都)하였는데 이때부터 동주(東周)라 불리었다.

왕권은 갈수록 쇠약하였고, 제후들의 세력은 날로 강해져 갔다. 일부 비교적 큰 제후국은 토지를 쟁탈하기 위하여 끊임없이 전쟁을 벌였다.

그리하여 마침내 노예사회에서 봉건사회로 바뀌는 춘추전국(春秋戰國)시대가 펼쳐졌다. 이것은 동란(動亂)과 통일로 아픔과 희망의 대변화로 개혁되는 시기로 이것은 역사상 문화가 발전하여 석기시대와 청동기에서 점점 철기시대로 대체되면서 생산력은 전례 없는 속도로 발전하고 있었고, 신흥 지주(地主)들 계급은 경제적 유력한 지위를 얻고자 한 걸음씩 정치적 통치권을 요구하고 각 제후국은 봉건제도로 가게 되었다.

사학(私學)이 점점 성행하게 되었는데, 국가나 공공적으로 배우는 것이 아니라 개인적이나 개별적으로 사적으로 학문을 배우는 것이 유행하였다. 그러자 사(士)인 계층이 나타나 자신들과 각자가 섬기는 제후국의 이익을 위해 책을 저술하고 또한 분주히 뛰어다니며 본인들의 학설을 부르짖는 국면에 다다랐다.

정치·경제·문화의 발달로 학술사상이 활발해졌고, 이는 자연과학의 발전을 강력하게 촉진 시켰다. 당시 의학 방면의 성취가 십분 돌출되어 진월인(秦越人)은 바로 이 시기의 탁월한 의학가(醫學家)가 되는 첫걸음이 이곳에서 시작되었다.

막주(鄚州)의 풍경은 아름다우면서 풍요롭고 번창하는 곳으로 당시 사회의 농축된 축소판과 같았다. 치열한 제후(諸侯)들의 전쟁으로 병합되고 귀족들은 거의 몰락하고 많은 사람들은 정객(政客)으로 변했다. 그리고 각국의 제후와 고위 고관들은 끊임없이 세력을 확장하기 위해 정치 외교 인재를 대거 포섭하였다.

그리하여 빈객(賓客)들을 양성하는 것이 한 시대를 풍미하였다. 어떤 이는 귀한 집안 자제들을 1,000명 이상 가르치고 있었다. 노읍(盧邑)에는 전문적으로 빈객을 양성하기 위한 정사객관(精舍客館)이 있었다. 이 정사객관은 학사(學舍)로 선비(士)를 가르치고 머무르는 여관이었다. 학식이 높은 사람을 찾으면 그곳으로 모셔와 배우기에 어떤 때는 객관에는 많은 사람들이 머무르기도 하였다.

진월인은 공명심(功名心)을 추구하던 청년 시절에 이 객관에 관리인이 되었다. 진월인은 매일 각양각색의 선비를 만나게 되었다. 선비들은 모두 이곳에서 육예(六藝)를 공부하였다. 육예는 예(禮)·악(樂)·사(射)·어(御)·서(書)·수(數)의 교육으로 이는 특히 선비가 익혀야 할 예(藝)는 기예(技藝)의 형태, 악(樂)은 음악, 사(射)는 궁술(弓術), 어(御)는 마술(馬術), 서(書)는 글씨, 수(數)는 수학(數學)을 가리킨다.

육덕(六德)인 지(知)·인(仁)·성(聖)·의(義)·충(忠)·화(和)와 육행(六行)인 효(孝)·우(友)·목(睦)·연(婣)·임(任)·휼(恤)을 말하는데, 이를 합쳐 경삼물(卿三物)이라고 하였다.

경대부(卿大夫)가 인물을 선발할 때 표준으로 삼았으며, 덕행에 뛰어난 사람을 현자(賢者)라고 하고, 이것에 뛰어난 사람을 능자(能者)라고 했다. 기술(技術)이기는 하나 예(禮)로써 중(中)을 가르치고, 악(樂)으로써 화(和)를 가르치듯, 덕행에도 관계를 가지고 있는 것이 육예(六藝)의 전반이다.

육예는 또한 육경(六經)을 통하여 가르침을 받았다. 이러한 과정을 통해 얻어지는 인덕은 곧 군자를 탄생한다.

어떤 이는 학문, 담력, 지략이 있는 인물로 겸비되었다. 그들은 종종 자신의 실력과 재주를 뽐내며 자신을 과시하는 사람도 있었다. 야망이 넘치기도 하고 어떤 사람은 말솜씨가 좋기도 하고, 어떤 사람은 언행이 은밀하고 기괴하기도 하였다.

어쨌든 공명과 이익을 추구하는 인물들이었다. 진월인은 이들 속에서 살며 여러 우대를 받았지만, 그러나 그는 전혀 그들에게 마음을 주지 않았다.

객관(客館)의 직무를 수행할 뿐 일상적인 접대 숙식 등 모든 번잡한 사무를 민첩하게 처리하는 진월인이었다.

노읍(盧邑) 집현(集賢)마을 객관의 진월인은 매우 출중하여 이 관사에 종업원으로 취직되어, 그의 성실함과 총명한 사람으로 인정받아 사장(舍長)이 되었다.

노읍은 제(齊)나라의 큰 읍이기에 매일 남북 왕래하는 장사꾼들이 운집하여 문인과 선비의 발길이 끊이지 않았다. 진월인은 사람을 친절하게 대하고 그의 경영과 관리 아래 객관(客館)은 매일 손님이 끊이지 않았다.

이 객관은 고급 여관(旅館)이고 왕래하는 사람, 장사하는 사람, 학문을 배우려 하는 사람 등 여러 종류의 사람들을 만나 진월인은 견문을 넓혔다.

그는 어려서부터 남다른 기량을 펼쳐 특히 여관을 경영하는 십여 년 동안 그는 더욱더 인정받고 경영하는 솜씨가 탁월하였다.

어느 겨울에 진월인이 출장을 가려고 준비하고 있었다.

"사장님, 어디 가셔요?"

"지방에 대추가 씨알이 좋고 달다고 해서 그것을 사가지고 오려고 하네."

진월인은 제(齊)나라 지방에 가서 붉고 달고 맛있는 대추(甛棗)를 사서 한 수레에 실고 오는 진월인을 길거리에서 사람들이 알아보고 물었다.

"진사장, 어디 갔다 오나?"

"지방에 갔다 옵니다."

이때, 나이 든 짐꾼의 우두머리 노백(老伯)이 진월인의 엉덩이를 툭치며,

"진(秦)사장, 이번에 나는 지방에 가서 신부를 얻어오는 줄 알았어, 그런데 대추 한 수레를 싣고 오다니."

진월인은 웃으며 말했다.

"아직 결혼하기에는 어려요. 때가 되면 좋은 신부가 나타나겠죠. 배필은 하늘에서 인연을 맺어주기에 언젠가 누구를 통해서 신부를 데려다줄지 몰라요. 어르신과 같이요."

"말이나 못하면."

"저는 결혼은 급하지 않아요."

"하하하 여유있는 생각을 가지고 있구먼. 말하는 것이 꽃을 좋아하는 까치(鵲) 같으이. 마치 납작한(扁) 입으로 짹짹거리는 까치 같네. 내가 이름을 편작(扁鵲)으로 바꿔야겠군."

뜻밖에 농담으로 제안된 일이 있은 후, 막성(鄚城)의 사람들이 모두가 진월인을 편작이라 부르기 시작했고 오히려 진월인이라는 이름을 잊혀져 갔다.

"사장(舍長)님, 돌아오셨습니까?"

"그동안 별일이 없지?"

진월인과 장상군

집현(集賢) 관사로 돌아온 진월인에게 장부를 관리하는 종업원이 달려나와 말한다.

"장상군(長桑君) 선생께서 일을 일으켰습니다."

"무슨 일인가?"

"며칠 전, 불을 피어 방을 훈훈하게 하다가 침대 이불을 태우고 어제는 의복을 태웠습니다."

"다른 일은? "

"불은 더 번지지 않았고, 그 후로 며칠 동안 침대에서 일어나

34

지도 않고, 방안에서 음식을 먹고 마시고 있어 방안이 온통 냄새
로 가득 차 있습니다. 집현관(集賢館)이 엉망이 되었습니다."
　"장상군 어른은 다친 데 없고?"
　"예."
　"장상군 어른은 유생(儒生)으로 좀 괴팍스러운 데가 있으니,
크게 놀라지 말거라."
　"알겠습니다."
　"수레의 대추를 내려 창고에 갖다 놓거라."
　진월인은 급히 장상군 묵는 방으로 갔다.
　'똑, 똑'
　"……"
　"저 진월인입니다. 들어가겠습니다."

　장상군이 거처하는 방은 서쪽에 있는 낮은 방으로 방문을
밀치니 코에 닿는 악취가 확 풍겨왔다. 눈앞에는 웃통을 벗고
장상군이 침대에서 벼룩을 잡고 있었다. 진월인은 급히 침대
곁으로 다가서 장상군에게 고하였다.
　"선생님, 소인이 지방에 다녀왔습니다. 관사(館舍) 사람들이
이렇게 어둡고 습한 방에 모셨군요. 정말 죄송합니다."
　장상군은 여전히 고개도 들지 않은 채 벼룩을 잡고 있었다.
　"어서 저랑 목욕하러 가죠."

그리고 종업원에게는,

"어르신과 목욕할 동안 앞쪽 햇빛 잘 드는 깨끗한 방으로 옮겨드리거라."

진월인은 자신의 몸에 걸친 겉옷을 벗어 장상군에게 걸쳐드리고 부축하며 침상에 내려오게 하니, 그제야 마음이 풀렸는지 진월인에게 고개를 돌려 입을 열었다.

"자네가 그래도 제대로 됐네. 그동안 종업원에게는 화만 냈는데……."

"왜 화가 나셨어요?"

"종업원이 무시하는 느낌이 들어서."

"선생님을 무시하다니요. 종업원한테 제가 신신당부했어요. 선생님께 신경 많이 쓰라고."

진월인은 장상군을 모시고 목욕을 시켜드리고 깨끗하고 볕이 잘 드는 환한 방으로 바꿔드리며 깨끗한 의복 한 벌을 챙겨 드렸다. 그리고 사장(舍長) 방으로 돌아가 종업원에게 말했다.

"장상군 선생은 유생(儒生 : 선비)이시고 좋으신 분이시다. 현재까지 운(運)이 안 따라 불쌍하게 보일지라도 절대로 천대하면 안 된다."

"안 그래도 사장님께서 신경 쓰라고 하셔서 잘 보살피는데, 방에서 불을 피워 깜짝 놀랐어요."

"엎친 데 덮친 격으로 선생님이 잘 풀리지 않아서 그러니 잘 모시거라.”

“알겠습니다.”

“그분은 사람들을 치료하여도 돈을 받지도 않고 궁핍하게 살지만 늘 마음만은 풍성하단다. 또한 환자들이 치료비를 준다 해도 가난한 환자들이 있으면 그 돈으로 구제하기에 마음만은 그 누구보다도 부자라네. 절대로 돈 없다고 무시하지 말게나.”

종업원은 고개를 저으며 사장실에서 나갔다.

진월인은 장상군을 만났을 때가 생각이 난다.

3년 전 어느 날, 진월인은 거리에서 60세 정도로 보이는 노인이 덥수룩한 머리와 때 묻은 얼굴에 남루한 차림으로 중년 부인에게 절맥(切脈)을 하고 있었다. 절맥(切脈)은 요골동맥에 손가락을 갖다대고 맥(脈)을 보는 것이다. 중년 부인은 병자인 것 같았다. 진월인은 그 모습을 보고 평소에 의원이 되는 것이 꿈이라 유심히 관찰하게 되었다.

중년 부인의 얼굴은 누렇고 몸은 말라보이고 머리는 희끗희끗하였다. 노인은 부인의 맥을 보더니 혼잣말로,

“현맥(弦脈)이로군.”

부인은 긴장된 얼굴로 노인에게 말을 하려는데,

“당신은 간 질환으로 고생하는군.”

“네, 맞아요. 늘 고생해 왔어요.”

“맥을 보니 당신의 선대 가운데에서도 간(肝)질환이 있었구려.”

“맞습니다.”

“할머니도 아버지도 간 질환으로 고생하다가 돌아가셨어요.”

“지금 이 병은 유전으로 내려온 것이나, 지금부터 몸조리 잘하면 좋아질 수 있다네.”

“고쳐주세요.”

“신농(神農) 처방 중 좋은 약이 있어. 그 처방으로 약을 먹고 몸조리 잘해야 하네.”

“고맙습니다.”

“약도 약이지만 몸조리를 해야 한다네.”

몸조리를 해야 한다는 말에 부인은 한숨을 쉬며 장상군을 바라봤다.

“저는 혼자 사는 여인이고 돈이 없습니다. 어떻게 몸조리를 할 돈이 있겠습니까?”

신세타령하는 부인에게 장상군은 주머니에서 돈을 꺼내더니 부인의 손에 쥐어주면서,

“당분간 이 돈으로 약도 사 먹고 몸보신을 하게나.”

부인은 돈을 받아 들고 눈물을 흘리면서,

“고맙습니다, 고맙습니다.”

진월인은 볼품없는 노인이 맥을 보며 농사짓는 부인에게 조

상의 질병을 발견한 것도 놀랐고, 한편으로는 남루해 보이는 노인이 주머니에서 돈을 꺼내 건네주는 모습에 심히 마음속으로 감탄하였다.

'어찌 맥을 보며 부인 조상의 병을 발견하지! 또한 남루해 보이는 노인이 부인에게 돈까지 주다니……'

진월인을 그 광경을 목격하고 몰래 노인의 뒤를 따라갔다. 노인은 성 밖으로 나가더니 뜻밖의 묘지가 있는 곳으로 가는 것이 아닌가.

노인은 한 묘지의 석판 하나를 젖히더니 봉분 안으로 들어가는 것이었다. 진월인은 그 광경을 보자 대낮에 귀신을 본 것으로 착각했다. 다시 정신 차려보니 노인의 그림자가 드리워 있는 것을 보니 분명히 사람이었다.

'그래 그림자가 있는 것을 보니 귀신은 아니야. 무섭긴……'

진월인은 용기를 내어 조심스레 석판을 들추고 어두컴컴한 봉분 안으로 들어갔다. 땅속에는 두껍게 건초가 깔려 있고, 이불은 없었지만 아늑한 느낌마저 들었다. 노인은 낯선 사람이 들어오는 것을 보고도 전혀 당황하지 않고 그저 웃으며 말했다.

"양간(陽間)의 손님이 음간(陰間)에 어떻게 들어왔는지?"

진월인은 차분하게 말하는 노인을 보며 위압감을 느끼며,

"노백(老伯)께서 어디서 오셨으며 어떻게 이런 곳에 살고 계

시는지요?”

“내 내력에 대해서는 묻지 말게나.”

“그럼 왜……”

“나는 보잘것없는 사람일세. 우연히 노읍(盧邑)에 오게 되어 거처를 찾지 못하고 있는데, 돈도 필요 없는 이 굴에서 살 수밖에 없었다네.”

“어르신, 홀로 이 묘지에 살면 두렵지 않습니까?”

“두렵긴, 내가 양심에 부끄러운 일을 한 적도 없고, 여기에 귀신이 찾아오겠나?”

“내가 보기에 어르신은 학식이 있는 사람인데, 왜 관직에 나아가지 않습니까?”

“성격이 산만하고 어디에 얽매이는 것이 싫고, 명리(名利) 추구도 않으며 한가로이 떠도는 구름과 같이, 들에 뛰노는 학처럼 아무런 구속이 없이 자유자재로 다니는 생활을 원한다네.”

진월인은 노인이 평범한 인물이 아니라고 생각하였다. 노인의 일거수일투족은 관찰하니 백발의 긴 수염이 눈길을 끌었다. 진월인이 생각하기로 노인의 나이는 대략 60세~70세 정도로 귀밑머리가 희끗희끗하고, 그 뒤에는 20세 남짓의 젊은이가 소박하게 차려입고 의젓하게 서 있었다. 노인과 젊은이 두 사람은 스승과 사제 사이같이 보였다.

진월인은 이 노인이 매우 비범하다는 것을 알아차리고 정중하게 말문을 열었다.

"어르신, 저는 재능이 없는 사람이지만, 현재는 집현객관(集賢客館)의 사장(舍長)으로 있습니다. 제가 어르신을 모시고 가르침을 받고자 하오니, 거두어 주십시오."

"후회할 텐데."

"어르신, 그럴 일은 절대 없을 것입니다. 제 이름은 진월인입니다."

그러자 노인은 고개를 끄덕이며,

"자네 됨됨이를 성내 사람들에게 들은 적이 있다네. 나도 자네에게 배우려던 참이었네. 하하하."

"아닙니다. 제가 배워야지요."

"자네가 나에게 뭘 배운다는 거지."

"어르신이 부인을 치료하는 것을 보았어요."

"허허, 조그만 의술을 베풀었을 뿐이네. 나는 구름처럼 떠돌며 의술을 행하고 다니네(雲遊行醫)."

"저는 의술에 관심이 많습니다."

"의술을 배우겠다고? 그런데 어찌 관사(館舍)에서 일하고 있는가?"

"집안이 어려워 돈을 벌려고 관사에서 일하다가 지금은 사장(舍長)이 됐습니다. 저에게 의술을 가르쳐 주십시오."

"의술은 사람의 인체를 다루는 것이라, 먼저 인간 됨됨이가 되어야 한다네."

노인과 진월인은 이야기를 나누면서 서로 간의 마음을 열게 되었다.

"어르신, 일단 관사로 가시죠."

"괜찮겠는가?"

"어르신을 뵈오니, 제 인생의 좋은 인연이 될 것 같아요. 옛말에 연로한 분 한 분만 사귀면 인생은 성공이라는 말이 생각나네요."

"나를 너무 좋게 평가하지 말게나. 하, 하, 하!"

진월인은 노인을 모시고 관사로 갔다.

"어르신 함자가 어떻게 되십니까?"

"장상(長桑)이라네."

빙그레 웃기만 하는 노인에게 장상(長桑)에다 존칭을 붙여 장상군(長桑君)으로 존칭하였다.

군(君)은 군주를 뜻하기도 하지만, 노인을 존중해 진월인은 이때부터 군(君)을 붙여 장상군으로 부르게 됐다.

부인을 치료하는 모습을 보기도 하고, 치료 후에 부인이 궁핍한 것을 알고는 지니고 있던 돈을 주는 모습을 보기도 하고, 또한 토굴에서 살면서도 당당한 모습이 진월인에게 감동을 가져다 주었다.

장상군은 백발 홍안으로 두 눈 위에 흰 눈썹과 귀밑머리로 연결되어 선인의 풍체와 도사의 골격, 세상을 초월한 풍격(風格)이 있으며 노인의 호리병박을 옆구리에 차고 머리칼과 온통 잿빛으로 덮인 수염을 쓸어올리고 화기애애한 얼굴로 진월인을 바라보며 고개를 살짝 끄떡이는 그의 모습은 다른 사람과 다르게 느껴졌다.

장상군의 곁에 있는 강수(姜殳)라는 젊은이는 그의 제자였다. 그는 한단(邯鄲) 사람으로 어려서부터 총명하고 영리하여 동네 사람들로부터 칭찬이 자자했다. 장상군이 한단에서 의술을 행하던 중 재치 있고 눈치 빠른 그를 보고 제자로 받아들여 자신의 의술을 전승하려고 하였다. 강수가 장상군 곁을 따라 다닌지는 7년이 되었다.

장상군이 가는 곳에는 항상 그가 곁을 지켰다. 강수는 스승을 따라다니며 스승이 진단하는 것과 치료하는 것을 보며 차근차근 약의 판별을 파악하고, 많은 경전(經典)과 의안(醫案 : 진찰 기록)을 정리하며 장상군의 전수를 받았다.

부지런히 배우고 익힌 끝에 어린 나이에도 뛰어난 깨달음을 보인 강수는 장상군을 흐뭇하게 하였다. 스승의 말씀으로 가르침을 받은 강수는 어린 시절부터 의학을 갈망하던 진월인에게

한 단

부러움을 샀다.

장상군은 의술과 신분을 자랑한 적이 없어 많은 사람들이 그를 평범한 의원으로 알고 있지만, 진월인의 눈에는 비범한 기인(奇人)이었다.

이때부터 장상군은 항상 객사에 머무르며 때로는 방값을 내기도 하고 어떤 때는 못 내기도 하였다. 종업원이 진월인에게,

"사장님, 장상군 선생께서는 방값을 내지 않았습니다."

"방값을 내면 좋고, 안 내도 좋으니, 그리 신경 쓰지 말게나."

"그래도……."

"그 어르신을 나의 부모로 여기거라. 방값에 대해 말하지 말

거라."

진월인은 장상군을 볼 때마다 극진히 대접하고, 그를 고급 객실로 모셨다. 장상군은 객사에 머무를 때는 책을 손에서 놓지 않았으며, 밤늦게까지 책을 읽고 계셨다.

때로는 식사도 잊고 책을 보고 있기에 진월인은 그곳에 드나드는 선비들과 크게 다르다고 생각하고, 그를 각별히 공손히 대하였고 대접도 특별히 신경 썼다.

"어르신, 요즘 몸이 약해 보이십니다."

"아닐세."

종업원을 시켜 생선과 고기로 대접하기도 하였다.

장상군이 여관에 온 후부터 매일 새벽에 나가 밤에 돌아오고 매우 바삐 다니고 있었다. 그가 하루종일 무엇을 하고 있는지 알 수 없었다.

어떤 때는 밤이 되어 돌아오면, 인근 주민들이 찾아와서 진료를 받기도 하였는데, 찾아오는 사람의 청을 들어주고 환자들을 대접하며 상냥한 태도로 대할 뿐만 아니라 어떤 환자는 혼자 떠드는 사람이 있으면, 인내심을 가지고 병의 상태(病情)를 꼼꼼히 물어 맥을 보며 치료를 하였다.

장상군은 이따금 조롱박에서 가루약을 내어서 환자에게 건네주었으나, 환자로부터 돈을 받는 것을 보지 못했다. 진월인은 장상군이야말로 진정한 의원이라는 것을 알게 되었다.

돈만 받고 병은 치료해 주지 않고, 심지어 가짜 약을 파는 돌팔이 의원들이 사회에 많이 있는데, 그는 환자들에게는 긍휼한 마음으로 베푸는 것을 알았다.

장상군이 객사에 머무를 때는 공손하고 친절하게 대접하였다. 때로는 인근 사람들이 찾아와 장상군에게 병을 고쳐 달라고 부탁하기도 한다. 진월인은 조용히 옆에서 장상군이 어떻게 진단과 치료하는지 지켜보았다.

그렇게 2년이 지나자 장상군은 더욱 늙고 여위어 보였다. 객사의 종업원들은 진월인에게 불평을 하였다.

"이렇게 가난한 노인을 배경도 모르고 이렇게 잘 모시는 것이 무엇을 바라고 하십니까?"

진월인은 종업원을 나무라듯이 다시 한번 강조한다.

"장상군 선생을 외모로 보지 말고, 또 돈이 없다고 깔보면 안되네. 지금은 불쌍하게 보이겠지만 절대로 천대하면 안되네. 내가 은혜를 베풀어 무슨 대가를 바라겠는가!"

그 말에 종업원은 고개를 저으며 사장 방을 나갔다.

한번은 진월인이 지방으로 가 있어 막성에 없을 때였다. 종업원들은 장상군이 머무른 객실을 작은 방으로 옮겼다. 그 후 진월인이 제나라에서 돌아와 보니 장상군이 작은 방으로 옮긴 것을 보고 종업원들 대신 장상군에게 사과하였다.

"제 불찰입니다. 제가 주의 깊게 모셔야 되는데."

"아니야, 나는 불편하지 않아."

"제가 종업원들에게 단단히 일러 놓겠습니다."

"그러지 말게나. 종업원들도 내 치다꺼리에 힘들겠지."

"죄송합니다."

장상군은 그런 진월인을 이해하였다. 진월인의 배려심을 느끼고 마음이 궁휼한 심성을 알았다.

"자넨 친척이나 친구도 아닌데, 왜 나에게 이렇게 잘해 주는 거지……."

진월인은 웃으며 말했다.

"제가 어르신을 보살피는 것은 할아버지께 효도하는 것과 같습니다. 이것은 저의 마음입니다."

장상군은 이를 듣고 미소를 지으며 고개를 끄덕이며

"자네 마음이 참 선하구먼! 앞으로 뭐가 되고 싶은가?"

진월인은 한숨을 쉬며,

"전에도 말씀드렸듯이, 어머님께서 몸이 좋지 않으셔서 어릴 때부터 의학을 배우려고 뜻을 두었지만, 어찌할 도리가 없었어요. 대개 의원들은 집안 대대로 전승하니 배울 만한 스승을 못 찾았어요."

"지금도 의술을 배우고 싶은가?"

"선생님, 저도 의학을 배우고 싶습니다. 선생님과 마찬가지로 앞으로 가난한 백성들의 고통을 덜어드릴 수 있도록 병을 고치고 싶습니다."

"여관의 사장으로 있으면 자네 생활도 안정될 테고 앞날도 보장되는데 굳이 의술을 베풀며 다닐 필요도 없고, 더욱이나 고향을 등지고 집을 떠나 떠돌이 생활을 해야 하는데, 자네 지금 이 직책과 이곳 직업을 그만둘 수 있겠는가?"

장상군은 다시 물었다.

"선생님, 저는 그렇게 많이 우려하지 않았습니다. 단지 저는 수많은 사람들 속에서 얼마나 많은 사람들이 질병에 시달리고 있는지 생각만 할 뿐입니다. 여사(旅舍)의 일과 생활은 안정되었습니다. 나는 환자를 치료하는 것이 쉽지 않겠지만, 저는 선생님을 따라 의학을 배우고, 선생님과 마찬가지로 천하를 돌아다니며 백성의 병과 질병을 없애고 싶습니다. 어르신의 가르침을 받고 싶습니다."

"자네가 의술을 배우고 싶은 것은 돈을 벌고 싶기 때문인가?"

진월인은 정색을 하며 말했다.

"제가 의술을 배우면 천하를 다니며 환자를 치료하고, 가난한 백성들을 위해서는 무료로 병을 치료할 것입니다. 부자가 되는 일에는 관심이 없습니다.”

“자네는 젊고 학문을 좋아하며 성실하고 정직하고 인품이 인자한 것을 보았네. 확실히 그런 생각이라면 가난한 백성들에게 복이로구나.”

장상군은 수십 년 동안 풍찬노숙(風餐露宿)을 하면서 의술을 행하며 세상 사람들을 구하고 장강남북(長江南北), 삼산오악(三山五岳) 등을 두루 다니며 내 의술을 이어 맡을 뜻이 있는 사람을 찾고 싶었는데 오늘 드디어 찾았나보다 하고 속으로 은근히 기뻐했다.

장상군이 말했다.

“나의 인생은 얼마 남지 않았네. 근 50여 년 동안 의원 생활을 하면서 나의 스승께서 내게 전수해 주신 의술을 계승했을 뿐만 아니라 각지에서 많은 민간의 비전(秘傳)을 수집하였고, 나의 임상 치료 검증을 거치며 그것은 종종 변화무쌍한 난치성 질병을 치료하여 나의 것으로 만들어 체계적으로 만들었단다. 오늘부터 내 곁에서 의학을 배워라. 너의 각고(刻苦)의 노력으로 잘 배워 병을 고치고 사람을 살리는 진정한 의술을 배울 수 있기를 바란다.”

이 말을 들은 진월인은 감격하여 어찌할 바를 몰라 급히 두 손으로 주먹을 모은 채 땅바닥에 꿇어 엎드려 공손히 장상군에게 삼배(三拜)하였다.

"제자는 스승의 가르침을 깊이 새겨 앞으로 스승님의 비술의 의학을 연구하고, 계승하고 또한 빛을 발하여 백성을 복되게 하소서."

장상군은 정좌하여 진월인을 애틋한 시선으로 미소를 지으며 제자의 배사례(拜師禮)를 받았다. 이때부터 진월인은 낮에 여관의 바쁜 일을 처리하고 밤에는 장상군에게 사사하여 의학을 공부하기로 마음먹었다.

"오늘부터 당장 가르치겠네."

장상군이 진월인의 보살핌과 선한 마음과 진실된 마음에 감동되어 그에게 의술을 가르치기로 했다.

"의학을 배우려면 첫째 마음가짐이 중요하다네."

"어떤 마음을 가져야 합니까?"

"사람을 긍휼히 여기는 마음이 있어야 하네."

그 전에 의학을 배운 적이 있지만 새로운 마음으로 체계적으로 배우고자 마음을 먹는다. 장상군이 진월인을 제자로 받아들이는 데 제일 싫어하는 사람이 있었다. 바로 장상군의 총애를 받았던 강수였다. 강수가 장상군의 제자로 자리잡고 있는데, 스승 장상군이 진월인을 제자로 받아들이니 시기와 질투가 생겼다.

어느 해, 한여름 정오 후덥지근한 공기가 대지를 뒤덮고 사람들의 마음을 졸이게 하였다. 작열하는 햇빛이 대지를 달구고 있어 노읍(盧邑)은 전체가 녹아내릴 것만 같았다. 장상군은 강수를 데리고 여관으로 돌아왔다.

진월인은 장상군의 얼굴이 햇볕에 타서 새빨갛고 땀도 흐르는 것을 보고 얼른 냉차 한 잔을 드리고 강수에게도 물 한 잔을 건넸다. 장상군을 얼른 시원한 물을 받아 입에 대는데 갑자기 한 부인이 여관 입구에 쓰러져 있는 것을 발견하였다.

장상군은 물컵을 내려놓고 일어나 부인에게 달려갔다. 강수도 눈치가 빨라 급히 물컵을 내려놓고 사부님보다 먼저 부인을 일으켜 세웠다. 진월인도 앞으로 나가 그녀를 부축하여 객실 침대로 갔다. 부인의 이마와 뺨에서 땀방울이 솟아났는데 가슴이 답답하고 숨이 막히자, 손으로 가슴을 가린 채 숨쉬기가 힘든 모습이었고, 얼굴빛도 창백해 보였다.

갑자기 심한 메스꺼움이 목구멍으로 치솟았고, 부인은 몸을 숙여 구토를 하였으나 아무것도 토할 수 없어 몇 번이고 토하기를 반복하자, 허약한 몸에 힘이 빠져버렸다.

여름철에 더위를 먹는 일이 다반사인데, 더군다나 요즘 폭염이 심해 장상군은 이미 더위 먹은 환자를 많이 진료하고 있던 때였다. 장상군은 부인이 더위를 먹었음을 짐작하고 부인의 안색을 자세히 살피고 또 환자의 설태(舌苔)를 살피며 강수에게 말한다.

"백호탕(白虎湯)을 달여 오너라."

강수에게 분부하고 몸을 돌려 진월인에게 찬물 한 대야를 가져오게 하였다. 진월인은 장상군이 부인의 병을 진찰하고 진단하며 약을 처방하며 치료하는 모습이 마치도 행운유수(行雲流水)와 같았다.

흐르는 구름과 흘러가는 물과 같이 원활하게 치료하는 모습이 진심으로 존경심이 우러나왔다. 그는 장상군 말대로 얼른 찬물 한 대야를 가져왔다. 장상군은 손수건에 적셔 부인의 얼굴을 닦아준 뒤 폄석(砭石)3)을 꺼내어 환자의 이마에 혈자리를 골라 치료했다.

이때 강수도 백호탕을 다려서 가지고 들어왔다. 장상군은 백호탕을 부인의 입을 벌리고 마시도록 하였다. 잠시 후 부인의 안색이 돌아오더니 병의 증상이 사라졌다. 부인이 떠나기 전에 장상군은 생맥산(生脈散) 가루를 약봉지에 싸 주었다.

백호탕(白虎湯)은 석고(石膏), 생지황(生地黃), 지모(知母), 독활(獨活), 방풍(防風)으로 구성되고 갈증이 있고 얼굴의 홍반 증

---

3) 달리 돌침 · 참석(鑱石) · 침석(鍼石)이라고도 함. 옛날 석기시대에 만들어 쓴 의료 기구의 하나. 석기시대에는 돌을 뾰족하게 갈아서 종처(腫處)를 째는 데 주로 썼다. 이것이 침의 기원이 되었다.

상이 강한 환자의 가려움증, 갈증과 위장의 열과 염증을 억제한다. 백호탕은 흰 호랑이를 만나면 온몸이 오들오들 떨게 하는 흰 호랑이의 이름으로 몸의 열기를 없애주는 한방의 명처방(名處方)이다.

또한 생맥산(生脈散)은 맥문동, 인삼, 오미자 세 가지를 가루를 내어 복용하면 여름철 더위에 땀을 많이 흘려 기운이 없고 맥이 약하고, 원기가 부족하고 식욕부진에 숨이 차고 맥이 약하고, 마른기침을 하면서 식은땀을 흘리고 입안이 마르며, 숨이 차고 맥이 약할 때 사용하는 명처방이다. 맥을 다시 생겨나게 한다는 생맥산(生脈散)이다.

"집에 돌아가면 반드시 생맥산(生脈散)을 복용하여 몸조리 잘하세요."

이것을 본 진월인에게 장상군은,

"이런 더위에는 수박을 많이 먹게나. 수박이 '천연 백호탕(白虎湯)'이라네."

"수박 말씀인가요?"

"백호탕은 여름 더위를 막아주는 처방인데, 바로 수박이 몸의 열을 내리게 하고, 소변을 잘 나가게 하는 여름의 보약이라네."

이 일은 진월인의 마음속에 깊은 인상을 남겼다. 그는 장상군을 존경하며 장상군을 따라 의술을 배울 수 있다면 정말 행운이라고 속으로 생각하고 있었다.

진월인은 많은 의학지식을 배웠고 그는 마음속으로 장상군의 환자 진단을 새기면서, 시간이 지남에 따라 음양(陰陽), 한서(寒暑), 온량(溫凉) 등에 대해 점점 더 명확하게 이해하게 되었고, 의학에 점점 더 많은 관심을 갖게 되었다.

환자의 안색을 살피는 것으로 병을 진단할 수 있는 장상군의 능숙한 의술에 진월인은 감탄해 마지않았다. 장상군이 인내심을 가지고 사람을 치료하는 모습이 진월인을 감동시켰고, 그가 의학을 더욱 동경하게 만들었다.

진월인은 기민(機敏)하고 총명하며 성품이 온화한 장상군을 좋아했으며, 비록 장상군을 스승으로 모신 지 얼마 안 됐지만, 더욱 더 존경하게 되었다.

춘추전국시대에는 의학이 상당히 성숙한 수준에 이르렀고, 각 나라에서도 의술이 뛰어나고 천하에 이름이 높은 의원들이 적지 않게 배출되었다.

진월인은 병이 중태에 빠져 완치될 가망이 없다는 「병입고황(病入膏肓)」 이야기를 일찍이 들었다.

춘추시대 진(晉)나라 경공(景公)이 어느 날 꿈을 꾸었는데, 머리를 풀어헤친 귀신이 달려들면서 이렇게 소리치는 것이었다.

"네가 내 자손을 모두 죽였으니, 나는 너를 죽이고 말겠다."

경공은 너무나 놀라서 허겁지겁 도망쳤으나 귀신은 끝까지 쫓아왔다. 이 방에서 저 방으로 쫓겨 다니던 경공은 마침내 막다른 곳으로 몰리고 말았다.

"네가 도망간다고 살 줄 아느냐? 어림도 없다."

귀신은 코웃음치면서 경공에게 달려들어 목을 눌렀는데, 바로 그 순간 저도 모르게 외마디 소리를 지름과 동시에 눈이 퍼뜩 떠졌다. 진땀을 흘리며 잠자리에서 일어난 경공은 왜 그런 꿈을 꾸게 되었는지 생각해 보았다. 그 결과 십여 년 전에 도안고(屠岸賈)라는 자의 무고로 몰살시킨 조씨(趙氏) 집안의 일이 떠올랐고, 따라서 꿈에 본 귀신은 그 조씨네의 조상임을 알 수 있었다. 경공은 즉시 무당을 불러 꿈이야기를 하고 해몽해 달라고 했다.

"말씀드리기 참으로 황공하오나, 전하께서는 올해 봄의 햇보리로 지은 진지를 드시지 못하게 되실 것입니다."

"그렇다면 과인이 죽는다는 뜻인가?"

"황공무지로소이다."

"그대는 나라의 무당이 아닌가? 그런데도 대책이 없다고?"

"이 일은 소인의 능력 밖이라서 막을 방법이 없습니다."

낙심에다 불안해진 경공은 그만 병이 나고 말았다. 부랴부랴 사방에다 수소문하여 명의를 찾았는데, 진(秦)나라의 고완(高緩)이란 의원이 유명하다는 사실을 알게 되었다. 그래서 급히 연락을 취하여 고완을 청해다가 병을 보이기로 했다. 고완이 도착하기 며칠 전, 경공은 자다가 또 꿈을 꾸었다. 이번에는 지난번의 귀신 대신에 아이들이었다.

"고완은 워낙 유능한 의원이야. 그러니 우리가 어디로 달아나야 하지?"

한 아이가 말하자, 다른 아이가 이렇게 대꾸했다.

"걱정 마! 횡경막과 심장 사이에 숨어 있으면 아무리 고완이라 한들 별 수 있으려고?"

그러고서 꿈이 깨었다. 곰곰 생각해 보니 그 아이들은 자기 몸 속의 질병임을 알 수 있었다. 이윽고 고완이 도착하자, 경공은 병을 보이면서 꿈 이야기를 했다. 진맥을 마치고 난 고완은 놀랍다는 듯이 말했다.

"병이 지금 심장과 횡격막 사이에 침투해 있습니다. 이 정도면 소인의 능력으로는 치료가 불가능합니다."

마침내 경공은 체념하고 말았다. 후한 사례를 해서 고완을 돌려보낸 경공은 이렇게 생각했다.

'내 명운이 이것뿐이라면 어쩔 수 없는 일이 아닌가. 더 이

상 안달복달하지 않고 의연히 죽음을 맞으리라.'

그러고 나니 한결 마음이 편했고, 생사 문제에 초연해지니까 의외로 병이 점점 나아지는 것 같았다. 그리하여 햇보리를 수확할 무렵에는 지난날과 별로 다름없을 정도로 건강을 되찾았다. 마침내 햇보리가 반입되었을 때, 경공은 그것으로 밥을 짓게 하고는 무당을 잡아들였다.

"네 이놈! 쥐뿔도 모르는 놈이 나라의 무당이라고 앉아서 공연한 헛소리로 과인을 마음고생시켰겠다. 뭐가 어째? 햇보리밥을 먹지 못할 거라고? 여봐라! 이놈을 당장 끌어내다 목을 베어라!"

불호령을 내린 경공은 밖에서 죽어가는 무당이 지르는 단말마의 비명소리를 들으며 수저를 들었다. 바로 그 순간, 갑자기 배가 아프기 시작했다. 깜짝 놀란 경공은 수저를 집어던지고 배를 움켜쥔 채 화장실로 뛰었다. 그러나 화장실에 도착하자마자 쓰러져 죽고 말았다.

고황(膏肓)의 고(膏)는 심장(心臟) 밑에 있는 엷은 뼈, 황(肓)은 바로 그 아래 횡격막(橫隔膜) 위를 말한다. 이곳은 모두 몸의 가장 깊은 곳으로, 병(病)이 이곳으로 들어가면 손을 쓸 수 없어 죽게 된다는 뜻으로, 병이나 나쁜 버릇, 습관 등이 고칠 수 없을 정도로 악화된 것을 말한다.

즉, 병이나 나쁜 버릇이 심해져서 회복할 가망이 없게 된 것을 말하는 것으로 병이 불치(不治)의 상태에 이르러 치유 가망이 전혀 없는 상태를 뜻하는 「병입고황(病入膏肓)」을 「병입골수(病入骨髓)」라고도 한다. 이는 손댈 수 없을 만큼 나쁜 지경에 이른 상태를 뜻하기도 한다.

그는 체계적으로 의학이론(醫理)를 공부한 적이 없어 그 이치를 잘 알지 못하였다. 환자의 병세가 어느 정도까지 진행되어야 회복이 불가능하다고 판단할 수 있느냐는 질문이 그를 오랫동안 의문이 생겼다.

어느 날, 그는 장상군이 쉬고 있는 틈을 타서 그에게 병입고황의 문제에 대해서 장상군에게 가르침을 청하였다. 진월인의 질문에 장상군은 한편으로 놀라움과 흔위(欣慰)를 느꼈다.
'그동안 의학공부를 한 적이 없는데, 병정(病情 : 병세)에 대해 이렇게 깊이 생각하다니 앞길이 창창하네.'
그러나 장상군은 그의 질문에 직접 대답하지 않고 병의 진행 상황에 대해 이야기를 한다.
"사람의 병세(病情)는 작은 것에서 큰 것으로, 가벼운 것에서 심각한 것으로 서서히 심해진단다. 몸의 질병 징후가 처음 나타났을 때 중시해야 하고, 제때 치료하면 시간을 절약하고 병의 근본까지 완전히 근절할 수 있다. 병변이 퍼질 기미가 보이고 몸에 작은 문제가 생겼을 때 빨리 치료하면 낫지만, 병변이 퍼지는 것을 방치하다가 병이 깊어져 불치병으로 발전하면 천신이 인간세상에 내려와도 소용이 없는 것이다. 병이 중태에 빠졌는데 사실은 미약하게 알고 일찍 병세가 악화되는 것을 예방하는 것을 말한다.”

장상군의 말을 듣고 진월인은 갑자기 깨달음을 얻었지만, 의문이 생겼다.

“어떤 방법으로 병세의 악화를 억제할 수 있습니까?”

이 문제는 식견이 풍부한 장상군을 난처하게 만들었다. 그는 진월인에게 설명한다.

“의학에서 의술은 매우 변화가 다양하단다. 첫째, 질병은 끊임없이 변화하고, 둘째, 환자의 신체적 특성은 각기 다르며 어떤 좋은 처방도 만천하에 있는 것이 아니다. 일정한 약 처방으로 모든 환자를 치료한다면 미련해서 사태의 변화를 무시하는 어리석은 행동과 다를 바 없다. 치료하는 사람은 반드시 한서(寒暑), 동정(動靜), 남녀(男女), 내외(內外) 등 병의 인소(因素)로 의료방침을 정해야 한다. 변화는 한마디로 요약할 수 있는 것이 아니다.”

장상군의 말에 진월인은 고개를 끄덕였다. 그는 의학의 세계는 끝이 없다고 생각했다.

"예로부터 하늘은 스스로 돕는 자를 돕니다(天道酬勤). 어떻게 질병의 악화를 억제할 수 있는지는 오직 천하의 처방을 널리 구하고 의술을 깊이 연구해야만 답을 찾을 수 있다. 만일 한정 된 생명을 가지고 의술에 정진하여 백성을 구제할 수 있다면 아마 최고의 의술이 될 것이다."

강수(姜殳)는 옆에서 장상군이 진월인을 귀하게 여기는 듯하여 질투가 났다. 강수와 진월인의 성격은 하늘과 땅 차이가 났지만, 강수는 민첩하며 이해력이 좋아 스승이 무슨 말을 해도 금방 알아차릴 수 있었고, 장상군에게 10여 년 동안 의학을 배우면서 스승님의 전수를 받아 많이 발전되어 있었다.

반면 진월인은 평소에 말이 많지 않았다. 체계적이고 지속적인 의학훈련을 거치지 않아 의학 진행이 강수만큼 뚜렷하지 않았다. 강수는 항상 진월인을 비꼬며 자극을 하였다. 진월인은 그런 강수가 전혀 큰 그릇이 아니라는 것을 깨닫게 한다.

어느 날, 장상군이 왕진을 나가자 강수(姜殳)는 진월인이 약재를 정리하는 것을 보고 다가갔다.

"사장님은 전설 속의 해(獬)와 비슷하게 생겼고, 말소리가 까치 같아서 스승께서 무엇을 가르쳐주어도 배우지 못하여, 10

여 년이 지난 후에도 나랑 비슷할 것 같아 견습생으로 집사 노릇만 하게 될 것입니다.”

강수는 진월인을 비웃었다. 해(獬)는 일종의 신수(神獸)로 선악을 가질 줄 안다는 상상의 짐승을 말한다. 강수가 진월인에게 부담을 느끼고 두려운 존재로 부각된다는 것을 깨달았다. 이런 비아냥거림에 진월인은 화를 내지도 않고 오히려 더 여유롭게 생각했다.

그는 의술을 배우는 것에 대해 나름대로 이해하고 있었다.

강수(姜殳)는 밤낮으로 곁에서 모시고 장상군의 진수를 배운 것은 사실이나, 스승이 가르치는 대로 따라하였다. 그러나 앵무새가 흉내를 낸다고 해서 재주가 있는 것은 아니라고 생각했다.

각양각색의 환자와 많은 변화하는 병정(病情 : 병세)에 대해 하나를 보고 열을 아는 것이야말로 의원으로서 마땅히 배워야 할 정신이다.

강수는 진월인이 우둔하고 어리숙하다고 생각하며 더욱 우습게 느껴졌고, 그가 의학을 배울 재목이 아니라고 생각을 하였다. 장상군이 돌아오자, 강수는 진월인의 행적을 스승에게 일러바쳤다. 그때마다 장상군도 웃어넘겼다.

강수는 스승 밑에서 십여 년 동안 갈고 닦은 끝에 강수는 이

해(獬)

미 23세가 되었다. 강수는 스승 밑에서 배운 지 오래됐고 편작
이라는 제자가 스승 밑에 있으니 부담을 느껴서 생각하였다.

'그래 독립하자.'

어느 날, 강수는 스승 장상군에 입을 열었다.

"스승님, 제가 이제 독립하여 행의(行醫)를 하여야겠습니다."

"내 밑에서 아직 배울 것도 있는데……."

"저는 마음속으로 이미 결정했습니다. 부디 허락해 주십시오."

장상군은 강수의 의술이 많이 진보했다고 생각하나, 학업을
마치고 개업하여도 충분하다고는 생각지 않았다. 그러나 자신
이 데리고 다닌 첫 제자였던 강수가 앞으로 무사히 의료행위를

할 수 있을지 장상군은 확신이 서지 않아 마음이 놓이지 않았다.

강수가 독립하겠다고 하니, 장상군은 진월인을 불러 그의 의견을 듣고 싶었다.

"강수를 어떻다고 생각하는가?"

장상군은 책상 옆에 앉아 진월인을 주시하였다. 진월인은 스승의 눈빛에 스쳐가는 한 가닥 근심을 알아차렸다. 진월인은 여러 번 생각하고, 그가 생각한 진실된 생각을 가감 없이 장상군에게 말씀드렸다.

"강수는 행동이 민첩하고 눈치가 빠르지만, 다소 경박하고 신중하지 못하다는 것입니다. 그것이 약점이기도 합니다. 이런 성격으로 의료행위를 하다 보면 처음에는 무사할 수 있지만, 얼마 가지 않아 화를 자초하고 종당에는 감옥에 가게 될지도 알 수 없습니다."

장상군이 말했다.

"강수는 나이가 어려 사람을 진단 치료가 정확할 수 없지만, 그는 나를 따라 10여 년 동안 의학을 공부했고, 또한 영리하고 총명해서 한 번도 실수를 한 적이 없는 인재라네. 게다가 그는 영원히 나와 함께 있을 수 없어, 조만간 독립적으로 의술을 베풀어야 할 거야."

장상군의 마음은 강수 쪽으로 기울었고, 스승도 강수가 독립하는 것을 결정한 것 같아 더 이상 강수에 대해 말을 하지 않았다. 결국 강수는 스승의 곁을 떠나 독립하기로 하였다.

"스승님, 그동안 스승님의 가르침으로 의술을 익혔습니다. 이제 저는 떠날 때가 되었습니다."

"그래, 결심을 했다니. 할 수 없구나."

이튿날 새벽, 강수는 노읍(盧邑) 성문에서 작별인사를 하였다. 장상군은 강수의 손을 꼭 잡은 채 말을 어디서부터 꺼내야 할지 생각했다.

藥是紙包方 又是紙包槍　약시지포방 우시지포창

약은 종이로 싸고 있는 처방이고,

또한 종이에 싸고 있는 무기이다.

"의술은 다른 업종과 다르며, 의술을 업으로 하는 사람은 반드시 신중해야 화를 면할 수 있다. 환자를 대할 때 경미한 부상이나 중환자를 막론하고, 물동이를 이고서 성벽을 걷는 것과 마찬가지로 한 걸음 한 걸음 차근차근 온 정신을 집중하여 신중하게 행동하며, 서두르지 않고 그릇의 물이 쏟아지지 않게 하여야 한다."

말 속에는 제자에 대한 걱정이 가득하고 눈빛에는 스승이 제자에 대한 배려가 가득하다. 이 같은 간곡한 당부는 강수를 깨우쳐 주지 않고 오히려 진월인의 마음속에 새기게 하였다. 이것은 장상군의 간곡한 가르침으로 결코 잊지 못하는 귀한 교훈이었다.

강수는 무릎을 꿇고 큰절을 올리고 스승의 가르침에 감사하며 배낭을 꾸린 뒤 뜨거운 눈물을 글썽이며 오가는 인파 속으로 들어갔다. 떠날 때 장상군이 제자 강수에게 말한 한 마디가 마지막 수업이었다.

그 밖의 것은 스스로 의술을 행하면서 배우고 체득해야 할 것이다. 강수의 뒷모습을 보며 진월인은 두 가지의 생각을 했다.

'스승 밑에서 독립한다는 것이 부럽구나. 그러나 좀더 단단한 의술을 익혀서 백성들을 치료하여야 하는데…….'

장상군과 함께 멀어져가는 강수의 뒷모습이 보이지 않을 때까지 바라다보고 있었다.

세월은 쏜살같이 흘러갔다. 강수는 외지에서 의술을 행한 지 3년이 되었는데, 과연 진월인의 예언대로 처음에는 모든 일이 순조롭게 진행되다가 결국에는 감옥에 갇히는 최후를 맞이하게 되었다. 알고 보니 그는 처음에 사람들의 병을 고치기 시작할 때 스승 강상군의 마지막 교훈을 기억하고 치료에 임하였다.

차츰 명성이 쌓여서 그에게 찾아오는 사람이 많아지고, 어떤 곳에서는 고관이 그의 명성을 흠모하여 찾아온 후로 명성이 더 얻게 되어 그는 교만해지기 시작했다. 명리(名利)가 따라오니 강수는 정신을 못 차리고, 갈수록 간이 부풀어 올랐다.

진료할 때, 의술이 대단하다고 생각해 무심코 넘어가고 사리사욕을 부리며 예전처럼 섬세하고 진지하지 않고 교만하게 되었다. 결국 환자를 잘못 진찰 치료하여 한 사람의 목숨을 앗아 갔다.

그가 죄인이 되었다는 소식을 들은 장상군의 마음은 매우 아팠다. 장상군은 더욱 깊이 생각했다.

'의술을 배우는 사람으로서 지녀야 할 덕목, 의학은 결국 활인지술(活人之術)이기에 의술을 행하는 것도 다른 업종과 다르며, 만일 의술이 올바르지 않은 사람에게 의술이 전해진다면 아무리 좋은 의술이라도 목숨을 거는 일이 될 수 있다.'

장상군은 강수가 감옥에 들어간 날부터 날로 갈수록 늙어만 갔다. 장상군이 처음으로 진월인의 여관에 묵은 지 이미 10년이 흘렀다.

공자(孔子)가 시냇가에서 한 말 중에서

逝者如斯夫 不舍晝夜   서자여사부 불사주야

가는 것이 이와 같구나, 밤낮을 쉬지 않으니.

과연 거짓이 없다. 장상군은 나이가 드니 기력이 예전 같지 않음을 느꼈고, 근래에 들어서는 눈을 들어 사물을 보는 것도 나날이 피곤해지고, 드문드문한 백발은 늘 그가 앞으로 얼마 남지 않았음을 일깨워 주니, 뒷일을 잘 마무리지어야겠다는 생각을 하게 되었다.

그의 제자 강수는 총명하지만, 인격이 부족하여 의술의 길이 전승이 되지 않았다. 장상군은 수십 년이 지난 뒤 평생 쌓아온 의학지식과 경험을 누군가 물려받아 더 많은 사람을 살리는 데 쓰이기를 바랐다.

'사람은 인내심과 지혜와 용기뿐만 아니라, 사람을 긍휼히 여기는 마음이 있어야 한다.'

여기까지 생각하니 그의 마음속에는 자신도 모르게 뜨거운 기운이 솟구치고 있었다. 사실 장상군은 몇 년 동안 진월인을 관찰했었다. 그는 한가하게 앉아 있을 때 항상 생각했다.

10여 년 동안 진월인은 장상군을 보살피며 한결같이 사람을 대하는 태도가 다른 사람과 달랐다.

'진월인은 틀림없이 매우 인내심이 있고, 일하는데도 조금도 빈틈이 없으며, 마치 돌멩이가 물속에 가라앉아 수심이 깊고 고요하게 물 밑에 있어 암류가 끊임없이 돌멩이를 모서리를 다듬고 있는 것 같아 훗날 귀한 돌멩이가 될 수 있어. 진월인이야말로 총명하고 성정이 온화하고 사리사욕에 취하지 않는 젊은이야.'

《소문(素問)》의 한 구절에 의술을 행하는 사람에 대한 설명이 있다. '제자를 택해 가르치는 것은 지극히 중요한 일이다. 만약 기황(歧黃)에 반할 인재를 만나도 스승이 가르치지 않는 것은 스승의 실수이지만 제대로 가르치지 않으면 비인간적이며 의학에 대한 모독이기도 하다.'

진월인이 나타나기 이전의 긴 세월 동안 모든 의원은 관의(官醫)이었다. 의원은 한 국가에 소속되어 각기 다른 환자를 각기 다른 의원들에게 분배하여 치료하는 일을 담당하였다. 연말이 되면 의원은 서민들의 병세를 보고서를 작성해 자기 나라 의원들에게 보고해야 했다.

장상군은 바로 제(齊)나라 궁정 어의였다는 말이 있었다. 그는 마침 노읍(盧邑) 일대를 맡아 그곳 백성들의 근심과 병을 치료해 주었다. 노읍은 또 교통의 요충지에 위치하고 있다. 그래서 장상군은 공무상 진월인이 있는 여관을 자주 지나치게 되었다. 진월인은 장상군을 처음 만났을 때 예상했듯이, 장상군은 보통사람이 아니었다.

춘추전국시대 때에는 의학지식과 서적을 주로 열국(列國)의 관청에 보관하였는데, 일반인들은 의학과 의술을 배우기가 하늘의 별 따기였다고 할 수 있다. 하지만 직업상 관계로 장상군이 가지고 있는 많은 금방서(禁方書)는 바로 궁중의학 처방이었다. 그러나 옛날에는 궁정의 최고 기밀이 되어 있었기 때문에 궁정의 처방은 외부로 유출할 수 없었다.

장상군은 외유의(外游醫)로 수십 년 있으면서 민간에는 질병이 많은데, 의원은 책이 적다는 것을 뼈저리게 느꼈다. 의원도 없고 약도 적어 많은 백성들이 의원을 찾지 못해 병을 미루고 목숨을 잃기도 했다. 그 당시 장상군은 강수(姜殳)를 곁에 두었는데, 그 목적도 의원 한 명 가르치고 전수하려 하였다.

오늘날 장상군은 깊은 자기모순에 빠져 있었다. 직업윤리에 따르면 그는 영원히 이 금방서(禁方書)를 사적으로 지켜야 했다. 만약 천하의 백성들을 구제하고 싶다면 그는 이 금방서들과 그가 평생 배운 지식과 경험을 남김없이 전수해야 하였다.

그러나 만약 사람들이 그가 금방서를 유출했다는 것을 알게 되면 화를 당할 것이다. 진월인은 장상군을 따라다니며 그의 지시를 따라 많은 양의 의서를 열심히 공부하였고, 어떤 책은 장상군의 진귀한 소장품이고 어떤 책은 그의 수십 년의 귀중한 경험이 축적된 것이었다. 눈 깜짝할 사이에 세월이 지나갔다. 진월인은 의학 지식이 풍부해져 장상군의 사랑을 받았다. 또한 장상군은 진월인에게 성심성의껏 의학을 가르쳤다.

하루는 진월인이 외출했다가 객관에 돌아오니, 종업원이 달려나와서 말했다.

"장상군께서 밖에 나가셨어요."

"나가다니, 스승님은 수시로 나갔다가 며칠 있다가 들어오시는 분이시잖아."

"아뇨. 그게 아니라……"

"아니라니?"

"저보고 언제 올지 모르지만, 한동안 안 돌아 올 거라고 하셨습니다."

장상군이 머물렀던 방으로 가보니 편지 한 통이 놓여 있었다. 진월인은 황급히 편지를 펼쳐보았다.

「한동안 못 돌아올 것이다. 그 동안 의학서적을 더욱 더 탐독하거라.」

늦여름 어느 날, 밤의 장막이 도시를 뒤덮고 있을 때 여관도 낮의 북적거림과 분주함에서 벗어나 모든 것이 조용해졌다. 창밖에는 비가 부슬부슬 내렸다.

진월인이 문을 닫으려 할 때 장상군이 돌아왔다. 그는 삿갓을 벗어던지고는 빗물을 피해 삿갓을 문 뒤에 걸어놓고 탁자에

앉았다. 장상군은 생각했다.

'바로 오늘 결정하자.'

장상군은 진월인을 불러 말했다.

"나이 들어 평생 배운 것을 너에게 전수하고 싶다. 의학을 배우는 것은 매우 힘든 일이다. 요 몇 년 동안 너에 대해 많은 것을 보았다. 일단 너는 산에 가서 약초를 캐고 일 년 후에 내가 다시 너를 찾으러 올 것이다."

말을 마치자, 약초를 캐는 도구와 약초 견본을 진월인에게 건네주고 하룻밤을 묵은 후 장상군은 진월인에게 말도 없이 조용히 떠났다.

이튿날 아침 일찍 진월인은 약초 캐는 호미를 메고 자루를 메고 출발하였다. 그는 매일 산에 오르고 계곡을 건너며 약초를 찾아다녔다.

진월인은 나뭇가지를 하나 꺾어 산에 길을 내면서 독사에게 물리지 않도록 하며, 나뭇가지로 발밑의 약초를 찾아내어 약초를 채취할 때마다 따서 냄새를 맡다가 입에 넣고 씹어 맛을 음미하였다. 그는 산을 두루 답사하였고, 그곳에서 자라나는 각종 약재를 모두 찾아내었다. 일 년의 시간이 빠르게 지나갔다.

어느 날 저녁, 진월인이 여관에 돌아와 보니 장상군이 그를 기다리고 있었다. 진월인의 자루에 재취한 약초를 보고 장상군은 매우 만족해 하였다. 알고 보니 그가 진월인을 불러 약초를 채취하게 한 것은 깊은 뜻이 있었다.

약초를 채집하는 과정에서 진월인은 자신도 모르게 일반적인 약초의 형태를 인식하고 약초의 약효를 관찰함과 동시에 의료 행위의 어려움을 직접 느끼게 하였다. 비록 진월인은 약초에 대한 이해를 얻었고, 장상군이 병을 진단하는 장면을 관찰하고 간단한 치료법을 이해하고 몸소 느끼게 하였다.

그래서 장상군은 그를 불러 근처 골목을 돌아다니며 주민들을 진맥하고 병을 치료하도록 진월인에게 지시하였다.

"천 명의 환자를 치료한 후에나 다시 만나세."

천 명의 환자를 치료하라고 하니, 진월인은

반 하

환자를 치료하기 위해, 의학서적을 보면서 의학지식을 넓히고 약초를 연구하여 약의 성미(性味)를 파악하며, 약을 사용했을 때 부작용을 파악하였다.

반하(半夏)를 사용할 때 구토와 입술과 혀에 작열감이 생기고, 두통이 생기며 복통과 심계(心悸)가 있다는 것을 알게 되어 감초(甘草)나 생강(生薑)이 반하의 독성을 완화해 준다는 것을 알게 되었다.

또한 침술을 치료하기 전에 혼자 본인 몸에다 침을 놓으면서 연습하며 침이 어느 혈(穴)에 자침(刺針)하면 통증이 심하거나 또는 기(氣)의 순환이 강하게 움직이는 것인지 혼자서 느끼기도 했다.

그러면서 진월인은 다시 고된 의료생활을 시작하게 되었다. 그가 주변을 돌며 약을 지어줄 때 사람들은 그를 믿지 않았다.

《예기(禮記)》에 일찍이 기록했다.

醫不三世 不服其藥

의불삼세 불복기약

의원이 삼대째가 아니거든 그 약을 복용하지 않는다.

이는 의원 집안 출신으로 어려서부터 가훈을 받고 의학서적을 많이 읽고 대대로 전해져야만 의학이론에 정통할 수 있고, 그렇게 처방된 약은 사람을 안심시킬 수 있다. 진월인은 나이

가 어리고 의원 출신 집안도 아닌데 어떻게 사람들에게 그의
의술을 믿게 할 수 있을까.

그는 풋내기 의원으로 사람들의 의심의 눈초리를 받게 되어
있었다. 그러나 뜻밖에도 그는 재간을 보였다. 진월인은 열성적
이어서 스승을 따라 의술을 배우게 되었고, 어떻게 문진하고
어떻게 진맥을 할 것인가를 일일이 마음속에 기억하였다.

한가할 때는 의학서적을 보며 의술에 정통하도록 탐구하였
다. 뜻밖에도 첫 왕진에는 맥을 못 보았다. 그는 자신이 의원감
인지 의심하고 포기하고 싶을 정도였다. 하지만 다시 생각해
보니 그의 앞으로의 길은 멀었다고 생각이 들었다.

환자의 질문을 받고 당황하여 중도에 그만두면 스승 장상군
의 기대를 저버리게 되기에 그는 다시 자신감을 갖고 환자들의
질문에 용감하게 대답하고 환자와 가족들을 애써 설득하였다.
모두가 병고에 시달릴지언정 그에게 기회를 주려 하지 않을 줄
누가 알겠는가. 진월인은 결정했다. 먼저 배수진(背水陣)을 치
듯 약을 달여 자신이 먼저 한 그릇을 마시기도 했다.

환자는 그가 탕약을 마신 후, 진월인이 별 부작용이 없자 그
제야 하나 둘씩 이어서 모두 따라 마시기 시작했다. 며칠 후
환자의 병이 정말 좋아졌다.

첫번째, 시험에 많은 자신감을 더해주었고, 그는 마을마다
돌아다니며 한 가지 한 가지 사례를 접할 때마다 환자의 안색

과 오관(五官)을 주의 깊게 살피고, 호흡소리, 말소리, 기침 소리 등 환자가 내는 여러 가지 소리를 들었다.

환자의 몸속과 입속의 냄새를 자세히 맡으며 환자의 발병 과정, 느낌, 생활습관과 과거 병력을 묻고 환자의 한열(寒熱) 부위를 만지며 환자의 여러 가지 증상을 종합적으로 고려한 후 병세를 진지하게 병정(病情 : 병의 상태)을 진단하여 치료의 방침을 마음에 느낀 것을 기록하였다.

환자의 재진료를 도와야 할 때쯤에는 약물 투여 전후 어떤 변화가 있었는지, 출혈과 화농(化膿 : 곪은 상태), 통증이 경감되었는지 알지 못하는 것을 자세히 물었다. 자신도 모르는 사이에 그는 병례(病例)와 의안(醫案)을 기록하였다.

진월인의 발자취는 사방 백리(百里)의 마을을 두루 돌아다니며 천 명의 환자를 진찰하고 치료하면서 어떤 병에 어떤 약을 써야 하는지 거의 확실히 알게 되었다.

스승이 지시한 임무를 완성한 후, 진월인은 곧장 여관으로 달려가 스승과 즐거움을 나누려고 했다. 여관에 도착하니 장상군이 병으로 쓰러져 침대에 누워 있는 것을 발견했다.

그는 두말없이 약상자와 짐을 내려놓고, 약을 달여서 스승에게 드리며 밤새도록 정성껏 간호했다. 이튿날 동틀 무렵 장상군의 병세는 안정되었다. 장상군은 진월인을 알 때부터 그의 의술의 성장과 진보를 목격하였다.

일 년 동안 산에 올라가 약초를 가려내는 데 큰 도움이 되었으며 약초를 캐며 객지 생활을 하면서 강인한 의지력을 단련시켰다. 천여 명의 환자를 진료하며 환자의 성격과 인성, 병세, 진단의 관계를 파악할 수 있는 경험도 더했다.

의원은 인자한 성품을 중요시 여긴다. 진월인은 사람들 곁에서 섬기며 세심하게 돌보고 환자를 가족과 친구처럼 세심한 마음으로 대하니 장상군은 진월인을 매우 좋아했고, 진월인에게 자신의 진귀한 의술 처방을 전수하여 열심히 의술을 연마하게 되어 많은 백성을 구제하게 하였다.

장상군은 진월인에게 일 년 동안 약초를 캐도록 한 것은 약초의 효능과 부작용을 알게 하는 것도 있지만, 산과 들을 다니며 체력을 강하게 만드는 목적도 있었다. 그 후 환자를 천 명을 치료하라고 한 것은, 치료하며 연구하고, 치료 경험을 넓게 하고, 치료하다 보면 의학책을 보고 연구하게 만들기 위함이었다.

치료하면서 환자를 대하는 태도나 환자에게 말하고 듣는 것을 훈련시키기 위함이었다. 환자가 신뢰를 갖게 말하고, 또한 아픈 상태를 정성껏 들어주는 것까지 익히도록 하였다.

눈 깜짝할 사이 3년이 흐른 어느 해, 새 봄에 장상군이 객관에 나타났다. 수염도 하얗고 앞니도 빠지고 등이 굽은 것을 보고 피로한 기색이 역력해 보였다. 진월인은 반가워서 스승 장상군을 아늑한 방으로 안내하였다.

"스승님, 앞으로 이 방에 머무르셔요."

"그동안 의학책을 많이 읽고, 많은 환자도 보았나?"

"예."

그날 밤, 장상군은 진월인을 자기 방으로 불러놓고 조용히 말했다.

"오늘 자네와 상의하고 싶은 일이 있다네. 너는 마음이 맑고 깨끗하며 긍휼한 마음을 가지고 치료하고 학문을 한결같이 꾸준히 배우는 것을 보았다."

"……"

"이전에 내가 준 책과 내가 알려준 것은 의술의 기초적인 것이고, 내가 알려준 것은 나의 치료 처방이었다. 무엇보다도 학문은 기초가 중요한 것이다. 아무쪼록 기초가 튼튼하여야 한다네."

"예."

"내가 이제 조상 대대로 의원생활을 하며 터득한 의술 비법과 제세활인(濟世活人)의 비방을 너에게 전수하기로 결심했는데, 어떤가."

"스승님, 저 같은 사람에게 비방 전수를……"

죽 간

진월인은 감격하여 말을 잇지 못했다..

"한 평생 가난하게 살고 결혼도 안 하고 살았는데, 어디 후배나 다른 제자가 있겠는가."

"스승님을 만나서 의학을 공부하게 된 것도 감사합니다."
"다만 절대 밖에 누설하지 말거라. 의술은 인술이라네."

장상군은 휴대한 보따리를 풀어 죽간(竹簡 : 대조각에 글을 써서 엮은 것) 뭉치를 꺼내며 진월인에게 문을 닫으라고 손짓

하며 할 말이 있는 듯하였다. 진월인은 문을 닫고 돌아서서 장상군의 침대 앞에 이르렀고 장상군은 조심스럽게 죽간 한 묶음을 진월인의 손에 넘겨 주었다.

원래 장상군의 비장(秘藏)의 의방(醫方)을 공개 전수할 수 없으며 발설되면 살신(殺身)의 화(禍)를 자초하게 된다는 것에 진월인은 놀라움을 금치 못했다. 이 점을 장상군이 어찌 모를까? 그러나 진월인과 의학의 전수를 위해 장상군은 위험을 무릅쓰기로 마음먹었다.

진월인은 황공히 그 무거운 죽간(竹簡)을 받들고 있었는데, 그는 장상군이 이렇게 귀중한 금방서(禁方書)를 자신에게 물려 줄 줄은 상상도 하지 못했다.

고개를 들어 장상군을 바라보니 늙어 보이는 그의 눈에는 분명 굳건함과 신뢰하는 믿음이 가득하였다. 여기서부터 시작되면서 진월인의 운명이 근본적인 전환이 일어났다.

장상군을 10년 동안 따라다녔던 강수는 스승의 전수를 받았지만 장상군의 의술과 학술을 이어가지 못하고, 진월인이 장상군이 제자가 되어 의원으로 사방으로 의술을 펼치게 되었다.

이어 장상군은 품에서 작은 약병을 꺼내 진귀한 환약을 진월인의 손에 넘겨주었다. 진월인에게 환약을 넘겨준 후 굳게 굳었던 미간이 천천히 펴졌고 눈에는 희망의 빛이 엿보였다.

장상군과 진월인은 서로 마음이 통하며 장상군의 깊은 뜻을 진월인이 어찌 모를 수 있었을까. 의원은 관의(官醫)로 귀족을 위해 일하지만, 서민들에게는 의료 혜택을 받기가 어려웠다. 그러나 질병은 귀천을 가리지 않는다.

민간에서는 진정한 양의(良醫)가 부족하고 백성들은 병이 발병했는데도 치료를 받지 못해 무의(巫醫)에게 도움을 청할 수밖에 없었다.

장상군은 평생을 의술로 지내면서 이러한 현상에 대한 우려가 컸는데, 다만 그가 고령인만큼 진월인이 그의 의술을 이어받아 전승되기를 바랐다.

진월인은 노읍성(盧邑城) 여관에서 고민하던 소년에서 의술로 세상을 구하는 현호제세(懸壺濟世)의 사랑받는 의원으로 거듭나면서 운명이 바뀌었다. 15여 년 전 그의 아버지는 공리(功利)적 추구에서 고집스럽게 그의 이상(理想)의 불을 지폈다.

이제 장상군은 그의 길잡이가 되어 그를 다른 세계로 인도하여 그의 마음속에 있던 구제의 불씨를 다시 피우게 되었다. 이때부터 진월인의 발아래 또 다른 밝은 길이 펼쳐질 줄은 아무도 예상하지 못했다.

장상군은 말을 마치자마자 품에서 금박지로 싼 환약 30개를 꺼내며 말했다.

"이 환약은 금단(金丹)이다. 반드시 땅에 떨어지지 않은 이슬(露水)로 복용하여야 하고, 복용 후 30일이 지나면 만물을 꿰뚫어 관찰할 수 있고, 남들이 볼 수 없는 모든 것을 꿰뚫어 하나도 놓치지 않게 된다."

말을 마치고 돌아서서 침대 모퉁이 옆에 있는 나무상자 하나를 꺼내 열자, 두툼한 비전방서(秘傳方書)를 꺼내 진월인에게 내밀었다. 진월인은 스승이 건넨 비전방서를 두 손으로 받들고 무릎을 꿇고 절을 하였다. 그리고 말했다.

"스승님, 저를 믿으시니, 저는 은혜를 보답코저 스승님을 모시고 평생을 살 것입니다."

장상군은 웃으며 진월인에게 말했다.

"한 달 후에는 비전방서를 터득하고, 환약을 먹으면 명의(名醫)가 될 것이다. 자넨 앞으로 내 애기는 절대 꺼내지 말고, 언제나 네 마음속에는 환자만을 생각하거라. 의자인심(醫者仁心)으로 환자를 어진 마음으로 대하고, 죽음에서 살리고, 상처를 낫게 하며, 세상을 구제하는 것이 의원의 본분인 것을 부디 명심하거라."

진월인은 장상군의 방에서 물러나 자기 방으로 들어가 받은 의서(醫書)를 보니 매우 심오하며 귀중한 책이었다. 더욱 스승 장상군이 범상치 않은 사람이라 새삼 생각했다. 다음날부터 장상군은 제일 좋은 객실로 모시고 남은 생애를 잘 돌보며 모실 생각이었다.

이튿날, 진월인은 스승 장상군 방을 찾아갔는데, 어찌 됐는지 이미 장상군의 방은 깨끗이 비워져 있었고, 침상에는 금과 은이 한 무더기 놓여 있었다. 그 값어치로 따지면 오랫동안 외상으로 머물렀던 숙박비와 음식값을 갚고도 남을 만큼 충분할 뿐만 아니라 더 많은 값어치였다.

진월인은 장상군이 무슨 까닭이 있는가 생각하고 급히 종업원을 시켜 스승을 찾아 모셔 오도록 지시를 내렸다.

종업원이 막성(鄚城)의 안팎으로 샅샅이 찾아보았지만, 자취를 감춘 채 그로부터 장상군은 영영 찾아볼 수가 없었다. 진월인은 자신이 만난 스승이 신선(神仙)이라는 것을 깨달았다. 그제야 장상군이 선인(仙人)이었다는 것을 깨닫고 진월인은 즉시 무릎을 꿇고 머리 숙여 세 번 절하였다.

"스승님, 반드시 병에 걸린 사람들을 치료하며 세상의 사람들을 구제하겠습니다."

진월인은 장상군이 건네준 환약에 이슬을 받아 30일 동안 계속 복용하니, 30일이 지나자 장상군이 말한 대로, 벽 너머로 사람이 훤히 들여다보일 정도로 마음이 환하여졌다.

'아니……!!!'

그러다 진월인은 두 눈에 통증을 느끼며 기절해버렸다.

잠시후 깨어난 진월인은 크게 기뻐하며 장상군이 준 비방책을 가지고 집으로 달려갔다. 가는 중 한 젊은이가 길을 가로막으며 말했다.

"당신이 진월인인가? 장상군께서 내게 여기서 자넬 기다리라고 했다네. 나를 치료해 주게."

진월인이 젊은이를 바라보더니,

"젊은이, 자넨 사람이 아니로구나! 본래 모습대로 나타나거라. 그래야 너를 치료해 줄 수 있다."

젊은 사람이 뒤로 나둥그러지더니, 뜻밖에 알록달록한 호랑이로 변하였다. 진월인은 한눈에 병의 원인을 발견할 수 있었다.

호랑이 목구멍에 뼈가 하나 걸렸고, 목구멍은 이미 곪아 고름이 차있었다. 진월인은 호랑이의 입에 나무상자를 물려 호랑이 목구멍으로 손을 뻗어 뼈를 뽑았다.

호랑이는 고맙다고 머리를 흔들며,

"신의(神醫)가 치료해 주어서 감사합니다. 앞으로 은밀히 보호 해드리겠습니다."

말을 마치자 바람이 일더니 호랑이는 사라져버렸다. 진월인이 마을 어귀에 다다른 것을 보고 걸음을 재촉하며 걸어가는

데, 숲속에서 한 중년 남자가 걸어 나왔다.

그 중년은 진월인에게 인사를 했다.

"네가 진월인이냐? 장상군이 나에게 여기서 기다리면 신의(神醫)가 지나간다고 했어. 날 좀 치료해 줘."

진월인은 눈을 똑바로 뜨고,

"당신은 사람이 아니군, 당신의 본체를 드러내어야 내가 치료해 줄 수 있습니다."

그 중년은 거대한 용으로 변하였다. 진월인이 보니 그 용이 말과 싸웠는지 등에 말 이빨이 빽빽이 박혀 있었다.

진월인은 용의 등에 박힌 말 이빨을 주위의 날카롭고 뾰족한 돌을 찾아 용의 등에 박힌 말 이빨을 하나하나 꼼꼼히 뜯어냈다.

용은 온몸이 홀가분하며 좋아하더니 다시 중년 남자로 변했다.

"신의(神醫)께서 구해줘 고맙습니다. 제가 나중에 은밀하게 지켜주겠소."

용은 말이 끝나자마자 사라져버렸다.

진월인은 호랑이와 용을 구하고, 용이 사라지자 잠에서 깨어났는데, 호랑이와 용은 꿈속에서 만났던 것이었다.

'웬일이지? 꿈속에서 호랑이와 용을 치료하다니?'

환약을 먹고 잠들었었는데, 꿈속에서 치료한 것이었다.

정말 만병통치약을 복용한 것 같아서 이때부터 신명통달(神明通達)하게 되었다. 그의 안력(眼力)으로 모든 것을 꿰뚫고 있으니, 오장육부(五臟六腑)의 각종 질병까지 한눈에 알 수 있어 병의 근원을 찾아낼 수 있었다.

사람들은 그가 사물을 한눈에 알아보는 것에 놀라,

"어떻게 질병이 장기에 있는 것을 알았습니까?"

진월인은 이런 말을 듣고도 굳이 해명을 하지 않고 그저 웃기만 하였다.

원래 장상군이 건네준 의서(醫書) 가운데 한 권은 인체 내장 기관과 인체 구조에 대한 것뿐만 아니라, 인체 해부도(解剖圖)가 첨부되어 있었던 것이었다.

진월인은 병의 원인을 진단하고 종종 병의 뿌리가 내장의 어느 부위에 있는지 정확하게 말할 수 있기에 진월인이 병의 원인을 진단하고 치료한다는 소문으로 사람들은 진월인이 환자의 내장을 볼 수 있다고 오해했다.

의술은 나날이 향상되었고, 진정한 재능과 임상경험을 풍부히 갖춘 민간 의원으로 성장하였으며, 여사(旅舍)의 사장직을 그만두고 열국을 주유하며 백성을 위하는 의원의 길에 올랐다.

그는 때때로 진(晉)나라, 조(趙)나라, 제(齊)나라에 이르러 의술을 펼쳤다. 조나라에서 의술을 펼칠 때 편작의 이름을 사용하여, 편작은 당시 누구나 알고 있는 명의가 되었다. 이후 백성들 삶 속에 깊숙이 다니면서 이곳저곳 의술을 행하며 백성들을 구하였다(濟世活人).

장상군이 편작에게 전한 이야기는 사마천(司馬遷)의 《사기(史記)》 편작창공열전(扁鵲倉公列傳) 중에 상세히 생생하게 묘사되어 있다.

장상군의 영약(靈藥)은 편작의 안력(眼力)을 다른 사람의 오장육부를 꿰뚫어볼 수 있게 한다는 것은 물론 터무니없는 소리이겠지만, 편작은 장상군의 세심한 지도와 배움으로 약 10여 년 의약학(醫藥學)에 대해 열심히 연구했고, 확실하며 정밀하고도 세심하여 높은 수준에 도달했다.

춘추전국시대에 천명(天命)을 부정하고 귀신을 의지하는 사상을 나날이 대두되었는데, 편작을 통해 질병에 대한 인식을 달리하여 질병의 종류가 많고 의원은 병을 고치는 방법이 적다고 우려하였다.

당시 의학은 크게 발전했지만, 결국은 시대적 한계에 부딪쳤다. 이에 편작의 뛰어난 의술은 이해하기가 쉽지 않은 것도 사실이며, 심지어 더할 수 없이 높은 신(神)의 역량으로 인식될 수밖에 없었다. 그의 몸에도 필연적인 신비로운 색채가 드리워져 그는 신격화되어 이야기로 등장했다. 그러나 편작의 의술은 타의 추종을 불허하여 한의학 발전사에 그의 숭고한 위상을 말하고 있다.

장상군이 떠나간 그 이후로 편작은 다시는 그를 본 적이 없었다. 성내 사람들은 대부분 장상군의 은혜를 입었다. 어떤 사람은 장상군이 신선이라 하고, 만병통치약을 먹고 신선이 되었다고 한다. 오직 편작만이 장상군의 비장(秘藏)한 궁정(宮庭) 금방(禁方)을 전수하고 관청의 추궁을 피하기 위해 떠돌아다니며 강호(江湖)에 은거할 수밖에 없다는 것을 잘 알고 있었다.

장상군의 소원은 민간에 더 많은 양의(良醫)가 있기를 바라는 것이었고 편작은 한시도 잊지 못하였으나, 그 한 사람만으로 어떻게 천하의 백성을 구할 수 있을까 하는 의문은 당시 사회 환경에서도 의술 전승은 비밀리에 이루어졌기 때문이었다.

그러나 편작은 과감하게 혁신적이고 공개적으로 제자들에게 의술을 전수하였다. 그의 1대 제자는 자양(子陽), 자동(子同), 자명(子明), 자유(子游), 자의(子儀) 등이었다.

의료행위를 하는 이 제자들은 종종 편작과 동행하여 그의 의료행위를 도우며 의술을 배워 장상군과 편작의 의술을 계승하여 한의학에 중대한 공헌을 하였다.

편작은 평생 제자를 받아들여 가르쳤는데, 의원이 제자를 거느린 것은 편작부터였다.

편작이 공개적으로 제자를 받기 이전의 오랜 세월 동안 의원은 모두 관의(官醫)이어서 장인(匠人)과 마찬가지로 부자간의 전승으로 이루어졌다.

아버지가 의원이라면 아들에게 대를 잇고 또 의원을 직업으로 삼았다. 아버지가 미장이라면 아들은 아버지의 밥그릇을 이어받아 미장이가 될 운명이었다. 장상군이 편작에게 의술을 전수하는 것은 여전히 비밀리에 행해진 일인데, 편작이 제자를 거느리고 의술을 행한다는 것은 널리 알려져 있었다.

당초 편작은 스승 장상군의 처방을 누설하지 않겠다고 직접 약속했지만, 약속은 지켜지지 않았다. 전국시대에는 선비 간에 약속은 매우 중시하였고 특히 의원 간의 약속 또한 중시되어 약속을 실천하기 위해 의를 다하여 죽는 일도 서슴지 않았다.

그런 사회 환경에서 약속을 어기는 것은 수치스러운 일이다. 도대체 무엇이 편작으로 하여금 온 세상의 비난도 꺼리지 않았을까? 감히 천하의 나쁜 짓을 하게 했는가?

춘추전국시대에 제자백가(諸子百家) 모두 도(道)를 중시하였다. 유교(儒敎)의 창시자인 공자는 일찍이 말하였다.

朝聞道夕死可矣   조문도석사가의

아침에 도를 깨달으면 저녁에 죽어도 여한이 없다.

《논어(論語)》이인편(里仁篇)

이에 대한 정의는 학자마다 다르다. 일설에 따르면 공자가 죽음을 앞둔 친구에게 한 말이라고 한다. 즉 육체의 생명이 다함보다도 정신적인 깨달음이 더 큼을 격려한 것으로 해석된다. 그러나 일반적으로는 공자 자신의 절실한 도의 추구라는 소원을 말한 것으로 보아야 할 것이다.

위(魏)나라의 하안(何晏)과 왕숙(王肅)은 "아침에 온 세상에 도가 행해지고 있다는 것을 듣는다면, 저녁에 죽어도 좋다."라는 공자의 탄식으로 해석하였다. 즉 인의(仁義)의 도덕이 올바르게 행하여지는 세상의 재현을 기대한 말이라는 뜻이다. 그러나 이것은 당시의 위의 상황이 투영된 협의(狹意)의 해석으로 평가된다.

이에 비하여 주자(朱子)는, "도라는 것은 사물의 당연한 이치다. 만일 그것을 들을 수 있다면, 살아서는 이치에 순(順)하고 죽어도 여한이 없을 것이다."라고 하여, 구도(求道)에 대한 열정의 토로로 해석하였다.

즉, 공자는 진리를 생명보다 귀하게 여겼다는 뜻이다. 이것이 가장 일반적인 해석으로 평가되며, 많은 사람들이 이 의견을 따른다. 그러나 청(清)나라의 학자 유보남(劉寶楠)은 여기서

한 걸음 더 나아가 《논어정의(論語正義)》에서 다음과 같이 말하였다.

"도를 듣고도 갑자기 죽지 않고, 곧 습관에 따라 읊어서 장차 덕성의 도움이 되고자 한다. 만일 불행하게도 아침에 도를 듣고 저녁에 죽는다면, 비록 이를 중도에 폐할지라도 그 듣는 것이 없음에 현명함이 멀고 심하다. 그러므로 옳다고 말씀하신 것이다."

의술로 세상을 구하는 현호제세(懸壺濟世)는 인간세상의 정도(正道)이다. 의원으로서 최선을 다해 백성을 구하지 못한 채 개인의 명예에만 매달리는 것이 진정한 큰 길을 벗어나게 되는 것이다. 편작은 도를 통달한 사람이었다.

그는 의술을 계승하는 것이 약속을 지키고 자신의 명예를 지키는 것보다 훨씬 더 중요하다는 것을 알고 있었다. 편작은 공자는 같은 시대에 살지는 않았지만, 공자는 강단을 열어 제자를 가르치고, 편작 역시 강단을 열어 제자를 가르치는 데 제노의학(齊魯醫學)은 이미 장족의 발전을 이루었고, 민간에서 골목골목 돌아다니며 의술을 행하는 사람들이 많아졌다. 제노의학은 당시 제(齊)나라이면서 그 땅은 노(魯)나라이었기 때문이다.

편작은 신선의 지경까지 이르렀고, 상지수전(上池水煎)으로 신약을 복용하여 두 눈은 사물을 투시하는 기능이 생겨 환자의 오장육부를 투시해 볼 수 있기 때문에 병세가 심한 사람이라도 그의 진찰과 치료를 거치면 고칠 수 있었다는 소문이 나돌았다.

한 세대, 한 세대 입소문을 타고 편작은 신(神)이 내린 의원으로 변모하여 신의(神醫)라는 칭호를 주었다. 그러나 사실 편작은 스승의 귀한 가르침을 마음에 새기고 의술 공부에만 심혈을 기울였다. 그는 여관을 관리하면서부터 스승이 물려주신 처방과 의서(醫書)와 의안(醫案)을 연구했었다.

그는 한 장 한 장 외우고 헤아리며, 그 뜻을 깊이 연구하고 전통 맥진(脈診)의 개선 방법을 생각하여 긴 의원생활을 시작했다. 편작은 배운 의술로 주변 백성들의 병을 고쳐주면서 서서히 현지에서 명성을 떨쳤다.

하지만 그는 현재 치료할 수 있는 좋은 약초가 많지 않다는 것을 깨달았다. 그래서 그는 의술을 베풀면서 산으로 약초를 캐러 가기로 결심했다. 지금도 그의 고향인 제남(濟南)의 약산(藥山), 작산(鵲山) 등에는 2400여 년 전 채약(採藥)과 연약(煉藥)한 유적이 남아 있다.

제3장. 懸壺濟世(의술로 세상을 구제하다)

편작은 고향을 떠나 남쪽으로 내려가 조(趙)나라에 도착했다. 지금의 하북성(河北省) 한단(邯鄲)이다. 성문에 들어서는 순간 이 나라의 도읍지가 질서가 정연하고 상업이 번창한 것이라는 것을 느낄 수 있었다. 그 때 마침 큰길 양쪽의 가게 점포 위에 걸려있는 간판이 눈에 들어왔다.

여기저기 노점상의 고함 소리와 북적대는 소리, 꼬리를 물고 늘어진 인파가 있던 곳 같은 느낌을 받았다. 이처럼 조나라의 도성은 번잡한 데 반해 이곳 부녀자들의 얼굴들이 누렇게 떠 있고 마치 병이 있는 것처럼 보였다.

어찌 된 일인지 마음속이 매우 심란해지면서 그는 음식점에 들어가 국 한 그릇 반찬 두 접시를 주문해서 먹으며 20여 세 되어 보이는 종업원에게 말을 걸었다.

"가게 장사는 어떤가?"

종업원이 대답했다.

"몇 년 전까지 장사는 그런대로 괜찮아서 돈을 벌 수 있었어요."

"내가 길을 걸어오면서 길가의 농작물이 잘 자라는 것을 보니 올해는 풍년이 들 것 같네."

"선생님 말씀이 옳습니다. 올해는 풍년이 될 것 같아요. 벌써 3년째 풍년으로……"

종업원은 얼굴에 웃음을 띠고 이야기를 계속하였다.

"한동안 풍작이었고 백성들은 편안하게 생활할 수 있었습니다. 그래서 이곳의 농민들은 대부분 부녀자들을 들에 보내지 않았었습니다."

이를 들은 편작은 이상하게 생각하면서도 내색을 않고,

"그런데?"

"아!"

그제야 종업원이 한숨을 쉬면서,

"최근 위나라에서 군사를 보내 우리나라를 포위하며 싸워 남자들은 모두 전쟁터에 나가고, 부녀자들은 집에 남아 베를 짜고 경작을 하며 장병들을 지원하고 있어, 지금은 입을 옷도 부족하고 굶주림과 추위에 병에 걸려 제대로 치료하지 못하기 때문에 부녀자들은 대부분 병들어 있어 생활이 안정되지 않고 있으며, 아낙네들은 다시 들에 나가 일하게 되고, 풍(風), 한(寒), 서(暑), 습(濕)의 사기(邪氣 : 나쁜 기운)가 침입하여 고통을 받게 되었습니다."

이때 음식점에 몇 명의 손님이 들어오자, 종업원은 손님을 쳐다보며 얼른 탁자 닦는 흰 수건을 어깨에 올려놓고 편작에게 말했다.

"선생님, 천천히 맛있게 드세요. 잠깐만요."

잽싸게 방금 들어온 손님에게 가서 주문을 받고 그곳 손님들에게 음식을 갖다주고는 다시 편작에게 와서 계속 이야기를 이어갔다.

"우리나라 국군(國君)은 전국에 고시(告示)를 내렸습니다. 고시 내용은 조나라가 위(魏)나라를 물리치는데, 부녀자들은 국가를 위하여 후방에서 옷을 만들고 논밭에 나가 경작을 하라고 곳곳에 방을 붙였습니다. 그리고 왕은 부녀자들이 힘들게 일을 하고 있는데, 부녀자들을 치료할 의원들은 징병(徵兵)하였습니다. 부녀자들을 치료하려고 하였지만, 어디 가서 의원을 찾겠습니까?"

편작은 이 말을 듣고 측은한 마음이 들어 종업원에게 예를 표하였다.

"내가 발해(渤海)지역 막주(鄚州) 출신으로 성은 진(秦)이고 이름은 월인(越人)인데, 오늘까지 의술을 행하며 이곳까지 오게 되고 이런 음식을 먹게 되어 감지덕지한데, 내가 이곳 주민들을 도울 수 있다면 어떻겠는가?"

“예? 의원이시군요.”

“만약 나를 도와 쉴 곳을 찾아주면 내가 힘껏 이곳 부녀자의 병을 진찰하고 병을 고치는 데 노력할 것이오.”

편작이 허리 굽혀 절을 하자, 종업원은 황급히 송구스럽게 말했다.

“천만의 말씀입니다.”

종업원은 급히 예를 차리며,

“의원님 존함은 전해 들었는데, 오늘 제 가게를 방문해 주셔서 감사합니다. 선생님이 부녀자들의 병을 고칠 수 있다면 이는 정말 조(趙)나라 백성의 복(福)입니다.”

말을 마치자 하던 일을 접고, 두서너 사람을 불렀다.

“여기 이 분은 고명한 의원님입니다. 어서 의원님 머무를 곳과 치료할 수 있는 장소를 마련하여 주세요.”

“어디에다 마련할까요?”

“되도록 이곳과 멀지 않은 곳에 기거할 수 있으면 좋겠습니다. 그리고 이곳에 의원이 왔다고 주위에 알려주세요. 내일부터 진찰과 치료를 할 수 있으니 주변에 아픈 사람 있으면 이곳으로 안내해 주세요.”

조나라 백성들은 성내에 명의가 왔다는 소식을 듣고는 집집마다 소문이 자자하게 퍼져나가 잇달아 환자들이 진료소에 진찰 받으러 오는데, 노인들은 부축받으며 오고, 부녀자들도 자녀를 데리고 오기도 하였고, 싸우러 나간 장병들의 부인들도 있으며, 장사하는 부인도 있어, 환자가 끊이지 않아 작은 진료소는 문전성시를 이루었다.

음식점 종업원은 분주하게 편작을 도우며, 환자들에게 차례로 진찰하도록 주선하는 한편 지위가 높고, 재물이 많은 장사꾼의 부인들에게도 질서를 지키며 조용히 대기하도록 당부하였다.

편작은 스승 장상군이 전수한 의술과 자신의 다년간 임상 경험을 바탕으로 환자를 치료하였다. 특히 부인과(婦人科) 질환의 환자들이 많았다.

조나라 백성들은 특히 부녀자를 존중하는 풍습이 있는데, 특히 편작은 부인과 질환을 중점으로 치료하였고, 그는 한의학 이론에 의해 부인과 질환의 경(經), 대(帶), 태(胎), 산(産)의 특점을 살려 한열허실(寒熱虛實)을 파악하여 진단하고 병의 원인을 분석하여 젊은 여자들은 충맥(衝脈)과 임맥(任脈)의 불화(不和)로 월경불순이 대부분이고, 나이 든 여성들은 대하(帶下) 증상이 주를 이루고 있었음을 발견하였다.

충맥은 기경팔맥(奇經八脈)의 하나로 아랫배에서 시작하여 아래로 내려가서 회음부로 나오고 위로 향하여 등골의 속으로 흐르며, 그 중에서 밖으로 흐르는 것은 기충혈 부위를 지나 족소음신경(足少陰腎經)과 만나고, 배의 양쪽을 따라 위로 인후(咽喉)에 이르러 입술로 휘감는다.

대맥(帶脈)은 기경팔맥의 하나로 허리 부위를 띠처럼 한 바퀴 도는 경맥을 이른다.

편작은 환자 자신이 말하는 증상과 다양한 진료 증상의 반응을 근거하여 자세히 관찰하고 부모로부터 부여받은 몸의 천성(稟賦)과 영양 발달 상황을 주의깊게 관찰하였다.

온경(溫經), 혹은 청열(淸熱), 보허(補虛), 축어(逐瘀)의 치료 원칙을 채택하고 침구(針灸), 폄위(砭熨), 복약(服藥) 등 외치(外治)와 내복(內服)의 각종 치료법을 사용하여 일주일 후면 좋은 치료 효과를 얻어, 조(趙)나라의 대부분의 여성들은 점차 병마의 고통에서 벗어나자 아름다운 면모로 바뀌었다. 환자의 가족들을 모두 기뻐하며 바삐 돌아다니며 소문을 냈다.

"편작은 하늘에서 내린 신의(神醫)로 이 세상에 온 의원이다. 천강신의(天降神醫) 편작재세(扁鵲再世)이다."

"우리나라에 이런 귀한 의원이 계시다니!!!"

"아닙니다. 우리나라에 방문 치료하시는 것입니다."

"의원이 계실 때 아픈 분들이 치료받을 수 있다는 것이 복입니다.”

이때부터 편작이 행한 의술의 명예를 얻어 그의 발자취에 따라 더욱 크게 불리게 되어 점차 그의 실명(實名)을 대신하여 신의로 널리 알려지게 되었다. 음식점의 그 종업원은 편작의 뛰어난 의술과 백성을 위해 병을 고치는 높은 의덕(醫德)을 보고 감탄하였다.

“의원님, 스승으로 모시고 의술을 배우고 싶습니다. 저도 선생님과 같은 의원이 되고 싶습니다.”

“자넨 왜 의학을 배우려고 하는가?”

“의원님의 치료하는 모습을 보니 진실하게 환자를 대하는 모습이 좋았습니다. 한 사람 한 사람 긍휼히 여기면서 치료에 임하는 모습이 마치 신선 같았어요.”

“의술을 배우려면 사명이 있어야 한다네.”

“저도 의원님처럼 아픈 사람을 치료하고 싶어요.”

“앞으로 나와 같이 다니면 힘든 일도 있고, 또 의학서적을 보려면 공부도 많이 해야 한단다.”

“열심히 하겠습니다.”

편작은 그 종업원이 환자를 열정적으로 대하며, 순박하고 후덕하다고 생각했다. 질병을 고치는 데 조력자가 필요한 터라 그를 첫째 제자로 삼아 자양(子陽)이라는 이름을 붙였다.

며칠 뒤, 두 사람은 여장(旅裝)을 꾸미고 조나라를 떠나 하남(河南) 낙양(洛陽)으로 향했다. 평소 모란꽃(牡丹花)으로 유명한 낙양은 당시 동주(東周)나라의 국도(國都)로 이 나라의 강토 면적은 비록 사방 수백 리에 불과하지만, 제법 넉넉한 경제력으로 인해 국도(國都)의 거리는 상업, 문화가 제법 번창하게 되었다.

편작 사제 두 사람이 시내에 들어왔을 때, 집집마다 앞 계단 양쪽에 가지각색의 모란꽃이 가득 진열되어 있고 붉은색과 흰색이 서로 섞여 있어 매우 아름다웠다.

행인들에게 물어보니 이곳 노인들이 집안에 한가한 시간을 보내며 기꺼이 자신의 집 마당, 담벼락의 공터에서 귀한 모란꽃을 재배하고 취미로 키워 각종 모란꽃을 시장에 옮겨와 팔기도 하고, 모란꽃으로 도시 전체를 화려하게 수놓았다.

따라서 동주(東周)의 수도 백성들은 특히 꽃을 가꾸고 화초를 기르는 노인들을 존경하였으며, 사회를 위해 몸을 바쳐 좋은 일을 하고 있다고 여겼다.

인자하고 돈독한 노인들은 비록 노고를 마다하지 않고 기꺼이 주민에게 유익한 일을 하고 있지만, 어쨌든 이미 고령에 체력이 약하고 어떤 이들은 이미 질병에 시달리고 있었다.

편작은 그들의 사심 없는 정신에 깊이 감동함과 동시에 그들이 늙고 몸이 쇠약하고 여러 병으로 고생하는 상황을 매우 동정하여 그들에게 아낌없이 의술을 베풀기로 결심하였다.

그들의 노환과 고통을 없애기 위해서 그는 먼저 간신동원(肝腎同源)이라는 한의학 이론에 따라 보신익간(補腎益肝)의 방법으로 귀가 잘 안 들리는 이농(耳聾)과 시야가 침침하고 잘 안 보이는 노인 환자를 다수 치료하였다.

어느 날, 중년의 아들이 나이가 든 아버지를 모시고 편작을 찾아왔다.
"우리 아버님이 귀가 잘 안 들려서 소리를 질러야 겨우 들으셔요."
아버님을 부축한 아들은 한마디 덧붙였다.
"오래 사셔야 하는데, 요즘 밥도 조금 드셔요."
편작은 노인을 진맥하였다.
"아버님은 노환으로 간(肝)과 신(腎)이 약해져 있네요."
편작은 노인의 양 귀 주변 혈자리에 침을 놓고 난 다음, 아들에게 같이 앉으라고 하고는 두 손가락으로 귀 앞뒤에다 대고 약 20번에서 30번을 문지르라고 했다. 그리고는 옆에 제자 자양(子陽)에게 설명했다.
"여기에는 수태양소장경락의 청궁(聽宮)혈과 족소양담경락의

청회(聽會)혈, 수소양삼초경락의 이문(耳門)혈이 있단다. 이 혈
자리를 자극하면 귀의 주변과 귀에 기혈(氣血)이 순환되어 청
력(聽力)을 증강시킨단다.”

“아버님, 귀 주변의 찰법(擦法)으로 이농(耳聾)에 효과를 봅니
다. 하루 두세 번으로 꾸준히 하도록 하셔요.”

“네, 고맙습니다.”

인사하고 가려고 하니,

“잠깐 이쪽에 앉으셔요.”

편작은 다시 앉으라고 하며 다리에 있는 족삼리(足三里)혈에
다 침구(鍼灸) 치료를 하였다.

“꼭 집에 가셔도 족삼리혈에 뜸을 정기적으로 뜨셔요.”

그들이 치료받고 돌아가자, 제자 자양에게 족삼리의 효능을
자세히 설명하여 주었다.

“이 혈자리는 족양명위경락(足陽明胃經絡)에 있으며, 독비(犢
鼻)혈 앞으로 3촌(寸) 아래의 혈(穴)로 위(胃)에 자극을 주어 위
염, 위궤양, 혈액순환, 혈당조절, 구토, 장명(腸鳴), 설사, 이질,
변비, 해수, 기천, 소화불량, 중풍, 불면증 등등 다양하게 효과를
본다네. 특히 노인성 기력과 다리의 근력을 도와주며 면역기능
을 증강시키기에 좋은 혈이라네.”

“족삼리가 매우 유효한 혈자리군요.”

“삼리(三里) 혈자리는 다리와 팔에도 있어서 그것을 구별하

기 위해 족삼리(足三里)라고 부른다네."

"그럼 팔에는 수삼리(手三里)가 있겠네요."

"나의 스승 장상군(長桑君)이 어느 날, 한 마을을 찾았는데 그때 마침 그 마을에서는 다리(橋)를 건설하여 개통식을 하고 있었는데, 그 지역의 제일 나이 많은 노옹(老翁)이 현감과 함께 다리를 건너는 모습을 봤단다."

"노옹이 다리를 건너요?"

"그렇단다. 그 지방의 관습이라고 하더라. 그 이유는 다리가 오랫동안 무너지지 않고 튼튼하도록 기원하는 것이고, 두 번째 이유는 그 지역에서 오래 사시는 노옹(老翁)이 그 지역의 제일 나이가 많은 어르신이기 때문이었다고 한다. 그런데 그 지역 주위의 다리를 만들 때마다 그 집안의 선대 어르신들이 꼭 먼저 건넜다는 이야기가 전해오기에 스승 장상군이 장수하는 집을 방문하였는데, 그 날도 제일 나이 많으신 어른의 지시로 온 식구가 족삼리혈에다 뜸(炙)을 석 장(壯)씩 뜨는 것을 보았단다. 그 집안은 정기적으로 한 달에 몇 번씩 집안 식구들 모두 뜸을 뜬다고 하였단다. 왜 뜸을 뜰 때 석 장(壯)을 떴는지 아느냐?"

제자 자양은 머리를 갸우뚱거렸다.

"뜸을 뜰 때는 씩씩하고 튼튼하게 한다는 장(壯)이라고 말하고, 석 장은 홀수와 짝수가 합해져 만든 완벽한 숫자로 생명을 의미하기 때문이라네. 즉 오랫동안 건강하라는 뜻이지."

"그래서 뜸을 뜰 때 장(壯)이라는 말을 쓰는군요."

"또 족삼리의 다른 이야기가 있는데, 장상군 스승이 어느 지방에 갔는데, 그 지방에서는 뜸을 뜨지 않는 총각들은 결혼을 못한다는 이야기가 있었단다."

"예? 뜸을 뜨지 않는 총각들은 결혼을 왜 못해요!"

"스승이 그 지방 어르신에게 이유를 물어보니, 족삼리에 뜸을 안 뜨면 신부와 결혼해서도 몸이 약해 농삿일을 못한다는 관습에 남자들은 한 달에 한두 번씩 족삼리에 뜸을 뜬다는 이야기를 들었단다."

"족삼리에 뜸을 안 뜨면 몸이 약해진다는 뜻이군요."

"그렇단다. 그래서 인체의 361혈자리 중 최고 효능의 혈자리가 족삼리란다."

동주(東周)에는 공자(孔子)와 맹자(孟子)의 학설인 삼강오륜(三綱五倫)이 사회윤리로 그들은 노인 공경을 하였다.

삼강오륜의 오륜은,

임금과 신하 사이에 지켜야 할 강령인 군신유의(君臣有義),

아버지와 자식 간에 지켜야 할 강령인 부자유친(父子有親),

부부 사이의 윤리기준인 부부유별(夫婦有別),

나이 많은 이와 어린이에는 차례가 있다는 장유유서(長幼有

序),

벗과 사귀는 도리는 믿음이 있어야 한다는 붕우유신(朋友有
信)이다.

삼강오륜이란 유교에서 기본이 되는 도덕 지침이다.

동주에서 노인들이 허리(腰)와 퇴골(腿骨)의 관절이 퇴화되는
생리적 특성에 따라 허리와 다리를 구부리고 펴는 굴신불리(屈
伸不利) 활동이 힘든 노인에게 침, 안마, 위부(熨敷)의 수법(手
法)을 사용하고 통경서락(通經舒絡), 활혈지통(活血止痛) 약물로
내복하여 그들의 질병을 없애 호전시켰다.

이렇듯 편작은 10여 년 의원생활 동안 자신의 장점인 내과
질환 치료를 공고히 하고 향상시켰을 뿐만 아니라 각 제후 나
라의 풍습에 따라 달라지는 지역 특색으로 부인과(婦人科), 오
관과(五官科), 노인과(老人科) 치료에 있어 자신의 치료 과목을
넓히고 풍부한 임상경험을 쌓아갔다.

이는 그가 앞으로 의술을 행할 수 있는 견고한 의학적 기반
을 마련해 주었다. 오관과는 눈(目), 코(鼻), 입(口), 귀(耳), 목
구멍(咽喉)인 오관(五官)의 생리 병리와 증상을 진단 치료하는
것을 말한다. 지금의 이비인후과(耳鼻咽喉科)와 안과(眼科)를 말
한다.

춘추전국시대에는 유학(遊學)이 성행했다.

讀萬卷書 行萬里路 독만권서 행만리로

만 권의 책을 읽고 만릿길을 걸어라.

이것은 학문과 경험을 모두 갖추어야 훌륭한 인재가 될 수 있다는 의미를 담고 있다. 독만권서(讀萬卷書)는 만 가지 책을 읽는다는 표현으로 광범위한 독서와 학문적 지식을 쌓아야 한다는 의미가 있고, 만릿길을 간다는 표현으로 다양한 경험을 쌓아야 한다는 의미가 있다.

다양한 경험과 여행을 통해 폭넓은 시야를 가지고 지혜를 키우라는 교훈이 담겨 있다. 편작에게도 예외는 아니었다.

어느 날, 자양(子陽)에 이어 자표(子豹)가 편작을 찾아왔다.

"저를 제자로 받아주십시오."

편작은 그의 됨됨이를 보고 문하생으로 받아들였다. 그는 엎드려 절을 하였다. 주(周)나라 현왕(顯王) 원년(元年 BC 368년) 전후하여 편작은 두 명의 제자를 데리고 작산(鵲山), 태자암(太子岩) 등 일대에서 의술을 행하였다.

편작이 약산과 작산을 오가며 약초를 캐어 환약을 만들어 백성들의 질병을 치료하면서 의덕(醫德)을 쌓아가고 의술로 민간

의원으로 성장했다.

그는 제자들을 데리고 열국(列國)을 돌아다니며 처방을 널리 구하고 의술을 개선하기로 결심하여, 수십 년에 걸친 의원의 길을 걸었다. 첫번째 기착지는 진(晋)나라였다.

길을 떠나기 전까지만 해도 편작은 그가 고향에서 침을 놓고 맥을 짚어 병을 고쳤는데, 치료한 일들이 바람처럼 퍼져 진(晋)나라에 전해졌다는 사실을 몰랐다. 그들은 황하(黃河)를 건넜고, 노고 끝에 진나라에 도착했다.

그때 산서(山西)의 한 지방은 진(晋)나라였다. 진나라 주변의 다른 나라 위(魏)나라, 조(趙)나라, 제(齊)나라와 진나라는 대부분 경제적으로 풍족하고 국력이 강성하였다.

춘추 후기 시대, 진나라는 대부(大夫) 조간자(趙簡子)가 정치를 하였다. 원래 일개 제후국(諸侯國)에서는 대소사를 모두 국군(國君)이 결정했다.

진나라는 진소공(晋昭公)이 집권할 때 국군(國君)과 공족(公族)의 힘이 상대적으로 약했던 반면 대부(大夫)의 세력은 날로 팽창하여 공실(公室)의 권력을 압박하고 위협하기 시작했다.

진소공(晋昭公)은 대권이 넘어갔지만, 비록 그는 여전히 진나라의 명목상 군왕(君王)이었고, 권력은 이미 아래 대부(大夫)들에게 분산되었다.

조간자

　　BC 497년 대부 조간자(趙簡子)가 권력을 잡기 시작하여 진나라 정권(政權)과 군권(軍權)을 장악하였다. 조간자는 바로 청사(靑史)에 길이 남긴 조씨고아(趙氏孤兒) 조무(趙武)의 손자이며 훗날 전국 7웅(雄) 가운데 하나인 조나라 창시자이다.

　　조간자는 나라를 위해 온갖 정성을 다하는 지경에 이르렀고 오랜 세월의 노고는 이미 그의 심혈을 다 써버렸다. 진(晉)나라 도안고(屠岸賈)가 조돈의 전 집안을 몰살시키자, 조씨의 문객인 정영(程嬰)이 자신의 친아들을 조씨 집안의 고아를 대신해서 죽게 한 후, 조씨의 고아를 키워 복수하고 원한을 씻었다.

　　가족들은 그에게 몸을 중시하라고 권했지만, 조간자는 권력을 놓으려 하지 않았다. 한창 권세가 하늘을 찌를 때 갑자기 병으로 쓰러졌다. 조간자가 쓰러지자, 진나라 내정은 혼란해졌다.

　　진(晉)나라 정사(政事)를 주관하는 국군(國君)이 바로 조앙(趙鞅)으로 일명 조간자(趙簡子)라고 말하였다.

　　주변 국가 중에서 약한 진(晉)나라는 영토 침범을 막기 위해 조간자는 그야말로 하루하루 침식을 잊고 밤낮으로 국가 대사를 꾸려 나갔다.

　　수면 부족으로 피로가 누적된 끝에 어느 날 기력이 버티지 못하고 침상에 쓰러졌다. 진(晉)나라 문무백관(文武百官)은 국군(國君)이 병석에 눕고 닷새 동안 인사불성이 되자 겁에 질려 모두들 뜨거운 솥뚜껑의 개미처럼 초조해 하며 궁정 대청을 왔

다갔다 하고 얼굴을 마주보고 고개를 가로저으며 탄식하고 어
찌할 바를 몰라, 아무도 국군(國君)이 무슨 병에 걸렸는지 말
할 수 없었다.

조간자의 가신(家臣) 동안우(東安于)라는 국군을 모시는 내관
시신(內官侍臣)이 전국의 태의들을 불러 이 집정자(執政者)를 진
찰하게 했다. 그들은 번갈아 진찰하였다.

그럼에도 조간자의 병을 치료하지 못하고 상국(相國)의 병이
나을 가망이 없을 것이라고 비관하였다.

조상(趙相)의 가족 중 부녀자들은 갑자기 낙담하여 울음을
터뜨렸다. 궁중의 태의들도 명철보신(明哲保信)의 도(道)를 익
히 알아 먼저 조상(趙相)의 병을 매우 신중하게 설명하였다. 막
상 그가 죽어도 탓하지 않을 수가 없었다.

그래도 조간자에게 약을 쓰려고 처방을 시도했다. 그런데
조간자의 병이 나아지기는커녕 정신이 혼미하여 의식을 잃고
말았다. 진나라 유명한 무의(巫醫)들조차 하나둘씩 청을 받아
그들은 단을 쌓고 하늘에 제사를 지내며 하늘의 가호를 빌었
을 뿐 조간자의 병환에는 별 도움이 되지 않았다.

조간자의 병세는 이미 위독하여 가족과 신하들은 밤낮으로
그를 지키며 기적을 기원했다. 조간자가 나날이 여위어가는 것
을 보니 등불처럼 서서히 수척해지고 있었다. 가족들은 이미

마음이 급해지고 신하들도 어찌할 바를 몰랐다.

조간자가 정신을 잃은 지 닷새째 되던 날, 동안우(東安于)는 문득 생각났는데, 그는 얼마 전 국내에 제(齊)나라 의원 편작이라는 사람이 많은 백성들의 병을 고쳐주었다고 하며 명성이 높은 소문을 들었다. 그를 불러서 조간자의 병을 진단하고자 하였다. 차라리 아예 마치 「죽은 말이지만 살아 있는 말로 여겨 치료한다(死馬當活馬醫)」라고 해도 무방하였다.

즉 아무 치료법이 없고 가망이 없지만, 끝까지 최선을 다한다는 뜻이다. 절망적이거나 회복할 수 없는 상황이고, 또한 도움이 불가능하여 고치기에 너무 늦은 문제였지만, 해결책을 찾으려고 노력하는 생각을 전달하였다.

이때 동안우(東安于)라는 임금을 모시는 내관시신(內官侍臣)이 부인에게 편작 이야기를 하였다.

그 말을 듣자, 부인의 암울한 눈이 번쩍 빛났고 어렴풋이 조간자의 병이 치유될 가망이 있다는 생각이 들었다. 또한 공자(公子)의 마음에도 한 줄기 희망이 번뜩이며 즉시 동안우에게 분부하여 편작을 불러 부친의 병을 고치도록 하였다.

"어서 편작을 불러오도록 하라!"

조정의 모든 문무백관도 편작을 마지막 지푸라기라도 잡는 심정으로 여겼다. 동안우(東安于)는 많은 사자(使者)를 보내 각 방으로 찾아보도록 하였다.

진정공(晉定公) 11년, 진(晉)나라 조정의 사자(使者)가 사명 받고 편작을 찾아다니다 마침내 한 마을에서 편작이 머무는 집을 찾아냈다. 통보도 없이 별안간 말에서 내려 문으로 뛰어들어 진찰하고 있는 편작을 보자마자 숨을 헐떡이며 말했다.

"대부 조간자(趙簡子)가 병이 심각하여 소인이 공손(公孫)부인의 명을 받아 왔습니다. 즉시 입궐하여 국군(國君)의 병을 진단해 주셔요."

집에 들어오자마자 편작을 보고 말을 하니 편작은 놀랐다.

"대부(大夫)가 무슨 병에 걸렸습니까?"

사자는 손을 떨구며 대답하였다.

"대부는 닷새 동안 열이 내리지 않아 주위 사람들도 알아보지 못할 정도입니다."

"그럼 내일 가겠네."

"안됩니다. 소인에게 이르기를, 공손부인께서 즉시 모셔오라고 거듭 당부하였습니다. 지금 진(晉)나라 도성에 가야 합니다. 늦으면 위험할 거 같습니다."

진정공(晉定公) 11년, 원래 진(晉)나라 소공(昭公) 때부터 진나라 국군(國君)과 대신 사이 갈등이 격화되어 권력을 쟁탈하기 위해 대부 조간자(趙簡子)가 몇몇 국가 유력 신하들과 연합하여 독단적으로 국사를 결정하였고, 많은 일들이 진(晉)의 국군(國君)의 의견을 구하지 않고 스스로 처리하여 소공(昭公), 정공(定公) 모두 꼭두각시 국군(國君)이 되었다.

지금 조간자(趙簡子)가 갑자기 중병을 앓아 조정과 진정공(晉定公)과 싸울 때 대신들이 지도자가 없어지니, 정공(定公)에게 권토중래(捲土重來)의 기회가 주어질 것이 틀림없고, 이것은 의심할 여지가 없었다.

또 여러 대신들이 원치 않는 국면에 다다르니 조바심이 나기도 하였다. 이때 편작을 천거하여 의술로 난치병을 치료하고자 사자를 시켜 편작을 청하게 된 것이었다.

그 때 편작은 낙양 노인 환자들을 치료하고 있었을 때였다. 진(晉)나라 사자가 청하는 말을 듣고 편작은 잠시 생각에 잠기다가 진료실로 돌아와 진료 대기 중인 환자들에게 양해를 구하였다.

"여러분, 방금 진나라에서 한 사람이 오셨는데, 국왕이 쓰러진 지 닷새가 되어 인사불성이 되었다고 합니다. 속담에 '국무군주(國無君主), 천무영일(天無寧日)'이라고 합니다. 나라에 군주가 없으면 하늘도 평안한 날이 없다는 말입니다. 또 '구인여구화(求人如救火)'라는 말이 있습니다. 즉 사람을 구하는 것은 마치 불에서 구하는 것이라고 하는데, 내가 직접 다녀오려면 며칠 걸릴 것이니, 3일만 기다려주세요. 그 안에 다시 돌아와 치료해 드릴 테니 양해해 주시기 바랍니다."

말을 마치자 간단한 진료 기구를 챙기고 모두에게 두 손을 마주잡고 팔을 가슴 위로 올려 작별을 고하였다. 사람들은 눈물을 머금고 편작에게 말했다.

"신의(神醫) 선생, 우리는 당신이 돌아오기를 기다리고 있겠습니다."

편작은 고개를 끄덕이며 응낙하더니 제자 자양(子陽), 자의(子儀), 자여(子輿)를 불러 같이 급히 어둠 속으로 사라져 진나라로 갔다.

제자들은 스승에게 여러 해 동안 의술을 배웠고, 여러 가지 난치병을 보고 여러 가지 병자를 진찰하였으나, 지금은 권세가 높은 조상(趙相)을 진찰하려 하니 제자들이 매우 조마조마하였다.

그들은 권세가를 치료하여 병을 치료하면 공명을 이루게 될 것을 마음속으로 잘 알고 있었으나, 조금이라도 잘못되면 목숨까지 위태로운 상황이 될 것을 잘 알았다.

이들은 동안우(東安于)가 보낸 마차에 올라타고 가는 내내 흔들리는 마차에 제자들은 당황스러움을 더했다. 제자들은 걱정을 하였으나, 편작의 마음은 마치 깨끗한 거울과 같이 편안하였다.

단지 그가 병을 고치는 것은 언제나 환자를 우선으로 하고 자신의 안위는 마음에 두지 않았기 때문이다. 게다가 그는 지금 환자도 보지 못한 채 어떻게 치료해야 할지 생각만 하고 있는데, 어떻게 거절할 수 있겠는가? 여불위(呂不韋)가 엮은 《여씨춘추(呂氏春秋)》에는 이런 글이 있다.

醫治病不畏死　의치병불외사

의원이 병을 치료하는 데 죽음을 두려워하지 않는다.

이는 의원이 환자를 치료할 때 모든 것은 환자를 중시해야 한다는 것이다. 공과 이익을 도모하고 자신의 안위가 전혀 보장되지 않는 데 전제하여 환자를 먼저 생각하는 것이 편작의 어진 마음이었다.

환자는 환자의 권리이기 때문에 의원을 선택할 수 있지만, 의원은 환자 치료를 거절할 수 없다. 이것은 의원의 도리이기 때문이다.

덜컹거리는 마차 안에 제자들이 사자(使者)의 설명에 따라 조간자의 병세를 논하기 시작했다. 이것은 편작이 제자를 가르치는 방법과 특징이다.

한 가지 증상이 여러 질병에 대응하고 몇 가지 질병이 하나의 증상으로 나타날 수 있다. 증상에 따라 병의 증세를 표현하는 방법은 배우는 제자들의 판단 능력을 훈련시킬 수 있기 때문이다. 다만 이번에는 그들은 방심할 수 없었다.

첫째, 조간자는 권력자로서 권세가 하늘을 찔렀기 때문이다. 둘째, 조상(趙相)의 병세가 이미 5일째 혼미상태에 있기에 회복될 기미가 희박하다는 그들 모두 마음속에 의문점이 있었다. 편작은 한 사람의 병세가 천차만별이라는 것을 알고 있었고, 환자의 망색(望色), 문진(問診), 절맥(切脈)을 보고 결론을 낼 수 있었다. 특히, 자여(子輿)의 얼굴에는 걱정이 보이지 않고 오히려 기대를 감추지 못하는 기색이 역력하였다.

그는 스승의 의술을 행한 이래 백성들의 병을 고치는 것을 도왔으며, 이번에 처음으로 권력자를 진찰하고 치료한 것으로 조상(趙相)의 병을 고친다면 스승의 이름을 온 세상에 떨칠 수 있을 것이며, 자신은 제자로서도 덕을 볼 수 있을 것이라고 생각했다.

편작은 자여(子輿)의 의중을 간파한 듯 강수(姜殳)가 패가망신한 일이 한꺼번에 머릿속으로 밀려들었다. 그는 수레에서 제자들에게 강수의 처지를 이야기하였다. 제자들에게 의학하는 사람은 반드시 마음에 잡념과 사심이 없어야 하는데, 권세에 빌붙어 이익을 꾀하는 것은 환자를 해치고 자신을 해친다고 일러주었다.

자여(子輿)의 마음에 이를 깨닫고 부끄러워 고개를 숙였다.

편작의 짧은 몇 마디는 봄바람이 비를 녹이는 것 같았다. 자여는 스승의 말씀을 명심하여 의술에 더욱 열심히 정진하고 자신을 엄격히 절제하겠다고 다짐하였다.

진(晋)나라의 도읍 강읍(絳邑), 조간자(趙簡子)의 조상부(趙相府)에 도착했다. 마차가 상부(相府)의 문앞에 이르렀을 때 공자(公子) 무휼(無恤)은 위병에게 분부를 내려 편작이 도착하면 통보할 필요 없이 바로 들여보내라고 하였다.

먼저 공손(公孫)부인이 편작에게 물었다.

"의원님, 첩(妾)이 소문으로 들었습니다. 의술이 고명하다고 들었는데, 어떤 방법으로 병을 진단하는지요?"

편작이 대답했다. "소인이 병을 볼 때 자주 쓰는 진단법 네 가지가 있습니다."

"네 가지 진단법이라니요?"

"망진(望診), 문진(聞診), 문진(問診), 절진(切診)입니다. 첫번째 망진(望診)은, 먼저 환자의 안색을 살피고 병이 발병한 부위가 외표(外表)인지 봅니다. 사람이 병에 걸리면 겉모습(外表)에 나타납니다. 두 번째 문진(聞診)은, 환자의 소리를 듣고 환자의 심장박동도 듣는 것입니다. 세 번째 문진(問診)은, 환자의 병인(病因)과 병정(病情), 통증 등 감각을 물어보는 것입니다. 네 번째 절진(切診)은, 환자의 맥을 잡고 맥의 박동을 보아 병리(病理)를 파악하여 병의 원인을 찾아내어 대증(對證)으로 약을 처방하고 침(針)으로 치료합니다.”

공손부인은 편작의 답변이 만족하였으며, 그가 진찰과 치료 능력이 있다고 생각했다. 편작이 병 상태를 진단하는 설명을 듣자마자 그를 내실로 모셔 조간자(趙簡子)의 병을 보도록 하였다.

편작이 궁중 내실로 발을 들어놓는 순간 실내에는 연기가 자욱하며 한 무당이 검을 휘두르며 퇴마굿을 하고 있었다. 발아래에는 괴상하게 차려입은 3, 4명이 갑골(甲骨)로 점을 치고 있었다. 머리를 풀어 산발한 무당이 공손부인이 방에 들어서자 아첨하여 말했다.

“부인, 남편의 병은 진나라 조상의 귀신에 의한 것이니 열흘만 더 몰아내면 남편의 병은 근원부터 말끔하게 몰아낼 수 있을 겁니다.”

공손부인은 손을 저으며 무당을 저지하며 편작을 조간자의 침상에 이르게 하였다. 편작이 보니 조간자의 두 눈을 반쯤 뜨고 얼굴은 누렇게 되고 입술은 푸르스름하며 정신이 맑지 않은지 흐리멍덩해 생기가 없고 반응도 없었다. 편작은 얼굴을 찡

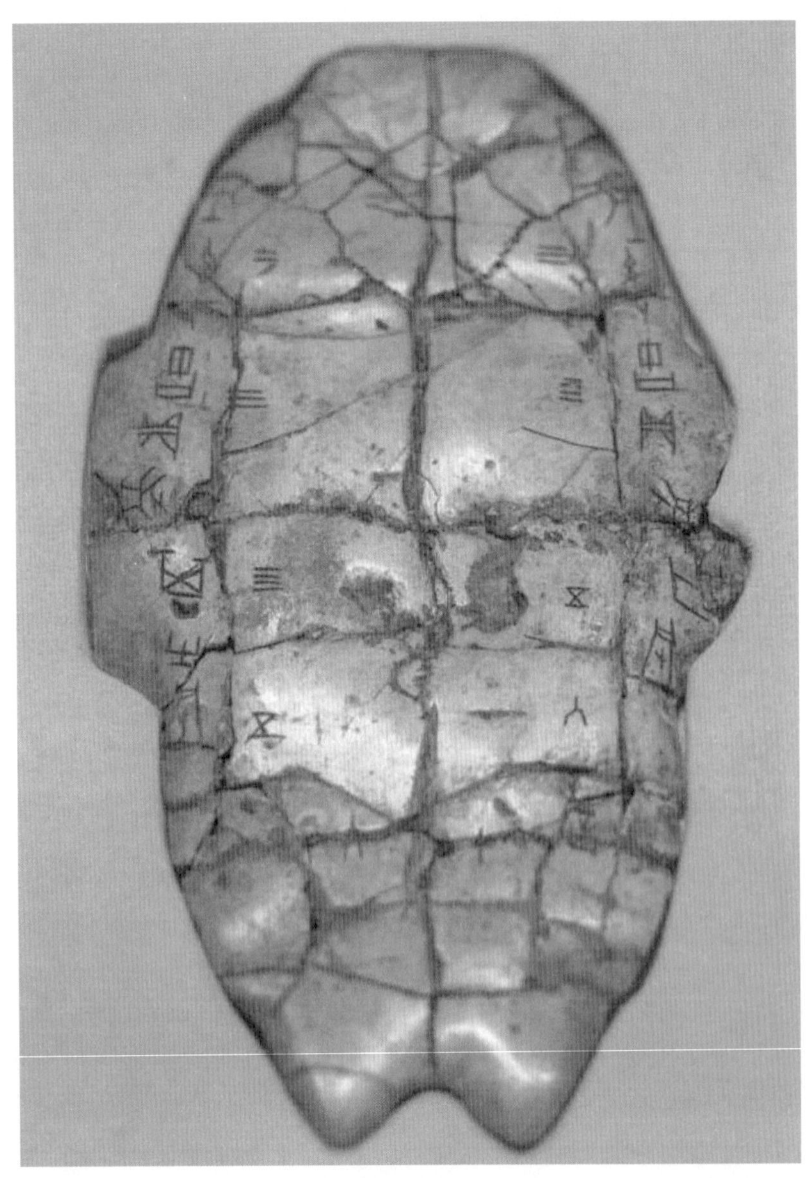

갑골문자

그리며 공손부인에게 말했다.

"부인, 남편의 병은 안정해야 하니, 이 무당들을 내보내고 내실을 청결케 하는 것이 좋습니다."

공손부인은 하인들에게,

"이 무당을 내쫓아라!"

곧 무당들을 모두 내실에서 쫓아내자, 편작은 창문을 열어 공기를 통하여 내실에 차있는 향불 냄새를 날려버렸다.

국군(國君) 조간자가 반듯이 누워있는 것이 한눈에 보였는데, 자세히 살펴보니 두 눈을 꼭 감았으나, 안색을 붉고 윤택이 있어 보였다. 호흡은 균형을 이루었으며 팔다리는 움직이지 않고 몸이 차갑지도 않았다.

'몸져 누운 지가 닷새째 아닌가! 어째서?'

편작은 마음속으로 의구심이 들어 조간자의 손목을 살짝 들어올려 맥을 짚었다. 절진(切診)은 바로 환자의 좌우 손목 요골동맥 안쪽의 박동(搏動), 즉 맥상(脈象) 변화를 관찰한 후, 질병 상태의 높고 낮음 정도를 판별하는 것이다.

편작은 조간자(趙簡子)의 손 좌우 촌관척(寸關尺) 삼부구후(三部九候)의 맥을 각각 잡았다. 조간자의 맥상(脈象)을 보니 매우 부드럽고 고르게 뛰는 것을 느꼈고, 결대(結代), 간헐(間歇), 정돈

(停頓) 맥의 징후는 없었다.

삼부구후(三部九候)는 손목의 촌관척(寸關尺) 부위가 한의학에서 맥을 보는 요골동맥 위치이다. 그 위치의 검지와 중지, 무명지를 대고 누르면서, 누르는 정도를 천지인(天地人)으로 나누어 삼부(三部)로 보며 촌관척 부위이기에 아홉 가지 구후(九候)를 파악하는 것이 절맥(切脈)이라고 한다.

그의 안색을 살피고 다시 몸을 굽혀 숨소리를 자세히 듣다가 환자의 왼손을 끌어다가 손가락으로 절맥을 하였다. 그는 온 정신을 집중하느라 미간을 잔뜩 찌푸린 채 한동안 생각에 잠겨있었는데, 맥은 허약하지만 사맥(死脈)은 아니었다. 편작은 조간자의 가신(家臣)과 가속(家屬)에게 발병 과정과 기거(起居) 습관에 대해 물었다.

진국(晉國)이 지금 정치투쟁이 치열한데, 맥상(脈象)을 보니 마음속으로 대략 알 것 같았다. 그는 조간자가 고민을 심하게 하여 기혈불창(氣血不暢)이 생겼다는 것을 알게 되었다. 방금 망진(望診)으로 몸의 증상을 파악하는데, 국군(國君)의 오장육부, 기혈진액(氣血津液)의 병적 기색은 전혀 없다고 단정하였다.

"부인, 남편의 맥은 문란(紊亂)하지만, 단 심박동은 큰 무리가 없습니다. 안심하십시오."

공손부인은 편작이 안심하라고 하니 그제야 마음이 평온해졌다.

"그럼 의원님께서 어서 약을 처방해 주세요."

편작은 내실에서 나와 거실에서 조간자의 병정(病情)에 따라 처방을 해 공손부인에게 주면서 말했다.

"처방한 약재들은 몸의 조리(調理)를 위주로 하고 안신정경(安神定驚)하여 마음을 안정시키고 놀라지 않게 진정시키는 것입니다. 병을 치료할 때 발병 초기가 아니기에 치료를 잘못할 수 있습니다. 발병 초기에 진찰이 지연되어 열이 높아 헛소리를 하며 무당들이 귀신이 들었다고 악귀를 쫓고 떠드는 바람에 오히려 의원의 정신을 어지럽게 하였습니다. 지금은 우선 안정시켜야 남편의 몸이 회복될 것입니다."

공손부인은 편작이 처방한 약방을 받아보고는 감격해서,

"의원님 남편의 병 원인을 그리 잘 말씀하는데, 첩(妾)이 무엇을 안심하지 못하겠습니까. 이 약재를 바로 사람을 시켜 달이겠습니다."

공손부인은 동안우(董安于)를 편작과 함께 있게 해달라고 부탁했다. 동안우는 편작의 의술에 대해 의심스러워 편작에게 물었다.

"선생, 조 대부(大夫)의 병이 도대체 무엇 때문에 생긴 겁니까? 이런 병은 《내경(內經)》에 기록되어 있지 않은 것 같습니다."

편작은 동안우가 뜻밖에 《내경》을 근거로 비난하자, 빙긋 웃으며 말했다.

"《내경》에 기록된 것은 모두 흔히 볼 수 있는 병들이며, 일부 난치병에 대해서는 비록 관련된 것도 있지만, 필경 매우 적기 때문에 모두 기재된다는 것은 불가능합니다. 이런 병은 혈맥이 결손되어 생긴 것입니다. 이렇게 같은 종류의 병은 진(晋)나라 목공(穆公)도 한 번 생겼는데, 7일만에 신지(神志)가 회복되고 정신을 차렸습니다."

"그런데 주공께서 닷새만에 혼궐(昏厥 : 의식을 잃고 혼절함)하셨는데, 곡기(穀氣)도 입에 대지 않는데, 어째서입니까?"

동안우는 여전히 초조하고 불안해 하며 이해할 수 없다는 듯 물었다.

"그건 혼궐한 것이 아니라, 깊은 잠에서 깨어나지 않는 것입니다. 제가 전에 알아본 바로는 조나라 국군(國君)께서 국가 정사를 너무 많이 돌보셔서 과로하신 것이 틀림없습니다."

편작은 물을 한 모금 마시고 입을 열었다.

"옛날 진나라 국군(國君) 진목공(秦穆公)도 이런 증상이 있었는데, 7일을 자고 일어났습니다. 그래서 조(趙)국군은 사흘이 안 됐는데, 조만간 반드시 깨어날 것이라 생각됩니다만, 지금은 잘 지켜봐야 합니다.”

말을 마치자, 동안우와 함께 문무백관들에게서 물러나 역소(驛所)로 돌아가려고 했다.

조간자(趙簡子)의 부인은 편작이 진료를 마친 후에도 그를 돌려보내지 않고 술과 고기로 대접하였고, 친히 편작에게 술을 따라주며 밤에는 미녀 둘을 보내 시중을 들게 했다. 편작은 공손부인의 뜻을 알고 본인의 의술(醫術)에 자신이 있었기에, 이런 인질에 가까운 귀객(貴客)이 되어도 전혀 개의치 않았다.

시간이 흘러 편작은 조간자 댁에 이틀째 머무르게 되었다.

과연 편작의 말대로 이틀이 지나자, 진나라 국군 조간자가 허리를 펴고 몇 번 하품을 하더니 꿈에서 깬 듯 두 눈을 떴다.

이날 오후가 되어 줄곧 조간자 곁에서 간호하던 시녀가 문득 조간자를 보니 눈꺼풀이 움직이고 또한 뱃속에서 꼬르륵 소리가 나고 입술이 약간 벌어지는 듯 조그만 움직임에 깜짝 놀라 공손부인에게 가서 알렸다.

“마님, 마님, 국군께서 움직이기 시작하였어요.”

“그래? 가보자.”

공손부인이 편작을 모시고 침상에 와서 보니 조간자의 얼굴이 푸른색에서 붉은색으로 변하여 있었다. 편작은 조간자의 손을 잡고 맥을 보며 잠시 후 공손부인에게 말하였다.

"부인, 크게 기뻐하셔도 됩니다. 조대부의 병은 곧 나을 것입니다."

"편작 선생, 어떻게?"

"대부의 맥박은 이틀 전에 진단할 때 한번 강하고 한번 약하였는데, 지금은 맥박은 미약하지만, 점점 강해지고 균형있게 뛰고 있어요. 대부의 병은 곧 회복될 거예요."

"그럼, 의원님이 보시기에 깨어나려면 얼마나 더 걸릴 건가요?"

"빠를 거예요. 의원인 저는 내박외보(內搏外輔)를 밝히는데, 내박(內搏)은 환자의 질병에 저항력을 운용(運用)하여 질병을 몰아내고, 외보(外輔)는 약으로 보하고 몸의 체질을 증강시킵니다."

부인은 편작이 처방한 약재를 당장 달이도록 지시했다.

"부인, 약을 복용할 때 따로 독삼탕(獨蔘湯)을 같이 곁들여 천천히 대부(大夫)의 입으로 넣으셔요. 그러면 대부의 병이 빨리 회복이 될 것입니다."

시녀들은 잠시 후 조간자에게 탕약과 독삼탕을 복용시켰다.

과연 두 시진(時辰)이 채 되기 전에 조간자가 차츰 깨어나기 시작했다. 공손부인은 기쁨에 겨워 눈물을 흘리며 조간자의 손을 잡으며 말했다.

진목공(秦穆公)

"여보, 당신 어째서 이렇게 됐는지 아셔요? 여기 편작 선생
아니면 우리는 다시 만날 수 없었을 거예요."

조간자는 부인에게 말했다.

"나는 마치 잠시 잠을 잔 것 같아요."

"벌써 며칠째 혼수상태였어요."

조간자가 편작을 보면서 말했다.

"의원님 감사합니다. 일어나면 꼭 보답하겠습니다."

편작은 황급히 말했다.

"대부(大夫)께서는 진(晉)나라의 대들보입니다. 소인은 미약
하나마 전력을 다한 것은 마땅히 해야 할 일입니다."

"의원님, 제가 도대체 무슨 병에 걸렸던 것입니까?"

"혈맥(血脈)의 증상으로 풍한(風寒)으로 생긴 것으로 생각됩
니다."

공손부인이 끼어들어 말했다.

"제가 늘 사냥에 나가지 말라고 일렀는데 듣지도 않으려 하
니, 사냥할 때 덥고 피곤하여 자주 옷을 벗으니 감기에 걸린
것이 틀림없습니다."

"대부(大夫)의 병은 지금 지장이 없으니 몸조리만 잘하면 회
복이 빠를 것입니다."

이때 시녀가 들어와 보고했다.

"동안우(董安于) 내시와 다른 의원이 대부께서 깨었다는 소

식을 듣고 방문했어요.”

그들은 조간자의 침상으로 들어왔다. 동안우 내시와 의원들이 황급히 조간자에게 말했다.

“대부께서 완치되었다니 진(晉)나라 군신(君臣)의 복입니다.”

조간자는 몰려온 동안우 내시와 다른 사람에게 말했다.

“내가 이번에 병이 난 것이 아니라, 천제(天帝)를 만나는 꿈을 꾸었는데, 천제가 나에게 말했어요. 진나라가 곧 쇠약해져 망하니 7대 군주는 앞으로 존재하지 않을 것이라고.”

조간자는 계속 말을 이어나갔다.

“서쪽 영성(嬴姓) 제후(諸侯)들은 괴지(魁地)에서 주천자(周天子)를 무찌르고 73개 향읍(鄕邑)을 얻으려 하였으나, 그들도 그런 곳을 제대로 차지하지 못하고 진(晉)나라 대신들 가운데 덕(德)이 있는 자는 천하가 될 것이며, 덕(德)이 있는 사람은 누구인가?”

동안우(董安于)는 한편으로 조간자가 말한 천제(天帝)의 예언을 공손하게 기록하였다. 사관(史官)에게 교부(交付)하여 정식으로 사책(史册)에 기록될 수 있도록 저장하도록 하였다.

한편으로 조간자를 향하여 아첨하며,

“대부 이게 무슨 말씀이십니까? 당연히 대부를 지칭한 것입니다.”

조간자는 크게 웃으며 그가 이렇게 자신이 꾸며낸 거짓말이 동안우를 믿게 만들 줄은 미처 생각지 못한 채 너털웃음을 터뜨렸다.

조정의 대부들이 그의 말을 퍼뜨려 진나라 국군(國君)을 멸시하지 못하도록 조(趙), 한(韓), 위(魏) 세 나라에까지 소문을 냈다.

진(晋)나라 희무장(姬武將)은 주공(主公)이 깨어나 병이 치유된 것을 보고 매우 기뻐하며 잇달아 조간자를 청하여 편작이 마치 신(神)과 같이 의술이 뛰어나다고 추천하였다.

내시(內寺) 동안우가 또 국군에게 편작의 진찰한 경과를 자세히 말하자, 조간자는 이를 듣고 크게 기뻐하며 편작을 진(晋)나라에 머물도록 하였다.

편작은 절맥(切脈)을 통해 환자의 병세를 정확하게 진단할 수 있었고, 뛰어난 의술은 진(晋)나라에 적잖은 파문을 일으켰다. 편작이 정성껏 몸조리를 시킨 끝에 조간자는 회복되어 온 나라가 기뻐하였다.

가신(家臣)들은 명의 편작이 조간자를 진단하고 치료한 것을 보았다. 조간자의 생명을 구한 은인에게 감격하였고, 그의 뛰어난 의술에 감탄을 금치 못했다.

그는 사자(使者)를 보내 편작을 상부(相府)로 초대했다. 조상부(趙相府)의 저택을 두 번이나 찾아온 편작의 심정은 이전과는 크게 달랐다. 처음 올 때는 앞날을 예측할 수 없었고, 그러나 두 번째 심정은 크게 달랐다. 두 번째는 조간자가 그를 상빈(上賓)으로 대했다.

편작은 머리를 들고 성큼성큼 대전(大殿)에 올라가니, 조상(趙相)은 일찍이 사람을 시켜 잔치를 베풀게 하였다. 편작이 자리에 앉자, 조간자는 술잔을 들고 공손히 편작 앞에 와서 몸소 그에게 절을 하고 한잔 술로 그에게 감사와 경의를 표하였다.

편작은 자신의 공을 자랑하지 않고 서둘러 술잔을 들고 답례하였다. 편작의 겸손한 평상시 마음에 조간자를 감탄하게 했다. 편작의 의술은 누구도 따라올 수 없지만, 사람이 이렇게 겸손하니 정말로 조심스러웠다.

조간자는 편작을 초빙하여 댁에 머물게 하여 권세가를 위한 관의(官醫)가 되어달라고 하였다. 조간자가 관의로 머물러 달라는 권유에 편작은 만감이 교차했다. 오랜 세월 동안 외지에서 의료 활동을 하며 풍찬노숙(風餐露宿)으로 여행의 괴로움을 겪어 끼니를 걸러 한 끼만 먹는 날도 많았다.

그는 시종 의원으로 의료 활동을 시작한 그날부터 현호제세(懸壺濟世)를 위해 일하겠다고 맹세했다. 천하의 질병으로 고통받는 백성이 참으로 많은데, 그가 어찌 이곳에 남아 홀로 안일(安逸)을 누릴 수 있겠는가. 편작의 단호한 거절에 조간자의 마음은 꽤나 불쾌했다.

"관의(官醫)가 되는 것은 많은 의원들이 꿈꾸는 일이 아닌 가?"

관의가 되면 부귀영화를 누릴 수 있고, 지금 진나라 집정 자(執政者)나 문하에서는 어진 선비는 말할 것도 없고 환자도 구름같이 많았다.

'얼마나 많은 문사(文士)와 무장(武將)들이 나에게 아부하려 하는지 아느냐. 그럼에도 편작은 벼슬을 중요하게 여기지 않는 지!'

그러나 편작의 마음이 결심한 것을 보고 조간자는 사뭇 서운 해 하며 자신의 목숨을 구해준 은혜로 보답하기 위해 봉산(蓬山 : 지금의 작산) 일대 4만 묘(畝)를 편작에게 봉상(封賞)하였다.

한 묘(畝)는 토지 면적의 단위로 30평(坪)으로 약 99.174평 방미터이다. 봉산 일대는 산줄기로 이어져 있어 약재가 많이 생 산되고 있으며, 오늘날까지도 약 900여 종의 약초가 남아 있는 약재의 보고(寶庫)이다. 예로부터 보검은 영웅에게, 홍분(紅粉) 은 가인(佳人)에게, 약산(藥山)은 양의(良醫)에게 바쳤으니 오히 려 그들에게 좋은 선물이라 생각된다.

국군은 백성들에게 편작을 '대부(大夫)'로 부르도록 명하였다.

이는 본래 관원(官員)의 호칭으로 그가 의가(醫家)에 귀의하기 시작하여 지금까지 연혁(沿革)되어 오고 있었다. 지금도 대부(大夫)라고 하면 '의원'를 말하고 있어, 이때부터 내려오는 말이다.

편작은 조간자가 그곳에 머물기를 만류하려 하자 마음이 몹시 불안하여 잠시 생각하다가,

"국군(國君)의 호의에 감사합니다. 다만 마음만 받겠습니다."
라고 완곡히 대답하였다.

"저는 의원으로서 세상 백성을 구하는 것이 중요하기에 나는 막주(鄚州)에서 이곳까지 의술을 행(行)하였습니다. 여러 나라를 거쳐 천여 명이 넘는 사람을 구했는데, 어찌 이곳에서 편안히 있으며 천하의 병자들을 돌보지 않을 수 있겠습니까?"

편작은 국군의 뜻을 따를 수 없음을 양해드리고,

"한시바삐 출발해야 합니다. 여기 오기 전에 치료했던 환자들이 있습니다."

조간자는 편작이 재물을 탐내지 않고 안일을 도모하지 않으며 오로지 병을 고쳐 사람을 살리려는 정신에 깊이 감동하여 문무백관에게 뜻을 전하고 아직 회복되지 않은 몸으로 편작을 궁궐 문 밖까지 배웅하였다. 편작은 조간자의 수척하고 창백한 얼굴을 바라보며 위로하였다.

"국군이시여! 비록 나랏일이 바쁘지만, 당연히 몸조심해야 합니다."

편작은 얼른 일어나 작별을 고하고 약상자를 등에 지고 조상부(趙相府)를 떠나 아득한 황혼 속으로 사라졌다.

편작이 돌아오기를 고대하는 제자 몇 명이 계속 진료하는 것 외에 새로 제자가 된 자표(子豹), 자용(子容), 자명(子明), 자의(子儀), 자월(子越), 자유(子游) 등 여러 제자들도 기다리고 있었다.

제4장. 妙手回春(탁월한 솜씨로 건강을 되찾다)

　제남성(濟南城) 북쪽에는 9개의 작은 산이 자리잡고 있었다. 동쪽에서 서쪽으로 향한 와우산(臥牛山), 화불주산(華不注山), 봉황산(鳳凰山), 작산(鵲山), 표산(標山), 북마안산(北馬鞍山), 약산(藥山), 속산(粟山), 광산(匡山)이 있다.

　아홉 개의 산이 고제수(古濟水) 양 언덕에 늘어져 있고, 운무(雲霧)가 감돌고 있다. 멀리 바라보니 푸른빛을 띤 안개가 자욱한 것이 신비로운 느낌이 든다.

　당(唐)나라의 시인 이하(李賀)는 《몽천(夢天)》 시(詩)를 지었다.

遙望齊州九點煙　요망제주구점연
一泓海水杯中瀉　일홍해수배중사

제주(齊州)의 아홉 점 연기를 멀리 바라보니
한 줄기 바닷물이 쏟아지는 것 같구나.

이하(李賀)

　이 시(詩)는 중국 신비한 대지의 구주(九州)를 하늘에서 내려다보면 그것들이 더 이상 광대하고 장관을 이루지 못하고, 마치 아홉 점의 연기처럼 작아지고 그 드넓은 바다도 마치 한 줄기 맑은 물처럼 손에 쥔 잔에 쏟아지는 것을 표현했다.

　공교롭게도 제남(濟南)의 옛 이름은 제주(齊州)라 하였는데, 이하(李賀)의 시는 제남성 북쪽 9개의 산을 특별히 묘사한 것이었다. 그리하여 사람들은 제연구점(齊煙九點)으로 제남성 북쪽 9개 산의 풍경을 표현하였다.

　청도광(清道光) 25년(1845년)에 이르러 역성현령(歷城縣令) 섭규서(葉圭書)가 천불산(千佛山)에 제연구점방(齊煙九點坊)을

134

주관하고 건립하였는데, 패방(牌坊) 앞에 제연구점(齊煙九點)이라는 큰 글자가 새겨져 있고 뒤에는 앙관부찰(仰觀俯察) 4글자가 새겨져 있다. 제연구점방(齊煙九點坊)에 서면 우주의 광활함과 화려함을 바라볼 수 있어 제연구점의 자태도 한눈에 볼 수 있다.

옛날에는 높은 건물도 없어 천불산(千佛山)에 서면 단번에 사방 들판을 볼 수 있었고, 모든 것이 평원 속에 완만하게 펼쳐져 있으며, 제연구점이나 멀리 호응하여 환형(環形)의 거대한 산수화를 이루었으며, 눈 밑을 평평하게 하여 제남성(濟南城)에 낭만적인 색채를 더하였다.

오늘날 한 채의 광야는 제연구점의 전체 아름다움을 조각조각 쪼개어 제연구점에 서 있어도 옛 그림을 볼 수 있다. 제남구점의 매력을 내려다보고 싶다면 한 단계 더 올라설 수밖에 없을 것 같다.

사실 약산(藥山)은 제남구점을 감상하기에 더없이 좋은 곳이기도 하다. 약산(藥山)과 작산(鵲山)은 서로 멀지 않아 황하(黃河)를 사이에 두고 서 있고 두 산은 서로 마주보고 있다.

약산(藥山)은 제남(濟南)의 명승지인 제연구점 중 하나로 제산(齊山), 운산(雲山) 또는 노산(盧山)이라 부르며, 북쪽은 황하(黃河), 남쪽과 북쪽은 마안산(馬鞍山)과 마주하고, 동쪽은 제남성(濟南城) 구역, 서쪽은 평지 옥야, 동북쪽은 바로 작산(鵲山)

구정연화산

이다.

황하(黃河) 변에 서서 약산(藥山)을 바라보면 9개의 산 색깔이 마치 푸른 물감처럼 9개 송이의 연꽃과 같다 하여 구정연화산(九頂蓮花山)이라고 한다.

약산(藥山)은 기암괴석이 있고 해발 125m에 불과하며 산세가 낮고 경사가 완만하여 많은 명산에 비해 그다지 알려지지 않았지만, 이 작은 산에 신의(神醫) 편작의 발자취가 남아 있어 신주(神州)라는 이름이 붙었고, 수많은 산과 강들 가운데 두각을 나타냈다.

약산(藥山)은 많은 약재를 생산하고 편작이 약재를 채취하며 치료하던 곳이기도 하여 백성들의 눈에는 이 작은 산이 죽음과 부상자를 구하는 것과 관련이 있었다.

인근 마을 사람들은 질병이 있으면 약산(藥山)에 와서 분향하고 제사를 지내면서 건강과 온 집안의 평안을 기원하였다고 전해진다. 약산(藥山)에는 제남(濟南)의 아름다운 전설이 전해져 내려오고 있었다.

옛날까지만 해도 제남의 북쪽 교외는 말을 타고 질주할 수 있는 넓은 평지였다고 전해진다. 원래 하늘에는 태양이 하나뿐이었는데 매일 동쪽에서 솟아올라 서쪽으로 떨어지고 주야가 바뀌어 일 년 4계절 사시사철 춥고 덥고 농작물은 풍성하여 사람들이 평화롭게 즐거운 생활을 하고 있었다.

어느 날, 하늘에서 열한 개의 태양이 떠서 인간 세상에 화를 입혔으며, 그들은 매일 입을 크게 벌리고 연기가 없는 큰 불을 인간세상에 쏟아내며 뜨겁게 타오르고 있었다.

멀쩡하던 사람들은 큰 난로가 되어 대지가 그을리고 곡식이 타 죽으며 강, 하천, 호수, 바다도 말라버려 백성들이 살 길이 없었다. 세상이 흡사 지옥이 되어 백성들의 울부짖음과 비명

소리가 하늘로 전해져 하늘의 옥황상제에게 들렸다.

옥황상제는 백성들이 불에 타는 고통을 받고 있다는 소식을 듣고 연민을 느꼈다. 인간이 번성할 수 있도록 무예가 높은 이랑(二郞)을 보내어 인간에게 해를 끼친 태양을 잡게 하였다. 옥황상제의 명을 받아 인간세상에 온 이랑은 활개치며 쏜 살같이 태양을 뒤쫓았다.

이랑(二郞)은 신력(神力)이 비할 바 없이 강해 어깨에 열한 개의 큰 화살을 메고 태양을 쫓았다. 그는 수많은 골짜기를 지나 높은 산과 험준한 재를 넘어 몇천 리를 걸어 마침내 하늘에 태양이 3개 남았다.

이날, 이랑은 큰 화살 두 개를 지고 제남 북쪽으로 내려와 쉴새없이 쫓아가 피곤하고 지치고 목이 말라서 짐을 내려놓고 길가에 앉아 쉬었다. 뜻밖에도 그 두 개의 큰 산이 봄날 보리씨처럼 땅에 떨어지자마자 뿌리를 내리고 급속도로 자라나기 시작하였다.

이로 인해 이랑이 다급해지자 서둘러 일어나 산을 옮기려 하였으나 산은 이미 뿌리를 내리고 있었다. 그가 혼신의 힘을 다해도 옮길 수 없었다. 그가 급하게 두 개의 큰 산을 빙빙 돌며 땀을 뻘뻘 흘렸다. 더 이상 방법이 떠오르지 않으면 제남의 백성들은 태양에 타죽어 돌아갈 집이 없게 된다. 이 일을 어쩌면 좋은가!

하늘의 옥황상제는 인간 세상에서 일어나는 이 광경을 보고 두 개의 큰 산이 이대로 한없이 자라나면 언젠가는 제남성을 짓누르고, 그러면 인간세상에는 절경은 사라지고 어느 한 군데도 백성들이 살 곳이 없어지지 않을까 걱정하였다.

그는 옥황상제에게 이 상황을 보고하고 자신의 생각을 말했다. 옥황상제가 허락한 후 태상노군(太上老君)은 자신의 연단로(煉丹爐)에서 단약(丹藥)을 한 움큼을 집어 두 개의 큰 산을 에워싸고 뿌렸다.

얼마 지나지 않아 태상노군이 뿌린 단약이 산에서 뿌리를 내리고 싹을 틔웠으며 수백 종의 약초가 산야에 퍼져 반하(半夏), 시호(柴胡), 생지(生地), 천두국(千頭菊) 들이 있었다.

이것이 바로 약산(藥山)에서 약재가 많이 나는 이유이다. 물론 제남(濟南) 성북(城北)의 산(山)은 이랑신(二郎神)이 골라온 것이 아니고 산의 약초도 태상노군이 심은 것은 아니지만, 이러한 아름다운 전설은 약산에 대한 상상을 더하게 한다.

약산(藥山)은 작지만, 풍경은 수려하다. 서쪽에는 양연촌(洋涓村)이 있고 인근에는 한여름이면 호수가 맑고 연꽃이 만발한다.

원(元)의 원호문(元好問)은 일생에 세 번 제남(濟南)에 와서 제남의 좋은 산과 좋은 물에 깊은 애정을 가지고 있었다. 그래서 그는 약산도중(藥山道中)이라는 시를 지었다.

石岸人家玉一灣　　석안인가옥일만
樹林水鳥靜中閒　　수림수조정중한
此中未是無佳句　　차중미시무가구
只欠詩人一往還　　지흠시인일왕현

석안 인가의 옥일만(玉一灣)에
숲속 물과 새는 조용하고 한가롭다.
이처럼 아름다운 문장이 없는 것이 아니라
시인에게만 빚을 졌을 뿐이다.

원호문(元好問)의 필치가 이곳은 호수와 산이 어우러져 새 울음소리가 숲속에 그윽하여 약산의 아름다움의 표현이 부족한 것이 아니라 시인의 발견이 부족한 것이다.

2400여 년 전 이곳은 아름다운 산 정상에서 편작은 의학 발전에 큰길을 내딛고자 산의 화초, 약초에 물을 주었다. 편작의 고향에서 백여 리 떨어지지 않은 약산은 편작의 소년 시절 두 형과 함께 온 적이 있었다.

그 시절, 그들이 본 꽃이 바로 약초였다. 성인이 된 후 스승 장상군의 지도 아래 다시 이곳에 와서 약을 채취하였다. 장상군이 떠난 후 다시 이곳을 찾으니, 심경이 예전과 많이 달라졌다.

약초를 보는 눈이 달라졌다. 전에는 그냥 풀이었던 것이 본초학(本草學)을 배운 후 그것이 바로 약초였던 것이다. 본초학은 질병 치료에 쓰이는 한약재를 연구하는 학문이다.

한여름에는 예년처럼 초목이 무성하였다. 편작의 가슴이 갑자기 탁 트였다. 마음속에는 이상한 느낌이 들기 시작했다. 어쩌면 의원이 되겠다는 사명감이 약산에 대한 인식을 더 깊게 했는지도 모른다.

약산은 그리 높지 않으나 산에는 괴석이 우뚝 솟아있고 우뚝 솟은 산봉우리 돌 사이 송백나무가 푸르게 지키고 있다. 약초 채취에 여념이 없던 편작에게는 절경이 아니라 약초를 캐기에는 힘든 곳이었다.

약산에는 괴석이 겹겹이 도사리고 있어 갈 만한 산길이 전혀 없었다. 그러나 일부 진귀한 약초는 종종 돌 틈에서 자라났다. 하루 종일 산을 내려오면서 편작은 얼마나 많은 산길을 걸어야 할지 몰랐다. 험한 곳에 있는 약초를 캐기 위해 종종 발을 헛디뎌 산 아래로 떨어지기도 한다.

하루는 자월(子越)이 등산을 하다가 실수로 부러진 나뭇가지에 찔려 상처가 깊어 피가 샘처럼 콸콸 흘러나왔고, 자월의 콧등에서 땀이 배어 나올 정도로 아파서 신음했다.

편작은 닥치는 대로 주변 약초를 한 줌 골라내어 그 뿌리줄기를 파내어 입에 넣고 풀처럼 씹은 다음 풀을 뱉어 자월의 상처에 붙이고 주머니에서 헝겊 조각을 꺼내 상처를 싸매자 즉시 피가 멋고 통증도 한결 가벼워졌다. 바로 약초 지황(地黃)의 지혈 효능을 제자들에게 보여주었다.

춘추전국시대는 오늘날처럼 교육기관도 없었다. 약국도 따로 없었고 단지 의원의 약재 판별 지식과 임상경험에서 얻었기에 광활한 자연에서 모든 지식과 경험이 나왔다. 편작은 의가(醫家) 출신도 아니었고 장상군을 따라 의학을 배웠지만, 그의 약에 대한 지식은 대부분 자연과 치료 현장에서 얻은 것이었다.

기원전 362년, 편작은 제자들을 데리고 약산(藥山) 구석구석을 헤집고 돌아다녔다. 산에는 수많은 나무가 무성하게 자라고 목근(木槿)도 있고 회나무(槐樹)도 있고 송백(松柏), 취춘(臭椿) 나무 등이 빽빽하게 들어서 있고, 짙은 그늘이 해를 가리고 많은 약초들이 숲이나 돌 틈에서 자유롭게 자라고 있었다.

편작은 이곳이야말로 야생 약재 창고라는 것을 알게 되었다. 어디서나 반하(半夏), 원지(遠志), 인진(茵陳), 시호(柴胡), 지황

(地黃), 천두국(千頭菊) 등 각종 약재들이 널려 있었다.

편작은 생명의 위험을 무릅쓰고 따온 야초(野草) 하나하나 입에 넣고 그 맛을 음미하였다.

어떤 약초가 어떤 병을 치료할 수 있는지 그는 모두 심혈을 기울여 헤아렸다. 제자들도 그의 모습을 본받아 약초를 맛보았는데, 한번은 자양(子陽)이 한 약초의 입을 따서 맛을 보고는 꽃을 버린 적이 있었다. 그러나 편작은 아무 말도 하지 않고 잎, 꽃, 열매, 줄기, 뿌리 등을 입에 넣고 맛을 보았다.

潤物無聲 大敎無言　윤물무성 대교무언

소리 없는 만물은 말 없는 큰 가르침이다

편작은 이 말을 자주 사용하였다. 그리고 제자들에게 가르쳤다.

"약초를 캤을 때는 꼼꼼히 맛을 보아야 약초의 효능을 알아볼 수 있다."

한번은 편작이 한 야초(野草)를 맛본 후 구토가 멈추지 않았다. 제자들은 하나같이 조마조마하고 스승이 무엇 때문에 이렇게까지 하는지 알지 못했다.

"스승님, 그렇게까지 하실 필요가 있나요?."

편작은 움직이지 않고 소매로 입가에 튄 들풀의 즙을 닦아냈다. 그는 시종일관 자신이 채약(採藥)하고 시식하기를 고수했다.

"환자들은 좋은 의원뿐만 아니라 약재도 중요하다. 약재가 없으면 의원의 의술이 아무리 뛰어나도 환자를 살릴 수 없다. 만약 이신시법(以身試法)을 몸소 해보지 않으면 어떻게 약초의 약성(藥性)을 알 수 있겠는가?"

편작은 직접 약을 맛보았기 때문에 그는 이 반하(半夏)가 구토를 유발하는 성미(性味)가 있다는 것을 알게 되었다.

또한, 5월의 생반하(生半夏)는 해수(咳嗽) 기침과 가래를 삭이는 화담(化痰)작용에 특효가 있다는 것을 알게 되었다. 제자들도 편작의 그러한 모습을 본받아 독성이 있는 반하(半夏)도 입에 넣고 음미하였다. 제자들은 약초를 따고 저마다 광주리 가득 약초를 짊어지고 다녔다.

약산(藥山)에는 9개의 봉우리가 있는데, 이들은 한 봉우리를 오르고 또 한 봉우리 올라 동녘에서 해가 저물고 서산으로 가니 달이 뜨기까지 약초를 채집하였다.

나뭇잎 사이로 맑은 달빛이 새어 들어오자, 그들은 옅은 달빛을 등에 업고 발걸음을 재촉하여 한 걸음 한 걸음 힘겹게 산을 내려왔다.

"스승님, 걸음이 저희들보다 빠릅니다."

편작은 어렸을 때부터 산과 들에서 뛰놀다 보니 누구보다 산을 잘 탔다.

"너희들도 걷는 자세를 바꾸어 보거라."

"어떻게 걷는 것입니까?"

"오늘은 호보법(虎步法)을 알려주겠다. 호랑이처럼 걷는 방법인데 호랑이는 걸을 때 일직선으로 체중을 실어서 걷는단다. 호랑이가 사냥을 할 때는 다른 동물보다 빠르게 달리는 방법이 있단다. 호보법은 네발을 일직선으로 모아 걷는 것이다. 다른 동물들은 네발이기에 두 줄로 걷거나 달릴 때도 앞의 발 둘과 뒷발 둘이 동시에 뛰지만, 호랑이는 일직선으로 네발로 걷거나 달린단다. 그렇게 되면 자연적으로 상체가 앞으로 체중이 쏠리기에 자연적으로 앞으로 나가게 되는 것이다."

"체중이 앞으로 쏠리게 되다니요?"

"내리막길에서 뛰어 내려갈 때 더 빨리 내려가는 이치란다. 보통 사람들은 나이가 들수록 발이 옆으로 벌어져 팔(八)자 형태로 걸어가는 것을 볼 수 있지. 특히 살이 쪄 뚱뚱한 사람의 발의 형태를 보면 팔(八)자로 걷게 된다. 걸을 때는 일(一)자로 만들어서 걷게 되면 몸의 체중이 앞으로 쏠리게 되니 빨리 걷게 되며 건강에도 좋단다."

"건강에도요?"

"몸에는 척추가 중요하단다. 바른 자세가 바른 몸가짐을 갖게 되고 바른 건강법을 유지하게 된단다. 인간은 직립보행을 하는데, 동물과 달리 걷는 자세를 잘 유지해야 건강을 유지할 수 있단다. 머리부터 미추(尾椎)까지 척추가 있고 척추에는 머리로부터에서 시작하여 경추(頸椎)가 7개가 있고, 경추 밑으로 흉추(胸椎)가 12개가 있으며, 요추(腰椎)가 5개 있기에 이 척추가 바르면 건강을 오랫동안 지킬 수 있단다.”

“곧바로 걷는 것이 척추와 관계가 되는군요.”

“집을 지을 때 똑바르게 짓지 않는다면 언젠가는 무너지게 되는 것과 같은 거란다. 척추를 바르게 하여야 나이 들어 허리와 다리를 튼튼히 유지할 수 있단다. 상체를 펴서 바르고 반듯하게 걷는다면 몸은 균형이 잡히게 되고, 이것이야말로 건강법이라네.”

“근육은 어떤가요?”

“근육은 두 가지가 있단다. 움직이겠다고 생각하면 움직이는 수의근(隨意筋)과 움직이겠다고 생각해도 움직여 주지 않는 근육이 있는데 바로 불수의근(不隨意筋)이 있지. 뼈를 움직여 주는 골격근(骨格筋)은 움직이고 싶으면 움직일 수 있는 것이 수의근이고, 움직이고 싶어도 마음대로 움직이지 않는 것이 몸 안에 있는 심근(心筋)과 평활근(平滑筋)으로 되어 있어, 이것은 마음대로 움직이고 싶어도 못 움직이고 저절로 움직이게 되어 있단다.”

"심장을 움직이는 근육이 심근이군요."

"그렇단다. 심근은 마음대로 움직이지 않기에 매우 중요하단다."

"위는 평활근으로 되어 있어서 마음대로 움직이지 않는군요."

"다른 장기들도 평활근으로 되어 있는데 평활근은 마음대로 움직이지 않지만 조금이라도 자극을 주어 움직이게 할 수는 있단다."

"평활근을 움직이게 할 수 있어요?"

"음식이 들어가는 식도로부터 항문에 이르기까지 모든 장기들이 연결되어 있지. 그래서 항문을 오무렸다 폈다 하는 항문조이기 운동을 하면 항문과 연결된 대장, 소장, 위 등이 극미세로 움직일 수 있단다. 뿐만 아니라 항문에 붙어 있는 괄약근이 조절될 수 있어 몸의 기운을 잘 돌게 해준단다. 혈기가 왕성하게 만들어서 변비환자라든지, 정력 감퇴 환자라든지, 요실금 환자에게 유효한 운동법으로 누구나 편하게 어디서나 운동할 수 있고 건강하게 할 수 있단다."

낮에는 편작이 제자들을 이끌고 갖가지 약초를 캐서 맛보고 판별하면서 약초의 성미(性味)에서 효능, 채집에서 포제 배합에 이르기까지 제자들에게 설명하였다.

제자들의 의학지식은 산에서 배운 것이 많았고, 하늘과 땅이 넓어 어디서나 강의하였다.

"약초에는 사기(四氣)가 있단다. 사기는 약재의 성질을 말한다. 사기는 한(寒), 열(熱), 온(溫), 량(凉)으로 사기가 약물작용을 한다. 《소문(素問)》지진요대론(至眞要大論)에는 한자열지(寒者熱之), 열자한지(熱者寒之)로, 이것은 약재를 사용할 때의 기본 규칙이다. 그 외에도 평성(平性)이 있는데, 약재가 한열(寒熱)이 아닌 약재로 비교적 화완(和緩)한 약물을 말한다."

"약성(藥性)이 치료하는 데 중요한가요?"

"절대로 중요하지. 부자(附子)나 생강(生薑)은 열성 약재이기에 배가 차가울 때는 좋은 약재가 되지만, 몸이 뜨거울 때는 사용하면 안된다. 인체가 차가울 때는 열성(熱性)인 약재를 사용해야 하고, 인체가 뜨거울 때는 한성(寒性) 약재를 사용하여야 하는데, 반대로 사용하면 인체를 손상시킬 수 있단다. 즉 한자열지(寒者熱之)는 인체가 차가운 사람은 열성(熱性) 약재를 사용하고, 열자한지(熱者寒之)는 인체가 따뜻한 사람은 한성(寒性)인 약재를 사용해야만 한다."

"약재에는 사기(四氣)가 있나요?"

"사기와 오미(五味)가 있다. 오미(五味)는 산미(酸味), 고미(苦味), 감미(甘味), 신미(辛味), 함미(鹹味)이다."

"오미는 인체에 미치는 작용이 있나요?"

"오미는 각자 작용이 있는데, 산미(酸味)는 수렴(收斂), 고삽(固澁) 작용이 있다. 산미는 식은땀(虛汗), 설사(泄瀉)에 사용한다. 예로는 산수유(山茱萸), 오미자(五味子)는 삽정(澁精)과 염한(斂汗)에 사용하고, 오배자(五倍子)는 삽장지사(澁腸止瀉)에 사용한다. 고미(苦味)는 설(泄)과 조(燥)의 작용을 한다.

설(泄)은 광범위하지만, 통설(通泄)작용으로 대황(大黃)은 열결변비(熱結便祕)에 적용하고 강설(降泄)작용하는 행인(杏仁)은 폐기상역(肺氣上逆)하기에 천해(喘咳)에 사용한다.

감미(甘味)는 보익(補益), 화중(和中), 완급(緩急)작용을 하기에 허증(虛證)의 자보강장(滋補強壯)시키는 당삼(黨蔘), 숙지황(熟地黃)으로 치료하고, 완화구급지통(緩和拘急止痛)하는 감초(甘草)로 사용한다.

신미(辛味)는 발산(發散), 행기(行氣), 행혈(行血)작용을 하기에 일반적으로 표증(表證)의 약물인 마황(麻黃), 박하(薄荷)를 사용하고, 기혈조체(氣血阻滯)할 때는 목향(木香) 홍화(紅花)의 신미(辛味)로 치료한다. 함미(鹹味)는 연견산결(軟堅散結), 사하(瀉下)작용이 있어 대부분이 짠맛으로 나력(瘰癧), 담핵(痰核), 비괴(痞塊)에 사용하기에 와능자(瓦楞子)의 연결산결 작용으로 치료하고, 망초(芒硝)로 사하통변(瀉下通便)에 사용한다.

그 밖에 담미(淡味)도 있다. 담미는 삼습(滲濕) 이뇨(利尿)작용을 하여 대부분 수종(水腫), 소변불리(小便不利)에 작용하기에 저령(豬苓), 복령(茯苓)으로 이뇨(利尿)에 사용한다. 이러기에 사기오미(四氣五味)로 약초는 고한(苦寒), 감온(甘溫) 등 약초마다 사기오미로 구분한다.”

저녁이 되자 스승과 제자는 불빛에서 각 약초의 특성과 약의 효능을 목간(木簡)에 기록하였다.

푸른 초목과 개울이 흐르고 주변의 새들이 지저귀며 아침에는 안개와 이슬로 꽃들이 생기를 더해가는 약산은 공기가 좋기도 하지만 약초들이 많이 자라나 편작에게는 약재 창고 같은 곳이다. 제자들과 약산에서 약초를 캘 때는 그 자리에서 약초의 효능, 성미 귀경(歸經)을 알려주었다.

“약재의 귀경(歸經)은 무엇입니까?”

“약물의 작용을 장부경락의 병리 변화에 대해 일정한 치료 작용을 지니고 있는데 약물이 몸 전체 고루 작용하는 것이 아니라, 어떤 일정한 장부와 경락에 선택적으로 치료 작용을 일으키는 것으로, 몸의 경락으로 약기운이 퍼지고 또한 장기로 스며들어 그 장기를 튼튼하게 하는 것이란다.”

“약의 기운이 장기로 퍼집니까?”

“귀경(歸經)은 신체의 특정 부분에 대한 약물의 선택적 작용을 말하는데, 주로 특정 경락(經絡)과 장부(臟腑)에 영향을 미치지만, 다른 경락에는 효과를 덜 미치거나 효과를 나타내지 않는다. 예를 들면, 한성(寒性) 약물은 모두 청열(淸熱) 작용을 하지만 그 작용 범위는 청폐열(淸肺熱)에 치우치거나, 청간열(淸肝熱)에 치우치는 각각의 장점이 있단다. 아무리 같은 보약이라도 폐(肺)를 보(補)하고 비장(脾臟)을 보하고 신장(腎臟)을 보하는 등 다르다. 따라서 신체의 다양한 부분에 대한 다양한 약물의 치료 효과를 준단다."

"모든 약초들이 각각의 장기로 약기운이 퍼지는군요."

"그렇단다. 귀경은 장부(臟府), 경락(經絡)이론을 바탕으로 치료되는 구체적인 병증(病證)을 근거로 하여 경락은 인체의 내외(內外) 표리(表裏)에 소통할 수 있으며 병변(病變)시 체표(體表)의 질병은 내장에 영향을 미칠 수 있고, 내장(內臟)의 병변(病變)도 체표(體表)에 반영될 수 있단다. 따라서 인체의 다양한 부분에 병변이 발생할 때 나타나는 증후는 경락을 통해 체계적으로 인식될 수 있다.

예를 들어 폐(肺)경락 병의 변화는 천식, 기침 등의 증상이 나타날 때, 간(肝)경락 병의 변화일 때는 협늑통(脇肋痛), 경련이 나타나며, 심(心)경락 병의 변화일 때는 신혼(神昏 : 정신이 혼미해지는 일. 또는 정신을 잃는 일), 심계(心悸 : 사람 몸의 왼편 가슴의 전면 제오륵(第五肋) 사이에서 감지할 수 있는 심장의 고동)가 나타난다. 약물의 효능에 따라 병인(病因), 장부

(臟腑), 경락(經絡)과 밀접하게 결합되어 특정 약물이 특정 장부와 경락 질환에 중요한 의료적 역할을 한다.

예를 들자면 길경(桔梗)과 행인(杏仁)은 폐(肺)경락으로 약기운이 퍼져 가슴 답답한 흉민(胸悶), 천식, 기침을 치료한단다. 전갈(全蝎)은 간(肝)경락으로 약기운이 퍼져 경련(抽搐)을 치료하고 주사(朱砂)는 심(心)경락으로 작용해 신경안정(安神)해 준다. 이런 귀경(歸經) 이론이 약효의 소재(所在)를 지적하고 약효를 볼 수가 있다."

편작은 계속해서 설명한다.

"하지만 약물을 적용할 때 약물의 귀경만 파악하고 사성(四性), 오미(五味), 승강부침(升降浮沈) 등의 성능(性能)을 소홀히 한다면 포괄적이지 못하다. 어떤 장부와 경락에 병변이 생기기 때문에 어떤 것은 한(寒)에 속하고 열(熱)에 속하고, 어떤 것은 허증(虛症)이고, 어떤 것은 실증(實症)에 속한다. 따라서 경락에만 신경을 쓰고 경락에 관여할 수 있는 약물을 무분별하게 적용해서는 안된다.

같은 종류의 약은 온(溫), 청(淸), 보(補), 사(瀉)의 효과가 다른데, 예를 들면 폐질환 기침(咳嗽)은 폐(肺)경락으로 가는 황금(黃芩), 건강(乾薑), 백합(百合), 정력자(葶藶子)를 쓰는 것이 아니라, 황금은 청폐열(淸肺熱)에, 건강은 온폐한(溫肺寒), 백합은 보폐허(補肺虛), 정력자는 사폐실(瀉肺實) 등등에 사용한다. 다른 장부, 경락에 귀속되는 약도 마찬가지다. 한약의 다양한 특성을 결합하여 한약의 적용을 해야 원하는 효과를 얻을 수 있음을 알 수 있다.

또 장부와 경락의 병변(病變)이 서로 영향을 줄 수 있기 때문에 임상적으로 약을 쓸 때 어떤 하나의 경락의 약물을 단순히 사용하지 않는 점도 알아두어야 한다.

예를 들면 폐질환으로 비장이 허(虛)한 경우는 비장을 보(補)하는 약을 함께 사용하여 폐에 영양을 공급하고 점차적으로 치유하여야 하며, 간양상항(肝陽上亢)으로 신음(腎陰)이 부족할 경우 신음을 보하는 약물을 추가할 때마다 간에 허양자잠(虛陽自潛)하게 한다. 요컨대 각각의 약물의 귀경(歸經)도 알고 장부(臟腑), 경락(經絡) 간의 상호관계를 파악해서 약을 사용하여야 한다.”

“좀전의 설명 중에 승강부침(升降浮沈)은 무엇입니까?”

“각종 질병은 병기(病機)와 증후(症候)에서 향상(向上), 향하(向下), 향외(向外), 향내(向內)가 있단다. 향상되는 것은 구토, 천식, 기침이고, 향하는 설사, 붕루(崩漏), 탈항(脫肛)이고, 향외(向外)로는 자한(自汗), 도한(盜汗)이고, 향내(向內)는 표증불해(表證不解)로 나타나는 경우가 많기 때문에 이러한 병증을 개선하거나 제거할 수 있는 약물은 상대적으로 말하며, 각각 승강부침(升降浮沈) 작용을 하는 경향이 있단다. 이러한 성능(性

能)은 몸의 공능실조(功能失調)를 바로잡아 정상으로 돌아오게 하거나 인세이도(因勢利導)하여 사기(邪氣)를 제거하여 준다.”

편작은 이어서 승강부침에 대해 계속 설명해 준다.

“승(升)과 강(降), 부(浮)와 침(沈)은 모두 상대적이며, 승(升)은 상승(上升), 강(降)은 하강(下降), 부(浮)는 발산(發散)이고, 침(沈)은 설리(泄利) 등의 작용을 나타낸다. 일반적으로 승양발표(升陽發表), 거풍산한(祛風散寒), 용토(涌吐), 개규(開竅) 등 공효(功效)의 약물은 모두 상행향외(上行向外)로 되며 약성(藥性) 모두 승부(升浮)하며, 사하(瀉下), 청열(淸熱), 이뇨삼습(利尿滲濕), 중진안신(重鎭安神), 잠양식풍(潛陽熄風), 소도적체(消導積滯), 강역(降逆), 수렴(收斂) 및 지해평천(止咳平喘) 등 효능이 있는 약물은 하행향내(下行向內)로 약성(藥性)이 모두 침강(沈降)해 준다. 그러나 여전히 어떤 약물은 승강부침(升降浮沈)의 성능이 뚜렷하지 않거나 혹은 두 방향으로 존재한다. 예를 들어 마황(麻黃)은 발한(發汗) 또한 평천(平喘), 이수(利水)해준다. 천궁(川芎)은 상행두목(上行頭目)도 하고 하행혈해(下行血海)도 한다. 하지만 이런 경우는 어디까지나 드물다.”

이어서 편작은 제자에게 자세히 말한다.

“약물의 승강부침(升降浮沈)의 성능은 약물의 성질과 불가분의 관계가 있으며 승부(升浮)하는 약물은 대부분 신(辛), 감미

(甘味)와 온(溫), 열성(熱性)이며, 침강(沈降)의 약물은 대부분 산(酸), 고(苦), 함(鹹), 삽미(澁味)와 한(寒), 양성(凉性)이다. 약제를 조제하는 데 있어서 술에 볶으면(酒炒) 성질이 승(升)하고, 생강즙으로 볶으면(薑汁炒) 능히 산(散)하며, 식초로 볶으면(醋炒) 수렴(收斂)하고, 소금물로 볶으면(鹽水炒) 하행(下行)한다."

편작이 약산에서 채집하고 식별하는 약재 가운데 가장 유명한 약재는 양기석(陽起石)이라는 것이 있었다. 양기석은 광물의 일종으로 성미(性味)가 짜고(鹹), 온(溫)하며 녹색과 녹회색(綠灰色), 백색(白色) 등 다양한 색을 띠고 있다.

제남(濟南)의 약산에서 나오는 백색 양기석은 최고의 품질로 백옥(白玉)이라고도 한다. 약산 아래 동굴이 있는데 양기석이 많이 난다 하여 약산을 양기석산(陽起石山) 혹은 양기산(陽起山)이라고 한다.

양기석은 지극히 평범한 돌로 보이지만, 약으로 쓰이며 신기(腎氣)가 약하고 발기부전이 심할 때 쓰는 귀한 한약재로 여성에게는 자궁이 차가울 때 쓰이며, 자음장양(滋陰壯陽)의 효과가 기묘하다.

중국에서는 양기석이 생산되는 곳이 많지만, 약산에서 생산되는 양기석은 품질이 가장 우수하며 약산 명성이 떨친 것도 양기석이 많이 나는 것과 관련이 있다.

전설에 의하면 약산에는 일년내내 온기(溫氣)가 되어 한겨울에 대지에 눈이 하얗게 내릴 때 유독 약산에는 눈이 쌓이지 않아 함박눈이 내려도 금방 녹아 버린다고 한다.

다른 지방의 초목들은 추운 겨울이면 쓰러져 가는데 유독 이곳은 사철이 푸르고 하늘이 특별히 챙겨주는 곳인 것 같았다. 그 이유는 약산의 양기석이 많이 나고 양기석은 성미(性味)가 온열(溫熱)하기에 온열의 기운이 나서 열기가 일년내내 훈증(薰蒸)이 되어 한겨울에 눈이 쌓이지 않기 때문이라고 사람들은 말한다.

송(宋) 희령(熙寧) 6년(1073년) 겨울, 당송팔대가(唐宋八大家)의 한 사람 소철(蘇轍)이 제남(濟南)에 와서 서기(書記)를 맡았다. 그는 제남을 동경하여 3년 동안 벼슬살이를 했다.

그는 제남의 산수(山水)를 즐기며 그곳을 사랑하여 제남(濟南)의 요산요수(樂山樂水)를 즐겼다. 요산요수는 산과 물을 좋아한다는 뜻으로 곧 자연을 좋아한다는 말이다. 공자(孔子)의 《논어(論語)》 옹야편에서 '지혜로운 사람은 물을 좋아하고, 어진 사람은 산을 좋아한다(知者樂水 仁者樂山).'고 했다.

소철(蘇轍)

어느 해 겨울, 눈이 펑펑 내리자 소철은 눈을 밟으며 산을 찾았는데, 과연 전설처럼 산에 눈이 쌓이지 않는 이채로운 광경을 보았다. 그래서 그는 양기석이 과연 열을 내고 눈을 녹일 수 있다고 생각하여 특별히 시를 지어 양기석의 신기함을 찬탄하였다.

그런데 약산에 눈이 쌓이지 않는다는 것을 사실 양기석의 온열(溫熱) 성능(性能) 때문이 아니라 약산 전체가 돌로 이루어져 있어 겨울에 초목이 시들고 괴석이 노출되어 바람이 불면 그 위에 눈이 남아 있지 못하기 때문이라는 설이 있다. 양기석의 전설은 대대로 전해 내려오고 있어 양기석의 신기로운 효능에 신비로운 색채를 더하고 있다.

청(淸)나라 순치(順治), 강희(康熙)년, 어느 겨울 북풍이 휘몰아치고 함박눈이 흩날리며 산과 마을을 온통 뒤덮어 마을이 잘 보이지 않게 되었다.

제남역성(濟南歷城)에 고근(高瑾)이라는 시인이 있었는데, 꼬불꼬불한 오솔길을 따라 약산을 향하다가 약산에서 나무를 하고 돌아오는 나무꾼을 만났다.

추운 겨울에는 약산에만 초목이 울창하고 겨울 내내 풀과 나무가 푸르러 산근(山根)이 따뜻하여 고근(高瑾)은 설중(雪中)의 약산을 방문하는 것은 일종의 풍아한 사람의 고상한 취미라고 할 수 있다고 말했다.

經冬草木靑　경동초목청
山根氣如煦　산근기여후
所以潤底石　소이윤저석
合藥起沉痼　합야기침고

겨울에 초목이 푸르고

산자락의 기운이 따뜻하고
그래서 밑에 있는 돌이 축축하고
침체된 고질병을 약으로 합당하게 한다.

옛날부터 음력 3월 3일 명절이 지나도록 약산은 행락객들이 높은 곳에 올라 답사하기 좋은 곳이다. 산 아래 사람들은 물론이고 먼 곳에서 온 사람들이 운집하여 떠들썩하고 약산묘(藥山廟)에서 집회는 성대하여 심지어 천불산(千佛山) 9월 9일 묘회(廟會)[4]는 유명하다. 당시 산에 팔방객(八方客)이 모이면 불산이나 약산에 오르지 않는다는 아름다운 이야기가 있다.

《송사(宋史)》 지리지(地理志)에는 양기석은 '신기(腎氣)가 약하고 발기부전 치료에 약효가 매우 좋다.'고 적혀 있다. 단 양기석은 희귀하고 채굴이 어려웠기 때문에 송(宋)나라 지방관리들이 상경할 때 반드시 바치는 진상품이 되었다.

명청(明淸)시대에는 양기석이 관헌에 독점되어 제남 특산품으로 조정에 상납되었다. 그리하여 원래 백성들에게 혜택을 주

---

[4] 천불산은 산동성 성도인 제남시의 동남에 위치해 있으며 해발 258m로 주나라 때는 력산(歷山)이라 불렀고, 수나라 개황(開皇) 연간에 산세를 따라 조각한 불상이 여러 개 있으면 「천불사」를 새우고 그때부터 「천불산」이라고 불렀다 한다. 그 후 당나라 때 천불사는 흥국선사로 이름이 바뀌었고, 원나라 때부터 3월 3일, 9월 9일마다 묘회가 열렸으며, 명나라 때 확장공사를 거쳐 그때부터 유명한 불교사원이 되었다고 한다.

어야 할 약재가 조정 전용의 진귀한 약재가 되었다.

'희소한 것이 귀한 것이다.' 이 진귀한 약재를 얻기 위해 지방 관청에서는 약산까지 봉쇄하는 한편 백성들을 동원하여 약을 캐도록 하여 백성들을 괴롭혔다.

양약(良藥)이 사람을 해치는 참극은 명(明) 말년 왕상춘(王象春)의 시문(詩文) '약산'에 기록되어 있다. 일반인이 약산에 있는 양기석을 얻기는 거의 불가능하게 되었다.

이때를 생각하면 편작이 천신만고 끝에 좋은 약을 채취한 것은 바로 만백성을 이롭게 하기 위해서였다. 수천 년 후, 이 좋은 약은 결국 관청에서 백성을 박해하는 독약이 되었다. 이것은 오히려 그가 예상하지 못한 것이었다.

양기석이 많이 생산되는 동굴은 오늘날에도 볼 수 있는데, 그 채취한 흔적이 역력하지만, 양기석은 흔치 않았다.

고대 문인 묵객(墨客)의 필치로 약산을 언급할 때 양기석을 빼놓지 않는 이가 없고, 양기석을 언급할 때도 약산을 빼놓지 않는 이가 없었다.

옥(玉)의 장인이 절정의 기예(技藝)를 닦으려면 매일 옥을 다듬어 혜심(慧心)을 닦아야 하고, 의원이 회생한 의림(醫林)의 고수가 되려면 매일 약을 채취하고 연마하여 회춘지술(回春之術)을 익혀야 한다. 약초를 캐고 연약(煉藥)하는 것은 편작 사제의 공과(功課)이다.

편작이 의림(醫林)에 처음 발을 들여놓았을 때, 스승 장상군의 가르침을 듣고 그는 의림(醫林)에 있는 어린 모종처럼 많은 가르침을 받았다.

장상군은 유유히 떠났고, 편작은 공부에 열중하여 스승이 남긴 고방비급(古方祕笈)을 몇 가지 책상에 펼쳐놓고 아침저녁으로 암송하여 마음에 깊이 익히도록 하였다. 그러나 그는 자격을 갖춘 의원으로서 자연이 최고의 학교라는 것을 알고 있었다. 그는 늘 제자들에게 훈계하였다.

"서재를 벗어나서 비록 성공하고 명성을 얻더라도 친히 산에는 올라가야 한다."

시야를 넓히고 약초를 식별하면 더 많은 신기한 약재를 발견할 수 있다. 동서고금의 많은 발명품들은 사실 모두 우연의 일치하에 창조된 것입니다.

한의학에서 침구(針灸)용 은침은 이렇게 발명됐다.

8, 9월은 바로 제남의 늦여름과 초가을에 막비가 내려 망망한 새벽안개가 낀다. 약산을 온통 산그림자가 감싸고 있는데, 멀리서 닭이 울고 개가 짖는 소리가 아련히 들려왔다.

이른 아침, 편작과 제자들은 여느 때처럼 약통을 메고 약산 북쪽 기슭을 따라 계속 올라갔다. 풀잎에는 아직도 물망울이

총총히 덮여 있고 안개가 산간 푸른 나무에 둥둥 떠다니며 흩어지지 않는다.

울창한 약산은 색다른 경지를 가지고 있다. 가파른 경사면에서 양쪽 뒷면이 미끄러워 편작이 미끄러졌다.

쓰러지는 순간 편작은 엉겁결에 옆에 있는 야생 산조수(酸棗樹) 한 그루를 움켜잡았다.

"앗!"

"스승님, 무슨 일이에요?"

"괜찮아. 미끄러지면서 나뭇가지를 잡았는데, 가시에 찔렸나 보다."

자양(子陽)과 자월(子越)은 스승을 일으켜 세우고 정신을 가다듬고 간신히 서자 그제야 손가락에 은근한 통증을 느꼈는데, 알고 보니 야산조(野酸棗) 나뭇가시가 오른쪽 검지 살 속에 통째로 박혀 꼬리 부분만 밖에 남아 있었다.

야산조(野酸棗)가 익어가는 계절인데, 그 가시도 강직할 때라 뾰족하고 단단하였다. 편작은 산조 가시 끝을 잡고 조심스럽게 가시를 뽑아냈다. 산조 가시의 뾰족한 끝은 칼날도 못 넣을 정도로 가늘어서 이렇게 쉽게 피부를 뚫고 근육조직 깊숙이 파고들 수 있었던 것이 아닌가!

영감(靈感)은 종종 사람들의 창조와 발견을 하게 한다. 평소 편작은 돌로 만든 침(砭石)을 개선할 방법을 고민했었다. 폄석은 의원이 진료할 때 늘 사용하는 도구로 돌은 뾰족한 모양이나 가시 모양으로 갈아서 사용한다.

발병한 사람의 해당 혈자리를 마사지로 자극을 주어 환자의 고통을 해소하거나 덜어준다. 그러나 폄석 역시 혈의 자극에 피부 표층에만 머물러 피부 깊숙이 침투하지 못하는 단점이 있는데, 자극을 깊게 하려면 쉬지 않고 폄석으로 혈(穴)을 마사지해야 하는데, 이렇게 하면 시간도 많이 걸리고, 힘도 들 뿐만 아니라 병을 고치는 효과도 별로 없다. 이때 편작은 문득 한 가지 바늘을 발명한다.

산조(酸棗) 가시처럼 가늘고 단단하며 날카로워지면 병을 치료하는 효과가 크게 높아지지 않을까 하는 생각을 하게 되었다. 아무리 생각해도 철침(鐵針)이 가장 좋은 선택이다.

그때까지만 해도 제철 기술이 크게 향상되어 편작은 폄석을 철침으로 대체하였다. 작은 산조의 가시가 편작이 금속침을 만들게 하는 의학상 중요한 발명품이 되었다. 몇 년 후, 작은 철침이 인근 나라로 보급되었고 나중에는 은침(銀鍼)이 철침(鐵針)을 대신했다.

오늘날까지 침구(針灸)는 여전히 편작의 발명과 창조를 떠날 수 없다. 편작은 자기가 발견한 바늘로 환자를 치료하고 환자의 통증을 없애주었다.

백성이 모두 알고 있듯이, 제(齊)나라 노읍성(盧邑城)에 편작

의원은 침술 솜씨가 빠르고 정확했다. 한 할머니가 여러 해 동안 중풍(中風)으로 누워 있었는데, 편작이 의술 솜씨가 뛰어나다는 말을 듣고 아들이 손수레에 태워 모셔 와 편작에게 치료를 부탁했다.

"우리 어머니를 치료해 주세요."

"중풍인 된 지 얼마나 됐나요?"

"몇 해가 됩니다."

편작은 마비된 다리를 자세히 진단한 뒤 침 한 대만 놓으면 병이 낫는다고 했다.

"어머니, 중풍에는 침 효험이 좋아요."

이때 편작은 환자에게 말은 한다.

"할머니, 침을 맞아야 빨리 나아요."

"의원님, 약으로 하면 안 될까요? 침은 두려워요"

"물론, 약으로도 치료는 되겠지만, 우선 침으로 기혈(氣血)을 소통시켜야 해요."

침을 맞아야 한다는 말에 두려운 할머니. 편작은 웃으며 말했다.

"그럼, 어머니를 볕이 드는 곳으로 손수레를 밀어 놓으셔요."

아들은 편작이 술수를 부리는 줄 알고 마음에 의심이 생겼지만, 편작의 말대로 손수레를 마당으로 밀어냈다.

"이쪽으로."

햇빛이 드니 어머니의 그림자가 생겼다. 그림자에다 편작은 침을 놓았다.

"할머니, 침을 몸에 안 놓으니 아프지 않죠?"

"당연하죠. 나는 그냥 있기만 하는데……."

뜻밖에도 향(香) 한 대 타는 사이에 할머니는 일어설 수 있었다.

"이제 일어나 보셔요."

"아니 몸이 부드럽고, 손발이 편해지네."

"할머니를 부축하지 마시고, 할머니 혼자 일어나게 하셔요."

"어머니, 혼자서 일어나 보세요. 천천히."

마비된 팔다리가 풀리면서 할머니는 천천히 일어서며 소리를 지른다.

"아니, 웬일이래? 내가 이렇게 서다니."

"혼자 설 수 있으셔요?"

"이럴 수가!"

"손을 붙잡지 마시고 천천히 걸어보셔요."

아들과 같이 감격의 눈물을 흘리면서 편작에게 연신 고맙다는 인사를 한다.

그 당시, 누더기로 대충 꿰매 만든 조잡한 인형에 저주할 대상의 사주팔자를 적거나 이름을 적어 뾰족한 바늘로 인형에다 찌르는 행위로 저주 대상에게서 그와 같이 위해를 가해지는 저주가 있었다. 이것을 양밥이라고 한다.

그런 행위는 무당이나 법술사, 도사들이 실시하는 저주를 목적으로 행하여졌지만, 편작은 그림자에다 침을 놓아 치료를 하는 것이었다. 똑같은 침을 놓아 무당과 도사들은 사람을 해하려는 사법(死法)을 쓰지만, 편작은 사람을 살리는 활법(活法)을 행하였다.

사실 그림자에 침을 놓는다고 해서 몇 년 동안 낮지 않은 마비를 고칠 수는 없지만, 사람들이 이 아름다운 전설을 상상해낸 것은 편작의 정교한 침술에 대한 긍정과 탄복이었다. 그 뛰어난 침술은 한 세대 또 한 세대 의원들의 마음을 감동시켰다.

북송(北宋) 때, 도성 개봉(開封)에 허희(許希)라는 명의가 있었다. 의술이 뛰어나고 침술에 능하여 조정에 선발되어 한림의관원(翰林醫官院)에 들어갔다. 1034년 송인종(宋仁宗)이 병을 얻어 자리에 눕자, 어의(御醫)들은 당황만 하고 어찌할 도리가 없었다.

당시 허희는 한림의 관원으로 벼슬은 높지 않아 황제를 진찰할 자격이 없었다. 그는 일찍이 인종(仁宗) 12년에 딸 기국대장(冀國大長) 공주의 병을 고쳤다. 대장공주(大長公主)가 인종(仁宗)에게 허희를 추천하였다.

허희는 인종을 치료하게 되어 여유 있게 침을 들고 황제의 심장 아래 심포락(心包絡) 사이 혈자리를 찌르려 했다.

"아니 됩니다."

신하들은 이를 보고 사색이 되었다. 어의들은 심포락(心包絡)이 심장(心臟)을 보호한다는 것을 잘 알고 있지만, 이 혈자리를 실수한다면 그 결과는 상상조차 할 수 없었다. 신하들의 걱정과 의구심이 인종(仁宗)을 망설이게 했다.

"황제 폐하! 침을 맞으시면 아니되옵니다."

"왜 안된다는 거냐?"

"그 자리는 위험한 곳입니다."

"침을 못 놓으면 어떻게 치료할 수 있는가?"

이때 곁에 있던 한 태감(太監)이 스스로 용기를 내어 허희(許希) 의원에게 자신에게 시험해 보라고 했다.

"허의원, 나에게 먼저 침을 놓으시오."

태감이 나서서 옷을 벗었다.

허희 의원은 그 자리에서 태감의 심포락에 몇 대 놓았다. 태감은 침을 맞으며,

"제가 무사하니, 황제께 침을 놓아도 되겠습니다."

그제야 모두들 안심하였고, 황제에게 침을 놓으라고 하였다.

"침을 놓거라."

허희 의원이 침을 놓고 얼마 있더니 황제는 몸이 편해지는

느낌을 받았다.

인종은 크게 기뻐하고 허희에게 상을 내렸다. 황제의 하사품에 사의를 표한 후, 허희는 다시 서쪽을 향하여 절하였다. 인종은 그 까닭을 이해하지 못하여 물었다.

"왜 서쪽을 향하여 절을 하는가?"

"저는 편작의 고서(古書) 중에서 배워 전수받은 것이기 때문입니다."

"편작이라면 벌써 천여 년 전의 명의를 말하는가?"

"맞습니다. 편작 의원의 고서를 통해 침술을 배워 그 은공은 편작 의원에게 돌리려고 합니다."

두 사람은 천여 년 동안 떨어져 있었지만, 편작은 확실한 허희의 스승이었다.

자신이 인종의 병을 고칠 수 있었던 것은 모두 편작 덕분이라고 생각하고 서쪽을 향해 사은(師恩)에 대해 배사(拜謝)한 것이었다. 인종은 그에게 금은보석 비단을 하사했는데, 그는 그 영광을 혼자 누리고 싶지 않았다.

그는 인종에게 청하여 하사받은 재물을 편작묘(扁鵲廟)를 짓는 데 썼다. 인종은 특별히 은혜를 베풀어 경성(京城) 서쪽에 편작묘(扁鵲廟)를 짓고 편작을 《영응후(靈應侯)》로 책봉하여 영원히 모시도록 하였다. 편작의 뛰어난 의술은 힘든 치료 과정에서 축적된 것이고, 자연은 그의 스승이다.

편작 사당

약산(藥山)에 가서 약초를 캐고 있을 때 그는 나무꾼을 만났다. 시간이 될 때면 산 아래 백성들과 친해지고 그는 항상 그들에게 약초의 습성을 물어보고, 그들에게서 많은 것을 배웠으며 의술이 날이 갈수록 뛰어났다.

산기슭에 조그만 집이 있었다. 주인은 양문(陽文)이고, 편작은 이웃에 살고 있었다. 양문은 중풍(中風)에 걸려 반신불수가 되었다. 이날 편작은 집에 푸른 몽석(礞石)을 단제(鍛製)하여 양문의 중풍을 치료하려 하였다.

가루를 내어 약을 조제할 때 문 밖에서 갑자기 시끄러운 소리가 들려 편작은 급히 제자들에게 말했다.

"무슨 일인가 나가 보거라."

제자 자표(子豹)가 그 아들 양보(陽寶)에게 물으니,

"집의 늙은 황소를 십여 년 길렀는데 요즘 어찌 된 일인지 점점 야위어 밭에 나가 농사를 지을 수가 없게 되었습니다"

"황소를 키운 지 얼마나 됐는가?"

"새끼 때부터 줄곧 이곳에서 키웠습니다."

"그래?"

"아무래도 아픔을 덜어주기 위해서라도 누렁이를 죽이는 것이 좋을 것 같아요. 평생 우리집에서 일만 했는데."

양보는 이 늙은 황소가 도살하여 황소가 고생하지 않도록 하고 싶다고 하였다. 양보는 황소를 도살하여 살코기와 뼈를 갈러 놓아 창고에 매달아 저장하였다.

황소의 장기를 해체하는 과정에서 쓸개에서 노란색 돌 두 개를 발견하였다.

"이건 뭐지?"

양보는 처음 보는 노란색 돌을 손으로 들고서 편작의 집으로 갔다.

"의원님, 이것을 보셔요. 이것이 소의 쓸개에서 나왔어요."

"소의 쓸개에 어떻게 돌이 있을 수 있지?"

양보가 편작에게 담석을 보였다.

"의원님, 이것을 보세요. 이것 때문에 소가 울었던 거 같아요."

"늙은 소가 담에 돌이 생겨서 나날이 야위어 가는 거였군."

편작은 황금색 돌을 들어 자세히 살펴보았는데, 외형은 푸른 몽석(礞石)과 거의 비슷하였다.

그의 마음속에서 의구심이 들었다.

'소의 쓸개에서 어떻게 황금색 돌이 나올 수 있는가? 이 황금색 돌이 무슨 쓸모가 있지?'

이때 양문의 병이 발작하여 편작이 급히 양보와 함께 가서 진찰하러 갔다.

그는 소 담석을 청몽석(靑礞石)이 올려진 탁자에 올려놓고 양문에게로 가보니 두 눈이 위로 뒤집어지고 사지가 차가우며 천식이 있어 호흡이 가빠지고 병세가 급해졌다. 편작은 양문에게 침을 놓고 양보에게 탁자에 있는 청몽석을 가져오라고 했다.

양보가 서둘러 소의 담석을 가져다 편작에게 주었다. 다급해진 편작은 자세히 살피지 않고 양보에게 빨리 가루로 빻아 물에 섞어 아버지 양문 입에 넣으라고 하였다. 양보가 급히 아버지에게 투약을 하자, 곧바로 경련이 멎으며 숨결이 평온하고 정신이 돌아왔다.

"급한 위기는 넘겼구나."

편작은 양보에게 내일 다시 그 약을 먹이라고 하고 집으로 돌아왔다. 집에 오니 청몽석은 그대로 탁자 위에 있고 소의 담석이 반으로 떨어져 있었다. 편작은 내심 불길한 예감이 들었다.

'그런데 누가 탁자 위에 놓인 소 담석을 건드렸지? 제자들이 잘못 가져간 걸까?'

제자들이 여러 해 동안 자신을 따라다녔으니 청몽석(靑礞石)을 알아보지 못하지는 않을 텐데, 그는 서둘러 제자들을 방안으로 불러들였는데, 제자들은 스승의 초조한 기색을 보고 사태가 심각한 줄 알아차렸다.

"여기 탁자에 있던 소 담석을 누가 치웠는가?"

모두들 서로를 바라보며 소 담석을 건드린 적이 없다고 하였다. 자양(子陽)은 문득 생각이 났다.

"양보가 몽석을 가지러 왔었어요."

편작은 생각했다.

'양보가 소담석을 청몽석으로 착각한 것이 틀림없다.'

이 우연한 실수는 편작에게 생각하게 했다.

'설마 소의 담석이 가래를 삭히고 진정시키는 효과가 있나?'

양문이 소의 담석을 복용하고 경련을 멈추었는데, 그 효과가 이렇게 현저한 것은 결코 우연이 아니었다. 이튿날, 편작이 양문을 다시 진단하러 갔다.

소의 담석을 가루로 만들어 양문에게 복용시킬 계획을 세웠다. 사흘째 되던 날, 기적적으로 양문의 병이 호전되어 경련은커녕 반신불수가 되어 있던 몸이 가볍게 움직이기 시작했다.

그제야 편작이 확신하게 되었다. 소의 담낭 결석이 확실히 중풍 치료에 효험이 있다는 것을 알게 되었다. 결석은 사람의 몸에서 자라는 것은 쓸데없는 것이지만 소의 쓸개에서 자라나는 것이 약으로 값을 매길 수 없는 보물이었다.

결석이 장기간 담즙에 잠겨 있으면 마음과 정신을 맑게 하고 구규(九竅)를 잘 통하게 하는 청심개규(淸心開竅), 진간식풍(鎭肝熄風)하는 작용을 하여, 담낭에 결석이 응결되면 누렇게 변한다. 편작은 새롭게 발견된 결석이 황금색이 난다고 해서 우황(牛黃)이라고 이름을 지었다.

구규(九竅)는 인체의 9개의 구멍(竅)을 말한다. 구규(九竅)는 2개의 눈, 2개의 콧구멍, 2개의 귓구멍, 입과 전음(前陰 : 소변을 보는 곳)과 후음(後陰 : 대변을 보는 곳)을 합하면 모두 9개이다. 9개의 구멍의 기(氣)를 잘 통하게 만드는 것을 개규(開竅)라고 한다.

우황은 효과가 좋고 희소하다. 소의 담석으로 생기는 돌이기 때문에 소가 담석이 있으면 풀을 적게 먹고 물을 적게 마시면서 걷는 데 힘이 없고 신음을 내며 담석증으로 죽어간다.

모든 소가 담석에 걸리는 것이 아니므로 우황을 매우 귀히 여겼다.

양보는 평소에 키운 소를 생각하며 눈물을 글썽거렸다.

'평생을 우리집에서 일만 하더니 죽어서까지도 고기도 주고 귀한 약재(우황)까지 주어서 고맙다.'

약산 북쪽 기슭에 올라가면 가장 눈에 띄는 것이 양성방(藥聖方)이 있는데, 방주(坊柱)에 쓴 대련(對聯)이 있다.

九點齊煙唯此獨尊　구점제연유차독존
天寶物華人傑地靈　천보물화인걸지영

아홉 가지 제나라 연기는 오직 독보적이고,
천하 보물로 화인(華人)들의 뛰어난 지세를 가지고 있다.

약산 아래까지 오지도 않았는데 벌써 약초 향기를 맡게 된다. 편작은 이곳에서 무수한 봄과 가을을 보냈다. 약을 채집하기 편하게 아예 제자들을 거느리고 살았는데,

약재를 만드는 한편 산 아래 백성들이 찾아와 약을 구하기도 하였다. 그는 약초를 캐고 연마하면서 인근 백성들의 병을 고쳤다. 그러나 병을 치료하는 과정에서 그는 이전에 《내경

(內經)》에 기록된 삼부구후법(三部九候法)으로 맥을 짚는 부위를 매우 세밀하게 맥을 파악하기에, 한나절 동안 단지 몇몇 사람만 진찰하기도 하였다.

그러다 보니 진료의 효율을 크게 떨어뜨린다는 것이었다.

자양이 스승에게 물었다.

"삼부구후법을 설명해 주십시오."

"삼부구후법의 삼부(三部)는 맥박진단을 위한 인체의 상·중·하 3부분을 말하며, 구후(九候)는 삼부를 천(天)·지(地)·인(人)으로 나뉘어진다. 주요 진찰 부위는 두부(頭部), 수부(手部) 및 족부(足部)에 있고, 각 부위는 또한 삼부(三部)로 나뉘어 이것이 구후(九候)가 되는데, 전신에 상용한다."

"그럼 上中下와 天地人은요?"

"상(上)의 천(天)은 태양혈로 머리(이마)의 병을 진단하고, 상(上)의 지(地)는 거료혈(巨髎穴)로 입과 치아의 병을 진단하며, 상(上)의 인(人)은 이문혈(耳門穴)로 귀의 문을 여는 신비한 혈자리로 귀와 눈의 병을 진단한다. 중(中)의 천(天)은 경거, 태연혈(太淵穴)로 폐의 병을 진단하고, 중(中)의 지(地)는 합곡혈로 흉중의 병을 진단하고, 중(中)의 인(人)은 신문혈(神門穴)로 심장의 병을 진단한다. 또한 하(下)의 천(天)은 오리, 태충혈(太沖穴)로 간의 병을 진단하고, 하(下)의 지(地)는 태계혈(太谿穴)로 골(骨)병을 진단하며 하(下)의 인(人)은 기문, 충양혈(衝陽穴)로 비장, 위장의 병을 진단한다."

"맥진의 요령에 대해서 가르쳐 주십시오."

"구후는 소속된 장부와 가깝기 때문에 장부의 질병을 반영하는 데 있어서 촌구(寸口)보다 빠르다. 따라서 질병을 조기에 진단하고 예측하는 데 유리하다. 구후(九候)를 관찰하여 유독 크거나 작은 것은 병이고, 유독 빠르거나 느린 것도 병이다. 유독 열이 있거나 차거나 꺼져 들어간 경우도 병이 있다. 또 눈과 귀에 병이 있다면, 이문혈(耳門穴)에 먼저 경조(警兆)가 출현하는데, 촌구(寸口)보다 빨리 출현한다. 합곡혈(合谷穴)은 흉중의 질병을 예보하고, 태계혈(太谿穴)은 신병(腎病)을 예보하는데, 모두 해당 부위에서 가장 가까운 거리에 있기 때문에 촌구맥(寸口脈)보다 빠른 반응을 보인다. 만약 태양혈(太陽穴)이 비정상적으로 뛰면 두부(頭部)와 액부(額部)에 질병이 있다는 신호이다. 그리고 수소음 신문혈(神門穴)의 박동이 이상한 것은 심장질환이나 임신 초기의 전조이다."

편작의 집으로 남녀노소 할 것 없이 병을 진단받으러 오거나, 치료를 받았다. 때로는 아가씨가 편작의 집에 문진(問診)을 오기도 하는데 의원의 눈에는 남녀가 보이지 않고 그저 환자로만 봐야 한다.

편작은 절맥(切脈) 방법을 모색해야 한다고 결심하였다. 그는 《내경(內經)》의 정맥별론(靜脈別論), 맥법정미론(脈法精微論)에서 '정상인이 숨을 내쉴(呼氣) 때마다 맥기(脈氣)가 3촌(寸)씩 운행하고 들이마실(吸氣) 때마다 맥기(脈氣)가 3촌(寸)씩 운행하며, 일호일흡(一呼一吸)을 일식(一息)이라 칭한다' 라고 하였다.

정상인은 하루에 맥기(脈氣)가 전신에 50차례 돌고 이후에 맥기가 수태음폐경(手太陰肺經)의 촌구(寸口) 자리로 합쳐지기에 수태음의 촌구(寸口)는 오장육부의 기혈 순환의 시작과 마지막인 기지점(起止点)이 절맥(切脈)할 때 촌구맥(寸口脈)을 뛰는 것을 살피며 병정(病情)을 알 수 있다.

편작은 의학 맥진법을 간소화했다. 당시 그 방법은 세상에서 이해를 못했지만, 편작 자신이 맥상의 변화와 인체 오장육부의 병리 변화를 연결시키는 것이 옳다고 믿었다.

한번은 이웃마을 한 환자가 찾아와 사지가 떨리고 통증이 멈추지 않고 온몸에 식은땀을 흘렸다. 편작은 환자의 안색과 눈, 설태(舌苔)를 살핀 뒤 손을 환자의 촌구(寸口)를 누른 뒤 눈을 감고 맥상의 변화를 느꼈다.

그런 다음, 그는 침을 꺼내 혈자리에 침을 놓고(刺針) 환자에

게 미지근한 물 한 그릇 마시게 하고 잠시 휴식을 취하게 하자, 과연 환자는 처음과 같이 회복되어 정신을 차렸다.

편작은 옛 처방을 헤아려 의술을 행하는 과정에서 대담하게

장중경

새로운 방법을 연구하였고, 절맥(切脈)으로 병을 진찰하여 점점 좋아지면서 호평이 자자하게 되어 그를 찾는 환자들이 끊이지 않았으며, 노읍성(盧邑城)은 환자들 마음속 희망의 도시가 되었다. 곧 노읍성에서 의원 편작의 이름이 날렸다. 일찍이 편작이 살던 춘추전국시대부터 약산 일대는 비교적 번화한 곳이 되었다.

북동쪽에 낙읍(濼邑)이 있고, 고제수(古濟水)와 낙수(濼水)가 만나는 지점이고, 남쪽으로 역읍(歷邑)과 안읍(鞍邑)이 있다. 역읍은 지금 제남 천불산(千佛山) 부근이다.

편작이 이곳에서 약초를 캐면서 이곳의 명성은 어느새 더욱 높아졌다. 약산, 정상에는 약산묘(藥山廟)가 있었는데, 일명 만수당(萬壽堂)은 편작 등 명의에게 제사를 지내기 위해 세상 사람들이 지은 것이다.

묘(廟)는 웅장하고 고풍스럽고 우아하며, 뇌공(雷公), 이윤(伊尹), 편작(扁鵲), 순우의(淳于意), 장중경(張仲景), 화타(華佗), 왕숙화(王叔和), 황보밀(皇甫謐), 갈홍(葛洪), 손사막(孫思邈) 등 10대 명의(名醫) 소상(塑像 : 찰흙으로 만든 형상)이 정교하고 생동감 넘친다.

안타깝게도 1930년 이후 비바람에 의한 침식과 전화(戰火)의 큰 재난을 겪은 약왕묘(藥王廟)는 철거되고 벽이 부러진 잔해만 남아 있다. 2004년 약산 동쪽 기슭에 새로 약산사(藥山寺)가 세워졌는데 산문(山門)은 그다지 당당하지 못하나 푸른 나무에 가려 아늑해 보였다. 이곳에서 걸음을 멈추면 삼삼오오 관람객이 들어가 향을 피우는 것을 볼 수 있다.

약산사 서쪽 등산로에 편작 조각상이 서 있는데, 조각 전체가 금으로 도금되어 석양을 받아 밝게 빛나고 있다.

청(淸)나라 건융(乾隆) 때 제남역성(濟南歷城)에 유명한 시인 임홍원(任弘遠)이라는 시인이 있었는데, 고적을 유행(遊行)하기를 즐겼다. 그가 약산에 유람하러 왔다가 고(高)씨 성을 가진 도사(道士) 한 분을 만나 환담을 나누었다. 헤어질 즈음 고우사(高羽士)는 한 수 시(詩)를 지어 이별의 뜻을 표하였다.

贈藥山	증약산
遠避雲深處 結第在九峰	원피운심처 결제재구봉
春前鋤芍藥 雨後種芙蓉	춘전서작약 우후종부용
元悟心常靜 丹爐火自熔	원오심상정 단노화자용
不錄賣藥出 人世哪能逢	부녹매약출 인세나능봉

멀리 구름 속으로 피하면, 아홉 개 봉우리에 맺힌다.

봄이 오기 전에 괭이질하여 작약을 심고, 비가 온 뒤 부용을
모종하며,

깨달은 마음은 항상 고요하고, 화로에 불은 저절로 녹는다.

인연이 없어 약을 팔지 못하면, 세상에 다시 만날 수 있겠는가.

고우사(高羽士)는 매일 한적한 약산에서 도를 닦고 시를 지
으며 도연명(陶淵明) 선생을 만나게 되었다.

結盧在人境 而無車馬喧　결노재인경 이무차마훤

사람 사는 곳을 막론하고 마차와 말이 떠들썩하다.

도연명은 남산(南山)에 국화를 심었고, 고우사(高羽士)는 작
약과 부용을 심었으며, 남달리 뛰어나 고아한 풍채를 지니고
있었다.

약산 도처에 약재가 가득하자, 고우사도 이곳에서 약을 채취하여 산 아래로 가져가 팔아 판 돈으로 벼농사를 하였다.

오늘날 약산에는 청(淸)나라 때 봄철 김매기와 작약, 두 종류의 부용 등 아름다운 풍경은 사라지고, 그 초목이 그늘을 이루고 괴석이 많은 자연 풍물만 사람들에게 수천 년 전 유구한 옛일을 이야기한다.

일행이 정(鄭)나라 경내(境內) 양성(陽城) 석종산(石淙山) 아래로 내려왔다. 양성은 지금은 등봉(登封)이다. 마침 장마철이라 큰물이 상류에서 곧장 빠져나가면서 수위가 불어 넘쳐흘렀다.

강의 물살이 셌다. 강가에는 아이들은 뛰놀고 있었는데, 7, 8세 되는 한 아이가 실수로 미끄러져 넘어졌는데, 마침 강가 경사면에 쓰러져 발을 헛디뎌 강물에 미끄러졌다. 눈 깜짝할 사이에 아이는 파도에 휩쓸려갔다.

강가에는 어른들이 물살을 따라 쫓아가면서 사람을 구하라고 소리쳤다. 아이는 물속에 둥둥 떠서 고통스럽게 발버둥치고 있었다.

아이의 아버지는 아들이 물에 빠지자 곧바로 강물에 뛰어들었고, 순식간에 소용돌이에 말려들었다. 아버지는 소용돌이를 무릅쓰고 아이를 향해 헤엄쳐가서 눈앞에 아이의 옷을 덥석 잡아챘다.

　강폭이 비교적 넓은 곳에서는 물살이 완만해졌다. 아버지는 아이를 안은 채 있는 힘을 다해 물가로 헤엄쳐 나갔다. 많은 사람들이 강가에서 두 손을 내밀어 부자를 구해냈다.

　그러나 아이는 이미 배가 불룩하게 불어나고 호흡도 멎은 채 꼼짝도 하지 않고 누워 있었다. 아버지가 무릎을 꿇고 가슴을 찢는 듯 아이 이름을 불러도 반응이 없었다. 아이의 어머니는 바닥에 주저앉아 애간장이 끊어지도록 울부짖었다.

　마을 사람들은 그녀를 일으켜 세우고 눈물을 훔치며 그녀가 이런다고 살아나는 것이 아니라고 진정시켰다.

　마침 그때 편작이 제자 자양(子陽)과 자표(子豹) 등 제자를 데리고 그곳을 지나갔다. 아이가 물에 빠졌다는 소리를 들은 자양(子陽)은 재빨리 나아가며 외쳤다.

　“비켜주세요!”

　편작은 아이의 안색이 파랗게 질린 것을 보고, 또 아이의 코에 손을 대니 이미 숨은 쉬지 않고 심장박동까지 멈추었다. 결국 아이의 맥박을 집어 보았는데, 뜻밖에 극히 미약한 맥박이 뛰고 있었다.

　“아이가 아직 살아 있다!”

　편작은 즉시 아이의 입을 벌리고, 허리를 받쳐 등받이를 위로 하고 머리를 아래로 하여 자표(子豹)의 어깨에 올려놓고 업고 빨리 뛰도록 하였다.

“아니 무슨 짓을 하는 거예요?”

아이의 부모는 아이를 업고 뛰는 자표를 막으려는데, 아이의 입에서 물이 계속 쏟아졌다. 아이의 폐와 위의 물이 가득 차 있어 업고 뛰는 사이에 물을 쏟아내며 아이는 살 수가 있었다.

편작은 자표에게 내려놓고 반듯이 눕힌 다음 두 손으로 아이의 두 팔을 잡고 몸을 구부려 가슴을 헤쳐 심장을 마사지하고, 또 아이를 엎드리게 한 다음 손으로 등을 반복해서 눌러 가슴을 움츠리게 하였다. 그러자 공기가 자연스럽게 폐로 들어갔다.

잠시 후, 아이의 얼굴빛이 불그스레해지자, 편작은 아이의 부모에게 말했다.

“마른 옷을 가져다 주세요. 아이 몸을 따뜻하게 해줘야 합니다. 어서 가져오세요.”

부모가 마른 옷을 가져오니, 아이를 옷으로 감싸주고 몸을 따뜻하게 해주었다.

“자양아! 어서 빨리 탕약을 달여오거라.”

자양이 달인 탕약을 먹이자, 조금 있더니 아이가 정신을 차렸다. 편작이 아이 부모에게 말했다.

“이제는 몸조리만 잘하면 됩니다.”

마을 사람들은 모두 편작이 기사회생하는 재주가 있고 생명을 구하는 살아있는 신선이라고 극찬했다. 이때부터 편작은 명성이 더욱 더 높아졌고 여러 나라에서 한결같이 그를 초청 강의하게 하였다.

어딜 가나 진료를 받으러 온 사람들이 줄을 이었다. 반면 굿을 전문으로 하여 돈을 뜯어내는 무속인들에게 진료를 보려는 사람은 거의 없었다.

제5장. 怒斥弟子(제자에게 대노하다)

하루는 편작이 이웃나라 관리의 병을 고쳐주러 한동안 집을 떠나게 되어 아버지 진불위가 천식이 생길 때마다 챙겨드리는 약을 만들어 놓고 제자들에게 부탁하였다.

"아버님이 평소에 천식이 있는데, 이것을 달여 드리거라"

편작이 다시 말했다.

"이번에 왕진을 가는데, 부탁할 일이 있다. 아프다는 분들을 가서 봐야 할 것 같구나. 지금 당장, 내가 없는 동안 내 아버님을 신경 쓰거라."

"아버님이 어디가 아프신데요?"

"오래된 천식으로 만성병이라네. 고질병이지."

"이번에 왕진 가시면 언제 돌아오십니까?"

"그곳에 많은 환자들이 있어. 한동안 못 돌아올 것 같네."

편작은 왕진을 떠났다.

제자들은 편작이 남겨놓은 약을 달여서 사부의 아버지에게 정성껏 올렸다. 편작의 아버지 진불위도 촌의(村醫)였지만 본인이 앓고 있는 만성질환을 알고 있지만, 아들 편작이 아버지를 간호하고 있었다.

"그래도 나아졌어. 항상 약을 복용하면 더 심해지진 않아."

제자들은 서로 얼굴을 보며,

"아니, 그렇게 잘 고치시는 사부께서 아버님의 고질병인 천식을 못 고치지?"

며칠이 지났는데도 천식은 그대로지만 더 심해지지는 않았다.

"그동안 천식 환자를 많이 치료했는데, 이 정도의 천식은 약을 먹으면 잘 낫는데……."

병이 위중한 상태를 가리켜 '편작이 여럿 와도 못 고친다'라는 비유를 할 정도로 때로는 명의를 넘어 신의(神醫)로 칭송하였다. 천하의 명의로 이름난 편작이 그까짓 천식 하나 못 고친다는 것이 말이 되냐며, 그의 제자들이 자신들의 의술을 자랑할 요량으로 스승의 처방을 보았다.

백과(白果), 마황(麻黃), 소자(蘇子),
감초(甘草), 관동화(款冬花), 행인(杏仁),
상백피(桑白皮), 황금(黃芩), 반하(半夏)

"이 처방은 선폐강기(宣肺降氣), 거담평천(祛痰平喘)을 해주는 처방인데."

"나 같으면 다른 처방으로 하면 천식이 좋아질 텐데."

"글쎄, 그래도 폐기(肺氣)를 선발(宣發) 숙강(肅降)5) 기능하
는 약재로 처방하셨는데."

다른 제자가 말한다.

"이 처방은 폐의 기(氣)를 강기(降氣)시키는 처방으로 폐위(肺
胃)의 기역(氣逆)으로 내려가지 않을 때 쓰는 처방이잖아."

"특히 사부님의 부친이어서 특별히 신경 써서 처방을 내렸을
텐데."

"이 처방도 좋지만, 다른 처방도 한번 써 보는 것도 좋을 것
같아."

"사부님이 돌아오시기 전에 우리가 사부님 아버님을 치료할
까?"

"그래, 사부님께서도 좋아하실 거야."

"그런데 사부님의 처방을 바꿨다고 뭐라고 하시지 않을까?"

---

5) 환절기가 시작되면 가장 흔하게 발생하는 질환이 비염과 피부질환이다.
비염과 피부질환은 한의학에서는 모두 폐의 선발작용(宣發作用)과 숙강
작용(肅降作用)이 원활하지 않아서 발생하는 질병이다. 폐의 선발작용이
란 폐가 우리 몸의 기운을 넓게 펴서 흩어 보내는 작용이며, 숙강작용은
외부에서 들이마신 공기를 맑게 하고 수곡의 정미로운 기운을 인체의 하
부로 내려보내는 작용을 말한다. 환절기가 되면 풍한(風寒)의 사기(邪氣)
가 폐에 침습하여 막히게 되면 가슴이 답답하고 목구멍이 가렵고 기침과
가래가 나오며, 코가 막히게 된다. 폐의 호흡이 잘 안될 경우 피부의 호
흡이 원활하지 못하게 되어 피부표면에 독소가 쌓이기 쉬울 뿐 아니라
피부에 진액이 부족해져서 가렵거나 발진이 생기기 쉬운 상태가 된다.

"의원은 환자를 치료하는 것이 의무이거늘……."

"그래도……."

"아마도 사부님 아버님의 천식이 완치되면 칭찬하실 거야."

"아니 그래도……."

"사부님이 돌아오시면 기뻐하실 거야."

그들은 스승의 아버지께 공손히 말하였다.

"저희가 진맥을 해봐도 되겠습니까?"

진맥을 하니 설태(舌苔)는 백활(白滑)하고 상실하허(上實下虛) 증으로 천해단기(喘咳短氣), 흉격만민(胸膈滿悶), 지체권태(肢體倦怠) 증상이 있었다.

그들은 절맥(切脈) 후, 편작에게 배운 것을 토대로 처방을 만들었다.

자소자(紫蘇子), 반하(半夏),
당귀(當歸), 자감초(炙甘草),
전호(前胡), 후박(厚朴), 육계(肉桂)

"이 처방이 어떨까?"

"그래 이것이 강기평천(降氣平喘), 거담지해(祛痰止咳)시키네. 좋아, 좋아."

그들은 스스로 내린 처방으로 약을 달여서 사부의 아버님에게 드렸다.

“지난번 약과 맛이 다르네?”

“전에는 스승님의 처방으로 달인 것이고, 이번은 저희들이 진맥 후에 처방한 약으로 달인 것입니다.”

“그랬구나.”

며칠 후, 그들은 사부님의 아버님에게 말씀을 드렸다.

“이 약을 드시니까 좀 어떠세요?”

그들은 어떤 말이 나오나 궁금하였다.

“아들이 준 한약보다 더 편해졌다네.”

제자들은 편해졌다는 말에,

“맞아. 우리의 처방도 쓸만하네.”

“스승님이 돌아오시면 칭찬하시겠지?”

“당연하지. 스승님 처방으로도 완치가 안 되었는데, 우리 처방으로 좋아졌는데.”

얼마 후, 편작이 돌아와 제자들에게 물었다.

“내가 없는 동안 별일이 없었지?”

한 제자가 편작에게 칭찬받으려고 말했다.

“스승님 아버님의 천식을 고쳤습니다.”

“그럴 리가? 내 처방으로는 완치는 안 될 텐데.”

“첫날에 스승님 처방으로 약을 달여 드렸습니다. 증상은 좀 좋아졌는데 완전히 낫지 않아 저희들이 스승님께 배운 대로 처방을 바꿔서 약을 달여 드렸습니다. 그리고 그 처방으로 만든 약을 복용하고……"

편작은 그 소리를 듣고 깜짝 놀라 불편한 기색을 하면서,

"이제 큰일이구나. 아버지의 장례를 준비할 날이 머지않았구나."

제자들을 호되게 꾸짖었다.

"이제 아버님이 돌아가시게 되었구나!"

"아니, 돌아가시다니요? 지금은 천식도 사라지고 좋아지셨어요."

"내 아버님은 그동안 천식 때문에 매우 조심하여 여태껏 큰 병 없이 살아왔는데, 이제 장례 치를 일만 남았구나."

"장례를 준비하다니 무슨 말이세요."

제자들은 스승한테 칭찬받을 줄 알고 자신있게 이야기를 했는데 반대의 상황이니 어찌할 바를 몰랐다.

약 처방을 바꿔서 아버님에게 약을 드신 사실을 안 편작이 펄펄 뛰며 제자들을 나무랐다. 제자들은 스승님이 이렇게 놀라며 화를 내신 적이 없었는데,

"스승님, 저희들은 이해가 가지 않습니다."

"나중에 알게 된다."

"아니, 오래된 질병이 낫게 되면 좋은 게 아닙니까?"

"질병이 낫는다는 것은 의원들의 바람이고, 병에서 구한다는 것은 좋은 것이지. 치료가 된다고 해서 치료가 되었다고 생각

하면 안된단다."

　제자들은 스승의 말을 전혀 이해할 수 없었다. 제자들은 이유를 모른 채 스승한테 꾸중을 들었다.

　몇 개월 후, 편작의 말대로 정말 편작의 아버지께서 돌아가셨고 장례식을 치르게 되었다. 제자들은 도대체 무엇이 잘못된 것인지 편작에게 물었다.

　"스승님, 어찌 된 일인지요?"

　"아버지는 몸이 건강하게 되면 자신이 먹고 싶은 대로 음식을 드시고 평소에 절제했던 술을 마음껏 드시게 되니, 그동안 천식이 있어 항상 조심스럽게 건강을 챙기셨다네. 그래서 아버님께서 오래 사시도록 병을 다 고치지 않고 조금 남겨두었던 것이라네. 그런데 자네들이 지어준 약을 드시고 병이 다 나았으니, 아버지는 먹고 싶은 것 다 드시고 술까지도 드시니 아버님께서 돌아가실 날이 머지않았다고 생각되었다네."

　그제야 제자들은 아버지 천식을 고쳐드리지 않은 스승 편작의 깊은 뜻을 알고 가슴을 치며 애통하였다. 제자들은 병을 치료하는 것만 신경 썼지, 예후에 대한 것은 생각하지 못하였다. 제자들의 실수로 편작의 아버님은 저세상 사람이 된 것이었다.

　제자들은 병을 완치하려고 치료했지만, 편작은 아버님을 살리려고 완전히 치료하지 않은 것이었다.

제6장. 製丹得效(단약을 만들어 효험을 보다)

편작은 약산(藥山)에서 약초를 캐고 작산(鵲山)에서 단약(丹藥)을 제조하였다. 청산(靑山)과 서로 멀지 않아 강 사이에 두고 바라보니 편작의 발자취가 남아 있어 오늘날 우리가 과거를 회상하고 신의(神醫)를 추모하는 좋은 장소가 되었다.

역대 문인 묵객(墨客)의 필치로 빛을 발한 제남(濟南) 명승지 제연구점(齊煙九點) 중 하나가 작산(鵲山)이다. 황하(黃河) 남안(南岸)에는 와우산(臥牛山), 화불주산(華不注山), 봉황산(鳳凰山), 표산(標山), 북마안산(北馬鞍山), 약산(藥山), 속산(粟山), 광산(匡山)의 8개의 산이 늘어서고 태대(泰岱) 북록산(北麓山) 앞 평야가 펼쳐져 있는데, 작산(鵲山)은 황하 북안(北岸)에만 등지고 혼자 서 있었다.

당송(唐宋) 연간에는 푸른 물결 출렁이고 끝없이 넓은 작산호(鵲山湖)가 작산 남쪽에 박혀 있었는데, 제남부(濟南府) 북쪽 100km 정도 떨어져 있었다. 한여름의 호수에 연꽃이 만발하고 시원한 바람이 불어와 풍경이 제법 아담하다.

당현종(唐玄宗) 천보(天寶) 7년(748년) 시선(詩仙) 이백(李白)이 제남을 유람했었는데, 그는 제남 태수(太守) 범주호(泛舟湖)와 동행하여 시(詩) 세 수(首)를 읊었다.

陪從濟南太守鵲山湖　　배종제남태수작산호
湖闊數十里 湖光搖碧山　호활수십리 호광요벽산
湖水浩渺 水映山色　　　호수호묘 수영산색
遙看鵲山轉郤似送人來　요간작산전곡사송인래

너비가 수십 리 되는 호수가 푸른 산을 흔드네.
수면이 한없이 넓고 아득하며 수면에 산의 경치가 비춘다.
멀리 작산을 보니 굽이굽이 벌어진 틈에 마치 보내는 사람이
돌아오는 것 같구나.

중국의 산하는 웅장하고 화려하고 지역마다 유명하고 큰 산
이 있다. 마치 동쪽의 태산(泰山), 하남(河南)의 숭산(嵩山), 섬
서(陝西)의 화산(華山), 안휘(安徽)의 황산(黃山), 호남(湖南)의
형산(衡山), 또 무수한 작은 산들이 큰 구릉으로 눈부시게 빛나
고 웅장하게 묻혀 있다(萬丈光芒).
　제남(濟南)의 작산(鵲山)이 세상에 알려지게 된 것은 원(元)나
라 때 문인(文人) 조맹부(趙孟頫)의 작화추색도(鵲華秋色圖) 때

문일 것이다. 조맹부는 송원(宋元) 때 살았으며, 그는 조송왕조 (趙宋王朝)의 황실 후예이다.

그러나 황실에 충성을 다하겠다 하여 조정에서 참언(讒言)을 하였다. 이런 정치 출신과 시대적 배경이 그에게 큰 정신적 고 통을 주고 있었다. 1292년 그는 외임(外任)을 자청(自請)하여 경성의 시비를 피해 제남으로 가서 제남로총관부사(濟南路總管 府事)로 3년간 벼슬을 하였다.

이백

제남은 바로 그의 외임 생활의 첫 방문지였다. 산 을 끼고 샘물이 솟아오르 는 아름다운 제남은 조맹 부가 마음에 깃든 성지(聖 地)가 되어 오랫동안 우울 했던 마음을 풀어주었다. 제남에 있는 동안 대명호 (大明湖) 부근에 자주 배

를 띄워 호수 유람을 하였으며, 박돌천(趵突泉)과 화불주산(華 不注山), 작산(鵲山) 등 경승지를 두루 거치며 온 산의 경치를 품었다.

작산과 화불주산은 강을 사이에 두고 마주보고 있으며, 두

194

산은 5.5km 떨어져 있는데, 작화추색도(鵲華秋色圖)의 화폭에는 오른쪽 화불주산이 평지에서 갑자기 솟아오른 듯 뾰쪽하고 푸른 하늘로 치솟아 장관을 이루고 있는데, 왼쪽의 작산은 달리 주봉(主峯)이 없고 산 전체가 둥글고 깎아지른 듯한 검푸른 절벽의 화불주산보다 한 봉우리가 우뚝 솟은 기세가 훨씬 겸손하게 있다.

두 산 사이에 작산호(鵲山湖)가 있는데 먹구름이 끼면 연기가 두 산을 감싸고 있을 듯 말 듯 아련한 경관을 자아낸다. 자욱하며 넓고 아득한 작산호(鵲山湖)는 강남의 안개비와 비교하면 오히려 운치가 있다. 이 작화추색도는 세대 대대를 감동시켰고 사람들은 이 두 곳의 산세를 하나로 합쳐 작화연우(鵲華煙雨)라 불렀다.

문인들의 필치로 화불주산(華不注山)이 더 선호되는 듯하나 작산(鵲山)은 화려하지 않고 꾸밈이 없어 자연스럽게 이루어진 제남의 아름다운 정경을 조맹부의 시(詩)와 그림에 들어섰다. 작산은 높지 않지만, 오악(五嶽)에 비하면 작고 이름은 알려지지 않았지만, 조맹부는 그의 신기(神奇)한 화필로 작산의 자연을 물들였다.

타이완의 학자 여광중(余光中)이 제남에 와서 친구랑 함께 황하(黃河)를 구경한 적이 있다. 황하 기슭에서 그 맞은편 기슭에 산그림자가 솟아있는 것을 보았는데, 마치 물 위에 반쯤 떠

있는 코끼리처럼 보였다. 다른 사람의 소개 없이 바로 그 산 그림자가 작산임을 한눈에 알아보았는데, 바로 조맹부의 명화 작화추색도에서 생각하고 알았다.

조맹부가 맑고 촉촉한 먹빛으로 제남의 산풍경을 물들었다면 2400여 년 전 한 민간의원이 작산의 문화적 저력을 잉태하였는데, 그 사람이 바로 편작이다.

작산(鵲山)으로 부르는 이유에 대해서는 후손들의 아름답고 감동적인 설이 여러 가지 있다. 매년 7, 8월이면 까치가 무수히 분주하게 날아다녔고 이곳을 필수 코스로 삼고 작산 봉우리에 가득 메우고 작산에서 마음껏 놀았다고 하여 붙여진 이름이다.

제남성의 아낙네들은 7월 7일 칠석날 작산에 와서 바느질을 잘하게 해달라고 직녀성에 빌던 풍속이 있었다. 작산이란 이름은 편작에서 유래되었다고 하는데, 작산에 와서 이곳의 절경에 도취된 데다가 약산과 멀지 않아 이곳에서 단약(丹藥)을 만들고 백성들의 병을 고쳤다고 하였기에 편작이 죽은 뒤에 산기슭에 장사지내 편작을 기려 작산이라고 하였다. 다만 편작이 살던 시절에 까치(鵲)가 작산에 와서 자리를 잡았는지는 알 수 없다.

사실 작산은 원래 작산이 아니라 산(山)에 석(昔)을 붙인 한

작화추색도(鵲華秋色圖)

자로 썼는데, 그것은 쓰기가 어렵고 읽기가 어려워서 세월이 흐르면서 작산이라고 불렀다. 제남 사람들은 작산이 의술로 세상을 구하는 현호제세(懸壺濟世)의 편작과 관계가 있었다고 생각했다. 작산은 약산(藥山)과 강을 사이에 두고 마주보고 있지만, 두 산은 풍치가 판이하게 다르다.

약산의 구봉(九峯)은 마치 연(蓮)과 달리, 작산은 주 봉우리가 없고 멀리서 보면 비취 병풍이 땅에 서 있는 것 같아 옛사람들은 '먼 곳을 바라보면 구름 병풍이 있는 것 같다'고 했다.

편작은 일찍이 작산(鵲山)에서 약을 제련하였기 때문에 취병단조(翠屏丹灶)라는 명성을 얻었다. 명나라 때 취병단조는 역하십육경(歷下十六景)에 포함되었다.

편작은 제자를 데리고 작산을 여행하였는데, 마침 작산 주변에 역병(瘟疫)이 발생하였다고 한다. 사람들은 하나같이 얼굴이 창백해지고 구토와 설사를 하며 고통을 호소했다.

마을에 역병으로 목숨을 잃은 사람이 부지기수였다. 역병에 걸린 집들은 가뜩이나 힘들었지만, 결국 친지들조차 그들과 왕래하지 못하고 전염될까봐 가엾은 이들은 쓸쓸히 죽을 수밖에 없었다.

환자들은 많은 약초를 먹었지만 모두 효험이 없어 역병이 악마처럼 날뛰도록 내버려두었다. 어떤 덕(德)이 없는 시골의원은 일찌감치 식구들을 데리고 도망갔는데, 누가 이런 역병 환자들을 구하려 하겠는가?

名將不怕死　명장불파사
良醫不避疫　양의불피역

명장은 죽음을 두려워하지 않으며,
좋은 의원은 역병을 피하지 않는다.

이것은 대대로 이어온 고상(高尙)한 인품과 덕성이다. 편작은 사람을 진단하며 역병이 창궐하던 마을은 전에 활기찬 부락이었다. 이곳은 적막한 참상을 목격하게 되었다.

그는 조금도 주저하지 않고 온 힘을 다해 백성을 구했다. 그와 제자들은 밤낮없이 산에 올라가 약초를 캐고 산을 내려가 약을 달여 주위의 백성들에게 나누어 먹임으로써 많은 사람의 생명을 구하였다.

현지 백성들은 모두 그의 은덕(恩德)에 감탄하여 편작이 바로 살아있는 신선이라고 칭송하였다. 후에 편작이 진(秦)나라에서 사망했을 때, 이곳 사람들은 그 비보를 듣고 모두 통곡하였다.

백성들은 상한(傷寒), 온역(瘟疫)과 뱀, 쥐 등 피해가 많은 데다 약재가 부족해 질병이 발생하면 하늘에 맡길 수밖에 없었다. 많은 사람들이 병에 걸렸을 때 살기 위해 약초를 마구 먹다가 잘못하여 독초를 먹어 비명횡사하는 경우도 있었다.

편작은 이런 것들을 보고 마음이 초조했다. 이번 전염병이 크게 유행하여 백성들의 사상자가 무수히 많아졌다.

'사람마다 체질이 다르고, 같은 병에도 사람마다 다르게 나타나며, 사람마다 다른 약을 달이면 시간이 많이 걸리지 않겠는가!'

편작은 곰곰이 생각했다.

'차라리 채취한 약초를 모두 가공해서 알약, 가루약, 연고 같은 성약(成藥)을 만들어 왕진할 때 가지고 다니면서 가는 곳마다 투약하면 더 많은 사람들을 고칠 수 있지 않을까!'

편작은 그의 생각을 제자들에게 말하자, 제자들은 모두 좋은 방법이라고 말했다.

어느 날, 편작 일행이 작산 서쪽을 오르며 우연히 굴을 발견하였는데, 그곳은 수목이 울창하고 풍경이 수려하며 선기(仙氣)가 감돌았다. 편작과 제자들은 아름다운 자연과 산의 풍부한 약초에 매료되었다. 그는 오랫동안 고민하다가 여기서 단약(丹藥)을 제조하기로 결정하였다.

그러자 작산 서쪽 오목한 길에 연단(鍊丹)의 아궁이인 단노(丹爐)의 불이 활활 타오르게끔 하였다. 작산은 편작의 고향인 노읍(盧邑)에서 100리(里)도 안 되는 아늑한 곳이었다.

그는 제자를 데리고 산기슭에 집을 짓고, 낮에는 약초를 캐고 약전(藥典)을 연구하며 의리(醫理)를 깊이 연구하였다. 밤이 되자, 달빛이 밤하늘에서 쏟아지고 산 반쪽이 밝은 달빛으로 가득하자, 그는 연단제약(煉丹製藥)을 했다.

해가 뜨고 지고 더위가 가고, 추위가 찾아와도 그는 게을리한 적이 없다. 명(明)나라 시인 유칙(劉勅)은 '작산(鵲山)' 시를 지었다.

鵲山   작산

西北開靑嶂 無峰山自奇　서북개청장 무봉산자기
丹爐還歷　明月故遲遲　단노환력 명월고지지

서북쪽 우뚝 솟은 푸른 봉우리와
봉우리가 없는 산이 기이하다.
화로가 아직도 역력한데
밝은 달은 느긋하구나.

2400여 년의 세월이 흐른 지금도 노조(爐灶) 앞에 앉아 부채를 들고 불꽃을 부치며 연한 청색의 약이 끓어오르는 것을 보며, 천천히 고약이 굳어가는 것을 희미하게 보고 불꽃에서 열기가 솟아오르며 때때로 아궁이에 장작을 넣고 약한 불로 천천히 달인다.

편작은 여러 가지 약을 만드는 방법을 시도했다. 어떤 때는 고약을 만들고 어떤 때는 알약을 만들었다.

춘추전국시대부터 제(齊)나라 지역에서 농후(濃厚)한 학습 방술(方術)을 배우는 전통이 강했다. 방사(方士)들은 연단(煉丹)을 만들고 연단된 단약(丹藥)을 먹으면 신선(神仙)이 필수로 장수할 수 있다고 여겼다. 진시황도 마찬가지였다.

편작은 그 방사들이 귀한 약재로 정제한 불로장생의 묘약(妙藥)을 못마땅하게 여겼다. 편작이 단약(丹藥)을 만드는 것은 청춘이 영원하고 불로장생하기 위해서가 아니라 고통받는 백성들을 위해서였다.

그때 민간에서는 약재가 부족했고 백성들은 질병에 시달렸다. 편작은 제자들과 함께 약초를 정제하여 환(丸), 산(散), 고(膏), 단(丹) 등의 품목으로 만들어 백성들에게 나누어 주었다.

한약의 포제(炮制)는 약재를 사용하기 전 각종 제형(齊型)으로 가공 과정을 말한다. 한약재는 대부분 생약(生藥)이기 때문에 적지 않은 약재는 특수처리하는 것을 포자(炮炙)라고도 한다.

한약재는 대부분 생약이기 때문에 이 중 적지 않은 약재는 특정 포자(炮炙) 처리를 해야 치료에 더 적합하고 약효를 충분히 발휘할 수 있다. 따라서 복용하는 약성(藥性)과 치료 요구

사항에 따라 다양한 가공 방법이 있다. 어떤 약재의 조제에는 적당한 부재료를 첨가해야 하며 조작기술과 불의 세기(强弱)에 대해 중시한다.

不及則功效難求　불급즉공효난구
太過則性味反失　태과즉성미반실

부족하면 효능을 얻기 어렵고
너무 과하게 하면 성미가 도리어 떨어진다.

　포제(炮制)의 적절성 여부는 약효(藥效)와 직접 관계가 있다. 소수의 독성 있는 약재와 강한 약성분의 합리적 포제(炮制)는 약재의 안전성을 보장하는 중요한 조치이다. 약물 포제하는 방법의 응용과 발전은 오랜 역사를 가지고 있으며, 다양하고 내용이 풍부하다.

　포제의 목적은 첫째, 약물의 독성과 부작용을 감소시킨다. 이를테면, 천오(川烏), 초오(草烏)를 복용하면 중독되기 쉬운데, 포제를 하면 독성이 감소되거나 없어진다. 파두(巴豆), 속수자(續隨子)는 설사시키는 사하(瀉下) 작용이 강한데, 기름을 제거하여 사용하여야 하며, 상산(常山)을 술에 볶는 주초(酒炒)를 하면 구토를 유발하는 부작용을 줄일 수 있다.

둘째, 약물의 성능을 변화시켜 질병의 요구에 더 적합하게 만든다. 예를 들면, 지황(地黃)은 생용(生用)하면 냉혈(冷血)하지만, 숙지황(熟地黃)은 성질이 미온(微溫)으로 변하여 보혈(補血) 작용을 한다. 생강(生薑)을 불에 굽는 외숙(煨熟)하면 발산(發散)력이 떨어지고, 중초(中焦)를 온중(溫中)하는 효과를 높일 수 있다.

하수오(何首烏)를 생용(生用)하면, 설사하는 사하통변(瀉下通便) 작용이 있지만, 제숙(制熟)하면 사하(瀉下) 작용이 제거되고 보간신(補肝腎)해 준다.

셋째, 제제(制劑)와 보관이 편리해진다. 이를테면, 일반 음편(飲片)은 절편(切片)한다. 광물질과 동물의 갑각(甲殼), 패각(貝殼) 및 특정 약물은 분쇄를 하여 쉽게 용해시키고 홍배(烘焙), 초건(炒乾) 등 건조(乾燥) 처리하여 다양한 제형으로 만들 수 있다.

넷째, 불순물과 비약용(非藥用)를 제거하고 약을 순정(純淨)하게 만들어야 정확한 용량이나 복용에 유리하다. 예를 들어, 일반 식물의 뿌리와 뿌리줄기는 진흙과 모래를 씻어내고 불순물을 제거해야 하며, 비파엽(枇杷葉)은 털을 제거하고, 원지(遠志)는 거심(去心)하며 선태(蟬蛻)는 머리와 다리를 제거하고, 해조(海藻), 육종용(肉蓯蓉)은 짠맛과 비린내를 제거하여 복용하게 한다.

한 사람이 중병에 걸려 많은 약을 먹어도 낫지 않았다. 그의 가족은 편작의 의술이 뛰어나서 많은 난치병을 고쳤다는 소식을 듣고 그를 데려가 편작에게 운명을 맡기고 싶어 했다.

한 가닥의 희망을 가지고 그들은 편작이 작산(鵲山) 일대에서 의술을 펼친다는 소식을 듣고 먼 길을 달려왔다. 그러나 산 앞에 도착하기도 전에 그들은 길을 잃었고, 며칠 동안 헤매다 지칠 대로 지쳐 있었다.

때마침 한 노백(老伯)이 땔감을 메고 집으로 가고 있었고, 환자의 가족은 노백에게 편작의 거처를 물었다. 노백은 앞을 가리켰다. 환자의 가족은 노백이 가리키는 방향을 따라가다 보니 산에서 흰 연기가 피어오르는 곳을 보았다. 부근 사람은 모두 알았다. 연기가 나는 곳에 신의(神醫)가 있다는 것을 알았다. 환자의 가족도 신의가 바로 앞산에 있다는 말을 듣고 희망이 생겼다. 그들은 앞으로 걸어가고 있었는데, 산 밑에 가까워졌을 때 강한 약 냄새가 코를 찔렀다.

'한약 냄새가 나니 몸이 편해지네.'

환자는 갑자기 기분이 상쾌해지는 것 같았다. 작산 기슭에 사는 사람들은 약 향기를 맡으면 모든 병이 생기지 않게 되어 만병통치약이라고 하였다.

"여기가 편작 선생님 계시는 곳인가요?"

"맞습니다. 어떻게 오셨나요?"

"저는 오랫동안 질병이 있어 이곳에 왔는데, 이곳에서 풍기는 약재 끓이는 냄새로 몸이 편안해졌습니다."

"여기 머물면서 치료하시죠."

환자는 아픈 증상이 점점 없어지고 몸이 편해지는 것을 느꼈다.

"스승님, 환자가 한약재 냄새를 맡고 몸이 편하고 치료가 됐다고 합니다."

"아무리 쓴 약이라고 해도 몸의 질환에 딱 맞는 한약재라고 하면 냄새를 맡아서 몸이 편해진다면 그 약은 몸에 맞는 약이란다."

"감기에 걸렸을 때도 그런가요?"

"어떤 병이라도 그 병에 알맞은 한약재를 사용한다면 그 한약재를 끓일 때, 그 냄새만 맡아도 몸이 편해진단다. 아무리 좋은 인삼이라고 해도 그 환자와 맞지 않는다면 불편함을 느낀단다."

"그렇군요."

"방향성(芳香性) 한약재들도 있단다. 이런 한약재는 오래 끓이면 냄새가 날아가 약효는 약해진다. 그리고 한약재를 말려 오래 두면 둘수록 약효가 좋은 것이 있단다."

"오래될수록 약효가 좋은 약이 있어요?"

"그렇단다. 오래되면 될수록 좋은 약재는 여섯 가지가 있는데 그것을 육진(六陳)이라고 한단다. 오수유(吳茱萸), 진피(陳皮), 반하(半夏), 지실(枳實), 마황(麻黃), 낭독(狼毒)을 말한다.”

“그럼 신선한 좋은 약재도 있나요?”

“당연히 있지 그것을 팔신(八新)이라고 소엽(蘇葉), 박하엽(薄荷葉), 국화(菊花), 도화(桃花), 적소두(赤小豆), 택란(澤蘭), 괴화(槐花), 관동화(款冬花)가 있지. 그래서 이런 약재는 약을 끓일 때는 오래 끓이지 않는 것이 약효가 좋단다.”

“약초 채집 시기에 따라 약 효능은 어떤가요?”

“의학은 대부분 식물의 약재로 뿌리, 줄기, 꽃, 잎, 열매 각 부분에 함유된 유효성분의 양이 다르기 때문에 각종 식물의 생육 발달 시기에 약효의 강도가 큰 차이를 보이는 경우가 많다. 따라서 약재의 채취는 유효성분의 함량이 가장 많을 때 채취하는 것이 바람직하다. 일반적으로 사용되는 부분의 성숙도를 기반으로 각 식물 수확 시기와 방법이 다르고 일반적으로 약용 부위에 따라 다르단다.”

“그럼 언제 채취해야 하나요?”

“전초(全草)를 약으로 사용할 때 대부분 식물이 충분히 자라거나 꽃이 필 때 채취하며, 익모초(益母草), 희렴초(稀薟草), 형개(荊芥), 박하(薄荷), 자소(紫蘇) 등은 뿌리에서부터 윗부분을 잘라내어 사용하고 차전초(車前草), 시호(柴胡), 대계(大薊), 소계(小薊) 등은 식물 전체를 채취하며, 하고초(夏枯草), 인진쑥은 어린 묘목이나 잎이 있는 꽃봉오리를 채취한단다.”

“그 밖의 잎사귀는 언제 채취하는 것이 좋나요?”

“잎사귀 종류는 꽃봉오리가 열리거나 한창일 때인데, 이때는 식물이 무성하게 자라는 시기이므로 성미(性味)가 완강하고 약 효능이 왕성하여 수확하기에 가장 적합하다. 예를 들면, 대청엽(大靑葉), 비파엽(枇杷葉), 애엽(艾葉) 등이 있다. 특정 품종 가운데 상상엽(霜桑葉)은 늦가을이나 초겨울 서리를 맞은 후 채취해야 한다.”

“꽃은 어떤가요?”

“꽃의 수확은 보통 꽃이 한창 필 때인데, 꽃이 다음 피기 때문에 차례차례로 나누어 따야 하며, 따는 시기는 중요하다. 국화(菊花), 선복화(旋覆花)는 너무 늦으면 꽃잎이 떨어지거나 변색되기 쉽다. 금은화(金銀花), 괴화(槐花), 신이(辛夷)는 꽃봉오리가 피려고 할 때 따야 하고 월계화(月季花)는 꽃이 피기 시작할 때 따는 것이 가장 좋다. 붉은 꽃은 화관(花冠)이 노란색에서 주황색으로 변할 때 따는 것이 좋고 모든 약효가 가장 높은 단계에서 적시에 수확하여야 한다. 포황(蒲黃)같이 꽃가루를 약재로 사용하는 경우 꽃이 만개할 때 수확해야 한다.”

“그럼 열매와 씨앗은요?”

“열매와 씨앗은 지실(枳實), 청피(靑皮), 오매(烏梅) 등 소수의 약재가 열매가 익지 않았을 때 수확해야 하는 열매나 껍질을 제외하고는 일반적으로 과루(瓜蔞), 마두령(馬兜鈴) 등은 익었을 때(成熟) 채취한다. 종자(種子)를 약재로 사용하는 경우 같은 과실(果實)의 숙성 기간이 비슷하면 전체 과일의 열매를 잘라 건조하고 통풍이 잘 되는 곳에 매달아 과일이 천천히 익을 때까지 기다린 후 탈립(脫粒 : 탈곡하다)한다. 동일한 과일의 열매가 차례로 익으면 먼저 익은 열매를 따야 한다.

일부 말린 고일은 성숙 후 빨리 떨어지거나 껍질이 갈라지고, 혹 열매가 벌어져 씨앗이 떨어지거나 껍질이 갈라지고 회향(茴香), 두구(豆蔲), 견우자(牽牛子) 등과 같이 씨앗이 흩어지므로 성숙이 시작될 때 적시에 채취하는 것이 가장 좋다. 구기자(枸杞子), 여정자(女貞子) 등 상하기 쉬운 열매는 약간 익었을 때 이른 아침이나 저녁에 수확하는 것이 좋다.”

“뿌리는요?”

“뿌리(根)나 뿌리줄기(根莖)의 채집은 2월과 8월이 바람직한데, 초봄에는 싹이 트고 가지와 잎은 아직 충분하지 않으며, 가을에는 가지와 잎이 마르면 진액이 아래로 내려 흘러간다. 봄에는 이른 것이 좋고, 가을에는 늦은 것이 좋다. 초봄과 늦가을에는 식물의 뿌리나 뿌리줄기에 유효성분의 함량이 높기 때문에 이때 채취하면 천마(天麻), 창출(蒼朮), 갈근(葛根), 길경(桔梗), 대황(大黃), 옥죽(玉竹) 등 수확량과 품질도 높다. 그 밖에 반하(半夏), 연호색(延胡索 : 현호색과玄胡索科의 여러해살이풀)

등 몇 가지 예외가 있는 경우에는 여름에 수확하는 것이 좋다."

"그럼, 나무껍질은요?"

"나무껍질이나 뿌리껍질은 보통 봄, 여름에 식물이 왕성하게 자라고 식물 체내에 액체가 풍부할 때 채취하면 약성이 강하고 치료 효과가 높으며 황백(黃柏), 후박(厚朴), 두중(杜仲) 등은 박리(剝離)가 용이하고 다른 식물의 뿌리껍질은 목단피(牡丹皮), 지골피(地骨皮), 고련근피(苦楝根皮) 등은 가을 이후에 채취하는 것이 좋다. 일부 나무 식물의 생산주기가 매우 길기 때문에 나무를 베어 껍질을 벗기는 방법으로 약원(藥源)을 보호해야 한다."

"다른 약재는요?"

"수지(樹脂)도 있는데, 송향(松香)은 6월에 기온이 높고 건조할 때에 채취한다. 유황은 사막에서 자라기에 2~3월 따뜻하고 건조할 때 채취한다. 비가 오면 진액이 흘러내려서 못쓴단다. 또한 동물류도 있는데 곤충류는 알이 부화 발육에 정해진 때가 있으므로 반드시 때를 지켜야 한다. 상표초(桑螵蛸)는 대략 5~7월, 청명 이후 45~60일에 절취한다. 지룡(地龍 : 지렁이)은 6~9월 비가 많이 올 때에 잡는다. 오공(蜈蚣 : 지네)은 아무 때나 잡아도 된다."

후손들이 그를 기리기 위해 그가 만든 단약(丹藥)을 연단(煉

丹)한 곳에 편작사(扁鵲祠)를 건립하였다. 편작은 항상 환자를 본인의 가족이자 친구로 생각했고, 그들의 병을 고쳐줄 뿐만 아니라 고생도 마다하지 않고 약을 배달해 주기도 했다.

한번은 편작이 산 아래 몇 리 밖에 있는 한 환자의 집에 약을 배달하러 갔다. 도중에 한 마을을 지나자 멀리에서 장례를 치르는 사람들로 북적이는 것이 보였고, 한바탕 울음소리와 꽹과리 소리가 멀리서부터 가까이 들려왔다. 그들이 가까이 가서 보니 젊은 여인이 난산으로 죽었다는 것이다.

人死爲大　인사위대

인생에서 죽는 것은 가장 큰 일이다.

자고로 사람이 죽는 것은 큰 일이기에 지역 관습에 따라 관을 둘러맨 곳에는 무엇을 하든 간에 멈춰서서 고인에게 목례를 함으로써 고인에 대한 존중을 표시하였다.

편작은 길에 서서 엄숙한 표정을 지으며 고개를 숙이고 있었다. 장례를 치르는 행렬과 가슴을 울리는 슬픈 장송곡이 함께 다가왔다. 이웃들은 모두 나와 이 불쌍한 여인을 배웅했고, 가족들은 큰소리로 울부짖었고 길가의 구경꾼들 역시 함께 눈물을 흘렸다.

편작은 주위 사람들에게 임산부가 아기도 낳기 전에 죽었다는 안타까운 소리를 들었다. 관이 지나가는 자리에는 여기저기 핏자국이 흩어져 있었다. 편작이 그것을 보고 깜짝 놀라 관을 다시 보니 모서리에도 몇 방울의 피가 떨어져 있었다.

편작은 급히 상여 쪽으로 달려갔다. 자여(子輿)도 스승이 달려가는 것을 보고 뒤따라 뛰어갔다.

편작은 쪼그리고 앉아 손에 피를 묻히고 엄지손가락과 검지로 비벼 다시 코끝에 가까이 대고 냄새를 맡았다. 이 피는 아직 신선하여 관 안에 있는 사람은 분명 살아 있을 거라는 생각이 들어 편작은 자여(子輿)를 바라보며, 그에게도 냄새를 맡아보라고 신호를 보냈다.

자여 또한 냄새를 맡고 깜짝 놀랐다.

'자고로 사람이 죽어야 입관할 수 있는데, 그들은 어떻게 감히 대놓고 산 사람을 관 속에 넣을 수 있었을까? 이건 장난이 아니야?'

"잠깐 멈추시오!"

"왜 그러시오?"

"관 속에 있는 분은 죽지 않았습니다."

"무슨 소리요."

편작은 서둘러 발인 행렬의 맨 앞으로 달려가 그들을 막았다. 뭇사람들이 모두 어리둥절하여 편작을 보고 서로 보며 울음을 그쳤다.

그러자 죽은 자의 가족들이 뛰어나와 미치광이가 죽은 사람을 희롱한다며 사람을 시켜 쫓아내겠다고 분개하였다.

"무슨 소리요. 슬퍼서 감당도 할 수 없는데 죽지 않았다니, 누굴 놀리는 거요!"

"글쎄, 내 말을 들어보시오."

"듣고 말고 할 것도 없어요."

"상여를 내려놔 보시오."

"상여가 나아가는데는 상여를 땅에 놓지 않는 것이 전례인데 상여를 땅에 내려놓으라니?"

자여(子輿)는 장례 치르는 가족들이 기세등등하여 무슨 소동이 일어날까 두려워 스승 뒤에 숨었다. 어쨌든 상여 관은 한번 들면 내려놓을 수 없는 예로부터 내려오는 풍속이 있었다.

편작이 어찌 이 풍속을 모를 수 있을까? 하지만 목숨이 달린 일이라 그는 아무도 그를 믿지 않는 것을 보고 주관자에게 거듭 절박하게 설명하였다.

"상여를 내려놓는 것이 무슨 일이겠소? 지금 죽지 않은 사람을 산 채로 묻게 생겼는데."

"무슨 말이오."

"여기 관 속의 임산부는 결코 죽지 않았어요. 그녀는 단지 난산으로 실신했을 뿐이라 아직 구출할 수 있고, 치유할 수 있어요.”

“아니 지금 상을 당하여 슬픔에 힘드는데, 왜 그러시오.”

“아닙니다. 지금 관 속의 임산부는 죽지 않았소.”

그는 자신이 의원이라는 것을 증명하기 위해 들고 있던 약상자를 일부러 꺼내기도 했다.

“저는 의원입니다.”

“죽은 사람을 살리겠다니……?”

“틀림없습니다. 제가 죽었는지 확인해 보겠습니다.”

책임자는 잠시 마음을 정하지 못했다. 사람들은 다시 그의 진지하고 엄숙한 기색을 보고 모두 망설이기 시작했다. 임산부의 남편도 아내가 난산으로 죽은 것을 직접 봤다는 것이 거짓이란 말인지 믿을 수 없었다.

“의원님, 이왕 죽었으니, 흙에 묻혀서 평안하게 돌아가게 놔두셔요.”

“아니 무슨 말이오. 제가 보기에 아직 죽지 않았단 말입니다.”

“왜 그러시오! 상주도 슬퍼하고 있는데, 더더욱 마음을 슬프게 하는지?”

“제 말을 들어보세요. 만약에 살 수 있는 사람을 죽게 만든다면 나중에 돌이킬 수 없는 죄가 될 것입니다.”

“만약에 죽었다면 그 책임을 지셔야 합니다.”

편작에게 진찰을 받아보기로 결정하였다. 장례 책임자와 가족들은, 만약 환자를 치료하지 못한다면 그는 이곳을 떠날 생각을 하지 말라고 독설을 퍼부었다.

"여러분, 여기 의원님 말씀대로 관을 내려놓으셔요."

남편은 관을 내려놓고 뚜껑을 열어달라고 했다. 사람들은 서둘러 임산부를 관에서 들어냈다.

편작은 급히 관으로 다가가 관뚜껑을 열고 임산부의 절맥을 하니 맥이 허약맥(虛弱脈)으로 정신적 긴장으로 골반이 열리지 않아 진통이 계속되어 질식을 유발한 것이었다.

"침통을 어서 가져오너라."

그가 침통에서 은침 한 개를 꺼내 임산부의 혈자리를 짚어 한 대를 놓으니 임산부의 몸이 움직이며 가느다란 숨소리가 났다. 사람들은 놀라서 황급히 뒤로 물러섰다.

"으음……."

점차 임산부가 깨어나면서 눈도 뜨고 기침도 몇 번 하였다. 그녀의 주위에 모여든 사람들을 보고 침울하고 긴장된 표정을 지었고, 남편의 애타게 바라보는 눈빛을 보고는 중얼중얼 신음하면서 가냘픈 숨을 내쉬었다.

"여보, 여보!"

남편은 아내가 살아나자 감격하여 아내의 손을 잡고 기쁨에 겨워 물었다. 그는 몸을 돌려 편작에게 무릎을 꿇고 세 번 절을 하고 한편으로는 머리를 조아리며 외쳤다.

"고맙습니다, 고맙습니다!"

"아닙니다."

"당신은 신의(神醫)입니다. 어떻게 이렇게 살릴 수가……!"

"아닙니다. 죽지 않고 잠시 질식하여 죽은 것같이 보인 것뿐입니다."

남편은 편작에게 많은 돈을 찔러주며, 아내 목숨을 구해준 은혜에 감사를 표했다.

"의원님, 너무 고맙습니다. 제 처를 구해주어서."

"아닙니다. 정신이 돌아왔으면 됐습니다. 저는 어떤 대가를 바라고 이러는 것이 아닙니다."

"의원님, 어떻게 보답을 해야 할지."

"의원은 사람을 살리는 것이 의무입니다."

편작은 한푼도 받지 않았다. 그건 편작이 의술을 행한 이래 일관되게 지켜온 원칙이었다. 병을 고치고 살리는 것이 의원의 본분이며 가난한 사람들을 진찰하고 항상 무료로 치료해 주며, 약초도 건네주기도 하였다.

그는 이 가족이 초라한 옷차림을 하고 있고 관의 나무판도 얇기에 생활이 틀림없이 매우 가난할 것이라고 생각했다. 편작은 의술을 행할 때 자애로운 마음은 의료계에서 그의 숭고한 지위를 이루었다.

“으악, 악!”

그때 임산부는 심한 진통으로 고통스럽게 소리를 질렀다.

편작은 곧 출산할 것을 알고 관을 메고 있는 젊은이들에게 명하였다.

“어서 서둘러 바람 막는 곳으로 옮겨 출산을 준비해야 합니다.”

임산부 가족에게 따뜻한 물과 가위를 준비하여 출산을 대비할 것을 당부하였다. 산모의 만삭이 급박스럽게 생사를 걸린 문제였는데, 편작은 별다른 생각 없이 출산을 도우려 하다가 그녀의 가족에게 저지를 당했다.

그 당시 산파들은 부녀자들로 출산을 도왔으며, 남자가 산파 역할을 한다는 말은 들어본 적이 없었고, 더구나 이 초라한 시골에서 남자 의원이 출산을 돕는다는 것은 금시초문이었다.

산모의 가족이 편작을 바깥에서 가로막고 있는데, 어떻게 편작이 더 이상 간섭할 수 있겠는가!

산모의 상태는 이미 위급했고 마침 구경꾼들 속에 산파가 있어 자진해 산모의 출산을 도왔다. 편작은 산파들이 의학을 전혀 이해하지 못한다는 것을 알고 있었다. 그들 모두 현지에서 출산 경험이 있고, 손발이 민첩한 부녀자들일 뿐이었다. 이 산파는 이전에 출산을 돕다 산모가 한 차례 기절해 죽었기에 산파는 조금 겁이 났다. 이번에는 산모의 순조로운 출산을 도울 수 없을지도 몰랐다.

만약에 또 사고가 발생하면 산모는 부담이 컸다. 그런 위급한 상태가 되면 신의(神醫)조차도 산모를 구할 수 없을 것이다. 아니나 다를까 얼마 지나지 않아 산파가 허겁지겁 달려와 손을 떨며,

"안 좋아요, 안 좋아!"

산모의 남편은 산모가 죽을 고비를 넘기자마자 또 난산으로 위급하다는 말에 두 다리에 힘이 빠져 거의 주저앉을 뻔했다. 다행히 옆에 눈치 빠른 사람이 부축해 주었다. 아내가 가까스로 죽었다가 다시 살아났는데 또 이런 상태를 그냥 보고 있을 수는 없지 않는가? 이런 상황에서 남녀유별을 신경 쓸 수 있겠는가? 남편은 편작에 울부짖었다.

"의원님, 우리 집사람을 살려주세요, 제발!"

"어디 봅시다."

주위에 많은 사람들은 모두 손에 식은땀이 났다. 시간은 소중했다. 편작은 산모의 옷이 양수와 피로 물든 것을 보았다. 그는 몸을 웅크리고 앉아 산모의 복부 마사지를 하면서 산모에게 말했다.

"호흡을 크게 하세요."

조금 지나 산모를 보니 긴장이 누그러지자 편작은 침낭에서 침을 꺼내 산모의 혈자리를 겨누어 삼음교(三陰交), 태충(太衝),

합곡(合谷)혈에 침을 찌르자, 임산부는 소리를 질렀다.

"아악!" 소리와 함께 몸에 힘을 주자, 남자아이가 소리와 함께 아이가 나왔다. 산파는 재빠르게 가위를 들고 탯줄을 자른 뒤, 아기 엉덩이를 가볍게 몇 번 두드리자, 아기는 입을 벌리고 있는데 우는 소리가 나지 않는 이상한 일이 벌어졌다.

'찰싹, 찰싹'

편작이 산모에게 아이를 받아 오른손으로 남자아이의 두 발을 잡고 머리를 아래로 향하여 거꾸로 들어올린 후 엉덩이를 가볍게 몇 번 두드리자 그제서야 울기 시작하였다.

"으앙, 으앙!"

목소리가 매우 우렁찼다.

원래 산모의 양수가 일찍 터졌고, 아기가 머리를 아래로 향하게 하여 등을 두드리는 것이 폐의 기능이 활성화되어 호흡을 하게 하여 그제야 아기가 울기 시작한 것이었다.

하루종일 실랑이를 벌인 끝에 산모는 기진맥진했지만, 아이의 울음소리가 들리자 감격에 겨워 울음을 터뜨렸다. 사람들은 아이의 울음소리를 듣고서야 비로소 마음을 놓았고, 그들 모두

는 편작이 과연 신의라고 극찬했다.

"으으음, 으으음……"

아이를 낳자마자 산모는 다시 어지럽고 눈이 침침하여 가슴

이 답답한 증상을 보였고, 편작은 그를 산후혈훈(産後血暈)이라 판단했다. 마침 그의 제자들이 작산(鵲山)에서 약을 연약(煉藥)하여 반하(半夏) 등의 약초를 으깨어 가루약(散藥)을 만든 후 콩알만한 크기로 비벼서 수시로 몸에 지니고 다녔는데, 위급한 환자를 살리는 데 마침 유용하게 쓰이고 있다.

편작은 자여(子輿)에게 지시하여 두 알을 꺼내 산모의 콧구멍에 넣으니 곧 산모의 증상이 가벼워졌다. 산모를 적절하게 처리한 후 편작은 약상자를 들고 떠날 준비를 했다. 산모의 남편은 못 가게 하고 굳이 식사를 대접하여 감사의 뜻을 표했다.

"의원님, 감사합니다. 여기서 머무르다 가시죠."

"아닙니다. 지금 약을 빨리 전달해야 합니다."

이곳에서 편작의 단약(丹藥)을 연단(煉丹)하자, 많은 문인(文人)들이 쇄도하여 편작이 단약을 연단한 흔적을 다시 찾고 이 위대한 민간 의원을 추모하였다.

지금의 작산은 시인의 말처럼 황폐한 산에 낡은 사당이 있다. 옛날에는 작산 서쪽 기슭에 사원(寺院)이 있었는데, 송대(宋代)에는 장상원(長桑院)으로 불렸다. 당송팔대가(唐宋八大家) 중 한 사람인 증공(曾鞏)은 제남(濟南) 지주(知州)로 부임한 지 채 2년이 되지 않아 제남의 호수와 산의 경치가 사람을 깊이 매료시켰다.

작산을 '호광산색심심흡인(湖光山色深深吸引)'이란 시(詩)에 아

당송팔대가 기경도

름다운 모습을 글로 남겼다. 그는 작산원(鵲山院)을 자주 유람하
며 썼다.

靈藥己從淸露得　영약기종청로득
平湖常泛宿雲回　평호상범숙운회

영약은 이미 맑은 이슬로부터 얻었고,
평호에는 늘 구름이 모여든다.

송소성(宋紹聖) 2년(1095년) 7월 진사도(陳師道)가 산동(山東)
혜민(惠民)의 교수로 임명되었다. 그는 등산을 좋아했고, 48세에
산동에 왔을 때 작산에 올라 시를 지었다.

登鵲山　　　　　　등작산

小試登山脚　今年不用扶　　소시등산각 금년부용부

微微交濟㴱　歷歷數靑除　　미미교제락 역역수청제

樸俗猶虞力　安流尙禹謨　　박속유우력 안유상우모

終年聊一快　吾病失醫盧　　종년료일쾌 오병실의로

작산을 오르며

시도하면, 올해는 부축하지 않아도 된다.

작은 물방울이 낙하하며, 역력히 깨끗이 제거하며

소박한 근심 걱정이 있고 물은 안정되게 흐르니 오히려 우려가 된다.

말년에 즐거우니, 내 병을 노의에게 치료를 받지 못하는구나.

그는 자신의 몸이 쇠약해지니, 자주 병을 앓았다. 가난과 시대적인 차이 때문에 노의(盧醫)에게 치료를 받지 못한 것을 한탄하였다.

청강희(淸康熙) 27년(1688년) 3월 왕사진(王士禎)이 북경에서 집으로 돌아가는 길에 제남을 지날 때 시를 지어 편작을 추모하였다.

今此鵲山無乃是　금차작산무내시
越人陳跡誰追攀　월인진적수추반

지금 이 작산에 바로
편작의 옛 자취를 누가 따라오랴.

작산 기슭에 5개 촌락이 있었다. 작산촌(鵲山村), 작산동촌(鵲山東村), 작산서촌(鵲山西村), 작산남촌(鵲山南村), 작산북촌(鵲山北村) 그들의 이름은 모두 작산과 관련이 있다.

작산 남촌의 한 농가 앞에는 오른손에 지팡이를 짚고, 등에 작산을 업고 있는 편작의 석상이 서 있다. 허리춤에는 커다란 호로박이 달려있고 작산의 옛 풍경은 아직도 남아 있다.

안개가 겹겹이 덮이고 산은 겹겹이 병풍과 같이 서 있다. 이곳에서 편작의 치료를 하는 과정에 편작은 산동지역에 괴질이 유행하고 있다는 것을 알아차렸다.

많은 사람들이 기침을 계속하고, 얼굴은 누런데다 근육은 가늘고 마르며 심하게 누워 있다가 결국 각혈(咯血)하고 죽어갔다. 이러한 참상을 목격한 편작은 마음이 아팠다.

이 질병을 치료하기 위해 편작은 보혈익기(補血益氣)하면 병을 낫게 하는 영약(靈藥)을 찾기 위해 고생했다. 후에 편작은 지금 산동 제남 평음(平陰) 일대 사이산(獅耳山)에 약초가 무성하다는 말을 듣고 제자들을 데리고 갔다.

사이산 기슭에 가까워지니 과연 초목이 무성하고 고목이 하늘까지 높이 솟아 있고 사이산은 250m 높이로 산 중턱에 이르니 저저초(著著草), 구기자(枸杞子), 북사삼(北沙蔘), 익모초(益母草), 야국화(野菊花), 지황(地黃), 천문동(天門冬), 백미(白薇), 원지(遠志), 당귀(當歸) 등 수많은 약초가 자생하는 천연 약재의 보고였다. 산의 샘물은 졸졸 흐르고 바람이 숲 끝에 스친다. 제남성(濟南城)은 샘이 많기로 유명하다.

서남(西南) 일대에도 샘이 솟아나 묵지천(墨池泉), 낭천(狼川), 백안천(白雁泉), 발전천(拔箭泉), 정천(丁泉), 장구천(長溝泉), 그리고 명천(名泉)의 홍범지(洪範池), 서원천(書院泉)과 호천(扈泉), 구천안취(九泉雁聚) 아홉 샘이 모여 파동의 물을 만들어 달콤하고 청량하게 마시게 하였다.

바로 달콤한 마시는 물이 강을 만들었고, 그 강은 제남의 노동아성(老東阿城)에 있었다. 이 지역의 많은 농가들이 산에서 당나귀를 방목하는데, 당나귀는 산속을 한가롭게 오가며 푸른 풀을 먹고 물줄기로 갈증을 해소하는 낭계(浪溪)의 물이다.

특히, 이곳의 당나귀 가죽은 품질이 우수하여 편작이 이곳에서 아교를 만들었다.

이곳의 검은 당나귀는 건강하고 튼튼하며 털이 검고 윤기가 나며 가죽이 두툼하여 좋은 아교 만들기에 좋았다(造驢皮膠 : 조려피교).

특히 남자들이 아교를 먹으면 보음기불화(補陰氣不和) 때 보음도 해주어 몸을 튼튼하게 하고, 여자들은 혈고(血枯) 때나 아기가 안 생길 때 좋은 보음제이다.

그들은 사이산(獅耳山) 아래 큰 노조(爐灶 ; 화로)를 설치하고 당나귀 껍질을 솥에 넣고 감초(甘草) 등을 첨가하고 뽕나무 가지로 불을 지펴 고아내는데, 솥 바닥에 반짝이며 영롱한 아교 층이 생길 때까지 49일간 계속 끓였다.

이곳 양질의 아교가 흑색처럼 검고 약간 호박색이 나는데 산동성 제남시 평음현(平陰縣)의 동아진(東阿鎭)에는 지금까지 내려오는 민요가 있다.

小黑驢 白肚皮 粉鼻子 粉眼 粉蹄子
소흑려 백두피 분비자 분안 분제자

獅耳山上去啃草 浪溪河裡來飮水
사이산상거습초 낭계하리내음수

城裡大橋遛三遭 少岱山上去打滾
성리대교류삼조 소대산상거타곤

至冬宰殺取了皮　熬膠還得陰陽水
지동재살취료피 오교환득음양수.

작고 검은 당나귀, 흰배껍질, 코가루, 눈가루, 말굽가루,
사이산에 올라가 풀을 뜯고, 흐르는 계곡에서 물을 마시고,
성내 큰 다리를 세 바퀴 산책하고, 소대산에 올라가 뒹굴고,
겨울이면 죽여 가죽을 얻어, 푹 고운 아교를 만들어 음양수
를 얻는다.

편작은 제자들과 정성껏 달인 당나귀 가죽 아교로 혈휴(血
虧) 환자의 병을 고쳐주었다. 당나귀 아교 또한 명성이 자자해
지금까지 이곳의 아교를 제일로 인정한다.
　편작 제자가 조(趙)나라에 가서 여인들의 대하병(帶下病 : 부
인병)을 치료할 때 이곳 아교의 효능 덕분으로 부인병을 치료
하였다. 이런 신기한 효능으로 아교(阿膠), 인삼(人蔘), 녹용(鹿
茸)을 '중약삼보(中藥三寶)' 즉 한약의 3가지 보물이라 한다.

제7장. 起死回生(죽음에서 다시 살리다)

편작이 살던 시대에는 제(齊), 진(秦), 초(楚)가 패권을 다투는 대국이었고, 이들 사이에 낀 노(魯), 송(宋), 위(衛) 등의 작은 나라들이 힘겹게 살아남았다. 편작과 제자들 발자취는 황하(黃河) 유역 연안 국가에 거의 널리 퍼져 있다.

송(宋)나라는 진(晋)·오(吳)·제(齊)·초(楚)의 교통 요지에 위치하고, 도성은 수양(睢陽)이며 지금의 하남(河南) 상구(商丘)에 있다. 통치권이 미치는 지역은 산동(山東) 서남부, 하남(河南) 동북부, 안휘(安徽) 북부와 강소(江蘇) 서북부를 포함한다.

송나라와 제나라의 경계는 비록 작은 나라지만, 사해(四海) 안에서는 으뜸가는 제후국(諸侯國)이었다. 당초 주천자(周天子)는 열국(列國)을 분봉(分封)하여 열국을 공(公)·후(侯)·백(伯)·자(子)·남(男) 다섯 등급으로 나누었으며, 진(秦)나라와 같은 주(周)나라의 종속국이었다.

은상(殷商) 이후 주무왕(周武王)이 상(商)나라를 멸하자, 상(商)나라 주왕(紂王)은 자신이 건축한 녹대(鹿臺)에 불을 지르고 스스로 목숨을 끊었다. 주천자(周天子)는 은상(殷商) 후예들

을 상(商)나라 국도(國都) 조가(朝歌) 부근에 분봉한 송(宋)나라
로 송나라 등급은 '공(公)'으로 천하의 제후국 가운데 으뜸가는
나라였다.

편작은 제자들을 데리고 송나라에 와서 머물면서 송나라 백
성들의 병을 치료하였다. 그러나 그들이 송나라에 온 지 얼마
되지 않아 엄청난 저항에 부딪칠 줄은 생각지도 못했다. 송(宋)
나라는 보수적이었고 무당(巫醫)의 세력이 매우 강력했다.

편작에게 위험부담이 매우 컸다. 지역 세력이 뿌리 깊은 무
의(巫醫)를 상대한다는 것이 쉽지 않았다. 굿은 남을 해치는 놀
이라고 질책하였는데, 결과적으로 이들 무속인들로부터 강하게
따돌림을 당했음을 짐작할 수 있다.

더 중요한 것은 그들이 송나라 국군(國君)에게 미움을 샀다
는 것이다. 당시만 해도 의원의 지위가 매우 낮아 의원의 의료
행위를 할 때 전전긍긍하지 않는 사람이 없었다. 송나라에는
이미 위기가 사방에 도사리고 있었다. 편작은 생각하였다.

留得靑山在　유득청산재
不怕沒柴燒　불파몰시소

청산이 있는 한
땔나무가 걱정이랴.

청산만 남겨두면 불 피울 땔감 떨어질까 걱정은 않는다. 즉 근본만 있으면 후일을 기약할 수 있다.

제자들은 동요하기 시작했다. 제자들은 스승을 따라다니며 의술을 베푸는 의의(意義)를 의심했다. 성심성의껏 사람을 치료하더라도 사람들이 고마워하기는커녕 오히려 화를 자초할 수 있기에 그들은 10여 일 동안 계속 피해 다녔다. 편작의 이마 주름은 며칠 동안 피로를 감추기 어려웠지만, 그의 야윈 얼굴은 오히려 의연함과 집념을 반영했다.

편작은 제자들에게도 노(魯)나라 공자(孔子)가 주변 열국을 주유할 때도 역경으로 평탄하지 않았음을 알 수 있었다. 역사의 우연인지 공자와 편작은 모두 송(宋)나라에서 목숨을 잃을 뻔했다.

당시 공자는 제자를 데리고 위(衛)나라에서 조(曹)나라, 송(宋)나라에서 진(陳)나라로 이르렀을 때와 같이 하늘 끝을 떠도는 모습이 상가집을 떠도는 개(喪家之狗)6)와 같았다고 표현했다.

---

6) 「정승집 개」라는 말이 있다. 정승집 개는 그야말로 「개팔자」다. 평소에 잘 먹고 총애를 받다가 죽으면 수많은 문상객(問喪客)들로 문전성시(門前成市)를 이루기 때문이다. 그러나 정승이 먼저 죽기라도 하면 이번에는 또 다른 「개팔자」가 된다. 발에 차이고 먹이조차 제대로 먹지 못해 꼴이 말이 아니게 된다. 여기에서 상가지구(喪家之狗)는 「초라해서 품이

　이때 편작도 제자와 세상 떠도는 사람의 감정을 느꼈지만, 의술(醫術)은 끝없고 의술의 도리(道理) 또한 끝없는 광활한 세계에서 그들이 배운 지식은 광활한 바다의 작은 배에 불과했다. 의원으로서 반드시 꾸준히 노력하여 좋은 방법을 모색해야 하였다. 그는 제자들이 교만하고 조급해 하지 않고 무한한 마음으로 평생 의술을 탐구할 수 있기를 바랬다.

　그가 제자들을 데리고 열국(列國)을 여행한 이유는 옛사람들이 남긴 비전(祕傳) 의방(醫方)에서 벗어나 끝없는 세계에서 백성들에게 배우는 것이다. 민간의 거대한 보고(寶庫)로 유의(游醫)의 과정 중 그들은 자신의 시야를 넓혀 갔다. 많은 진귀한

없는 모습」을 뜻한다. 그런데 이 말이 공자(孔子)에서 유래됐다면 놀라는 사람이 많을 것이다. 만인의 존경을 한 몸에 받는 그가 상가(喪家)의 개 같다면 누가 믿을 것인가. 사실 그는 불우한 일생을 살았던 사람이다. 세 번째 첩의 소생에다 어려서 부모를 여의었으며 아내는 가출했고 아들은 자기보다 먼저 죽었다. 후에 14년 동안 무려 여섯 나라를 유세(遊說)했지만, 성공은커녕 심한 고초를 겪기까지 했다. 한번은 정(鄭)나라에서 유세할 때였다. 혼자 성 밖의 동문(東門) 앞에서 서성이는데, 제자들은 스승을 찾기 위해 사방을 돌아다니고 있었다. 그때 공자를 본 어떤 사람이 제자 자공(子貢)에게 말했다. 『동문 앞에 어떤 노인이 하나 앉아 있더군요. 옛 성현과 비슷하게는 생겼지만, 피로에 지쳐 있는 모습이 마치 상가의 개 같아 보이더군.』 자공이 그 이야기를 전하자, 공자는 빙그레 웃으면서 말했다. 『내가 상가의 개 같다고? 그럴 만도 하겠지. 본디 초상난 집에서는 개를 돌볼 틈이 없거든. 굶주린 개의 꼴이 아마도 내 모습 같았던 모양이지. 하하하!』

고방(古方)을 수집하고 많은 진기한 의학적 사례를 만났다.

편작이 송나라에서 출사(出師)하는 것이 불리하고 위(衛)나라에 오는 것이 더욱 순조롭지 못하였다. 먼저 진(秦)나라와 위(衛)나라는 대체로 오늘날 하북(河北), 산동(山東)의 일부 지역에 포함하였다. 유의(游醫)는 쉽지 않은 일이다.

낯선 환경에 발을 붙이려면 하루바삐 의술을 알려야 한다. 하지만 현지인들은 유의(游醫)보다 현지 의원을 더 신뢰하려고 하였다. 이것은 편작은 제자들과 의료행위를 하는 데 많은 어려움을 야기했다. 어찌할 것인가?

편작은 제자들에게 환자가 찾아오기를 기다리지 말고 아무리 외지고 길이 험해도 스스로 찾아가 진찰을 하라고 충고하였다.

그러던 어느 날, 편작과 제자들이 좁은 골목을 지나게 되었다. 멀리서 사람들이 골목길을 가득 메운 모습이 보였고 요란한 울부짖는 소리도 어렴풋이 들렸다.

자양(子陽)은 스승을 부축하며 비집고 들어가 보니 한 소년이 고열에 시달리며 열이 내리지 않아 볼이 빨갛고, 이마도 뜨겁고 이따금 헛소리를 하며 병이 심하였다. 그의 부모는 이미 의원을 부르러 사람을 보냈다.

편작은 소년이 이미 몸에서 경련증세를 보이고 있는 것을 발견하고 상황이 매우 위급하다고 생각했다. 환자에게는 시간이 생명이었다. 편작은 세 손가락을 뻗어 소년의 맥을 짚어보니 소년이 치료를 지체했지만, 살릴 희망이 있다고 진단했다.

"이 아이가 급하구나. 어서 침을 가져오너라."

그는 고개를 돌려 자양(子陽)에게 침통을 열라고 분부하였고 자양(子陽)은 침을 꺼내어 스승에게 건넸다. 편작은 소년에게 침을 놓으려고 하는데 뜻밖에도 소년의 아버지가 말렸다.

"아니, 지금 무엇을 합니까?"

"예?"

"치료하지 마세요."

"염려 마세요. 저는 의원입니다."

"따로 의원을 불렀습니다. 곧 올 거예요."

알고 보니 소년의 아버지는 편작을 전혀 신뢰를 안하였고, 아들을 위해 좋은 의원을 불렀으니, 곧 의원이 와서 진료할 것이라 했다. 주위에 있던 이웃들은 한마디씩 거든다. 편작은 소년의 아버지에게 설명하였다.

"아이가 많이 아프기에 더 이상 지체하면 생명이 위험합니다."

"아닙니다. 곧 올 거예요."

"아이가 급합니다."

"여기 이 사람들을 내쫓아 주세요."

"아니 지금 치료하지 못하면 위험합니다."

"내 아이에 손대지 마세요."

하지만 아이의 아버지는 자신의 아이를 못 만지게 거듭 강조하였다. 편작은 더 이상 뭐라고 할 틈도 없이 이웃 주민들은 그와 제자를 내쫓았다.

편작은 겸손과 배움을 추구하는 사람이다. 혼자서 생각했다.

'산 밖에 산이 있고, 치료의 세계는 끝이 없다. 그들이 어떤 의원을 청했는지 모르겠지만, 만약 정말로 아이를 좋은 방법으로 치료한다면, 나는 반드시 그를 스승으로 모시고 겸손하게 그에게 가르침을 청해야 한다.'

모두가 칭찬하는 훌륭한 의원을 기대가 절로 솟구치는데 대략 두 시진 정도가 지나자 마침내 의원이 어슬렁어슬렁 왔다. 알고 보니 의림(醫林)의 고수가 아니라 무당이었다.

이 무의(巫醫)는 명성이 자자하여 현지인 모두 그를 '영무(靈巫)'로 영험 있는 무당이라고 존칭하였다.

"영무님, 오셨어요. 우리 아이를 치료해 주세요."

"걱정 말고 잠깐 기다리시오."

거만하게 말하고 무당은 능숙하게 각종 제물을 차린 후, 정신이 나간 사람처럼 노래하며 춤추며 옆 사람이 전혀 알아들을 수 없는 주문을 중얼거리고 또 빙글빙글 돌며 또 입속으로 중얼거리는 것이었다.

소년의 부모는 경건하게 머리를 조아리며 문 밖에서 동네 사람들은 굿을 구경하고, 무당과 같이 온 선남신녀(善男信女)들도 모두 목을 길게 빼고 소년이 치료되길 기다렸다.

그들은 모두 소년의 병이 나아 신선(神仙)의 보호가 있기를 바랬다. 시간이 어느덧 흘렀는데도 소년이 치료될 기미가 보이지 않자 무당은 말하였다.

"하늘의 운명이구나."

마침내 소년은 치료가 안 되고 죽어가고 있었다. 소년은 꼼짝 않고 식구들은 울부짖었으나, 무당은 당당하게 말한다.

"하늘에서 이 아이를 데려가는 것도 하늘의 뜻이다."

운명적이라니 충분히 살릴 수 있는데 허황된 방법으로 생명을 구할 수 없다니, 이건 터무니없는 일이 아니냐? 편작의 눈으로 보면 마음만 조급해질 수 있다.

백성들의 무지로 어린 생명을 보내다니, 어서 이 무지한 백성들이 굿을 그만두고 의학을 믿게 할 더 좋은 방법은 없었다. 무당이 굿을 하는 것을 보면 솥뚜껑 위에 개미처럼 마음이 급해지는데, 계속 이렇게 굿을 하다가는 이 불쌍한 소년의 목숨이 사라질 것을 알게 된 편작은 더 이상 기다릴 수 없어 앞으로 나와 이런 헛된 상황을 막아서서 그는 무당이 의술을 모르면서 신술(神術)이라는 허물을 쓰고 환자를 상대하고 있다고 호되게 꾸짖었다.

“아니 굿으로 아이를 치료한다고? 당장 그만두거라. 지금이라도 살릴 수 있는데 아이를 죽게 만들다니!”

보다 못한 편작이 무당에게 소리를 질렀다.

“소란 피우지 마라!.”

아이 부모가 무당 편을 들어 편작에게 말했다.

만약 치료하면 명분과 명리(名利)를 모두 챙기는 무당을 신뢰하는 백성들이 어리석었다.

‘얼마나 많은 무고한 환자들이 이들 손에 죽었는지 모르는구나.’

영무(靈巫)는 자신의 권위를 의심하는 사람이 있어 눈빛이 주눅이 들기 시작하더니 다시 고개를 돌려보니 외지 사람이 남루하고 발에 신던 신발도 너덜너덜한 것을 보자 편작을 향해 호되게 꾸짖었다.

“이런 돌팔이 의원이 감히 나에게 덤비다니, 저놈을 쫓아내거라.”

소년의 아버지는 귀신에 홀려 무당이 말하는 대로 편작 일행을 또 쫓아내고 무당의 굿으로 치료할 수 있다는 마음을 가지고 있었다.

“저기 저들 때문에 신이 역정을 내신다.”

아들이 죽어가는데 무당은 더 큰소리를 치고 옆에서 손을 빌며 기도하는 모습이 안타까웠다.

충분히 아이를 살릴 수 있었는데, 편작은 어쩔 수 없이 그 자리를 떠났다.

그들은 위나라에 온 지 얼마 되지 않아 이곳의 의료환경에 대해 대체적으로 알게 되었다. 그곳 사람들은 미신을 믿으며 종종 미신과 의학을 혼동하였고, 병이 나면 의원의 의술을 믿느니 차라리 무당을 믿으려 하였다. 이틀 후, 편작은 그 소년이 그날 밤에 죽었다는 소식을 들었다.

무당의 법술(法術)은 소년을 구하지 못했고, 무당은 생명을 해쳤지만, 두둑한 사례금을 받고 훌쩍 떠나갔다. 편작은 살아있는 생명이 이렇게 사라지는 것을 보고 매우 슬퍼했다.

그는 허망하고 부실한 무당에게 이치를 따질 수 있었더라면 좋았을 것이라고 수없이 자신을 꾸짖었다. 무당이 없어지지 않는 한 의학의 발전은 이룰 수가 없었다. 이 소년의 죽음은 편작의 가슴을 몹시 아프게 했다. 그의 슬픔은 거대한 바위가 가슴을 무겁게 짓누르고 있는 듯했다. 편작의 위대함은 바로 의학을 과학으로 보고 이상적인 태도로 병을 바라보는 데 있었다.

그러나 춘추전국시대에 사상이 크게 달라져 먼 옛날부터 내려온 굿 신앙이 변모하여 사람들의 뼛속까지 녹아들었다. 굿과 의학이 혼연일체가 되어 있고, 의원도 종종 굿을 하는 등 진찰

과정은 굿의 색채가 짙었다.

주술을 깨뜨리고 의학에서 주술을 걷어차자는 편작의 사상이 당시 사람들이 보기에 그야말로 허튼짓이었다. 편작은 단순히 병을 고치고 사람을 살리는 것이 아니라 일종의 의료개혁을 해야만 했다.

이는 어쩔 수 없는 일처럼 보이는데, 송나라, 위(衛)나라뿐만 아니라 다른 나라에서도 마찬가지인데, 속된 것처럼 사람들이 무속인에게 생명을 맡기기로 약속하면서 의학계는 기본적으로 무속인의 도장(道場)이 되었다.

일반 백성은 말할 것도 없이 상류층들도 무당의 굿을 두텁게 믿었다. 각 제후국들은 모두 '태복(太卜)'이라는 관직을 두어 나라의 경조사를 비롯한 정치, 경제, 문화, 천문(기상관측) 등에 관한 사안을 점을 쳐서 결정했다.

한번은 조왕(趙王)이 병이 나자 그의 태복(太卜)에게 병의 원인을 물어보라고 명령했다. 태복이 점을 쳐서 조왕에게 보고했다.

"태왕(太王)의 병은 주부자(周夫子)의 제지(祭地 : 제사터)를 침범하여 신령의 화를 돋구었기 때문에 재앙을 내리고 경고했다."

한차례 경고에 놀라 조왕은 재빨리 점령한 토지를 돌려주었다. 사람들은 미신 속에 완전히 묻혀버린 듯 이성(理性)의 빛은 짙은 안개에 가려져 있었다. 편작이 해야 할 일은 제자를 데리고 사람들에게 이성(理性)을 밝히는 것이 아닌가?

그들은 괵(虢)나라, 지금의 산서성(山西省) 평육현(平陸縣)에서 하남성(河南省) 삼문협시(三門峽市) 일대에 이르렀다. 괵나라는 작은 나라로 면적이 협소하며 그 위치는 지금의 하북(河北) 남부와 하남(河南) 북부의 경계 지점에 있다.

괵나라는 대국의 틈바구니에 끼어 존재감이 전혀 없었다. 그 나라의 군주와 세자는 선조 기반을 지키며 어렵게 귀족의 체면을 유지하였다.

어느 날, 편작은 제자를 데리고 괵(虢)나라 도성에 도착하여 괵나라 성문을 들어서자마자, 어쩐지 서글픈 분위기가 가득하다는 것을 느꼈다. 거리는 매우 한산해 보이고, 가게들은 모두 문을 닫고 길에 드문드문 행인들이 저마다 수심에 찬 얼굴을 하고 있었고, 여럿이 모여 무슨 이야기를 나누는지 나지막이 수군거리고 있었다.

거리 곳곳에는 향내가 피어오르고 백성들은 경건한 얼굴에 먹구름이 드리워졌다. 편작은 거리 골목을 거닐며 마음이 안정

238

이 되지 않았다.

"성내에 무슨 일이 있나?"

괵나라의 수도 안의 행인들이 하나같이 분주한 모습만 보일 뿐 상점은 모두 문을 닫고 성을 순시하는 무사(武士)들은 갑옷을 입고 표정이 엄숙하였다. 성에 들어서니 도성의 성문 위, 성벽 주변은 물론 골목의 눈에 잘 띄는 곳에 액막이 칠색 비단 기천과 주문이 적혀 걸려 있었다. 편작은 무슨 큰 재난이 있어 이 나라가 액막이 긴 천들이 걸려 있는 것에 의아해했다.

누가 병에 걸려 이런 큰 미신 행사를 온 동네에서 치르고 있다니, 그와 그 제자는 이런 것을 보고 궁궐 쪽으로 걸어갔다. 편작은 궁궐 근처에 도착하여 알아봤다.

"무슨 일이 있기에 온 마을이 침울하며 향내가 퍼져고 있는지?"

편작 일행이 괵(虢)나라의 궁정 문 앞에 와보니 향불이 피어오르고 채색 깃발이 하늘에 가득할 뿐이 아니라 무당이 삼삼오오 모여있었다.

편작은 마음이 답답하여 급히 수소문하고 나섰다. 멀쩡하던 괵태자(虢太子)가 갑자기 죽었다는 것을 알았다. 편작은 매우 이상하다고 생각하고 슬퍼하는 한 행인에게 물었다.

"오늘 괵나라에 무슨 일이 있습니까?"
"태자가 중병에 걸려 돌아가셨답니다."

곽태자(虢太子)

한 나라가 크든 작든 세자의 죽음은 조정을 흔드는 일이었고 벽촌까지 소문이 자자했다. 의술 경험이 풍부한 편작은 사람들의 말을 듣고 이미 마음속에 확신이 섰다. 곽나라 태자의 갑작스런 죽음에는 의심이 가는 곳이 있었다.

"노왕(老王)은 얼마 전에 올해 동지(冬至)가 지나면 왕위를 태자에게 물려주겠다고 발표했는데, 태자가 갑자기 승하하시니 정말로 복(福)도 없다."

궁궐 앞에 서서 구경하는 행인이 말했다.

"태자가 무슨 병에 걸려 죽었나요?"

또 다른 행인이 끼어들었다.

"누가 알아? 듣자니, 악령에 홀려서 죽었다네."

240

앞서 말한 사람이 묻는 사람에게 곁눈질로 훑어본 후에,

"당신 옷차림을 보니 외지에서 온 것 같군요."

"맞아요, 저는 성이 진(秦)이고 이름은 월인(越人)이며, 사람들은 편작이라고 부릅니다. 발해인으로 막(鄚)나라에서 살고 있고 이곳을 지나다가 나라가 어수선하기에 궁금해서 물어봤어요."

"안타깝게도 태자가 죽었습니다. 세상에는 산 사람을 살리는 의원은 있어도 죽은 사람을 살리는 의원이 없는지!"

다른 사람이 옆에서 말했다.

"태자는 인자하고 귀인(貴人)이었는데, 지금 겨우 21살로 지금까지 병이 났다는 말을 들은 적이 없는데, 왜 이렇게 갑자기 죽을 수 있는지……. 그는 백성들에게 매우 인자하였고, 누구를 만나도 예의가 발랐는데, 왜 이렇게 좋은 사람은 장수하는 복이 없는지……."

그 때 제자 자양이 말했다.

"스승님, 장례식에 방해가 되지 않도록 그냥 가시죠."

괵나라는 태자가 갑자기 죽자, 온 나라가 장례를 준비하느라 정신이 없었다. 궁궐 문 앞에는 72명의 취고수(吹鼓手)가 애악(哀樂)이 요란하게 울려퍼졌고, 궁궐 안에는 붉은색을 칠한 박달나무로 만든 관도 준비하였다. 괵나라의 군주는 마음이 비통하기 짝이 없었다.

괵나라의 국군(國君)은 예순이 넘은데다 슬하에 아들 하나밖에 없어 그를 보배처럼 여겼다. 그런데 지금 이 작은 나라와 나이 먹은 국군(國君)에 큰 불행이 찾아온 것이다.

그동안 태자는 어지러움증이 잦았는데, 처음에는 잠을 잘못 자서 그런 줄 알고 대수롭지 않게 여겼다. 그날은 어둠이 짙어 가고 세자궁 안에는 촛불이 환하게 밝혀져 있었다. 태자는 여느 때처럼 책을 들고 흥미진진하게 읽다가 어느덧 이튿날 새벽이 되었다. 그가 막 차 한 잔을 들자, 갑자기 얼굴이 파랗게 질리고 온몸이 떨렸다. 손에 들고 있던 찻잔이 땅에 떨어지면서 '쿵!' 하는 소리와 함께 책상에 쓰러졌다. 국군(國君)이 급히 태의(太醫)를 불렀다.

태의가 말했다.

"태자가 물을 목으로 넘기지 못하고 이미 기절(氣絕)하더니 사망했습니다."

갑작스런 비보는 마치 청천벽력과도 같았다. 국군(國君)은 아무리 생각해도 아들이 이렇게 떠날 줄은 몰랐다. 국군은 이런 현실을 받아들일 수 없었다. 그는 태의와 손을 잡고 눈물을 흘리고 치료 방법을 생각해 달라고 애원하며 그의 양 볼에 눈물이 흘렀다.

태의들도 눈물을 훔치며 어쩔 수 없어 고개를 저었다. 입관할 때가 되자 국군은 하나뿐인 아들이 이대로 떠나는 것을 아쉬워하며 태자의 시신을 입관시키려 하지 않았다. 여러 신하들은 그 모습을 보고 잇달아 눈물을 훔쳤다.

편작은 궁으로 가서 시종관을 만났다.

"저는 의원으로 오늘 이곳에 오니 태자가 죽었다는 소식을 들었습니다. 내가 태자의 병을 치료해 보겠소."

"태자는 이미 죽었소."

"내가 태자를 진료해 보겠소."

죽은 태자를 치료하겠다니, 어안이 벙벙해진 시종관은 외지 사람이 죽은 태자를 살리겠다니 믿지를 못하였다. 편작은 그가 자신을 믿지 않는 것을 보고 빨리 들어가서 진단을 하겠다고 재촉했다.

그러나 시종관은 감히 그를 궁으로 모시고 가지 않고, 그에게 상고(上古)대 때 명의를 논하기 시작했다.

"질병을 치료할 때 탕약(湯藥), 주제(酒劑), 참전(鑱錢), 폄석(砭石), 도인(導引), 안마(按摩), 위첩(熨帖) 등 방법을 쓰지 않고 단지 그의 눈을 통해서 보아도 병의 부위를 알 수 있다고 했습니다. 그래서 그는 오장육부의 경락(經絡)의 혈자리를 따라 피부를 절개하고, 근육을 해부하고, 혈맥을 소통시키고, 근건(筋腱) 결찰(結扎)하고, 뇌수(腦髓)를 안유(按揉)하고, 고황(膏肓)을 발동(撥動)하며, 격막(膈膜 : 횡경막)을 분리한 후 장위(腸

胃)를 세척하고, 오장육부를 깨끗이 씻어내고 정기신지(精氣神志)를 수련하여 신정기색(神情氣色)을 변화시키는데, 선생의 의술이 이토록 절묘한 경지에 이르렀다면 태자를 살릴 수 있을지 모르나, 그렇지 못하면서 태자를 살려주려 한다니 당신의 말은 웃으며 좋아할 어린애까지 속이는 것이 아닌가!"

말을 마치자 눈앞에 서 있는 편작을 경멸하듯 힐끗 쳐다보았다.

편작은 시종관(侍從官)의 말을 주의해서 들었다. 잘난 체하는 시종관을 쳐다보며 대꾸를 않고 그저 웃어넘겼다. 편작은 잠시 하늘을 올려다보고는 가볍게 수염을 몇 번 쓸어올리더니 잠시 후에야 천천히 시종관에게 말하였다.

"아! 말씀하신 치료법은 마치 대나무 안으로 하늘을 보는 것과 같고 그 사이로 땅을 보는 것과 같소. 나 편작은 사람을 치료하는 데 환자의 맥을 보지 않아도, 단지 환자의 안색과 표정을 보고, 또 환자의 목소리를 들으며 환자의 몸 상태를 관찰합니다. 그런 다음 환자의 질병 상태를 말할 수 있습니다. 바로 환자의 음분기혈(陰分氣血)의 손실을 추론할 수 있습니다. 환자의 음분기혈의 손실과 허실(虛實) 또는 환자의 양분(陽分) 증상의 구체적 신체 반응을 추론할 수 있습니다. 공공(公公 : 환관의 호칭)이 믿지 못하신다면 내가 즉시 들어가 태자를 진찰해 보지요."

시종관은 편작의 논리적인 설명을 듣고 있다 보니 편작의 심오하면서도 간결한 설명에 감복되었지만, 태자도 보지 못하였는데, 이렇게 훤히 들여다볼 수 있을까 하는 생각이 들었다.

편작이 말을 마치기도 전에 그는 입을 딱 벌리고 말문이 막혔다. 편작은 시종관이 마치 진흙으로 빚은 목조(木雕)처럼 오랫동안 아무 말 없이 있는 그를 가볍게 밀치며,

"자양(子陽)아, 태자가 무슨 병에 걸렸는지, 발병 상태는 어떤지, 죽은 지는 얼마나 됐는지 자세히 알아봐야겠다."

편작의 곁에 있던 제자 자양은,

"제가 알아보고 올까요?"

"아니다 내가 중서자(中庶子)를 통해 알아봐야겠다."

중서자는 평소에 방술(方術)을 좋아하고 간단한 약 처방으로 병을 치료하기도 하였다. 편작은 자세히 알고자 시종관에게 왕궁을 주관하는 중서자(中庶子)를 불러오라고 청했다.

중서자는 평소에 방기(方技)의 책을 즐겨 읽었으며, 의학에 대해서도 조금 알고 있었다. 그는 궁 입구에 타향 사람이 와서 태자를 살릴 수 있다는 말을 듣고 반신반의했다. 궁문 앞에 이르러 고개를 들어보니 먼지가 몸에 잔뜩 묻은 이방인이었고, 용모를 보니 의술을 할 사람 같지 않았다.

편작은 단도직입적으로 태자의 사인(死因)을 물었다. 중서자

는 의술에 잘 안다고 생각하여 편작 앞에서,

"태자가 혈기가 잘 돌지 않고 교착(交錯)이 되었고, 발산할 수 없어 몸에 사기(邪氣)가 축적되고 그래서 돌연 혼절하여 죽었습니다."

중서자의 설명을 들은 편작은 죽지 않았다는 것을 알았다.

"만약 시간이 충분하다면 아직 구할 수 있습니다. 태자가 언제 죽었습니까?"

"오늘 아침 닭이 울 무렵부터 지금까지 4～5시진(時辰)쯤 되었습니다. 태의들조차 힘들다고 했어요. 누가 썩은 나무에 싹이 틀 수 있게 봄을 만들 수 있겠는가? 태자가 아직 입관하지 않고 있어요. 의원님, 아쉽게도 한발 늦게 오셨군요. 조금 일찍 오셨다면 태자가 죽지 않았을 거예요."

"태자는 도대체 무슨 병에 걸려 죽었습니까?"

"태자의 병은 갑자기 왔는데 발작하는 게 이상하게도 마치 기혈휴핍(氣血虧乏) 증상이었습니다."

"증상이 어떤가요?"

"의원님, 태자는 이미 죽었습니다. 의원님이 비록 신의(神醫)라도 회천핍력(回天乏力)이라 살아날 수 없으니 쓸데없는 일에 신경쓰지 마십시오."

"내가 의원이고 의술과 의학에 많은 경험이 있으니 진단할 수 있게 태자에게 인도하시기 바랍니다. 내가 태자의 병증세를 알고 나면 병 치료하는 데 도움이 될지도 모릅니다.”

“좋소, 내가 말해주리다.”

중서자는 이어서,

“태자의 질환은 소인이 자세히 관찰한 바에 의하면, 기혈부조(氣血不調)로 오는 증상으로 태자의 기혈(氣血) 모두 함께 교착(交錯)되어 배설(排泄)을 못하고 일단 외면(外面)으로 폭발(暴發)하여 입과 코에 출혈이 되어 있고, 그러나 그의 정신 또한 사기(邪氣)가 많아 사기가 신체에 침입하여 억제가 안되고, 몸에 축적이 되기에 배설도 원활치 않아 마치 양기(陽氣) 쇠약과 음기(陰氣)가 위로 올라 심장과 흉부로 도달되어 폭궐(暴厥)하게 되었는데, 태자는 이런 증상으로 죽었습니다.”

“입관했습니까?”

“관은 준비되었는데, 국군께서 태자 시신을 관에다 넣지 못하게 하고 있습니다. 태자가 죽은 지 하루도 채 되지 않았는데 지금 나라 곳곳에서 굿을 하고 무당들은 분주하게 움직이고 있어요.”

편작은 듣고 안도의 표정을 지었다. 아직 태자를 만나지 못했지만, 아무래도 태자가 죽지 않았다는 생각이 들었다. 그래서 한번 해보자는 심정으로 태자를 회생(回生)시키기로 마음먹었다. 그리고는 중서자에게,

“대부, 제가 제(齊)나라 진월인으로 사람들은 편작으로 부릅니

다. 국군(國君)이 얼마나 힘들까요. 기회가 된다면 국군(國君)을 위해 태자를 진단하고 싶습니다. 태자가 불행하게 죽었다는 말을 듣고 제 기량으로 살려보려고 합니다. 태자의 생명을 구하고 싶은데, 믿을 수 있을지 모르겠습니다."

중서자는 편작을 이상한 눈으로 바라보며 넓은 옷소매를 털고 수염을 쓰다듬으며 말했다.

"의원님은 그냥 하시는 말인 것 같아요."

편작은 급히,

"저는 진지하게 드리는 말입니다."

편작은 중서자에게 두 손을 붙들며 간곡하게 말했다.

"괵태자의 병은 치료할 수 있다고 생각합니다."

"의원님, 농담도 너무 심합니다. 다행히 나랑 먼저 대화하니 망정이지, 다른 의원이 국군(國君)에게 보고했다면, 노년에 아들을 잃은 것을 비웃으러 왔다고 생각하고 당신을 체포했을 것입니다."

"저 편작은 제나라, 진나라 각지에서 사람을 치료했고 명성을 쌓아 이름이 알려졌습니다. 왜 제가 이곳에서 거절을 당해야 합니까? 방금 태자의 병의 원인을 듣고서야, 태자의 병을 고칠 방도를 생각했는데, 설마 내 목숨을 걸고 농담을 하겠습니까?"

중서자는 편작의 말에 한발 더 나아가 편작에게 간절하게 말했다. 중서자는 자신이 박식한 지식을 과시하기 위해 거침없이 설명하였다.

"의원님, 비록 당신의 자신감은 충분하지만, 이 일이 터무니없다고 생각하지 않습니까? 태자는 이미 세상을 떠났고, 죽은 사람은 결코 다시 살 수 없는데, 나도 전해 내려오는 의서(醫書) 전적(典籍)들을 읽은 적이 있고 황제(黃帝)시대 유명한 명의도 병을 고치는 데 약초를 달여 복용하지 않고, 오로지 안마(按摩)로 사람의 경락 혈맥을 돌게 해 병근(病根)을 없애 신체의 한 부분에 발산시켜 다시 빨갛게 붓거나 미란(糜爛 : 곪은 부분)에 약을 붙여서 이런 증상을 치료한 적이 있으며, 병근(病根)을 빨리 없앨 수 있었어요. 이는 인체를 움직이는 오장(五臟) 모두 경락의 부위가 연결되어 폐(肺)의 원두(源頭)는 태연(太淵), 심(心)의 원두는 태릉(太陵), 간(肝)의 원두는 태충(太衝), 비(脾)의 원두는 태백(太白), 신(腎)의 원두는 태계(太谿)에서 비롯하여 병인(病因)을 침으로 원두의 기육(肌肉 : 피부), 피부를 상진행(上進行)해서 치료하거나 혹은 침구(針灸), 혹은 절단하거나 장위(腸胃), 오장(五臟)을 씻어 연정이형(練精易形)의 목적으로 하였습니다."

중서자는 본인의 의학지식 실력을 뽐내듯 계속 편작에게 말한다.

"만약 선생이 제시한 병의 치료는 태자의 죽은 신체의 오장을 모두 세척한 후, 새것처럼 변하게 한다면 당신의 의술이 그 누구에게도 능가할 수 있고, 태자는 기사회생(起死回生)될 것입니다. 당신의 의술이 그 정도 수준에 미치지 못하면서, 태자의 생명을 살리기를 바란다면 입을 다물고 큰소리치지 마시오.”

중서자가 편작의 말을 듣자 도저히 자신의 귀를 믿을 수가 없었다. 그건 편작의 이름을 들어본 적이 없었고, 더구나 차림새를 보니 떠돌이 의원이기에 안중에 없었다.

그런데 앞에 서 있는 사람이 평범한 옷차림에 평범한 용모를 가진 사람이지만, 뜻밖에도 당당하게 태자를 살릴 수 있다고 주제넘게 큰소리를 치고 있으니,

‘아니 이 사람은 뭐지?’

중서자는 편작에게 객기 부리지 말라는 말을 한다.

“여보시오, 당신 농담하는 거 아니지요. 상고(上古)시대의 명의도 병을 치료하는 데 탕약(湯藥), 주제(酒劑), 석침(石針), 도인(導引), 안마(按摩), 약물위첩(藥物熨貼)도 쓰지 않고 단지 진찰만 하고 질병의 소재를 파악하고, 오장의 혈위(穴位) 따라 피부를 열어 각종 수술을 했다는데, 당신은 이런 능력이 있는 거요?”

“일단 태자를 봐야 하겠소.”

“당신은 능력이 있소? 만약 있다면 태자를 살릴 수 있다는 말이요? 태자를 살린다는 말은 어린애조차도 믿지 않을 겁니

다.”

말을 마치고 마치 사람을 위협하는 눈빛으로 편작을 바라보았다. 편작은 중서자의 말을 듣고도 흔들리지 않고 하늘을 우러러보며,

“당신은 대나무 관으로 하늘을 보고, 문틈으로 사람을 보는구나(用管窺天).”

「용관규천(用管窺天)」에 대한 일화로, 편작이 괵나라에 간 일이 있었는데, 방금 태자가 죽었다고 했다. 편작이 궁궐의 어의를 만나 태자의 병에 대해서 물어보자, 의사는 자기의 진단 결과를 소상하게 알려주었다. 묵묵히 다 듣고 난 편작이 이윽고 말했다.

“내가 태자를 소생시키겠습니다.”

“무책임한 말은 하지 마시오. 갓난아기일지라도 그런 말은 곧이듣지 않을 것이요.”

이 말을 듣고 편작은 “당신의 의술은 대롱을 가지고 하늘을 엿보며(用管窺天) 좁은 틈새로 상황을 살피는 것과 같이 도저히 전체를 간파한다고 할 수 없습니다. 그런 점에서 나의 의술은 맥을 짚고 안색을 살필 것도 없이 다만 병의 상황을 듣는 것만으로도 병을 진단할 수 있습니다.”

그리고 덧붙이기를,

"만일 내 말이 믿기지 않는다면 다시 한번 태자를 진단해 보십시오. 귀가 울고 코가 벌름거리는 소리가 들릴 것입니다. 그리고 양쪽 허벅다리를 쓰다듬어 가다가 음부에 닿으면 아직 그곳이 따뜻할 겁니다." 반신반의하며 다시 한번 살펴보니 과연 편작의 말대로였다. 어의는 놀라 눈이 캄캄해지고 말도 나오지 않았다. 편작이 침을 놓자, 태자가 숨을 되쉬며 살아났다. 20여 일 치료 끝에 태자가 일어나서 거동할 수 있게 되었다. 이 일로 편작이 죽은 이도 살려낸다는 소문이 사람들 입에 오르내리자 편작은 "나는 죽은 이를 소생시킨 것이 아니라 아직 죽지 않은 사람을 고친 것뿐입니다." 하고 겸손히 말했다는 이야기다.

편작은 탄식하며 중서자를 바라보았다.
"당신이 알고 있는 지식이 이것뿐입니까?"
잠시 뜸을 들이고는 다시 담담한 어조로,
"나는 병을 치료할 때 맥을 보지만, 병자의 안색만 관찰하여도 병자의 상태를 알 수 있습니다."
편작은 중서자를 멸시하며 도전에 의미를 갖고 있는 동시에 중서자가 생각지도 못하게 하는 대답이었다. 이어 편작은,
"당신이 내 말을 믿지 못한다면, 궁으로 들어가서 태자를 진찰해 보십시오. 태자 귓가에 엎드려 귀를 기울인다면 태자 귀에서 소리가 들릴 것이고, 그의 얼굴을 관찰하면 태자의 콧방

울이 벌렁거리는 것을 볼 것입니다. 또한 양쪽 허벅지 안쪽을 따라 만져보면 음부까지 온기가 느껴질 것입니다.”

편작과 중서자는 한참 이야기하다가 자기를 믿지 못하는 중서자에게 말한다.

“우리가 여기서 떠들 게 아니라, 입도 마르고 배도 고프니 같이 식사나 같이 하면서 이야기를 나눕시다.”

중서자는 편작의 말에 웃으면서 그를 따라 거리로 나왔다. 그들은 용지(龍池)라는 주관(酒館)에 들어가서 자리에 앉자, 주모가 웃는 얼굴로,

“선생님, 우리 술집에서 만든 좋은 술이 있습니다. 음식은 뭘로 할까요? 그런데 오늘 인애(仁愛)하는 태자가 갑자기 사망하여 궁의 명에 따라 가축을 죽이지 못해 노루고기, 소고기, 돼지고기, 개고기 등은 모두 없습니다. 하지만 생선은 금지되지 않으니, 고기 빼고는 주문할 수 있습니다.”

“생선을 가져오세요. 오늘 내가 중서자(中庶子)를 모시고 왔는데, 고기 대신 생선이라도 가져와야 하지 않겠습니까?”

이윽고 주모가 반찬을 차려놓자, 편작은 술 사발을 들고 중서자와 술잔을 비웠다. 그런 다음 친히 큰 잉어 가운데 토막을 중서자 그릇에 얹어주었다. 중서자는 술을 들면서 한 마디로 소리쳐 말했다.

"호주천배불취(好酒千杯不醉 : 좋은 술은 많은 술잔에도 취하지 않는다.)"

편작은 술이 한 순배 돌자,

"당신은 복이 있어도 누리지 못하는구나. 나는 군주(君主)와 연회석을 갖은 기회도 있다. 당신은 배짱이 없구나. 봐라! 이런 조그만 술집에서 술을 마시면서 당신을 배부르게 할 수 있지만, 국군(國君)의 궁중에서 산해진미의 주연(酒宴)에 비해서는 훨씬 못하지 않는가."

"내가 왜 모르겠는가! 국군의 궁중(宮中)의 규모를 여러 차례 본 적이 있지만, 다만 주석(主席)에 앉을 인연이 없을 뿐, 당신이 내가 겁이 많다고 했는데, 내가 뭘 겁내겠어."

"그럼, 당신은 왜 나를 국군(國君)을 만나러 데려가는 것조차 못하는 거지?"

"나는 선생을 위해서 하는 거야, 생각을 해봐! 그 죽은 태자 몸을 치료할 수 있을까?"

"에이 참! 속 좁은 친구라 식견이 없군."

편작은 고개를 젖히고 술 한 모금을 들이키며 한숨을 쉬며,

"나, 편작은 병을 치료하는 기예(技藝)가 절맥(切脈), 망진(望診), 청성(聽聲), 찰형(察形)을 하기도 전에 병근(病根)을 어디에 있는지 알고, 등쪽에 병이 났다는 소리 듣고도 뱃속이 병의 근

원을 찾을 수 있는데, 즉, 병의 양(陽)을 묻고 음(陰)을 논하고, 병의 음(陰)을 듣고 그 양(陽)을 논할 수 있습니다(問病之陽 論得其陰 聞病之陰 論得其陽)."

중서자는 편작의 논리적인 말에 속으로 놀랐다.

편작은 계속해서 말했다.

"일반적으로 큰 병은 뚜렷한 증상이 있어야 하는데, 각자 견해가 다르니, 궁중 의관(醫官)의 진단이 가장 정확하다고 생각하지 마시오. 천리 안에 있는 허다한 의원들의 다양한 진단법을 가지고 있다고 정확한 것은 아닙니다. 내 말이 옳다고 생각되면 나를 궁으로 데리고 들어가 태자께 진찰하도록 하시오. 나는 태자가 죽지 않았다고 생각되는데, 하지만 당신이 겁이 많다면, 우리 이제 얘기하지 맙시다."

중서자는 편작의 말에 흠칫 놀라며 술기운을 믿고 오만하게 말했다.

"편작 선생, 당신은 나를 너무 우습게 보는군. 비록 나는 아직 대부(大夫)가 되지 않았지만, 나는 매일 궁중에서 군(君)을 섬기고 있어요. 군(君)은 제 말을 늘 경청합니다. 그렇다면 내가 지금 당신을 모시고 군을 뵈러 가겠습니다."

편작은 그의 태도가 변화가 있어 이것이 술기운이라는 걸 알고 즉시 가기로 결정하였다.

"자, 갑시다."

그들은 술자리에서 궁으로 갔다. 중서자는 술기운에 응답하고 두 사람은 궁에 도착했다. 중서자가 먼저 국군(國君)을 뵈러 갔다. 그는 국군을 보자마자 술이 깨었지만, 한참을 더듬더듬 말을 잇지 못했다. 국군은 화가 나서,

"자네는 오늘 왜 그러나? 무슨 일이 있는지 즉시 보고하거라. 어디 불편한가?"

"아닙니다, 아닙니다."

중서자는 머리를 조아리며,

"밖에 편작이라는 의원이 와 있는데, 태자가 기사회생의 희망이 있을지도 모릅니다."

"편작이라고? 그래, 그거 정말 잘됐네."

국군은 듣고 놀라 기뻐서 좌중으로 내려와 중서자의 옷깃을 덥석 잡으며,

"편작 선생의 이름은 과인이 일찍부터 알고 있었다. 바로 신의(神醫)인데, 그가 왔는데, 어찌 일찍 아뢰지 못했느냐?"

"신은 편작 의원을 잘 몰라서……."

"빨리 가서 과인에게 모셔 오도록 하거라 빨리, 빨리!"

국군은 일찍이 세상에 편작이라는 명의가 있다고는 들었는데, 설마 신의가 왔으리라고는 생각을 못했다. 그래서 급히 편작을 불러 중정(中庭)에서 맞이하게 했다.

국군은 친히 편작이 가까이 오는 것을 보고 군신의 의례와

규율을 전혀 무시하고, 편작을 친히 맞아 중정 한쪽에 앉혔다. 편작은 국왕에게 배알을 드리려 하는데, 국왕이 오히려 먼저 앞서 편작에게 절을 하였다. 편작을 청해 태자를 살리려는 왕의 절박한 심정이 엿보였다.

"선생, 과인은 수년 전부터 훌륭한 의술과 의덕을 갖추고 있다는 말을 들었으나 뵙지 못했습니다. 선생께서 오늘 우리나라에 오셔서 저를 도울 수 있게 된 것은 정말 소국(小國)의 영광입니다. 선생이 계셨기에 내 아들은 아마 살아날 수 있을 것입니다. 선생의 도움이 없다면 내 아들은 산골짜기에 묻힌 채 영원히 살아 돌아올 수 없었을 것입니다."

이렇게 말하면서 왕의 눈에 눈물이 글썽글썽하고 이윽고 슬퍼하며 흐느끼기 시작하였는데, 왕의 기(氣)가 울결(鬱結)이 되고 정신이 혼미해지고 속눈썹과 콧물과 눈물이 뒤섞여 있는 모습이 이미 조정에 임할 때의 위엄을 완전히 상실하였다. 편작은 왕이 이렇게 슬퍼하는 것을 보고 그를 달랬다.

국군은 편작의 소매를 잡아당기며 초조하게 말했다.

"선생이 오셨으니 너무 좋습니다. 그동안 너무 상심하고 있었습니다."

편작은 황급히 위로의 어투로 국군에게,

"군후(君侯), 이 일은 제가 반드시 최선을 다할 것입니다. 태자의 일로 지나치게 상심하지 마십시오."

이때 중서자는 태자의 침실로 가서 태자 귓가에 엎드려 귀 기울여보니, 태자 귀에서 소리가 나고 그의 얼굴을 관찰하여 보니 태자의 콧방울이 벌렁거리는 것을 보았다. 이에 중서자는 편작의 말대로 양쪽 허벅지 안쪽을 따라 만져보니 음부까지 온기가 느껴지고 있었다.

'과연 편작이 말한 대로군.'

중서자는 태자의 침실에서 나와 국군에게 말했다.

"편작 선생이 말한 대로 태자의 몸에 온기가 느껴집니다."

국군은 즉시 편작과 제자들을 데리고 태자의 침실로 향했다.

편작은 태자에게 다가가 절맥(切脈)을 하였다. 편작은 손을 뻗어 태자의 촌관척(寸關尺)의 맥상(脈象)을 짚어보면서 정신을 집중하여 환자의 맥의 변화를 살폈다.

국군은 편작의 일거수일투족을 주시하며 소리도 못 내고 편작의 진단 결과를 기다리고 있는데, 편작이 국군에게 말했다.

"군후께서 너무 슬퍼하실 필요가 없습니다. 시궐(尸厥 : 현대 의학으로 쇼크)은 사실 태자가 잠시 실신했을 뿐이지, 실제로 죽지는 않았고 살릴 희망이 있습니다."

편작의 말을 듣고 국군의 얼굴에 갑자기 희색(喜色)이 돌았다. 편작의 설명을 통해 태자의 병은 속칭 가사(假死)라고 부른다는 것을 이해할 수 있었다. 이를 들은 왕은 크게 의아해하며 놀라 편작을 주시했다.

"이 병은 양(陽)이 음(陰)에 들어가면 맥기(脈氣)가 위부(胃腑)를 휘감고, 양유맥(陽維脈)과 음유맥(陰維脈)이 경락에 각자 하행(下行)하여 삼초(三焦), 방광에 진입하여 양맥(陽脈)이 불행(不行)되고 음맥(陰脈)이 상쟁(上爭)하여 기(氣)가 닫히게 되어 통하지 않게 됩니다. 위로는 절양(絶陽)의 맥락(脈絡), 아래로 파음(破陰)의 적맥(赤脈)되어 음파양절(陰破陽絶)이 되어 얼굴색이 창백해지고 사지가 뻣뻣하게 굳어져 가 갑자기 죽은 듯이 보입니다. 사실 태자는 단지 지각(知覺)을 잃었을 뿐 결코 죽은 것이 아닙니다."

"선생님은 과연 이렇게 절묘한 의술을 가지고 계십니다. 그럼 최선을 다해 치료해 주세요."

편작은 먼저 제자 자표(子豹)에게 물을 끓이도록 하고 자양(子陽)에게는 침을 뾰족하게 갈도록 지시하였다.

제자 자용(子容)은 약재를 찧어 준비하고, 자명(子明)은 가는 관에 손을 들고 태자 옆에 쪼그리고 앉아 태자의 귀에 부드럽게 바람을 불어넣고, 자의(子儀), 자월(子越), 자유(子游) 제자 3명은 태자의 팔다리에서 몸까지 마사지하며 주물러 근육의 혈자리를 이용해 혈맥(血脈)을 부드럽게 온화조리(溫和調理)하였다. 국군과 왕후는 편작에게 태자를 맡겼으나, 마음이 조마조마하여 주변을 지키며 태자를 뚫어지게 쳐다보고 있었다.

한 향을 피는 시각쯤이 지나자, 편작은 긴 숨을 내쉬며 어서 침을 가지고 오라고 자여(子輿)에게 분부하였다. 편작은 태자를 위해 침을 태자의 삼양경혈(三陽經穴), 즉 태양 소양, 양명 3가지 경락의 경혈과 오회수혈(五會腧穴)인 백회(百會), 흉회(胸會), 청회(聽會), 기회(氣會), 노회(臑會)를 침으로 찔러 바늘을 가볍게 수기법(手氣法)인 제삽(提揷)을 활용해 유침(留針)해 놓고 관찰하였다.

잠시 후, 괵태자의 손가락이 가볍게 움직이더니 굳게 감긴 두 눈은 약간씩 움직이더니 서서히 혼절상태에서 깨어나 점차 의식을 회복하였다.

"으음……."

아들이 신음소리와 함께 살아나는 것을 보고 국군은 눈물을 펑펑 쏟으며 단번에 태자에게 달려들었다. 편작은 국군을 말리며,

"태자는 깨어났으나 병의 뿌리는 아직 제거되지 아니하였으니 좀 더 치료가 필요합니다."

급히 자의(子儀), 자월(子越) 제자들이 천천히 태자의 상체를 일으켜 세웠다. 태자는 반쯤 드러누운 상태에 급히 자표(子豹)는 자용(子容)이 갓 찧어 만든 '팔감(八減)' 약재를 섞어 수건을 감싸 따뜻하게 만들어 태자의 양 겨드랑이와 음부 주변을 번갈아 찜질한 후 온몸을 온찜질하여 따뜻한 약기운이 서서히 몸안

으로 들어오도록 하여 오장(五臟)을 따뜻하게 하고, 기혈(氣血)을 조화(調和)시켰다.

태자는 깨어났지만 몸이 매우 연약하여 아직 풍한(風寒)을 이기지 못하기에 약효로 보충해야 했다. 편작은 태자의 음양(陰陽)이 아직 스스로 조절하지 못하고 기혈쌍휴(氣血双虧)의 상태라 기혈(氣血)이 잘 순행되지 않아 음양약방(陰陽藥方)을 처방하여 연속으로 약을 복용하게 하였다. 또 기공(氣功)과 도인(導引)을 보태어 마침내 태자의 몸을 원래대로 회복시켰다.

편작은 또 제자 자표(子豹)에게 약초에다 팔감방(八減方)을 섞어서 달여서 태자의 양 옆구리에 번갈아 찜질을 했다. 태자는 일어나 앉을 수 있었다. 국군(왕)은 편작에게 정중히 절을 하고 연거푸 편작의 의덕(醫德)을 칭찬하였다. 편작에게 서둘러 답례하였다.

"과연 명불허전(名不虛傳)이로군, 신의이십니다."

"과찬의 말씀입니다."

"선물을 준비하려고 하니 무엇이 좋겠습니까?"

"저는 선물을 받으려고 치료한 것이 아닙니다. 치료는 의원의 본분입니다."

병을 고치고 구하는 것은 의원의 본분이었고 그는 결코 환자에게 큰 선물을 받을 엄두를 내지 않았다. 바로 그의 평소의 마음과 겸손한 생각이 그를 신의(神醫)의 큰 이름을 만들어냈던 것이다.

　20일간 내복과 외부(外敷)와 안마로 태자의 음양(陰陽), 기혈(氣血)이 서서히 조리순창(調理順暢) 정돈되어 원활해졌다. 태자의 몸이 예전처럼 회복되어 온몸이 상쾌해 보였다. 편작이 괵(虢)나라 태자를 기사회생(起死回生)의 사적(事跡)이 장강(長江) 남북 널리 퍼졌고, 천하 모든 사람들은 편작이 '신의(神醫)'로 환생했으며, 기사회생의 고절의술(高絕醫術)이 있다고 말했다.
　편작이 괵나라 태자를 치료한 이후 민간에서는 사람이 죽으면 7일 동안 시체를 묻지 않는 풍습이 생겼다고 한다. 의학이 아직도 발전되지 않았던 고대에서 사람이 진짜 죽었는지 어떤지 감별할 수 없었으므로 이 풍습은 실제로 많은 사람들의 생명을 구했다.

　괵나라 태자의 건강이 회복된 것을 보고 편작은 제자에게 떠나자고 말하였다. 편작은 국군과 태자가 많은 군중과 군사를 동원해 배웅하는 것을 원치 않았기에 이른 아침 그는 제자들을 데리고 작별인사를 하지 않고 떠났다.
　스승의 담백(淡白)한 명리(名利)도 제자들이 익숙한데, 기본적인 송별조차 마다하니 이해가 가지 않았다. 사실 이것도 편작이 심혈을 기울인 부분이라 볼 수 있다.

이를 통해 제자들이 사실에 토대를 두어 진리를 탐구하는 실사구시(實事求是)의 태도와 엄밀한 의원 자세를 유지해야 한다는 것을 깨닫게 하고 사람들 앞에서 쏟아지는 아낌없는 박수소리와 함께 길을 잃게 만든다는 것이다.

세상에 어디 신의라는 것이 있겠는가, 누구도 기사회생할 수 있는 방법이 없고, 한 사람이 정말 죽으면 신선도 어찌할 도리가 없다. 괵나라의 태자는 죽지 않았다. 편작은 단지 건강을 회복시키는 것이라고 생각할 뿐이다.

편작이 괵태자(虢太子)를 살린 일은 괵나라에서 다른 나라로 퍼져나갔다. 사람들은 모두 편작 선생의 의술이 뛰어나다고 칭송하였고, 묘수회춘(妙手回春)으로 살아났다고 생각하였다. 편작의 의술이 높다고 국군(國君)이 칭송하자 편작은 겸손하게 말하였다.

"나 편작은 죽은 사람이 살아났다고 하지만, 태자는 원래 죽지 않았고, 의원으로서 단지 노력을 다했을 뿐이었고, 환자에게 정성껏 치료하여 태자의 병을 호전시키고 마침내 태자를 치료했습니다. 단지 시궐(尸厥) 증상일 뿐입니다."

위의 이야기에서 알 수 있듯이, 편작은 내과적 질병뿐만 아니라 시궐(쇼크)을 치료하기 위해 침을 사용하는 데 특히 심오한 연구가 이루어졌음을 알 수 있다.

편작은 실제 이런 이야기는 품격있는 의덕(醫德)을 보여주었을 뿐 아니라 전국시대 침구학이 이론에서 실천에 이르기까지 두드러진 성과를 거두었음을 반영하고 있다.

제8장. 人外有人(뛰는 놈 위에 나는 놈이 있다)

성공은 갑작스런 듯하다. 물밀듯 박수가 차츰차츰 편작에게로 오는 것 같다. 편작은 일순간에 밀려오는 박수 소리에 파묻힌다.

편작은 제자들을 데리고 조(趙)나라 도성(都城) 한단(邯鄲)에 이르렀다. 한단은 지금 하북성(河北省) 한단이다. 시내 여관을 찾아 자리를 잡았다.

"아이구 배야."

한단 교외의 한 노인이 복통을 멈출 수 없었고, 집안에 돈이 없고 병을 고칠 방법이 없어 어쩔 수 없이 가족들은 그를 도와 관을 준비하고 뒷일을 처리하고 있었다.

그 후로는 온종일 마음이 산만해지고, 질병에 대한 두려움이 독처럼 그의 마음에 자리를 잡고, 나날이 고통 속에 지냈는데, 노인은 유명한 신의 편작이 조나라에 왔다는 소식을 들었다.

또한 괵태자를 죽음에서 손을 잡고 이생으로 데려왔다는 소문도 들어 실낱같은 희망을 품고 노인을 찾아와 편작에게 진료를 부탁했다. 편작을 보자마자 숨이 멎을 것 같은 구원자를 만나자, 무릎을 꿇고 살려달라고 간청했다.

한단(邯鄲)

"아이구, 살려주세요."

작은 그가 두 손으로 배를 움켜주고 고통을 주체할 수 없을 정도로 고통스러워하는 것을 보고 서둘러 앞으로 나아가 노인을 부축하였다. 노인은 얼굴이 검푸르고 눈가에 수심이 가득하였다. 편작은 먼저 그의 두려움과 슬픔을 가라앉히고 그를 진정시킨 후 맥을 짚어 진단하였다.

편작은 잠시 생각에 잠겼다가 노백(老伯)의 병세가 이미 대장에 침입하여 구제할 약이 없다고 판단하여 기껏해야 한 달 더 버틸 수 있기를 바랐다. 그는 매우 유감스럽게 노백에게 이 결과를 알리고 집에 가서 뒷일을 준비하라고 했다.

"집으로 돌아가 하고 싶은 일을 다 하고, 얼마 남지 않은 시간을 가족들과 보내세요."

노백은 원래 희망을 품고 있었는데, 뜻밖에도 신의조차도 자신에게 사망통지서를 내리게 되어 마음이 몹시 우울하였다.

노인은 넋을 잃고 비틀거리며, 집으로 돌아가는 길을 걷고 있었다.

"잠깐, 노인장!"

"저를 불렀습니까?"

"넋이 나간 모습이 어디가 아픈가요?"

"제가 복통이 계속되어 마침 편작 의원을 만나 진단하니 가망이 없다고 합니다."

흰 수염의 농부가 넋이 나간 그의 모습을 보고 얼른 그를 불렀다. 농부가 껄껄 웃으며 비법을 일러주어 처방대로 하라고 하면서 병이 나을 수 있다고 했다.

"제가 치유될 수 있나요?"

"내가 일러주는 말대로 하셔요. 그럼 좋은 결과가 있을 거예요."

살 수 있다는 말에 노인은 기쁨에 겨워 눈물을 흘리며 서둘러 농부에게 무릎을 꿇었다.

노인은 집에 돌아온 후, 농부의 말에 따라 매일 지시한 대로 배를 복용했다. 석 달 후, 그는 뜻밖에도 병이 완치되었다. 그는 끊임없이 아내에게 말했다.

"흰 수염 농부가 신의보다 더 신통하군."

3개월 후, 편작은 한단(邯鄲) 성에서 멀리서 야채를 파는 노인을 보았다. 그는 매우 낯이 익어 어디서 본 것 같다고 느꼈다. 그도 편작을 보고 인사를 했다.

편작은 그제야 그가 바로 석 달 전에 자신에게 사망통지서를 받은 그 노인이라는 것을 기억해 냈다.

"그때 내가 진찰한 분이시죠?"

"맞아요."

"아니 어떻게 지금까지……. 아니 몸이 좋아지셨네요."

"지금은 괜찮고, 몸이 더 좋아졌어요."

그는 괜찮을 뿐만 아니라 생기발랄하여 전혀 병으로 고생한 사람 같지 않았다. 설마 자신이 실수했단 말인가? 편작은 경악에 찬 얼굴이었다. 노인은 사실대로 그에게 자초지종을 말했다.

'분명 병이 깊어 치료하기 어려웠을 텐데 어떻게 석 달 동안 배를 먹었다고 기적적으로 완치될 수 있었을까? 그가 알고 있는 진기한 처방도 적지 않은데, 세상에 이렇게 간편하고 기묘

한 처방이 있다니!'

편작은 노인의 말을 듣고,

"그 흰 수염의 노인이 어디 사십니까?"

그 노인에게 이 처방전의 가르침을 청하고 싶었다. 만약 세상에 이런 고수가 있다면 편작은 노인을 스승으로 모시고 싶었다.

'사람 밖에는 사람이 있고, 하늘 밖에는 하늘이 있다.'

편작은 다시 한번 감탄했다. 생명은 유한하지만, 의학의 지식은 광활한 바다와 같아서 끝이 없었다. 자신의 의해(醫海)에 들어가자마자 앞에는 아직 광활한 미지의 영역이 있어 스스로 탐색하고 연구하기를 기다리고 있었다. 노옹(老翁)이 그에게 고수(高手) 흰 수염 노인이 방가장(龐家莊)에 있다고 말했다.

편작은 일몰이 되지 않아 방가장(龐家莊)에 도착했다. 길거리에 아이들 몇몇이 놀고 있었다. 편작은 아이들에게 수소문하여 보니, 마을의 북서쪽 모퉁이에 그 농부가 살고 있었다.

알고 보니 그 농부는 약초 지식도 처방도 알고, 그 지방에서 사람들을 치료하고 있던 촌의(村醫)였다. 어린아이가 그를 농부의 집 앞까지 모시고 갔다. 사립문이 열려있어 편작은 곧장 들어갔다.

농부가 마당에서 약초를 말리고 있는데, 작은 마당에는 은은한 한약 냄새가 가득하였다. 백출(白朮), 국화(菊花), 황련(黃蓮) 등 흔하게 볼 수 있는 약재가 있는가 하면, 편작이 보지 못한 약재도 있었다.

편작의 마음속에 놀라움은 정말 형용할 수 없었다. 모처럼 이런 고수(高手)를 만난 그는 고수에게 꼭 무언가를 배우겠다고 다짐했다. 농부는 낯선 사람이 들어오자, 하던 일을 멈추고 이 불청객을 위아래로 훑어보았다. 편작은 자신의 실명을 말하지 않고 자신이 타향 사람이라고 말했다.

"의술이 뛰어나고 약초가 특이하다 들었습니다. 의술을 오랫동안 흠모하여 오늘 특별히 스승으로 모시고 의술을 배우러 왔습니다."

농부가 편작의 말을 듣자 껄껄 웃으면서,

"저는 의원도 아니고 농부이고, 그렇게 큰 재주도 없습니다. 더 고명한 사람을 찾으십시오."

말을 마치자마자, 편작을 그대로 내버려두고 농부는 일하러 갔다. 편작은 줄곧 공손히 정원에 서 있었다. 밤이 되어 일을 끝내고 집으로 돌아오는 농부는 편작이 아직 떠나지 않은 것을 보고 생각했다.

"아니, 아직도 떠나지 않았소?"

"가르침을 받고 싶습니다."

“나는 그리 의술이 높지 않아요.”

“아닙니다. 의술을 배우고 싶습니다.”

‘이 사람의 태도가 성실하고 인내심이 있으며, 의학을 배울 마음이 있으니, 어쩌면 가능성이 있는 인재일지도 모른다.’

그래서 농부는 편작을 제자로 받아들여 전심을 다하여 가르쳤다.

편작은 매일 흰 수염의 농부를 따라 약을 말리고 약재를 식별하였다. 농부가 바쁘지 않을 때 편작을 데리고 산에 가서 약초를 채취하고, 약초의 특성과 어떤 병에 사용되는지 알려주었고, 일부 일반적인 약재에 대해서는 특별한 용법을 알려주기도 했다.

약초는 산지와 생장(生長) 기간에 따라 약성(藥性)이 다르기 때문에 의원이 약을 처방할 때 반드시 이 점을 유의해야 각자의 약효를 제대로 발휘될 수 있다. 농부 옆에서 편작은 의서에 없는 지식을 많이 배웠고, 의술이 일보 진보했다.

어느 날, 농부는 이미 가르칠 것이 없다고 생각하고 편작을 불러 현호제세(懸壺濟世)하러 가라고 했다.

“이제는 그만 배워도 되네.”

스승의 정성어린 가르침에 편작은 농부 앞에 무릎을 꿇고 세 번 절을 했다. 그리하여 하산하여 의술을 행하겠다고 하자, 농부는 편작에게 말하였다.

"나의 학문이 부족하고, 의술이 부족하여 현호제세 중책을 맡기에는 부족하기에 농삿일을 하며 주위의 아픈 사람을 간단하게 치료하고 있다네."

"아닙니다. 많은 것을 배웠습니다."

농부는 편작의 이런 겸손하고 학문을 좋아하는 태도를 감탄했다.

"저의 의술은 단지 허울뿐이고, 편작 의원님보다 훨씬 낮습니다."

편작을 앞에 두고 본인 이야기가 나오니, 편작은 난처하게 웃었다. 자신의 신분을 감추려고 하였는데, 헤어짐이 다가오자 농부에게 자신의 실명(實名)과 스승을 모시려고 온 초심을 털어 놓았다.

"제가 바로 편작입니다."

"아니 그 고명한 편작의원이라니?"

"학문과 의술은 무한하기에 끝없이 배워야 합니다. 제가 모자라는 부분을 잘 지도하여 주어서 감사합니다."

"대단하십니다. 의술이 높은 사람이 나에게 머리를 숙이며, 그동안 나의 작은 의술을 배우겠다고 하다니."

흰 수염의 농부(村醫)는 당대 신의가 뜻밖에 누추한 집에 와 자신을 낮추면서 배운 편작을 다시 보며 더욱 존경하였다.

우선 겸손하게 마음을 비우고 배운다는 편작의 높은 의덕에 더욱 감탄했다. 농부는 편작에게 어떤 난치병도 고칠 수 있고 기존의 의술로만 부족하여 의전(醫典)을 더 연구하고 좋은 방법을 찾아야 한다고 당부했다.

장상군은 편작을 의학의 큰 문으로 안내했고, 이 농부는 그에게 넓고 심오한 민간의학 지식을 가르쳤다. 스승 농부의 충고나 격려의 말인 증언(贈言)과 함께 편작은 새로운 길로 들어섰다.

편작은 봉산(蓬山) 일대에서 약초를 캐서 사람을 치료하느라 분주하여, 기사회생(起死回生)의 괵태자(虢太子)를 잊고 있었는데, 문득 괵태자가 생각나서 하늘을 보며 흘러가는 구름을 바라봤다.

한편, 괵태자는 죽을 고비를 넘긴 후 그때 일을 회상하니 마치 꿈만 같았다. 어느 날, 편작을 따라 여생을 의학과 천하창생(天下蒼生)에 바치기로 마음먹었다. 아버지 국군(國君)에게 가서 결심한 마음을 아뢰었다.

"저는 결심하였습니다. 죽었던 제 목숨이었는데, 편작 의원을 통해 다시 살아났으며, 편작 의원의 고귀한 의덕(醫德)에 감동되어 저도 편작 의원 같은 삶을 살고 싶습니다."

"아니 의학의 길로 가는 것이 얼마나 힘든 일이고, 특히 행의(行醫)의 어려운 점이 많을 텐데, 궁중에서 산 태자가 감당하기가 힘들 텐데."

“아닙니다. 저도 의술을 배워 병에 고생하는 백성들에게 작은 도움이 되고자 합니다.”

“말이 쉽지, 편안한 궁궐에서 살다가 음식과 잠자리 등 여러 가지 힘들 텐데. 특히 나는 같이 살면서 이 나라를 잘 다스리고 싶은데.”

“저는 결심이 섰습니다.”

괵태자가 자신의 솔직한 생각을 아버지 국군(國君)에게 말하자 아버지와 문무대신 모두 극구 반대하였다. 그러나 그가 결심한 이상 아버지도 어쩔 수 없이 그를 내버려두었다.

괵태자는 연도의 백성들에게 편작의 종적을 알아본 결과 편작이 조(趙)나라 땅으로 갔다는 것을 알게 되었다. 그래서 그는 쉴새없이 조(趙) 땅으로 달려갔다. 가는 도중의 편작 발자취를 좇아 편작을 만나러 갔다.

하루는 편작이 왕진을 마치고 집으로 돌아와 자양(子陽)에게 말린 약재를 거두라고 분부하고 있었는데, 갑자기 한 소년이 초가집 앞에 나타난 것을 발견했다. 괵태자는 편작을 보자마자 무릎을 꿇었다.

“아니, 괵태자가 아닌가?”

편작과 제자들은 비를 맞아 흙투성이가 된 초라한 소년을 눈앞에서 보자 경악을 금치 못했다. 곽태자는 눈물을 훔치며 울먹이며 자신이 바로 편작이 살린 곽태자임을 밝혔다.

편작은 제자에게 빗물을 닦아 옷을 갈아입히라고 부탁했다. 뒷정리를 끝낸 후, 곽태자는 다시 편작 앞에 무릎을 꿇고 앉아 편작에게 스승으로 모시고 싶다는 자신의 뜻을 다급하게 밝혔다.

"저를 제자로 받아주십시오."

"안 됩니다."

편작은 한치도 주저하지 않고 거절했다.

"의원이 되는 것이 어디 그리 쉬운 일입니까? 곽태자는 금의옥식(錦衣玉食) 생활에 습관이 되어 아무렇게나 의서(醫書)를 몇 권 읽으면 인재가 될 수 있다고 생각하면 안 됩니다. 의원이라는 이 직업은 쉽게 되는 것이 아닌데, 어떻게 이 고생을 견딜 수 있겠습니까?"

곽태자는 편작을 스승으로 모시겠다고 간청했다. 그러나 곽태자는 편작이 자신을 받아들이지 않자, 무릎을 꿇고 애원하였다.

"첫째는 은혜에 보답하는 의미이고, 나를 낳아준 사람은 부모이고 살게 해준 분은 편작 공(公)입니다. 둘째, 편작 공의 뛰어난 의술과 엄근(嚴謹)의 정신에 감탄하였습니다. 셋째, 세상을 구제하는 삶의 방향을 매우 존경하고 또한 좋은 의원이 되어 더 많은 사람을 돕고 싶습니다."

한동안 침묵이 흐르더니, 편작은 곽태자의 의지가 굳건하고 그의 정성에 감동되어 그를 제자로 받아들이기로 결정하였다. 그는 수염을 쓰다듬어 다짐했다.

"곽태자에게 의원이 되는 것은 쉽지만, 돌팔이 의원이라도 가족부양을 해야 하고, 좋은 의사(良醫)가 되기는 쉽지 않아요. 양의(良醫)는 약으로 사람을 낫게 하지만, 돌팔이(庸醫)는 약으로 사람을 죽이기도 합니다. 의술을 하는 사람은 항상 자기 자신에게 경고해야 합니다."

곽태자는 묵묵히 고개를 끄떡이고 편작이 말하는 것을 자신을 받아들이는 것같이 급히 편작에게 공손히 스승에 대한 예를 올렸다.

"3년 동안 의서(醫書)를 공부하면 자신의 의술이 뛰어나 세상에 고칠 병이 없다고 한단다."

方用二年無不可用方　방용이년무불가용방
方讀三年無不治病　　방독삼년무불치병

2년 처방을 쓰면 어떤 병이든 처방을 내릴 수 있고,
3년 의서를 보면 어떤 병이든 치료할 수 있다.

병을 고친 지 3년이 지나야 세상의 어떤 병이든 처방을 내릴 수 있다는 말이다. 의학을 배우는 것은 결코 아무렇게나 몇 권의 의서(醫書) 읽었다고 되는 것이 아니다.

의학을 배우려면 「만권의 독서보다 천릿길의 여행이 낫다(讀萬卷書不如行千里路)」는 말처럼 직접 한 번 떠나는 여행에서 얻는 것이 더 크다는 뜻에서 의미있는 체험 여행을 정착시켜야 하는 것이다.

모든 것을 기억해야 할 뿐만 아니라 헤아릴 수 없는 수많은 약명을 가지고 산골짝에 가서 약초를 캐고 형형색색의 약재를 가려내기도 하며, 때로는 직접 약을 맛보기도 한다.

환자를 도와 병을 고치면 동료들의 질투를 받을 수 있고, 고치지 못하면 욕설을 퍼붓는 사람도 있다.

곽태자는 편작을 스승으로 모시는 것이 마치 길이 없는 길을 걷는 것과 같으며, 발밑의 벽돌 하나 하나를 놓으며 부지런히 땀을 닦아내야 한다는 것이다. 편작을 도와 병을 볼 때 곽태자가 곁에서 지켜보며 자세히 관찰하고 조용히 듣고 묵묵히 마음에 새겼다.

곽태자는 의학전적(醫學典籍)을 접해 본 적이 없어, 읽기가 힘들어서 다른 선배들보다 부지런히 배웠다.

저녁에는 침대에 누워 그날 진료한 스승의 진단을 되새겼으며 열심히 공부하였다. 마치 바보같이 술취한 사람같이 의학 학문이

황홀한 듯 의학서적을 읽고 꾸준히 추구하는 모습이 편작을 매우 기쁘게 했다.

어느 날, 편작이 괵태자를 데리고 평소처럼 산에서 약초를 캐고 있었다고 한다.

"으악, 억!"

괵태자가 냇가에 이르렀을 때 갑자기 복통이 멈추지 않아 땅바닥을 뒹굴었고 신음소리는 거의 목이 쉬었으며 얼굴빛도 청홍색(靑紅色)이 청자색(靑紫色)으로 바뀌었다. 편작은 태자의 손의 맥을 보니 태자가 급성 장염에 걸렸다는 것을 알게 되었다.

"급성 장염(腸炎)이구나. 침과 약을 쓸 시간이 없는데."

"으으음……"

"어서 빨리 수술을 해야겠네."

주위를 둘러보니 개울이 굽이쳐 흘러내리고 있는데 개울가에는 길이 3m 넓이가 2m, 두께가 1m 남짓의 밋밋한 큰 바위(大靑石)가 놓여 있어 마치 네모반듯한 방바닥을 펴놓은 듯하였다.

"이 바위 위에 드러눕게나, 어서."

편작은 서둘러 제자 괵태자를 부축여 눕혔다. 장이 꼬이는 통증(絞痛)이 마치 손오공이 뱃속을 파고들며 쥐어짜는 듯한 통증으로 마치 간장(肝腸)을 절단하는 고통이 있게 했다.

괵태자는 워낙 몸이 허약하여 서둘러 치료하지 않으면 생명이 위험할 것 같았다. 그런데 이 황폐한 산야에서 어떻게 수술하는지 편작은 맑은 시냇물을 보고 그 자리에서 재료를 얻을 수밖에 없었다.

그는 큰 대청석(大靑石)을 수술대로 하고, 맑은 시냇물을 소독수(消毒水)로 하여, 몸에 지니고 있던 마취산(麻醉散)을 괵태자에게 먹이고 혼수상태에 빠뜨렸다.

"으음……."

괵태자를 흔드는데도 대답이 없자, 편작은 수술칼을 꺼내어 괵태자 복통 부위를 찾아 그어내자 피가 흘러나와 냇물로 흘러내려갔다. 편작은 조심스럽게 감염된 장(腸)을 복강(腹腔)에서 꺼내 개울가로 가져가 씻었는데 갑자기 창자가 그의 손에서 미끄러져 개울을 따라 빙빙 돌며 흘러갔다.

편작은 서둘러 창자(내장)를 급히 쫓아가 초자촌(焦子村) 동쪽 끝의 한 산골짜기까지 쫓아가 창자를 건져올렸다.

그는 서둘러 창자를 들고 다시 뛰어 괵태자가 누워 있는 대청석(大靑石)으로 돌아왔다. 급히 괵태자의 복부에 다시 넣고 봉합하였다. 그의 손놀림은 매우 신속했다. 편작의 귀에는 산새 소리만 들리고, 얼굴은 땀투성이로 범벅이 되었다.

편작은 손과 수술 부위를 시냇물로 씻고는 하늘을 보며 생각했다.

‘괵태자가 이곳에서 큰일이 났으면 괵나라 국군이 얼마나 힘들었을까. 마침 재빨리 수술을 잘 마쳐 다행이네. 두 번씩이나 나에게 생명을 맡기다니 나에게는 영광이로구나.’

시간이 흐르자, 괵태자가 깨어났다. 스승 편작이 옆에서 간호하는 모습을 보고 또 한 번 눈물을 흘렸다.

“감사합니다, 스승님.”

“움직이지 말거라.”

“실기(失氣 : 방귀)가 나올 때까지는 여기서 쉬고 있거라.”

이렇게 괵태자의 두 번째 목숨을 구한 것이다.

편작이 보니 괵태자를 수술한 대청석(大靑石)에 검붉은 핏자국이 얼룩덜룩하였다. 개울물로 핏자국을 씻었지만, 흔적이 남아 있었다.

이 넓은 돌은 2400여 년이 지나도 여전히 뚜렷이 흔적이 남아 있다고 한다. 괵태자가 개복수술할 때 돌 틈으로 피가 흘러 들어갔기 때문이라고 전한다.

비가 올 때마다 대청석 아래로 피 같은 붉은 물이 흘러내린다고 한다. 편작의 뛰어난 의술을 기념하기 위해 현지인들은 그 대청석을 수술석(手術石)이라고 부르고, 태자 창자를 씻은 개천을 세장구(洗腸溝)라고 부르고, 창자를 건진 개천을 노장구(撈腸溝)라 부른다.

편작이 봉산(蓬山) 일대에서 5년 동안 살았는데, 이 기간 동안 농민, 나무꾼, 뱃사공들에게 자주 조언을 들어 그들에게서 약재와 약효와 용법을 많이 알게 되었다. 특히 부귀영화를 뒤로 하고 편작을 따라온 괵태자를 관심두어 가르쳤다.

스승에게 인정받아, 편작이 봉산(蓬山)을 떠나 멀리 조(趙)나라로 의료여행을 가면서 괵태자를 이곳 봉산에 남겨두고 마음껏 의술을 펼칠 수 있게 되었다. 편작은 괵태자의 성장과 진보(進步)를 목격하고 그의 의술에 대해 매우 만족감을 가지고 있었다.

"여기 남아서 질병에 시달리는 백성들을 치료하도록 하거라."

편작은 내과(內科), 외과(外科), 부인과, 소아과, 오관과(五官科) 침구(針灸) 각 과에 능통하였고, 당시 이런 의학에 다재다능한 의원이 없었다.

그는 결코 자신이 어느 한 전공에 국한하지 않고 융통성 있고 광범위하게 모든 아픈 이에게 의술을 펼쳤다. 사학자 사마천의 《사기(史記)》를 통해 편작을 위한 전기에 편작이 고관과 귀인(貴人)을 도와 진료한 사례를 많이 기록했는데, 지난 2400여 년 지난 우리는 여전히 《사기》의 간략한 구절에서 찾아볼 수 있다.

過洛陽聞周人愛老人　　과낙양문주인애노인
即爲耳目痺醫　　즉위이목비의
來人咸陽聞秦人愛小兒　내인함양문진인애소아
即爲小兒醫　　즉위소아의
隨俗爲變　　수속위변

낙양에 오면 노인을 사랑하여
귀와 눈을 치료하고
함양에 오면 편작은 어린아이를 사랑하여
소아 의원으로 치료하는 등
곳곳이 그곳의 사정에 따라 변화무쌍하게 치료하였다.

춘추전국시대의 중원(中原) 각국의 문화는 같고 예악문명(禮樂文明)을 같이 존중하였다.

百里不同風　백리부동풍
十里不同俗　십리부동속

백 리가 떨어지면 풍속이 같지 않고
십 리가 떨어지면 풍속도 다르다.
즉, 풍속은 각 고을마다 다르다는 뜻이다.

각 지방의 풍속이 인체 건강에도 영향을 많이 받아 편작은 평생 동안 의술을 행하는데, 가는 곳마다 그 지방의 풍습과 사람들의 흔한 병을 주의깊게 관찰하여 그 지역의 습관과 풍속이 인간 질병을 다르게 나타나기에 지역에 따라 알맞게 치료를 하는 것이 바로 편작의 뛰어난 점이다.

조(趙)나라, 제(齊)나라, 괵(虢)나라의 민간 풍속이 달랐다. 조나라에서는 역사적으로 전쟁의 요지로 대부분 건장하기에 문화 배경 밑에는 여러 가지 색채가 배어 있다.

조(趙)나라의 한단은 당시 번창하고 화려한 도시로 도처에는 기루(妓樓)가 있고 가무를 즐겨하며 미녀들이 많이 있었다. 번화한 도시로 편작과 제자들이 조나라에 오기 전 이곳 여자들이 노래를 잘하고, 춤을 잘 춰 부귀한 집안은 그들을 초청하여 연회를 자주 가졌다는 소식을 들었다.

이곳저곳에서 관현악의 종과 북소리가 들리고, 위로는 군왕(君王), 아래로는 대부(大夫) 귀족에 이르기까지 아름다운 얼굴과 목소리를 가진 여자들이 있고 한단의 부자들은 장안에 가희(歌姬)와 악반(樂班)을 키워, 귀한 손님이 찾아오면 주인이 가희를 청하여 가무로 흥을 돋웠다.

전국(戰國) 사군자(四君子) 중 하나인 평원군(平原君) 집안에만 수백 명의 가희(歌姬)가 있었다. 가희는 귀족(貴族)의 집에 드나들 수 있었다. 오랜 시간이 흐르면서 조(趙)나라 땅은 여성을 중시하는 전통이 형성되었다.

진시황의 어머니 조희(趙姬)도 당시 한단의 유명한 가희(歌姬)였다. 복숭아와 자두처럼 아름답고 눈썹과 눈이 정이 서리며 청아한 목소리를 지녔다.

진시황의 아버지 영이(嬴異)가 그녀에게 첫눈에 반하여 조희(趙姬)가 입궐할 수 있었고 후에 진(秦)나라 왕후(王后)가 되었다. 조(趙)나라 부인들이 가무를 통해 권세와 부귀를 얻게 되어 풍부한 물질적 보답을 얻었지만, 동시에 그녀들은 체력이 약해

기루(妓樓)

많은 부녀자들이 부인과 질환을 앓고 있어 몸과 마음이 병으로
고통받고 있다는 것이 편작의 마음을 괴롭혔다.

　게다가 그 지방에는 원래 여성을 존중하는 전통이 있기 때문
에 편작은 그 지방의 풍속을 따르고, 한단(邯鄲)에서 부인병을
치료하는 데 좋은 처방으로 부녀자들의 병을 치료하고 그들의
근심을 없애기로 결심했다.

　편작은 산에 왕강가(王崗哥)라는 새가 있다고 현지인에게 들
었다. 이 새의 습성이 특이하여 낮에는 활동을 하지 않고 밤에
만 나와 곡식은 먹지 않고 주둥이에서 피가 날 때까지 밤마다
지저귀었다.

　그들은 주둥이에서 떨어지는 피를 유인하여 개미를 잡아먹는
데, 겨울이 되면 개미가 나오지 않아 방법이 없어 왕강가(王崗
哥) 새는 자신의 똥을 먹는다.

　이 새는 절벽 위에 둥지를 트는 것을 좋아해 일반인들은 잡
을 수 없다. 왕강가 새의 특수생활 습성이 편작의 관심을 끌었
다.

　어느 날, 편작은 자의(子儀)를 데리고 산에 가서 왕강가 새
의 똥을 수집했다. 산 중턱까지 올라가 깊은 골짜기에 이르러
위험한 암벽에 오르고 위아래로 오르지도 내려가지도 못하고

주춤하고 있는 사이에 한 나무꾼이 땔감 두 단을 지고 산에서 내려왔다. 나무꾼은 이곳의 특색과 풍속과 나무, 풀, 새, 짐승에 밝았다.

"말씀 좀 묻겠습니다. 저는 편작이라는 의원입니다."

"아, 편작 의원님!"

"이곳에 왕강가라는 새가 있다고 해서 찾고 있는 중입니다."

"제가 이곳 지리에 훤합니다. 저를 따라오세요."

이곳에서도 편작 이름이 알려지자, 나무꾼은 그의 길잡이를 자청하였다.

"조심해서 따라오세요. 길이 험합니다."

"염려 마세요."

올라가는 오솔길이 점점 가파르게 되자, 나무꾼은 셋이서 나무뿌리와 덩굴을 잡고 힘겹게 오르고 이따금씩 산에서 떨어지는 자갈도 있었다.

해가 지기 전에 마침내 벼랑 위로 올라갔다. 그곳에는 몇 그루의 소나무가 깊은 바위 속에 뿌리를 내리고 있었고, 소나무 아래에는 왕강가(王崗哥) 새와 마른 똥들이 많이 흩어져 있었다. 편작은 크게 기뻐하며 제자 자의(子儀)에게 빨리 똥을 모아 연구용으로 가져가자고 했다.

태양이 마지막 한 줄기 빛을 거두기 전에 이들 일행 세 명이 산에서 내려왔다. 편작은 약을 구하려는 마음이 간절하여 쉴새없이 질문을 했다. 자의(子儀)와 경험이 풍부한 늙은 사냥꾼 집에 가서 입을 열었다.

"이 똥이 왕강가 새의 것입니까?"

늙은 사냥꾼이 똥 한 알을 집어 코에 가까이 대고 냄새를 맡더니 이것이 확실히 왕강가 새의 똥이라고 말했다.

편작은 나중에 작은 새의 똥이 여성 출혈에 효과가 있다는 것을 발견했고, 편작은 똥을 약한 불에 가열하니 비린내가 나고 표면색이 짙어질 때까지 볶다가 뜨거울 때 식초를 뿌린 후 약간 마를 때까지 볶다가 꺼내 식혀 준비했다.

그는 이 약에 좋은 이름을 지었는데, 오령지(五靈脂)라고 했다. 오령지는 날다람쥐의 분변(糞便)을 말한다. 조(趙)나라 부녀자들을 진찰하던 중 많은 부녀자들이 혈허(血虛)를 앓고 있음을 발견하고, 제(齊)나라에서 정제한 아교(阿膠) 대신 부녀자들을 치료했다. 편작은 조(趙)나라에서 몇 년 동안 머물면서 많은 사람을 치유했다.

오령지(五靈脂)의 성미(性味)는 쓰고 달며(苦甘) 따뜻(溫)하고, 귀경(歸經)은 간경(肝經)에 들어간다. 효능은 활혈지통(活血止痛), 화어지혈(化瘀止血), 해독(解毒)을 한다.

적응증은 폐경, 월경통, 산후의 어혈로 인한 통증, 어혈(瘀血)이 울체하여 기체(氣滯)가 되므로 인해 생긴 위완동통(胃脘疼痛),

어혈이 안에 고여 경맥(經脈)이 유체(留滯)되어 혈(血)이 맥외(脈外)로 넘쳐서 붕루(崩漏), 월경과다(月經過多)가 나타나는데 덩어리가 있고 색이 검붉고 아랫배가 찌르듯이 아픈 증상, 뱀이나 전갈, 지네에 물린 상처 때 내복(內服)이나 외용(外用)으로 사용한다.

특히 혈체(血滯)의 모든 통증에 긴요한 약(要藥)이다. 그러나 임산부에게 조심해서 사용해야 한다. 오령지는 인삼과 같이 쓰면 부작용이 생기기에 같이 사용하지 않는다.

한단(邯鄲)에서 편작은 많은 사람을 치료하였고, 특별히 이 지방에서는 부녀자를 중시하여, 부인 질환 치료를 주로 많이 하여 편작을 '대하의(帶下醫)'로 불렀다. 대하의는 지금의 산부인과 의사이다.

한 대부(大富)의 부인이 임신을 못하여 늘 우울하게 지내고 있었다. 부인은 온갖 좋은 약을 복용을 하였는데도 아무런 소식이 없고 집안에서는 소실을 두자는 이야기도 있었다.

"여보, 제가 자식을 못 보니 소실을 들여서 대를 이어야 하지 않겠어요?"

"아닐세. 나는 부인만 있으면 족하네."

"그렇지만……"

부부 사이는 금슬이 좋았다.

주위의 소개로 여러 의원들이 초대해서 진맥을 보았는데, 그 때마다 값비싼 약재만 권하여 여러 차례 한약을 복용하였지만 별 효과를 보지 못했다.

"이번 편작 선생이 이곳에 와 있다고 소식을 들었는데, 초청 하여 진맥을 볼까요?"

"그럼 내가 수소문해서 모셔오도록 하지."

편작을 모셔와서 부인의 절맥을 하였다.

맥을 보는 편작은 이상하게 생각하였다.

'맥에는 자궁에 아무 이상이 없는데……'

부인 촌관척(寸關尺)의 척(尺)맥이 정상이었다.

"절맥하여 보니 어떤 상태인가요?"

부인은 편작에게 본인의 맥이 어떤가 물었다. 질문에 대답을 하지 않고 부인에게 질문을 했다.

"월경 상태는 어떤가요?"

"정상입니다."

"월경량은 어떤가요?"

"정상입니다."

"월경의 주기는 어떤가요?"

"정상입니다."

편작은 대부(大富)의 얼굴을 보았다. 얼굴을 마주치니 편작에게 묻는다.

"의원님, 어떤가요?"

"부인에게는 아무런 문제가 없는데요."

"네? 제 처에게 문제가 없어요?"

"네, 부인의 맥을 보니 별 이상이 안 보입니다."

"그렇다면?"

"혹시 방사(房事)는?"

부인이 얼굴을 붉히자 대부는 편작의 얼굴을 보면서,

"거의 날마다 방사를 할 정도입니다. 간혹 하루 정도나 이틀 정도 빼고는……."

"어디 맥을 보아야 할 것 같아요."

대부(大富)의 맥을 본다니 놀라서,

"불잉(不孕)인데, 부인의 맥을 보는 것이 아닌가요?"

"부녀(婦女) 불잉증도 많지만, 장부(丈夫) 불육(不育)증도 있습니다."

"네?"

"불잉(不孕)은 여자가 결혼 후 동침한 지 3년 이상 피임을 하지 않는데도 아이를 갖지 못하는 것을 말하며, 원인은 선천성과 후천성으로 나뉩니다. 선천적인 경우는 생식기관이나 기능의 결함으로 오고, 후천적으로는 월경부조(月經不調), 기울(氣鬱), 신허(腎虛)나 담습(痰濕)으로 옵니다."

290

대부의 손목에 인지, 중지, 무명지를 대고 맥을 보고 조심스
럽게 말을 한다.

"혹시 어렸을 때 볼거리(현대의 이하선염耳下腺炎)에 걸렸던
적이 있습니까?"

"네."

"음, 그때 치료는?"

"어렸을 때 침 치료하여 완치되었어요."

"완치되었지만……, 그때 볼거리에 걸렸던 것이 불육증이 될
수도 있습니다."

"완치가 됐는데도요?"

"네. 당시 완치되어도 남성 불육(不育)을 만듭니다."

"불육(不育)은 남성불임증으로 남자 생육 능력이 없어 아기
를 못 만드는데, 선천성 생식기관 발육 부전(不全)이나 후천성
으로 병변(病變)으로 인해 신기휴손(腎氣虧損), 정기허냉(精氣虛
冷)으로 옵니다."

"남자의 문제도 있군요."

"맞아요, 이하선염(耳下腺炎 : 볼거리)은 치료되었지만, 병독
(病毒)이 정낭소(精囊巢)에 침투하여 그것이 불육을 만들 수 있
어요."

"어떻게 불육을?"

"정자(精子) 생산을 못하게 하거나, 정자 수가 적어서도 불임

이 됩니다.”

“그럼 치료는?”

편작은 대부를 보면서,

“정자 생성이 가능하다면 한번 노력을 해봅시다. 오늘은 침구(針灸) 치료를 하여 하초(下焦)에 기(氣)를 순환시키고 약재로 다스려야 합니다. 이곳 침상에 옷을 벗고 드러누우세요.”

편작이 제자를 불렀다.

“자동(子同)아! 침과 뜸을 가져오너라.”

관원(關元), 신유(腎俞), 삼음교(三陰交), 족삼리(足三里), 중극(中極), 곡골(曲骨)을 취혈하고 뜸을 떴다.

제자 자동은 이 혈자리가 어떤 작용하는지 궁금해서 물었다.

“스승님, 이 혈자리가 불임에 좋습니까?”

“관원은 임맥(任脈)과 족삼음경(足三陰經)과 교회혈(交會穴)이고, 보익정혈(補益精血) 작용을 한단다.”

“신유(腎俞)는 무슨 작용을 합니까?”

“신장정(腎藏精), 주생식(主生殖), 신기왕성(腎氣旺盛), 정혈충족(精血充足), 충임조화(沖任調和)로 정자를 성숙과 생산하게 한단다.”

“삼음교와 족삼리는요?”

“조보생화지원(調補生化之源)이란다.”

“중극의 작용은요?”

"중극(中極)은 임맥(任脈)의 혈자리로 조절충임(調節沖任)을
하여준다."
"곡골의 공효(功效)?"
"곡골은 통우정낭(通于精囊)이란다."

대부는 편작과 제자 자동의 대화 속에서 혈자리 하나하나 설
명에 더욱 더 신뢰감이 들었다.
침을 놓고 뜸도 뜨며,
"이제는 경혈(침자리)을 통해 기혈 순환을 시켰습니다."
편작은 처방을 내렸다.

구기자(枸杞子), 토사자(菟絲子)
오미자(五味子), 복분자(覆盆子)
차전자(車前子)

"이것은 첨정익수(添精益髓), 보신고정(補腎固精) 해주기에 좋
은 결과가 있을 거예요."
"고맙습니다."
"이 약재를 달여서 꾸준히 두 달 동안 복용하세요. 또한 좋
은 음식으로 굴이 좋습니다. 굴은 남자의 정자 생성을 도와주
고 정자를 풍성하게 해줍니다."

옆에서 제자가 스승에게 말한다.

"처방한 이름은 무엇입니까?"

"오자연종환(五子衍宗丸)이란다. 이 처방은 다섯 가지 열매로 만들어 오자(五子)이고, 넘친다는 연(衍)과 우두머리 종(宗)을 써서 종가(宗家)의 기운을 넘치게 한다는 이름의 처방이란다. 한 가문에 대를 잇게 한다는 뜻도 포함되어 있는 명처방이란다."

편작은 대부에게,

"그리고 중요한 것은 아무리 부인이 사랑스러워도 합방을 매일 한다는 것은 임신에 도움을 주지 못합니다."

"그럼 어떻게?"

"일주일에 한두 번 합궁을 하는 것이 좋습니다."

"알겠습니다."

"또 한 가지 중요한 것은 임신을 원한다면 부인이 월경이 끝난 다음 날부터 약 일주일에서 열흘 정도가 배란일이기에 그때가 가임 기간입니다. 그러기에 월 경후 배란할 때까지는 합방을 금하면 아기를 갖는 데 좋습니다."

"예?"

"이때가 중요한 시기입니다. 배란 때가 임신 가능한 시기입니다."

편작은 처방을 내리고 제자를 데리고 한단의 여관으로 돌아오는 중에 제자가 편작에게 물었다.

"부부관계는 며칠에 한 번 갖는 것이 좋을까요?"

"20대는 2에 9를 곱하면 18일이니, 10일에 여덟 번이 좋고 30대는 3에 9를 곱하면 27일이니, 20일에 일곱 번이 좋고, 40대는 4에 9를 곱하면 36일이니, 30일에 여섯 번이 좋고, 50대에는 5에 9를 곱하면 45일이니, 40일에 다섯 번이 좋으며, 60대에는 6에 9를 곱하면 54일이니, 50일에 네 번이 좋단다."

"그럼 70대에는 60일에 세 번인가요?"

"그런데 사람마다 차이가 있어, 절대적일 수는 없어."

어느 날, 여관의 인근에 사는 한 부녀자가 난산으로 사흘 동안 아기를 낳지 못하고 있었다. 복통은 참기가 어려웠고, 온 집안 식구들은 안절부절하고 있었다.

"아무래도 이러다간 산모가 죽겠군."

옆집 사람이 말했다.

"근방 여관에 편작 의원이 머물고 있다고 하던데."

"빨리 편작 의원을 불러주세요."

사람을 보내서 편작이 머무는 여관에 와서,

"의원님 급히 와 주세요. 난산으로 사흘 동안이나 아기가 나오지 않아 산모가 기진맥진해 죽게 생겼어요"

그리하여 급히 편작은 제자를 데리고 산부(産婦)의 집으로 갔다.

편작이 도착하여 산모가 있는 침상으로 발걸음을 옮기는데 방안에서 비명 소리가 들려왔다.

"으악! 으아악!"

편작은 절박한 비명소리에 잠시 발길을 멈추고 마음을 가다듬기 위해 몇 분 동안 생각에 잠겼다. 그때 바람이 휙 불더니 오동나무 가지 하나가 그가 서 있는 발 앞에 떨어졌다.

그는 허리를 굽혀 오동나무를 집어들고 그 잎을 자세히 보고 나서, 그 집안식구들에게 오동잎을 내밀며 말했다.

"산모를 보지 않아도 알겠소. 속히 산모에게 이 오동잎을 달여 먹이도록 하세요. 그러면 아기를 즉시 낳을 것이오."

그렇게 지시하고 편작은 산모를 보지도 않고 집으로 돌아왔다.

"편작이 오동잎을 달여 먹이라고 했는데, 과연 이 오동잎이 아이를 순산시킬 수 있을까?"

"어쨌든 편작 의원이 시키는 대로 해봅시다."

산모에게 오동잎을 달여 먹였더니 즉시 통통한 어린애가 태어났다. 그리하여 집안식구 모두가 기뻐 웃음이 넘쳤으며, 만나는 사람마다 이렇게 말했다.

"편작은 진짜 신의(神醫)다!"

그리고는 선물 한 보따리를 편작에게 보냈다.

"의원님 덕분에 귀한 아기도 얻고 산모도 상태가 좋습니다.

감사합니다."

"산후에 산모 몸에 남아 있는 어혈(瘀血)과 자궁을 회복시키며 기력을 보강하는 보약을 드는 것이 좋아요. 내가 처방을 드리겠습니다."

편작은 제자를 불렀다.

"자명(子明)아, 종이와 먹을 가져오너라."

당귀(當歸), 백작약(白芍藥), 숙지황(熟地黃),

인삼(人蔘), 백출(白朮), 천궁(川芎), 육계(肉桂)

백복령(白茯苓), 감초(甘草), 황기(黃芪),

대조(大棗), 생강(生薑).

"이것을 달여서 하루에 두 번씩 한 달을 복용하면 산후조리와 기혈 회복에 많은 도움이 됩니다."

처방을 받은 산모 남편은 연신 고개를 숙이며 돌아갔다.

특히 약초와 방제(方劑)에 관심 많은 제자 자명(子明)이 약초의 효능을 물었다.

"이 방제의 효능을 알고 싶습니다."

"그래, 기혈양허(氣血兩虛), 면색창백(面色蒼白) 혹은 위황(萎黃), 두훈안화(頭暈眼花), 사지권태(四肢倦怠), 기단라언(氣短懶言), 심계정충(心悸怔忡), 식욕감퇴(食欲減退)란다."

"스승님 진맥도 안 해보고 어떻게 처방이 나오는지요?"

"산후(産後)에는 맥은 세허(細虛)맥이 나오고, 설질(舌質)은 담(淡)이 보이며, 설태(舌苔)는 박백(薄白)이 보인다네. 내가 늘 말하지만, 진단에는 네 가지가 있는데, 사진법(四診法)이 있다고 했지?"

"예."

"산후에는 피를 과다하게 흘리니, 기혈(氣血)이 허약한 증상이 나오지. 사지가 무력해지고 얼굴색이 창백해지거나 누렇게 뜨기도 한다네. 또한 목소리에 힘이 없어 말하기도 싫고, 가슴이 쉽게 두근거린다네. 그래서 맥이 세허(細虛)맥이 나오지. 기혈이 약기에 심장과 비장이 약해지고, 간장혈(肝藏血)이고, 개규우목(開竅于目), 간혈휴(肝血虧)하기에 머리가 어지럽고(頭暈) 눈도 어지럽게(目眩) 된다네."

거침없이 나오는 설명에 제자 자명은 머릿속에 암기해 나간다.

"인삼, 백출, 백복령, 감초는 보비익기(補脾益氣)하고, 당귀, 백작약, 숙지황은 자양심간(滋養心肝)시키며, 천궁은 혈분(血分)에 들어가고 이기(理氣)시키며, 황기(黃芪)는 이기보기(理氣益氣)시킨단다."

며칠이 지난 후, 이번에는 건너편 집에 부인이 난산으로 아기를 낳지 못해 사흘 동안이나 고생하였다. 그 집 사람들은 편작 의원이 오동잎으로 난산(難産)으로 쉽게 해결했던 것을 기억하고 있었다.

"그래, 전번에 앞집 부인이 오동잎을 끓여 먹고 쉽게 아기를 낳았으니, 우리도 빨리 오동잎을 끓여 먹이자."

"빨리 가서 오동잎을 구해 오너라."

그리고 산모에게 오동잎을 달여 먹였다. 오동잎을 달여 먹었지만 통증은 계속되었다.

"너무 아파서 견딜 수가 없어요."

산모가 울부짖었다.

"오동잎도 소용이 없구나."

아기는 나오지 않고 산모는 복통이 더욱 심해 참기가 어려웠다. 그래서 마침내 편작을 부르기로 했다.

"빨리 가서 편작 의원을 모셔 옵시다."

산모 집안에서 급히 편작에게 달려갔다. 그 소식에 편작은 급히 산모의 집으로 갔다. 그는 산모의 신음소리를 듣고 집안 식구들을 나무랐다.

"여태껏 뭘 하고 있었길래 의원에게 보이지 않았나?"

"지난번에 의원님께서 앞집 부인에게 오동잎으로 치료하여서 오동잎을 끓여 먹였는데 아무 효험이 없습니다."

산모의 가족들은 산모가 너무 괴로워하니 안타까워서 편작에게 말했다.

"제발 아기는 죽어도 좋으니, 산모의 목숨만이라도 살려 주십시오."

"당연히 아기도 살리고 산모도 살려야지 안 그런가?"

편작은 산모를 조심스럽게 진맥하고 난 다음 처방을 적어주었다.

"빨리 가서 처방대로 약을 지어다가 달여 먹이게. 그러면 밤이 되기 전에 출산하게 될 것이오."

산모는 약을 마신 후, 과연 밤이 되기도 전에 아기를 낳았고 집안 식구들은 편작의 의술에 감탄했다.

다음 날 아침, 산모의 남편이 감사 인사를 드리러 왔다.

"오동잎은 난산을 치료하는 것이 아니라네, 지난번의 산모는 심한 통증으로 소리를 질러 즉시 분만을 하지 않으면 안 되었기에 오동잎을 달여 마시게 한 것일세. 또한, 초산이라 분만에 대한 두려움이 심하였다네. 오동잎은 마음을 안정시키고 긴장감을 없애기 위한 것이고, 이번에는 지난번과 다르다네. 신음 소리를 들으니, 난산이어서 즉시 최생약(催生藥 : 순산을 유도하는 약)을 먹인 거라네."

그의 처방 이야기를 듣고 사람들이 머리를 끄덕이며 편작의 의술을 칭찬하였다. 한의에서는 소리를 듣고 진단하는 방법을 문진(聞診)이라고 하는데, 편작은 먼저 문진으로 산모를 진단했던 것이다.

이틀 후 아기 아버지가 다시 편작을 찾아왔다.

"제 처가 복통을 호소합니다."

"어서 가보세."

가서 산모의 맥을 보고 얼굴색을 살펴보더니 아랫배를 누르자, "아앗!" 하고 비명을 질렀다.

"이것을 아침통(兒枕痛)이라고 하네."

"네?"

"아침통은 산후복통을 말한다네. 자네 처는 아랫배(小腹)에 통증이 있고 자궁 내의 나쁜 핏덩어리가 아직 있다네. 내가 오늘 침을 놓고 처방을 적어주겠네."

편작이 급히 말했다.

"환자를 눕히게나."

편작은 중극(中極), 귀래(歸來), 격유(膈兪), 혈해(血海), 태충(太衝)혈에다 침을 놓았다.

잠시 후 산모는 안정되며, "통증이 가라앉았어요."

"내가 처방을 적어줄 테니, 3첩을 먹으면 통증도 없애고 어혈(瘀血)도 없어질 걸세."

"고맙습니다."

당귀(當歸), 천궁(川芎), 백작약(白芍藥),
향부자(香附子) 오약(烏藥), 유향(乳香),
몰약(沒藥), 연호색(延胡索)

여관에 돌아온 편작에게 제자 자양이 물었다.
"산모는 어때요? 그리고 출산한 지 며칠 되지 않았는데 통증
이……."
편작은 제자들을 모아서 강의한다.
"산후복통에는 세 가지가 있단다. 첫째 혈허(血虛) 산후복통
은 은근히 아픈 은통(隱痛)이 있는데, 이때는 희안(喜按)이 있
다. 희안은 복부를 만지면 거부감이 없는 것이고, 오로(惡露 :
분비물)가 많고, 분비물이 색담질희(色淡質稀)하고 머리가 어지
럽고(頭暈) 귀에서 소리가 나고(耳鳴), 변비(便祕)가 있으며 설
질은 담홍(淡紅), 설태는 박백(薄白) 맥은 허세(虛細)일세. 둘째,
혈어(血瘀) 산후복통이 있는데 이때는 동통(疼痛)이 있으며 거
안(拒按)으로 복부를 만지면 거부감을 느끼고, 오로(惡露)는 적
고 색자(色紫)이고 덩어리가 있으며, 협늑창만(脇肋脹滿), 면색
청백(面色靑白), 사지가 따스하지 않고, 설질은 자암(紫暗)이며
설태는 백(白), 맥은 침긴(沈緊)이나 현삽(弦澁)일세. 셋째는 식

체(食滯) 산후복통이 있다네. 복통은 동통(疼痛)으로 더부룩하고 트림이 나며 신물도 올라올 수 있고, 설태는 후니(厚膩), 맥은 활삭(滑數)이 나타난다네.”

제자들은 스승 편작의 변증(辨證) 논리에 감탄한다.

“근데 산모의 산후복통은 혈어(血瘀) 산후복통이지. 이런 말이 있지. 불통즉통(不通則痛), 통즉불통(通則不痛)이라네.”

“스승님, 무슨 뜻입니까?”

“잘 통(通)하지 않으면 통증(痛)이 나타나고, 잘 통하면 통증이 없어진다.”

“그럼 이번 산모도?”

“그렇지. 혈(血)이 잘 통하지 않으면 어혈(瘀血)이 생기며 통증이 발생이 된 것이지. 혈뿐만 아니라 음식도 잘 통하면 통증이 없는데, 음식이 통하지 않아 식체(食滯)가 생기면 통증이 생긴다네. 기(氣)도 마찬가지지.”

석 달이 지난 후 불임으로 고생했던 대부(大夫) 집에서 편작을 초청하였다. 반갑게 맞이하며,

“편작 선생, 제 처가 임신을 하였어요.”

“잘 됐군요. 축하합니다.”

“감사드립니다. 편작 선생이 아니면 임신할 수가 없었죠.”

“아닙니다.”

"다른 의원들을 찾아가면 불임이 부인에게 문제가 있다고 약만 먹으라고 했었어요."

"당연히 약을 먹어야죠."

"그게 아니고 다들 불임 원인이 부인에게만 있다고 해서요. 집안에서는 남자에게 불임 원인이 있다고 생각지 못하고 아이를 낳지 못한다고 친정으로 돌려보내라고 하면서, 새로 장가를 가라고 하여 그동안 마음고생이 많았습니다."

"앞으로 몸 관리를 잘하여야 순산을 합니다."

"네, 알겠습니다."

"무거운 거 들지 않도록 하고, 마차나 말을 타고 여행을 하면 더구나 안됩니다."

"명심하겠습니다."

이때부터 편작의 명성이 더욱 알려져 사람들은 신의라고 불렀다.

편작은 춘추전국시대 때 전해 내려오는 신의(神醫)였는데, 그 이름의 유래는, '편작(扁鵲)'은 '작은(扁) 까치(鵲)'다. '扁'에는 '작다' 외에 '두루, 널리'라는 뜻도 있으므로 '편작'은 '널리 돌아다니는 까치'를 의미한다. 중국에서 까치는 좋은 소식을 전하는 새로 알려져 있다. 중국에서는 까치를 '기쁠 희' 자를 써서 '희작'(喜鵲)이라고 한다. 뛰어난 의사는 좋은 소식을 많이 전한다는 의미에서 '널리 병을 고치는 까치'라는 뜻으로 '편작'이라는 이름이 붙여졌다.

의원이 병을 치료하고 사람을 살리고 발자국 가는 곳마다 건강과 평안을 그곳 사람들에게 가져다주고 기쁜 소식을 전하는 편작은 어디로 날아가든 그곳에 기쁜 소식을 보내듯 하였다.

제9장. 判因換心(심장 이식을 판정하고 따르다)

편작은 진(秦)나라로 가는 길에 노공호(魯公扈)와 조제영(趙齊嬰)을 만났다. 두 사람은 동시 유행성 독감에 걸려 함께 앓았으나 낫지 않았다. 이에 상의 끝에 두 사람이 명의 편작에게 진료를 받으러 왔다.

노공호는 학식이 풍부한 학자였지만, 어깨는 움츠러들어 있고 원숭이 같은 외모에다 비실비실하고 왜소하였다.

반면에 조제영은 태어날 때부터 우람한 체격에 호탕하고 담소가 자유자재로우며, 작은 일에 구애받지 않는 건장한 남자임을 알 수 있다.

노공호는 조제영과 같은 병에 걸렸지만, 한 명은 키가 크고, 건장하고 다른 한 명은 뼈가 앙상하고 신체적으로 차이가 커서 동일한 처방을 사용하여 둘은 치료할 수 없음을 의미하고, 망진(望診)·문진(問診)·문진(聞診)·절진(切診)·사진(四診)으로 병인병기(病因病機), 즉 병의 원인과 병의 발생 발전으로 임상 표현으로 체질을 감별 분석해야 했다.

의학에서 일반적으로 몸이 마른 사람은 체내에 열이 많이 있기에 내부 열이 체액을 내열(內熱)로 태우기에 피부가 윤택하지 않고, 몸이 뚱뚱한 사람은 체내에 수습(水濕)이 많이 있으므로 피부가 수습범일(水濕泛溢)로 근육이 풍만해 보인다.

편작은 변증시치(辨證施治)에 따라 두 사람에게 각각 맥(脈)을 보니 노공호의 맥상(脈象)은 부(浮)하고 세삭(細數)이 나타났고, 조제영의 맥상은 부(浮)하며 유삭(濡數)했다. 의학의 변증논치(辨證論治)와 완전히 동일했다.

이에 노공호와 조제영에게 각각 양음해표(養陰解表)와 해표화습(解表化濕)의 치료 법칙을 세웠다. 두 사람은 편작의 처방전을 들고 의원의 지시에 따라 탕약을 복용하여 3일 후에 역시 병세가 호전되자, 편작은 재진(再診)을 청했다.

편작은 이번에 두 사람 맥을 보면서 자세히 가족력, 혼인, 직업, 경제 상태를 자세히 묻고 노공호가 비록 경륜이 풍부하고 학식이 해박하지만, 늘 침울하여 일을 처리할 때 항상 앞뒤를 돌아보며 우유부단하여 그의 아내는 그가 학식이 있을 뿐 한푼의 가치도 없다고 늘 남편을 비꼬았다고 한다.

조제영은 비록 몸은 소처럼 건장하나 학식이 없고 일을 할 때나 평상시에 그의 처는 늘 속이 텅 빈 베개라고 비웃었다고 한다. 두 사람은 남자로서 각자 자기 부인에게 업신여김을 당하게 되자, 마음속으로 꽤 고민했으나 뾰족한 수가 없었다.

한의학에는 예로부터 '심장신지(心臟神志)' 즉 사람의 정신 정지(情志), 사고활동이 모두 심장이 지배한다고 하였다. 편작은 이 두 사람 외형과 학식, 마음을 지배하는 심장신지(心臟神志)가 일치하니 수술하는 방법으로 두 사람의 심장을 바꾸어 보는 것이 곧 조제영의 강단있고 과감한 마음과 노공호의 박식한 마음을 바꾸면 그들의 장점을 취하고 단점을 보완하며 각자의 장점을 발휘할 수 있다고 생각하고, 편작은 노공호와 조제영에게 다음과 같이 말하였다.

"당신들 둘이 예전에 앓았던 병은 모두 외사(外邪)가 피부에 침범하고 장부를 상하게 해서 생긴 것입니다. 이런 종류의 병은 탕약(湯藥)을 내복(內服)하고 피부에 외부(外敷)하는 방법으로 완치가 가능하였습니다. 이번에는 달리 아까 당신들의 서술과 나의 관찰을 통해 당신들 둘은 아직 비교적 고질적인 병을 앓고 있다고 생각합니다. 이 병은 외사(外邪)가 피부에 침입하는 병과 달리, 태어나면서 죽을 때까지 가는 체질적인 것이기에 탕약으로 제거할 수 없고, 반드시 수술로 치유해야 합니다. 가까운 시일 내에 당신들의 병의 뿌리(病根)를 없애 드리려 하는데, 두 분의 생각은 어떤지요?"

편작이 먼저 노공호를 진단하고 나서는 노공호에게 말했다.

"당신의 정신력은 충만하지만, 몸은 허약하여 마음속에 지혜가 있으면서도 결단력이 없는 것이 문제입니다."

이어서 편작은 조제영을 진단한 후 말했다.

“당신은 정신력은 약하지만 몸은 강건하고, 지혜는 없지만, 끈질기고 고집불통이니, 당신들 둘만이라도 마음을 바꾸면 두 분 다 문제가 없어지고 병도 좋아집니다.”

노공호와 조제영은 편작의 말을 듣고 모두 얼굴을 마주보며 어찌할 바를 몰라 물었다.
“선생께서는 어떤 의술로 우리를 치료하려 하는지 또 그 결과는 어떠한지요?”
편작은 두 눈을 가늘게 뜨고 잠시 생각하더니 노공호에게 말했다.
“당신은 많은 책을 읽어 박식하여 큰 뜻을 품고 있으며, 나라를 위해 충성을 다하는 마음과는 달리 체구가 왜소하고 겁이 많으며, 책략보다는 결단력이 약하니 거듭 벼슬길에 오르려 하니 기용이 안되고…….”
그러자 노공호는 부인하지 않고 고개를 끄떡였다.
“선생님 말씀이 옳습니다.”
편작은 조제영에게 연이어 말했다.
“조공자(趙公子)는 평소 공부를 잘하지 못하고, 큰 뜻이 없으시고 사람을 대하시는 데 호탕하고 열정적이면서도 사려 깊지 못하고 무모하게 행동하시니, 항상 좋은 일을 나쁜 일로 처리하며 이로 인해 하늘을 원망하고 화를 내시며, 때때로 일이 생기는군요.”

조제영은 이를 듣고 편작이 말한 것에 수긍하며 진심으로 탄복하였다.

사진(四診)으로만 봐서 성격과 평소 행동을 알아내는 편작을 보고 두 사람은 지체없이 이구동성으로 편작에게 물었다.

“선생님의 뜻에 따르자면, 우리들은 어떤 치료를 해야 될까요?”

편작은 손으로 턱수염을 쓰다듬고 노공호와 조제영에게 천천히 말했다.

“나는 흉부 수술로 당신들의 심장을 서로 바꿔 이식하며 당신들의 고질적인 병과 성격의 장점을 살리고 단점을 없애며, 당신들의 재능을 충분히 발휘하여 정정당당하게 처신할 수 있을 것입니다.”

노공호는 조제영과 함께 듣고는 대경실색하고 소름이 끼쳐 황송하기도 하고, 겁에 질린 기색이 역력하여 말조차 더듬기 시작하였다. 그 당시에 심장을 수술로 바꾼다는 것은 말이 안 되었기 때문이다.

편작은 그 두 사람의 놀란 기색을 보고 얼른 위로의 말을 했다.

“나는 스승 장상군에게 전수받아 수십 년 동안 이곳저곳에서 의술을 행하였고, 치유된 사람이 수천 명에 달했지만, 단 한 번의 실수도 하지 않았습니다. 두 분은 안심하고 귀가 준비하시고, 수술 전 3일 동안은 반드시 음식을 금하고 오기 전 목욕을 하고 오십시오."

노공호와 조제영은 흔쾌히 편작의 말에 순응하며 지시에 따라 수술 전 준비를 하는 한편, 이 사실을 각자의 아내에게 알렸다.
부인들은 이를 듣고 가타부타 말이 없었으나, 반신반의하는 기색이었다. 초조하고 불안한 마음만으로도 걱정이 앞섰다.
편작은 노공호와 조제영의 수술을 원만히 하기 위하여 제자 자양(子陽), 자표(子豹)에게 일정량의 마취제를 약주(藥酒)로 만들도록 했고, 또 한편 자용(子容)과 자명(子明), 자의(子儀)에게는 칼침을 갈게 하고, 자월(子越), 자유(子游)에게 명하여 칼을 불로 소독하고 물을 끓여 소독하도록 하였다.

공호와 제영은 편작의 제안에 심장이식 수술을 받기로 했다.
사흘 후 오전, 노공호와 조제영이 제 시간에 진료방으로 들어오자, 편작은 그들 둘에게 각각 옷을 깨끗이 갈아입히고 침대에 눕게 하였다.
우선 두 사람을 공복에 마취 약주(藥酒)를 마시게 하니 두 사람 모두 취해 혼곤히 잠들었다.
편작이 흔들어 말을 걸어도 대답을 못하고 잠이 들었다. 편작은 마취가 되었다고 생각하고 다시 자양, 자표에게 약주를 노공호 조제영의 입에 넣도록 명했다.

그렇게 두 사람은 만취되어 꼼짝도 않고 침대에 누워 자양이 바늘로 찌르고 불로 피부에 대도 전혀 반응을 보이지 않았다. 편작은 완전 마취가 된 것을 보고 제자들이 따뜻한 물을 가져와 두 사람을 탕에 넣어 목욕시키고 닦은 후, 편작이 칼로 집도하였다. 자양은 불에 달군 칼과 침을 들고 각각 가슴을 절개하여 한편으로 지혈하고 심장을 서로 이식하여 봉합하였다.

《열자(列子)》 탕문편(湯問篇)에 편작이 노(魯)나라 공호(公扈)와 조(趙)나라 제영(齊嬰)을 치료한 기록이 있다.

상고(上古)시대 명의 유부(俞跗)는 칼로 피부를 베고 근육을 절제 방법으로 각종 수술을 했다는 기록이 있다. 편작은 절개 수술을 하여 심장이식 수술을 하였다.

그 당시는 비현실적이었지만, 백성들이 편작의 의술을 칭송했기에 이런 대담한 환상을 갖게 되었는지도 모른다.

편작은 춘추전국시대 가장 뛰어난 의원으로 《편작내경(扁鵲內經)》 9권, 《편작외경(扁鵲外經)》 13권은 안타깝게 유실되었다. 현존하는 《난경(難經)》은 편작이 쓴 것이지만, 청나라 때 다시 한번 고증한 결과 편작의 친필이 나온 것으로 생각하여 후세에 이름을 붙인 것이기에 편작의 작품이다.

다만 진(晉)나라 때 왕숙화(王叔和)가 지은 《맥경(脈經)》 5권 가운데 《편작음양맥법(扁鵲陰陽脈法)》, 《편작맥법(扁鵲脈法)》, 《편작화타찰색요결(扁鵲華陀察色要訣)》, 《편작진제반역사맥요결(扁鵲診諸反逆死脈要訣)》 등 몇 편이 쓰이게 되었다.

《맥경(脈經)》은 《내경(內經)》에 근거로 또 하나 한의학 고전 《내경》에서 맥법(脈法)과 침법(針法) 등 내용을 발취하여 서진(西晉) 이전의 맥학(脈學) 지식을 총결산하였다.

특히 편작의 귀한 절맥(切脈) 경험이 진단 방법에 '독취여구(獨取与口)'를 기반으로 한다고 제안하여 한의학의 최초 맥학(脈學)의 전문서이다.

獨取與口　독취여구

독단적으로 촌구맥을 잡는다.

침구학에서 골도법(骨度法)은 《황제내경》 영추(靈樞)의 골도편(骨度篇)에 기록된 취혈(取穴)의 지침이다. 일명 등분법(等分法), 절량법(節量法), 절량분촌법(折量分寸法)이라고 한다.

이 취혈법은 신체의 몇 중요 부위를 등분해 놓은 것으로, 이곳을 골도(骨度)라 한 것이다. 취혈법은 신체의 몇몇 중요 부위를 등분해 놓은 것으로, 각 등분 단위로 치(寸), 푼(分)은 실제의 길이를 나타낼 때 쓰인다.

1치는 약 3cm이다. 골도법에서 1치는 나뉘어지는 한 등분을 말하는 것이다. 따라서 골도법의 치의 길이는 키가 큰 사람과 작은 사람에 따라 길이가 다르고, 또한 인체의 부위, 즉 머리, 팔, 다리 등에 따라 길이가 다를 수 있어 골도법은 환자의 몸을 기준으로 한다. 전완(前腕)에 있어서 주횡문(肘橫紋)에서 수근횡문(手根橫紋)의 사이를 12등분하여 12치로 계산한다.

10등분하면 10치인데 10치를 척(尺)이라고 한다. 그리하여 주횡문과 수근횡문 사이의 10치 되는 척(尺)과 수근횡문에서 1치 되는 곳을 촌(寸)을 이어주는 관(關)으로 손목에서 맥을 볼 때 촌관척(寸關尺)에 손가락을 대고 절맥(切脈)을 하는 것이다.

두 사람이 혼수상태에 빠진 틈을 타 편작은 그들의 가슴을 헤치고 각자의 심장을 찾아 두 심장을 맞바꾸었다. 편작은 심장 교환 수술을 마친 뒤 잠시 후 두 사람은 정신을 차렸다.

심장을 바꾼 후에 두 사람의 병세는 해결되었고, 후유증도 남지 않았다. 편작이 심장을 바꿨다는 이야기는 당시의 의학 기술이 이 정도 수준까지 이르지 못했다는 설화일 수도 있지만, 편작의 의술이 뛰어난 것은 부인할 수 없다.

며칠 후 두 사람은 회복되었다.

　수술 후, 노공호와 조제영은 외형과 얼굴은 그대로 유지되었으나, 이미 서로 심장을 바꿔 나약했던 노공호가 강단있고 과감해지고, 무모하게 행동했던 조제영은 전에 없던 지혜를 발휘하여 두 사람의 성격과 성질, 말과 행동이 달라지게 되었다.

　노공호와 조제영은 수술로 두 사람에게 강함과 지혜를 가져다 주었다. 누가 알았겠는가? 아내들은 남편들을 인정하지 않고 공당(公堂)에 출두하는 이야기가 나오게 되었다.

　심장은 사람의 정신 생태와 행동 의지를 좌우하는 수뇌(首腦) 기관이기 때문에 심장이 신지(神志)를 저장하는 생리기능이 있고 이것은 인간의 모든 사고 의식과 행동이 심장의 지배와 통제를 받는다는 것이다. 이른바

靈機一動在于心　영기일동재우심

생각을 떠오르게 하는 것은 심장이다.

　용심상상(用心想想) 즉, 마음의 생각의 이치가 바로 여기에 있기에 심장이 바뀐 노공호와 조제영은 의식 행동의 지시로 본래 자신의 집으로 향하였다.

　집으로 돌아가니 부인들이 반갑게 맞이하였다. 그러나 두 사람의 행동이 무언가 이상하였다. 전의 성격과는 달리 행동을 하니 아내들은 이상하게 여겨졌다.

그들 부인들은, "말도 안되는 소리는 하지도 마라! 설마 당신이 나를 괴롭히려는 것은 아니겠지? 평소와 다른 행동을 하다니……."

노공호의 심장을 바꾼 조제영이 보니, 아내가 여전히 분이 가시지 않자, 심장 수술을 한 것뿐이라고 말하였다. 조제영의 부인과 노공호의 부인도 반신반의하여 관아에 가서 고소하며 진상이 밝혀지도록 하였다.

"내 남편의 행동이 평소와는 전혀 다르게, 게다가 말을 하는 모습도 전과 달라졌어요!"

두 부인은 모두 이 일을 이상히 여겨 함께 관아에 출두했다. 공당(公堂) 현아(縣衙)에서 두 부인의 소송을 자세히 들어보니 이 사건이 기이하게 느껴져 사건 경위를 알고자 관아에서 노공호와 조제영을 출두시켰다.

두 사람은 공당 관아에 들어서자마자 곧장 아내에게 달려가 소리쳤다.

"여보!"

부인들은 남편이 좀 이상하게 행동한다고 소리쳤다. 법정 안은 소란스러워 현청까지 혼란에 빠뜨렸다.

어쩔 수 없이 현청은 사람을 보내 편작을 불러와 편작에게 이 사건의 심리를 할 수 있도록 증언을 하도록 청하였다. 편작은 공당에 가서 부인들을 향해 노공호와 조제영의 병의 원인과 치료 경위를 알리면서 심장을 바꾼 후, 기억과 의식 태도의 변화에 대해 상세하고 자세하게 서술하였다.

"노공호는 조제영의 심장을 바꾸어 소심하고 머뭇거리며 의연하게 행동했던 과거를 잃어버리게 할 수 있게 되었고, 조제영은 노공호의 심장을 바꾸어 이전에 강하고 제멋대로 행동하던 것을 버리고 지혜스런 사람이 되어 이렇게 서로 잘 어울리고 각기 제 자리에 있다면 아름다운 일이고, 역시 즐겁지 않은가!"

그 곳에 모인 사람들이 편작의 해석을 듣고 눈앞의 사실에 모두 탄복하였다. 현아(縣衙)에서 공손히 편작을 내실로 모셔 왔고 두 사람 부인은 각자 변한 남편임을 알고 기뻐하며 집으로 돌아갔다.

편작이 심장이식 수술했다는 옛이야기는 현대의학으로 볼 때 도저히 불가사의한 일이고, 당시 의료 기술 여건으로 절대 할 수 없기 때문이다.

그러나 편작의 의학에 대한 풍부한 상상을 반영하고 있으며, 이 또한 귀중한 과학적 환상이나 심장이식, 신장이식 기술 등 오늘날 이미 성공한 장기 이식술을 보면 당시 태동했던 풍부한 상상은 긍정적인 의미가 있다.

자양이 편작에게 질문한다.

"심장을 바꾸는 것은 이제껏 들어본 적이 없었어요."

편작이 말했다.

"인체는 오묘하여 인체에 대한 연구를 끊임없이 하여야 한다. 《소문(素問)》 영란비전론(靈蘭秘典論)에는 심장은 '군주지관(君主之官)'이라고 했다. 심장의 생리적 기능은 한편으로 혈맥(血脈)을 주관하고 한편으로 신지(神志)를 주관한다."

편작은 계속 이어서,

"심장은 설(舌)로 개규(開竅)하고 얼굴(面)로 색체를 발하며, 심장의 지(志)는 희(喜)이고 액(液)은 한(汗)이란다. 경락인 수소음심경(手少陰心經)과 수태양소장경(手太陽小腸經)은 표리(表裏) 관계의 경락이란다."

다른 제자가 물었다.

"스승님, 심장의 생리 기능을 가르쳐 주세요."

"심장의 주요 생리 기능은 주혈맥(主血脈)으로 전신으로 피가 돌고 혈맥 안으로 운행되며 심장이 박동되며 온몸으로 피를 수송(輸送)한단다. 〈소문(素問)〉 오장생성편(五臟生成篇)에는 '제혈자 개속우심(諸血者 皆屬于心)'이라 해서 혈(血)의 부(府)로 부르기도 한단다."

"심장이 중요한 장기이기에 군주지관(君主之官)이군요."

流行不止 環周不休 諸血者 皆屬于心
유행불지 환주불휴 제혈자 개속우심

혈액은 정지해 있지 않고 쉼 없이 온몸을 돌고 있다.
모든 피는 심장으로 돌아가고 전신으로 순환된다.
— 《황제내경(黃帝內經)》 소문(素問)

영국의 월리엄 하비(William Harvey)7)는 1628년 처음으로

---

7) 월리엄 하비(William Harvey, 1578년~1657년)는 영국의 의사·생리학자
이다. 켄트주의 포크스턴에서 출생하여, 케임브리지 대학을 졸업하고,
1598년에 이탈리아의 파도바 대학에 유학한 후 1602년에 돌아왔으며,
1609년에는 바르톨로메 병원의 주임 의사가 되었다. 1623년 제임스 1세
와 1627년 찰스 1세의 시의가 되기도 했다. 인체의 구조를 연구했는데
아리스토텔레스의 소우주론에 영향을 받아서 특히 심장에 관심을 가지고
연구했다. 스승인 파브리키우스의 영향으로 실제적으로 실험해서 연구해
야 한다는 사상을 이어서 받았으며, 그가 발견한 판막의 역할을 제대로
추측해서 자신의 혈액순환론의 근거로 삼기도 했다. 1628년 《동물의 심
장과 혈액의 운동에 관한 해부학적 연구》를 출판하였다. 이 책은 혈액순
환론을 제시한 짧은 논문으로서 당시 갈레노스의 이론에 지배받던 생물
학, 의학계에 과학혁명을 일으킨 시발점이 됐다는 평가를 받지만, 당시
에는 인정받지 못했다. 또한 이 책은 기존 이론 모순을 제시 및 반박,
새로운 가설 설정과 실험을 통한 가설 검증이라는 근대과학의 순서를 모
두 따라서 자신의 의견을 증명한 것으로 그 내용뿐만 아니라 형식적으로

혈액은 순환하며 심장의 좌심실에서 동맥으로 분포되어 전신으로 나가서 정맥을 통해서 우심실로 들어와 폐로 들어가서 좌심실로 돌아온다고 발표하였는데, 이것은 한의학의 연구에 비해 1,800여 년이 뒤진 것이다.

"또한 몸에서 나는 약재들도 있단다."

"몸에서 약재가 나요?"

"몸에서 나는 약재가 여러 가지 있지. 위급할 때 사용하면 좋단다. 첫째, 머리카락이다. 머리카락을 혈여(血餘)라고 한다. 머리카락을 불에 태운 것을 보하고, 혈여탄(血餘炭)이라 하여 몸의 모든 출혈 증상에 쓰인다. 또한 몸의 어혈(瘀血)을 없애주고, 소변을 잘 통하게 하는 작용이 있다. 머리카락을 태우면 재가 되지 않고 꺼멓게 그슬려 뭉쳐진다. 이것을 가루를 내어 코피가 날 때에 코에 조금 불어 넣으면 신기할 정도로 코피가 멎고, 각혈(咯血)에는 이것을 끓여먹으면 효과를 본다. 예로부터 머리카락에는 혈액이 남아서 생긴다고 하여 혈여(血餘)라고 한다."

머리카락에는 시스틴(cystin), 케라틴(Keratin)과 아르기닌(arginine) 등의 물질이 있어 출혈을 멎게 하고, 응혈 시간과 혈장

도 중요한 저서이다. 그는 또 잘 알려지지는 않았지만 발생학에도 기여를 했는데, 1651년에는 《동물발생론》을 저술하여 동물은 모두 알에서 발생한다고 주장하기도 했다. 저서로는 《동물의 심장과 혈액의 운동에 관한 해부학적 연구》, 《동물발생론》 등이 있다.

(血漿)이 다시 칼슘화하는 시간을 단축시켜 주는 작용을 한다.

편작은 계속 이어서,

"둘째는 모유(母乳)란다. 모유를 인유즙(人乳汁)이라고 하며, 좋은 약재가 된단다. 성미(性味)는 달고(甘), 짜며(鹹), 평(平)한 성질이 있다. 귀경(歸經)은 심, 폐, 위경으로 가고 보혈(補血)하며, 변비를 없애주고 혈허(血虛)로 인한 폐경(閉經)에도 좋다. 눈이 충혈되거나 혼탁할 때도 좋으며, 폐결핵에도 사용할 수 있다. 몸을 보음(補陰)하는 역할을 하며 소갈증(消渴症 : 목이 마르는 중세)에도 좋다. 특히 초유는 효과가 더 좋다."

인유 100g에는 수분 88g, 단백질 1.5g, 지방 3.7g, 탄수화물 6.4g, 회분 0.3g, 철 34mg, 인 15mg, 비타민 A250 I.U.가 함유되어 있다. 특히 전광성 안염증(Electric Ophthalmia)에 특효이다. 이때는 신선하고 건강한 사람의 모유를 눈에 2~3방울을 떨어뜨린 후 5~15분 후에 다시 2~3방울 떨어뜨린다. 보통 15분 후에는 자각증상이 경감되고 8~16시간 지나면 완전히 소실된다.

"셋째, 손톱이다. 손톱을 조갑(爪甲) 또는 인지갑(人指甲)이라고 하는데, 이것은 새 살을 나게 하는 작용과 코피를 멈추게 하는 효과가 있다. 또 오줌에 피가 섞여 나오거나, 중이염, 안

질에 매우 좋다. 특히 청열(淸熱 : 열을 식혀 주는 것)도 하고 해독작용도 한다. 수족 경련증에 효과를 보는데, 발톱은 쓰지 않는다."

편작은 계속 말을 이어갔다.

"넷째는 오줌이다. 오줌은 인뇨(人尿)나 윤회주(輪回酒)라고도 부른다. 일반적으로 10세 이하 남자아이의 오줌이 좋다. 오줌에는 짜고(鹹) 차가운 성질이 있다. 이것은 몸의 진액이 부족하여 몸에서 열이 날 때, 한의에서는 음허화왕(陰虛火旺)8) 때 오줌은 열을 내리는 자음강화(滋陰降火)9)를 시킨다고 한다. 출혈을 막아주므로 코피가 날 때, 피를 토할 때, 내출혈이 있어 어혈이 생기며 통증이 있을 때 좋다. 뇌경색, 폐경색, 동맥, 정맥에 혈전으로 막혔을 때 안저 출혈 등에 쓴다. 오줌에는 인중백(人中白)이 있다. 인중백은 소변에서 자연적으로 침윤된 물체이다. 인중백은 열을 없애주는 청열(淸熱)작용이 있어 열을 내리며, 목이 붓고

---

8) 체내에 음액이 과도하게 소모되어 나타나는 내열. 밤중에 열이 나고, 손과 발이 뜨겁고 식은땀이 나며, 맥이 가늘면서 빠른 증상을 보인다.
9) 처방의 구성은 백작약 4.87g, 당귀 4.50g, 숙지황·맥문동(麥門冬)·백출(白朮) 각 3.75g, 생지황 3g, 진피(陳皮) 2.62g, 지모(知母)·황백(黃柏)·감초 각 1.87g, 생강 3쪽, 대추 2개이며, 물로 달여 복용한다. 이 처방은 음허화동으로 잠을 잘 때 도한(盜汗 : 잠잘 때에는 땀이 나다가 잠에서 깨어나면 멎는 것)·오후발열(午後發熱)·해수담성(咳嗽痰盛)·각혈·식욕부진 등 폐결핵의 초기 증상을 치료하는 데 응용된다.

아플 때 입안에 부스럼, 종기가 날 때에도 좋다. 또 인중백과 식염으로 가공한 추석(秋石)이라는 것이 있다. 몸에 진액(津液)이 없어서 화(火)가 생길 때 한의학에서는 음허화왕(陰虛火旺)이라고 하는데, 이럴 때 치료제로 쓰인다. 또 해수(咳嗽)나 해수 때 나오는 피, 인후가 붓고 아플 때, 정액이 저절로 흘러나오는 유정증(遺精症), 부인들의 냉에도 쓰인다. 인중황(人中黃)이라는 성분도 있다. 대나무에 감초가루를 넣고 인분에 넣어둔다. 한참 후에 보면 대나무 마디마디에 묻었던 감초가루에 인분의 맑은 액체가 스며들어 있다. 이것을 꺼내 말린 후 약재로 쓴다. 이것은 열을 없애주는 청열과 해독작용을 해주고, 피부병인 단독(丹毒)에도 쓰며 반진(斑疹), 창양(瘡瘍)에도 사용할 수 있다.”

그의 의술로 많은 환자들이 치료받을 수 있게 제자를 모집하였다. 또한 자신의 의술을 아낌없이 전술하였다.

제10장. 諱疾忌醫(병을 감추고 치료를 꺼리다)

편작 일행이 제(齊)나라에 도착했다. 오늘날의 제나라 고도(古都) 임치(臨淄)는 지금의 산동성(山東省) 치박시(淄博市) 동북으로 일반적으로 북방(北方) 소도시에 불과했지만, 전국시대에는 임치가 당시 가장 규모가 크고 번화한 상업도시였다.

전국시대에는 많은 나라가 끝없이 전쟁에 휘말렸는데, 제(齊)나라는 제환공(齊桓公) 전오(田午)의 치하에서 비교적 평화로웠다. 임치성(臨淄城)은 건물이 화려하고 가게가 즐비하며 남(南)으로 오가는 행인들이 북적거려 사람들의 생활이 풍족하였다.

임치 서문(西門) 직문(稷門)은 지금 산동성 치박시(淄博市) 서변(西邊) 남수문(南首門)이다. 직문의 외(外)편에 제환공 전오가 크게 토목을 일으켰는데, 우뚝 솟은 학관(學官)이 바로 역사에 이름을 떨친 직하학궁(稷下學宮)이다.

전제환공(田齊桓公)은 현하사(賢下士)를 예현(禮賢)하여 천하의 지자(智者)와 현사(賢士)를 불러들여 이곳에서 담론하고 제자들을 가르쳤다.

제(齊)나라 도성 서문(西門)에 들어서자 편작과 제자들은 장관을 이루는 직하학궁(稷下學宮)에 충격을 받았다. 기골이 장대한 현사(賢士)들이 이곳에서 드나들었고 학궁(學宮)의 상공(上空)에는 강학(講學)하는 소리가 낭랑하게 울려퍼졌다. 그들은 여관(旅館)을 찾아갔다.

편작은 이곳에서 알려지지 않은 의원이었지만, 그동안 계속해서 몇 명의 중한 환자를 치료하였고 조간자(趙簡子)의 병을 치료했으며, 괵태자(虢太子)도 그의 손에서 기사회생(起死回生)하여 각국에서 적지 않은 바람을 불러일으켰다. 그의 뛰어난 의술과 전설적인 사적(事跡)은 사람들이 다여반후(茶餘飯後)의 화제가 되었다.

제(齊)나라에 오니, 이곳 사람들은 편작이 제나라에 왔다고 소문을 냈다. 아픈 사람은 그를 찾아가 진찰을 받고 싶어하고, 아프지 않은 사람은 신의(神醫)의 풍채(風采)를 보고 싶어하여 그들이 묵는 여관으로 백성들이 몰려들었다.

직하학궁(稷下學宮)10)의 선생들도 편작이 지금 임치성(臨淄

---

10) 직하학궁(稷下學宮) : 요즘 말로 싱크탱크이다. 홍문관이나 성균관처럼 지식산실이다. 직하학궁이란 말은 춘추시대 제나라의 도성인 임치성(臨淄城)의 서문인 직문에 있었고, 직문은 직산 아래 세워졌기 때문에 직하학궁이라 한 것이다. 학자들이 많을 때는 700~800명 정도 있었으며, 바로 이곳이 백가쟁명의 산실이기도 하다. 사상의 자유와 학술의 독립이 낳은 직하학이며 정치에는 참여 않고 학술만 생산한 곳이다. 궁의 크기는 10만 제곱미터 전각 56채, 출입문 12개소. 우리나라 덕수궁이 6만 제곱미터이니, 대략 2배 정도 크기다.

城)에 있다는 소식을 듣고 모두 들떠있었다. 마침 학궁(學宮)에
는 괵나라에서 온 학사(學士)가 괵태자의 기사회생(起死回生) 일
을 모두에게 알렸다. 그는 생생하게 편작의 의술을 신격화하여
이야기 하니 학사(學士)들은 흥미진진하게 들었다. 그들은 편작
을 직하학궁으로 초대 하기로 결정하여 편작의 강의를 듣기로
했다.

　이튿날 편작은 제자들을 데리고 학궁(學宮)을 찾아갔다. 그는
자신이 무소불능(無所不能)의 신의(神醫)가 되었다는 것에 대하
여 직하학궁의 선생들에게 설명하였다.
　"편작 의원님, 장상군의 비방 환약을 먹고 난 다음 투시 능
력이 있어 사람의 오장육부를 꿰뚫어본다고 하던데요."
　"나의 눈은 투시 능력이 없습니다. 또한 담을 사이에 두고 볼
수 있는 재주가 없으며, 몸을 투시하는 기능도 없습니다. 몸을
투시하여 오장육부를 볼 수 있다는 말은 터무니없습니다."

　어떤 학사가 겸손한 편작을 청해 즉석에서 담 너머를 보는 재
주를 보여달라고 청하였다. 편작은 크게 웃으며 자신이 사람을
진찰할 때 쓰는 것은 4가지 진단법(四診法)으로 환자의 외적 증
상을 통해 병의 원인을 알아낼 수 있다고 했다.
　"사진법(四診法)은 망진(望診)이 있으며, 환자의 안색을 살피

고 얼굴의 청(靑), 적(赤), 흑(黑), 자(紫)색의 변화를 관찰하고 설태(舌苔)는 황(黃), 백(白)과 후박(厚薄)을 보며, 오관(五官)의 변화를 관찰하여 오장(五臟)의 병변(病變)을 판단하는 것이며, 문진(聞診)은 환자의 소리를 듣고 냄새를 맡으며 오음(五音), 오성(五聲)에 따라 오장(五臟)의 관계를 각기 다른 장기에 병변이 생겨 각기 다른 소리를 내며 다른 냄새가 나는 것입니다. 문진(問診)은 환자의 식생활과 생활 습관 등을 물어 질병의 원인과 징결(癥結)과 발전의 상황을 파악하는 것입니다. 절진(切診)은 손목 내측 요골동맥 위에 촌관척(寸關尺) 자리에 맥박 허실(虛實), 쾌만(快慢), 부침(浮沈)의 변화를 파악하는 것입니다. 망(望), 문(聞), 문(問), 절(切)을 함께 진단하면 오장육부의 병변 상황을 판단할 수 있습니다. 다만 그가 맥을 통해 이전과 같은 복잡한 기술과 달리 단지 촌관척(寸關尺)으로 파악하면 됩니다."

직하학궁(稷下學宮)의 학사(學士)들은 이런 변론(辯論)을 매우 흥미롭게 듣고 좋아했다. 진리(眞理)는 그들의 설전에서 나왔다. 어떤 학자는 고의적으로 편작에게 가르침을 청했다.

"환자의 병정(病情)과 음식기거(飮食起居) 등 망진(望診)으로 결정하는 것이 쓸데없는 것이 아니겠습니까?"

"이것은 의원과 환자 관계의 문제입니다. 의원을 부를 때 의원의 의술을 그다지 신뢰하지 않는 환자가 있는데, 이들은 자신의 병세를 의도적으로 숨기고 의원을 시험하는 경우가 많습니다. 환자의 말만 듣고 함부로 진단을 내리면, 치료가 잘못돼 환자를 살리기는커녕 불필요한 의료분쟁을 자초할 수 있습니다. 그래서 사진(四診)을 통해 좀더 상태를 판단해야 합니다."

직하선생(稷下先生)들은 편작의 사실에 토대를 두어 진리를 탐구하는 태도와 정밀하고 심오한 의술을 크게 칭찬하였다.

편작은 장청(長淸) 일대 널리 알려졌을 뿐 아니라, 제(齊)나라의 국군(國君)인 제환공(齊桓公)의 귀에까지 전해졌다.

다음날, 학사(學士)들과 직하선생들은 왕궁(王宮)의 전제환공(田齊桓公)에게 편작을 천거하여, 편작이 이 세상에 뛰어난 기사회생의 의원이라고 천거했다.

제환공(齊桓公) 전오(田午)는 예현하사(禮賢下士)로 유명한데, 당세의 명의가 제나라를 방문하여 크게 기뻤으며, 그는 일찍이 외지에서 온 신의(神醫)를 만나고 싶어 하였으므로 내시에게 말하였다.

"노성(盧城)에 편작이라는 명의가 있는데, 의술이 뛰어난다던데 그를 모셔 오도록 하거라."

이튿날, 제환공은 아침 일찍 궁으로 편작을 불렀다. 제환공

(齊桓公)이 보좌에 단정히 앉아 엄중하고 위풍당당한 표정을 하고 있으며, 문무백관과 직하선생들이 양쪽으로 갈라져 있었다. 편작은 제환공에게 공손히 절을 올리자, 제환공은 얼른 보좌에서 내려와 손으로 부축하여 편작을 자리에 앉혔다.

편작이 말했다.

"제가 행의(行醫)를 하다 귀국(貴國)으로 오게 되어, 국왕께서 부르신 것을 영광으로 생각합니다. 무례하거나 부적절한 점이 있다면 국왕께서 너그러운 양해를 바랍니다."

"천만에, 과인은 선생의 뛰어난 의술로 백성들을 병고에서 벗어나게 하였으니, 오늘 만나게 되어 참으로 반갑습니다. 정말로 행운입니다."

제환공은 기뻐하며 그를 극진히 대접하며 칭찬을 하였다. 편작은 제환공이 문무백관 앞에서 자기를 치켜올리는 것을 보고 급히 일어났다.

"나는 일개의 초의(草醫 : 민간의원)이니, 병을 고치고 사람을 구하는 것이 소인의 본분이거늘 국왕께서 이렇게 추대하시니 정말 송구스럽습니다."

"편작 선생은 기골이 장대하고 큰 인물같이 보이고, 사람들 마음속으로 모두 당신을 신의(神醫)라고 불렀는데, 오늘 보니 과연 명실상부이로군."

한바탕 인사를 나눈 후 제환공은 편작에게 열국의 견문을 알아보고, 그의 의학의 도리(道理)에 관심을 가졌다. 제환공은 편작의 말을 아랑곳하지 않고 여전히 득의만면한 얼굴로 문신(文臣)과 무장(武將)들에게 남북쪽의 여러 가지 기이한 일화를 들려주고 있었다.

제환공은 국가 대사에 대해 이야기를 계속하고 있었지만, 편작은 제환공의 얼굴색에서 병증을 발견하였다.

망진(望診)에 능한 편작은 제환공이 환한 얼굴을 하였으나, 다년간의 의료 경험에 의하여, 제환공의 피부색에 미세한 변화를 읽었으며 몸에 병이 잠복되어 있다는 것을 알았다. 제환공은 병세가 가벼워 알아차리기 어려웠을 뿐만 아니라 아무 느낌을 못 느꼈다.

편작은 불안한 기색으로 제환공의 얼굴을 보며, 병세가 아직 현저하지 않지만 제환공에게 병이 있다고 일러두면 화를 자초하지 않을까 생각했다.

그러나 직업적 습관과 의원의 양심상 대화가 끝날 무렵, 제환공에게 병의 조짐이 피부와 근육 사이에 잠복해 있어 일찍 치료하면 고칠 수 있고, 그렇지 않으면 병세가 몸속으로 파고들어 그때 가서 고치기 힘들다는 것을 알았다. 이에 편작은 직업적 본능과 병에 대해 책임지려는 의식이 마음속에 일어나 제환공에게 청하였다.

"국왕 폐하, 제가 방금 관찰한 바에 따르면, 국왕께서는 지금 병이 있습니다만, 병세가 비교적 경미하여 아직 피부와 근육 사이에 있으니 아직 깨닫지 못하셨을 것 같습니다. 당장 치료하지 않으면 병이 더 심해질 수 있습니다."

이를 들은 제환공은 자기도 모르게 허리를 좌우로 돌리며 팔을 뻗어 자신의 몸을 살펴보더니,

"그렇지 않습니다. 잘못 보셨네요. 과인은 지금 매우 좋은데 무슨 병이 있을까요?"

"국왕의 안색에서 이미 병색이 돌았으니, 즉시 치료하셔야 합니다. 지체해서는 안 됩니다."

"과인은 지금 몸 상태가 좋으니, 신의(神醫)는 더 이상 말을 하지 마시오."

제환공은 불쾌하다는 듯 편작을 제지하였다.

편작의 말에 제환공(齊桓公)은 어리둥절하여 얼굴의 웃음이 점차 사라지고 표정이 엄숙하였다.

국군(國君)의 몸의 상태는 본래 한 나라의 최고 기밀이다. 가끔 작은 병이라도 조정의 혼란을 일으킬 수 있다. 지금 편작이 공개적으로 국군의 병이 있다고 말하는데, 이것은 조정의 영향을 미치는 것이 아니겠는가.

게다가 제환공은 자신이 건강하다고 믿었고 병은 전혀 없다고 생각했다. 항간에는 편작이 신의라는 소문이 돌았지만, 그의

눈에는 단지 이름은 허울뿐이고, 스스로 기세를 부린 것에 불과했다고 생각한 제환공은 병이 없다고 잘라 말하며 편작의 호의를 거절했다.

제환공은 매우 화가 났고, 편작이 자신과 중신과의 대화를 끊었을 뿐만 아니라 자신이 병이 없다고 말하며, 편작에게 물러가라고 말하였다. 제환공이 자신은 병이 없다며 끝까지 믿지 않자, 편작은 궁정(宮廷)에서 마지못해 물러났다.

분위기가 싸늘해지면서 연회는 파했다. 편작이 궁문을 나서자, 제환공은 문무백관들한테 시큰둥한 표정을 지으며 말했다.

"경(卿)들이 다 보셨듯이, 무릇 의원들은 공리(功利)를 탐하는 것을 좋아하여, 항상 건강한 사람을 가지고 그들이 병을 치료하는 재주를 보이려고 한다. 편작 의원은 품위가 없구나. 그는 돌팔이 의원과 다를 바 없네. 단지 명리(名利)를 추구하여 병이 없는 사람을 병이 있는 것처럼 보이게 하고, 일부러 사람을 당황하게 하며 건강한 사람을 치료하여 자신의 공로로 여기고 쉽게 돈을 벌려고 하는군. 그의 말을 듣고 약을 먹었더라면 제왕의 불치병을 고쳤다는 자랑을 여기저기 늘어놓으며 콧방귀를 뀌며 의기양양하였을 것이다."

모든 신하들이 제왕에게 맞장구를 치며 너털웃음을 터뜨렸는데, 이 웃음소리에는 편작을 향한 조롱과 멸시, 의학에 대한 짓밟기와 모독이 배어 있었다.

신하들도 편작이 터무니없다고 생각했다. 제환공은 편작이 궁에서 나가는 뒷모습을 보고 고개를 끄덕이며 한마디 덧붙였다.

"사람의 평가는 훗날 결정된다."

편작은 일생동안 의술을 행하고 수많은 사람을 만났으며, 제환공처럼 자기의 결점을 덮어 감추고 고치려 하지 않은 사람이 있으며, 치료를 꺼리는 사람들은 일찍부터 흔히 볼 수 있었다.

닷새가 지나자, 편작은 제환공(齊桓公)의 병이 더욱 깊어졌을 것으로 짐작하였다.

'제환공을 만나러 간다면 혹시 자신이 전에 했던 말을 믿고 치료를 받게 되었을지도 모른다.'

환자에 대한 책임 있는 자세가 중요하기에 다시 한번 제환공을 찾아갔다.

제환공은 그날의 일을 까맣게 잊어버렸다. 이른 아침 편작은 제왕을 알현하였는데, 대전(大殿)에 들어서자 과연 예상대로 제환공의 병세가 심해진 것을 볼 수 있었다.

안색은 5일 전에 비해 약간 창백한 편이고, 눈 주위에는 잘 띄지 않는 푸른색이 나타나고 있었다.

그러나 제환공은 스스로 늠름한 모습으로 편작을 대하였다. 며칠 전 병세를 결론을 내려 말한 것에 대하여 또 말한다는 것은 어려웠다. 편작은 말하기가 힘들었지만, 의원의 강한 책임감으로 대담하게 그에게 현재 병에 대해 느낀 것을 제환공에게 설명했다.

"국왕의 병은 이제 혈맥(血脈)에까지 도달했으니, 더 이상 서둘러 치료하지 않으면 더욱 심해질 것이 분명합니다."

"과인은 병이 없으니 더 이상 신경 쓸 필요가 없습니다."

국왕은 손을 내저으며 귀찮다는 듯이 편작의 말을 끊었다. 편작은 제환공의 언짢은 기색을 보이자 묵묵히 고개를 끄덕이며 궁정에서 물러나기를 고하면서 말을 했다.

"비록 지금은 아무 느낌이 없지만, 병은 이미 피부에서 혈맥(血脈)으로 스며들고, 치료를 받지 않으면 아마 더욱 악화될 것입니다."

편작의 말에 대전(大殿)은 크게 놀랐다. 대신들은 편작이 무례하다고 비난했다. 직하선생(稷下先生)들조차 그가 분수에 맞지 않는다고 느꼈다.

제환공은 편작이 수그러들 줄 알았는데, 여전히 이렇게 방자하게 나올 줄을 몰랐다. 제환공은 자신이 병이 없다고 우기며 편작을 조롱하며 명리를 위해 몇 번이고 속임수를 쓰는 것에 불과하다고 느꼈다. 제환공이 발끈 안색을 바꾸자, 대전 안 분위기는 무척 긴장되었다.

스승 뒤에 서 있던 제자들도 모두 놀라 간담이 서늘했다. 편작은 마음이 혼란해지고 가슴이 두근거려 어쩔 수 없어 돌아서서 물러났다.

이번에도 또 기쁘지 않게 헤어졌는데, 모든 것이 편작의 예상 속에 있었다. 그는 걱정이 태산 같아 역관(驛館)으로 돌아왔다. 생각할수록 불안하였다. 제환공은 이렇게 완고하고 자만심이 강하여 그의 충고를 따르지 않으려 하니 무슨 방법이 있었겠는가.

또 닷새가 지나 편작이 다시 제환공을 배알하러 갔다. 다시 만나자 제환공의 얼굴은 더욱 더 창백하고 초췌했을 뿐 아니라, 몸짓마저 예전처럼 날렵하지 못했다. 제환공의 병은 그가 전에 예상한 대로 장위(腸胃)로 퍼져 더 이상 치료를 받지 않으면 몸속으로 더 깊이 침투할 것 같았다. 그는 예전과 다름없이 직언했다.

"국왕의 병이 이미 장위(腸胃)로 진입이 되어 지금 당장 치료하지 않으면 결과를 예측하기 어렵습니다."

제환공은 듣자마자 얼굴에 노기가 가득했다. 편작의 말에 전혀 아랑곳하지 않고 여전히 자신의 몸이 건강하다고 느꼈다. 제환공의 분노가 미간에 맺혀 일촉즉발하여 아예 편작을 외면하였다.

편작이 물러간 후, 제환공은 한참 동안 울분을 토하며 중얼거렸다.

'만약 정말 병이 있다면 모든 태의(太醫)를 찾아내지 못할 정도는 아니겠지?'

어쨌든 편작의 진단은 그의 마음에 지워지지 않는 그림자를 드리웠다.

닷새는 빠르게 지나갔다. 이번에도 편작은 스스로 다시 제환공을 찾아갔다.

편작이 대전에 들어가 제환공에게 예(禮)를 올린 후 서 있었다. 그는 먼저 눈에 들어온 대전의 군신(群臣)들을 둘러보았고 또 제환공의 얼굴을 한참 동안 응시하였다.

제환공의 얼굴은 사색이 되었고, 이미 골수(骨髓)까지 병이 전이되어 치료할 약이 없다고 생각하였다. 이번에는 한 마디도 하지 않고 아무 말 없이 제왕에게 시례(施禮)를 하지 않고 천천히 궁정에서 물러나왔다.

제환공은 이를 이상하게 여겼다.

'지난날 편작이 나를 찾아왔을 때 내가 병이 있다면서 치료를 서두르라고 청하였는데, 오늘은 왜 말없이 가버렸는지, 내가 그를 대하는 태도가 너무했던가!'

"여봐라! 당장 편작에게 가서 왜 이번에는 아무 말도 않고 갔는지 물어보고 오거라. ”

내시는 즉시 편작을 쫓아갔다.

“편작 선생! 잠깐만요.”

편작이 막 궁문을 나서는데 뒤에서 누가 부르는 소리를 듣고 걸음을 멈추고 궁중 내시가 급히 달려오는 것을 보았다.

“편작 선생, 제왕께서 오늘 말없이 가시는 것을 보고 매우 난처해 하시며, 왜 그런지 물어보라고 하셨습니다.”

편작은 그 말을 듣고 하늘을 우러러 길게 탄식하며 내시에게 말했다.

“이미 국왕의 병은 고칠 약이 없습니다. 병이 피부와 근육 사이에 있을 때는 약제(藥劑)를 복용하면 고칠 수 있고, 병이 혈맥(血脈)으로 발전하면 침구(針灸)와 폄석(砭石)으로 병을 고칠 수 있으며, 병이 장위(腸胃)에 있으면 약주(藥酒)로 병을 다스리지만, 그러나 병세가 약화되어 골수에까지 침입하면 회복할 수 없습니다. 제환공의 병은 이미 골수(骨髓)로 파고들어 본인이 여러 차례 대왕(大王)에게 주의를 주었으나, 병을 고치려 하지 않고 적절한 치료 시기를 놓쳤으므로 이제는 생명을 주관하는 하늘(閻王)이라도 어찌할 도리가 없는 것이니, 나 같은 조그만 민간 의원은 말할 나위가 없습니다. 그래서 나는 오늘 더 이상 제왕에게 아무 말도 하지 않을 수밖에 없었습니다. 이제 더 이상 그를 쫓아다니며 병을 고칠 필요가 없습니다.”

궁 앞에 이르자 망설임 없이 마차에 올라 대기했던 제자들
과 함께 여관(旅館)으로 돌아왔다. 제자들에게 지시했다.

"어서 짐을 싸서 떠날 준비를 하자."

"예?"

"아마도 국왕이 병이 퍼져 분명히 우리를 초청할 것이다. 그
때는 우리는 손을 쓸 수 없어 화를 면하기 어려울 것이다. 어
서 떠나자."

내시는 궁으로 돌아가 전전긍긍하며 편작의 말을 낱낱이 제환
공에게 아뢰었다. 제환공은 듣고 당황하여 마음이 어지러웠고 침
식을 편히 할 수 없었다.

편작은 제왕이 이미 병이 깊어 치료할 약이 없다는 것을 잘
알고 있으며, 며칠 후 반드시 병이 나서 자리에 눕게 될 것을
예상하고 있었다. 그 때 반드시 그를 궁으로 불러 치료해야 할
것이다. 그때 속수무책일 바에야 지금이라도 임치(臨淄)를 떠나
는 것이 낫다고 생각했다.

편작 일행은 밤새 수레를 몰아 장청(長淸)으로 돌아가 제환
공의 병세와 후에 일어날 일을 자양(子襄)과 자표(子豹)에게 알
리고 제자들과 함께 행낭을 정리하여 이틀 뒤에 제나라를 떠났
다.

과연 편작의 예상대로 편작이 임치(臨淄)를 떠난 지 나흘째 되던 날 제환공은 병이 도발하여 자리에 눕게 되었다. 현대의학으로 볼 때 제환공은 감염성질환일 수 있다.

그제야 제환공은 편작이 전에 한 말이 생각나 급히 사람을 보내 편작을 부르기 위해 사람을 보냈다.

"편작이 내 병을 고칠 수 있다면 반드시 큰 상을 내릴 것이다."

사자가 여관에 도착했을 때 이미 방은 비워 있었다. 소식을 들은 제환공은 당황하여 즉시 명령했다.

"군사를 배치하여 성의 입구를 지키고 편작을 가로막아 포박해서라도 데려오도록 하라!"

"편작은 이미 이 나라에 없습니다."

아니나 다를까, 환공은 병이 고황(膏肓)에 침입해(病入膏肓) 몸져 누워 기운이 없었다. 그제야 그는 편작의 말을 믿게 되었다.

다만 편작 일행은 이미 성문에 나와 끝없는 밤의 정막 속에 이미 떠난 것을 제환공은 아직 모르고 있었다.

제환공의 병세가 날이 갈수록 심해지자 여러 태의(太醫)들은 모두 다급하게 머리를 긁적이며 어찌할 바를 몰라 하더니 며칠 안 되어 제환공은 세상을 떠났다.

이 이야기는 제환공의 병 증상이 아직 드러나지 않았을 때 편작의 권고를 듣고 일찍 치료한다면, 병이 치유되고 생명이 연장될 수 있음을 미리 알고 있다는 것을 보여준다.

슬프게도 제환공은 고집을 부리며 병을 치료하기를 꺼려 하여 거듭 편작의 말을 듣지 않아 결국 너무 일찍 병마에 의해 목숨을 잃었다. 편작은 2400여 년 전부터 환자의 혈색에 따른 진단법과, 목소리를 듣고 질병의 진행과 결과를 정확하게 예측할 수 있음을 반영하였다.

편작의 질병에 대한 인식이 이미 표면(表)에서 내부(裏)로, 얕은 곳(淺)에서 깊은 곳(深)으로 끊임없이 발전하는 병리(病理) 관념을 가지고 있으며, 또한 주의를 기울이고 있음을 설명한다. 조기 발견과 조기 치료의 의미는 의학적 기술이 제대로 갖춰지지 않은 전국시대에는 지극히 어려운 일이었다.

편작은 제환공이 발병할 것을 미리 알아차리는 데는 제환공이 사망하기까지 불과 20일밖에 걸리지 않았다. 제자들이 편작을 따라 열국을 돌며 스승의 원칙에 불경복하는 일은 없었다.

'죽음과 상처를 치료하는 것이 의원의 역할이라고 하더니, 이번에 제환공의 병이 없다고 고집하는 것은 자가당착이 아닌가!'라는 의문도 한때 편작을 괴롭혔다. 편작도 스승 장상군에게 질문한 적이 있다.

"환자의 병세가 어느 정도 위중하면 병이 고황(膏肓)에 들어
갑니까?"

장상군(長桑君)은 즉시 답하지 않았다. 그는 수십 년간 의원
생활을 하면서 천천히 답을 찾았다. 사람들은 항상 질병이 너
무 많다고 걱정하지만, 의원들은 병을 치료할 방법이 너무 적
다고 걱정하였다.

질병은 변화무쌍하여 어떤 병은 고치기 어려웠다. 최근 몇 년
동안 그는 치료하기 어려운 여섯 가지로 결론지었다.

"미리 나의 말을 듣고 치료를 하면 치유가 되었을 텐데 세상
사람들은 누구나 자기 몸에 병이 있다고 하면 좋아할 리가 없지
만, 뛰어난 의원은 비록 병후(病候)가 겉으로 나타나지 않더라도
다음에 나타날 질병을 알 수 있는 것이다. 이러한 경우는 의원
의 말에 신뢰하고 따르지 않으면 안 된다. 이때 미리 예방하고
치료를 한다면 언제나 질병은 이길 수 있는데, 이럴 때는 의원
과 환자 간에 지켜야 할 여섯 가지 규칙이 있다. 이 규칙을 지
키지 못하면 질병을 치료하지 못하는 결과를 초래하게 된다."

편작은 수십년간 의술을 행하면서 연(燕)·조(趙)·진(晋)·제
(齊)·위(魏)·괵(虢) 등 여러 나라를 거쳤기 때문에 이들 각
나라의 정치경제, 종교신앙, 민속문화, 풍토민정(風土民情)에 대
해 어느 정도 알게 되었다.

그러나 편작이 살던 시절에는 각국의 과학기술 문화와 사물에 대한 인식 수준이 뒤처져 있었다. 통치 계층이든, 평민이든 일단 천재와 인재를 마주치면 과학적 이론이 충분하지 않아 좌지우지하는 상제(上帝)의 섭리인 줄 알았다.

따라서 상당 부분의 선남신녀(善男信女)는 주술을 숭배하며 주술을 그다지 믿지 않는 지식층 사람들조차도 일단 그들이 질병에 걸리면 바로 의원이나 약을 구하지 않고 먼저 기도를 한다.

신령이 내려오면 잔병을 중병으로 끌고 가거나, 무당을 시켜 귀신을 쫓게 하며 한바탕 소란을 피우다가 병이 깊어지면 마지못해 의원을 찾아가 진찰하는 경우가 많다.

이러한 것을 국가에서 설치하고 인정한 '사무(司巫)'라는 기구와 굿의 전파는 의학의 진보 발전을 저해한 것이 사실이다. 편작은 전국시대의 한 명의였다. 평생 굿을 믿지 않고 의료 기술을 열심히 연마하였을 뿐만 아니라, 각 나라 사람들의 민간 경험을 총결산하여 자신의 뛰어난 의술과 뛰어난 치료 효과 사실로써 무축미신(巫祝迷信)의 허망된 것을 끊임없이 민간인들에게 널리 알렸다.

그의 수십 년간의 임상 의술을 실천하면서 굿은 믿지 않고 의학을 특별히 신임하는 사람만이 무병예방(無病豫防)을 할 수 있고, 병을 일찍 고치는 기본이 있다는 '치미병(治未病)'의 예방의학 사상을 제시했다.

편작은 깊이 생각했다.

'현재 사람들이 걱정하는 것은 질병의 종류가 매우 다양하기 때문이며 의원이 걱정하는 것은 질병을 치료할 수 있는 방법이 너무 적다는 것이다. 나는 수천 명의 생명을 구하고 수많은 가난한 백성들의 병을 고쳤지만, 객관적인 이유로 혹은 환자들이 협조하지 않아 고칠 수 없거나, 고칠 수 없는 병례도 겪었다. 요점을 정리하고 시행착오를 겪지 않도록 경계해야 한다.'

편작이 많은 것을 고려하게 된 것은 그의 치료 대상이 높은 황실 고위지도자, 돈 많은 상인들뿐만 아니라, 밭농사를 짓는 서민들도 있었기 때문이다.

그 가운데 남을 마음대로 마구 부리며 사소한 것까지도 따지는 마음가짐, 그리고 너무 가난하여 가진 것이 아무것도 없고 가난과 질병이 뒤섞인 상황도 질병 자체를 치료하는 데 어려움을 준다.

젊었을 때 얻은 교훈과 함께 병을 고친 경험은 편작에게 뼈저리게 와닿았다. 경험과 교훈은 비록 지극히 심오한 체험이지만, 다년간 자신을 따라다니며 의술을 행한 많은 제자들에게는 반드시 그렇게 느껴지지 않을 것이다.

그래서 편작은 인생을 살면서 벼슬이 높고 덕이 있는 양상(良

相)을 위하지 않고, 좋은 의원(良醫)으로 살아야겠다고 마음먹었다.

그러나 좋은 의원이 되려면 반드시 먼저 사람됨이 모범이 되고 순수한 뜻을 세워, 백성들의 고통을 배려하며 각별하게 마음을 쓰며, 의학이 바로 서며, 세상을 속이는 무술(巫術)과 결코 타협하지 않았다.

편작은 고심 끝에 자신이 수십 년간 임상을 하면서 겪은 난제와 치료의 교훈을 '육불치(六不治)'로 요약해 제자들에게 하나씩 들려주어 앞으로 독립하며 의료를 행할 때 의료 원칙, 즉 '육불치' 중 한 사람을 만나면 무리하게 치료하지 않아도 된다는 것이다.

지금 이 문제를 제자들에게 제대로 이야기하지 않으면 앞으로 몇 년 후 결코 안타까울 일이 될 것이다. 이에 편작은 여러 제자들을 불러 부드러운 얼굴로 그들에게 말했다.

"너희들은 모두 내 제자이고 나와 함께 수년간 의학을 하면서 의술이 점점 발전했다. 그러나 의원으로서 단지 병을 고치는 것만으로 충분하지 않다. 남녀노소, 빈부귀천에 관계 없이 똑같이 대우해야 한다."

편작은 여기까지 말하고 자양(子陽)이 우려낸 차(茶)를 들고 한 모금 마시고는 계속해서 말했다.

“그러니 세상에는 각양각색의 사람들이 천태만상에다 그들의 인식들이 우매함으로 굿이 성행하게 되었다. 그러므로 우리가 병을 치료할 때, 다음 여섯 가지 중 하나를 만나게 되면 그 환자의 병은 잘 낫지 않으니 무리하지 않아도 된다는 것을 명심해야 한다.”

“여섯 가지 종류? 스승님 명시(明示)를 해 주세요.”

자양(子陽)이 질문했다.

편작은 “육불치.” 하고 다시 한번 강조했다.

“첫째, ‘교자불론우리 불치(驕恣不論于理不治)’. 병자가 권세를 믿고 교만하게 무리하여 의원의 지시를 듣지 않고 제멋대로 방종하는 것을 말하는 것을 말하는데, 어떻게 병을 고칠 수 있겠는가?”

이때 자표(子豹)가 손을 들어 물었다.

“스승님, 제(齊)나라 제환공(齊桓公)을 치료하지 않은 것이 첫 번째에 해당합니까?”

“맞아.” 편작은 고개를 끄덕이면서 계속 말했다.

“만약, 제나라 왕이 자신의 질병에 대한 증상이 아직 나타나지 않았을 때 의원의 권유를 따르고 제때 치료했다면 지금 살아 있을지도 모른다. 안타깝게도 그는 너무 주관적이어서 의원의 조언을 듣지 못했는데, 그것은 그가 자초한 것이겠지.”

제자들은 스승의 예가 실로 적절하다고 생각했다.

“둘째, ‘경신중재자 불치(輕身重財者不治).’

어떤 환자는 돈을 지나치게 중시하고 명리(名利)를 보고 모든 것을 잊어버리고 자신의 건강을 대수롭지 않게 여기고, 옹(癰 : 악창)을 키우는 환자도 있는데, 이러한 환자의 질병은 치료할 수 없다.”

“스승님, 과거에 제환공은 의원이 특별히 건강한 사람의 병을 치료하여 자기를 과시하고 공리(功利)를 탐내는 것을 좋아했다고 생각하여 의원의 주의를 듣지 않고 진료를 받지 않는 것이 이 도리(道理)입니까?”

“자의(子儀)의 말이 옳다. 명예와 이익을 생명보다 더 중요하게 생각하는 사람들도 다스릴 수 없는 범주에 든다.”

편작은 자의(子儀)의 질문에 보충을 한 후 다시 계속했다.

“셋째, ‘의식불능조적자 불치(衣食不能調適者不治)’ 이것은 사람이 평소에 자신의 몸을 보양할 줄 모른다는 것이다. 추위와 더위를 절제하지 못하고 굶주리고 생활이 제멋대로이며 마음 가는 대로 하는 사람은 그의 병을 고친다고 해도 두 번, 세 번 다시 재발할 수 있다.”

편작은 제자들을 보고 그들이 죽간(竹簡) 위에 고개를 숙이며 기록을 하는 것을 보고 물을 한모금 마시고는 가볍게 목청을 가다듬어 말하였다.

“넷째, ‘음양병장기부정불치(陰陽并臟氣不定不治)’ 환자의 병의 경과가 오래되어 그동안 돌팔이의원(庸醫)이 치료를 못하여 인체 정기를 손상시킨 경우와 새로이 급성병에 걸려 의원을 청하지 아니하고, 무당에게 먼저 기도하게 하여 치료 시기를 늦추어 병을 가중시키고 정기(正氣)를 상하게 한 경우이다. 두 경우 모두 환자의 오장육부를 극도로 손상시킨 상태로 만들어 음양이 조화를 이루지 못하게 하고, 기혈이 작동하지 않는 것은 병이 골수에 들어 치료가 불가능하다는 것을 의미한다."

여기까지 듣다 보니 자명(子明)이 자월(子越)에게 귓속말로 속삭이는 것이 보였다.

"금방 자월(子越)이 나에게 물었어요. 네 번째 불치의 내용이 이해를 못했다고요."

편작이 이를 듣고 웃으며,

"아 어쩐지 자월(子越)이 나와 함께 의료 시술한 시간이 제일 짧았구나. 자명(子明)아, 끝난 후 자월(子越)에게 다시 한번 말해주거라."

편작이 이어서 말했다.

"다섯째, '형수불능복약자불치(形羸不能服藥者不治)' 사람이 허약해서 약물치료를 감당할 기력도 없을 정도로 몸이 허약해졌다는 것은 곧 목숨이 끊어지는 것을 말한다."

다섯 가지를 말하고 나서 편작은 강한 어조로 말했다.

"여섯째는 특히 중요하다. '신무불신의자불치(信巫不信醫者不

治).' ”

이때 편작은 마음이 심히 무거워져,

“굿이 사람이 해친다. 기억하겠지만, 10여 년 전 제(齊)나라에 있을 때 나와 자양(子陽)은 중병에 걸린 소년을 구하기 위해 아버지에게 거절당하고 굿만 받다가 헛되이 목숨을 잃었으니 얼마나 불쌍한지……”

편작은 마음이 답답함을 풀기 위해 하늘을 우러러보며 말했다.

“굿은 의학의 천적이구나! 찰언관색(察言觀色), 눈치를 살피고 장난을 치고, 허세를 부리고 귀신행세를 하며 그 무지몽매한 선남신녀(善男信女)들을 속여 얼마나 많은 무고한 생명을 죽였는가! 제자들은 반드시 마음에 새겨야 하며, 절대로 이들과 한패가 되어서는 안된다.”

제자들은 이때 모두 엄숙한 표정으로 스승의 교훈을 경청하며 계속 고개를 끄덕여 마음에 새기고 있었다. 편작은 말을 이었다.

“환자가 ‘육불치’ 가운데 하나를 범했다면 환자의 성격이 다소 편파적이거나, 상태가 위중하다는 뜻일 뿐 의원이 질병을 거부할 수 있다는 뜻은 아니다. 맹목적으로 주술을 믿는 환자에게도 인내심을 갖고 설득하고 설명해야 한다. 요컨대 ‘육불치’는 내가 수십 년 동안 의술을 행하면서 반드시 따라야 할 의료 준칙이자 나의 임상 경험과 교훈의 총결산이다. 앞으로 자네들이 독자적으로 의술을 행할 때 이것을 좌우명으로 삼거라."

편작의 상세하고 세밀한 설명과 의미심장한 가르침은 좌중의 제자들의 마음까지 들썩이게 하였다. 그들은 스승의 '육불치'의 속뜻을 그들 가슴의 얼음을 녹일 뿐만 아니라, 현재의 무의식 혼돈의 국면에 대해서도 깊이 염려하였다.

그러나 편작 선생의 뛰어난 의술과 고상한 의덕(醫德), 그리고 실제로 구해야 하는 의료 품격을 본받아 의학이 빛나기 위해 함께 노력하는 것이 이들의 공통된 염원이다

一不治 驕恣不論於理　　일불치 교자불론어리
二不治 輕身重財　　이불치 경신중재
三不治 衣食不能適　　삼불치 의식불능적
四不治 陰陽竝藏氣不定　　사불치 음양병장기부정
五不治 形羸不能服藥　　오불치 형리불능복약
六不治 信巫不信醫　　육불치 신무불신의

첫째는, 교만해서 의원의 충고에 듣지 않는 것.
둘째는, 제 몸을 함부로 가벼이 여기고 오직 재물만 중하게

여기는 것.

셋째는, 옷과 음식이 적당하지 않아 한열(寒熱)이 교차되어 몸이 적합하지 않는 것.

넷째는, 음양(陰陽)의 조화를 꾀하지 못하고 함부로 과색(過色), 과욕(過慾)하는 것.

다섯째는, 체질이 허약하여 약을 복용하지 못하는 것.

여섯째는, 무당을 믿고 의원의 말을 믿지 않는 것.

이 여섯 가지는 모두 중요하며 한 가지만이라도 있으면 어떤 질병이고 다스리지 못한다. 이것을 편작의 육불치(六不治)라 하였다.

제11장. 名揚四方(이름이 사방에 알려지다)

편작은 제자 여러 명을 거느리고 의술을 행하며 동쪽으로 갔다. 하루 만에 제(齊)나라 국군(國君)인 전화(田和)가 막 물러나고 왕위는 아들 전년(田年)이 계승하여 제환공(齊桓公)이라 칭했다.

여정의 고단함 때문에 편작의 제자 몇 명은 제(齊)나라 노성(盧城)을 찾았다. 노성은 지금의 산동성(山東省), 장청현(長淸縣)이다. 노성의 역관(驛館)을 찾아 숙박하였다.

장청(長淸)이라는 곳은 고대(古代) 노자국(盧子國)의 도읍지로 북쪽은 기세가 웅장하고 규모가 큰 제하(齊河)가 흐르고 남쪽 안개가 자욱하며 끝없이 펼쳐진 대청하(大淸河)가 인접하고 끊임없이 굽이치며 푸른 소나무와 비취색 잣나무의 언덕이 사방에 둘러싸여 있어 산을 끼고 물이 접해 있는 산수가 수려한 아름다운 곳이다.

편작은 20여 년 동안 조(趙)·위(魏)·주(周)·진(晋)나라를 오가며 세상 사람을 구제하는 '제세구인(濟世救人)' 하느라 바빴고, 자신의 임상경험을 정리할 시간이 없었다.

다시 말하면 수년 동안 같이 다닌 제자들이 비록 총명하고 학문을 좋아하지만, 세심히 지적해 주지 못했다. 그들에게도 의학 지식을 체계적으로 강의해야 했다. 그들의 임상 의료 수준을 향상시켰다. 그래서 편히 쉴 수 있는 곳에 자리를 잡은 후 자양(子陽)과 자표(子豹) 등 제자에게 말했다.

"우리가 여기까지 오느라 고생이 많았다. 내가 보기에 이곳의 환경은 아름답고 쾌적해서 우리의 의학과 의술을 연구하기 적합하다. 내가 의술을 행한 경험을 총결산함과 동시에 너희들에게 병을 고치는 사람을 구하는 의학의 원리를 가르치고 싶으니 열심히 익히고 연구하여 나의 고심(古心)을 결코 저버리지 않기를 바란다."

제자들은 말을 듣고 마음이 뜨거워져 모두 공손히 응답했다.

"스승님의 기대에 부응하여 병을 치료하는 의술을 연마하겠습니다."

편작은 제자들의 말을 듣고 난 후 고개를 끄떡이며 미소를 짓고 칭찬하였다.

이때부터 편작과 제자들은 낮에는 진료하고 밤에는 학문을 깊이 연구하며 수업을 받았다. 물론 위급환자를 만나면 고생을 마다하지 않고 왕진을 하였다.

어느 날 저녁, 편작은 제자들에게 한의학의 '사진(四診)'을 가르치면서 사진이 질병 진단의 매우 중요한 절대절명임을 강조하였

다. 제자들은 모두 정신을 집중하여 스승의 가르침을 경청하였
다.

"사진(四診)은 의학에 망(望)·문(聞)·문(問)·절(切) 4가지
로 질병을 진단하는 방법이다. 망진(望診)은 예를 들면, 환자가
눈앞에 나타나면 의원으로서 자신의 의학적 지식과 임상경험을
바탕으로 환자의 정신상태, 안색, 동작, 표정, 신체 자세 등의
외적 임상 표현을 주의깊게 관찰하여 환자의 병의 성질, 병의
부위 및 병의 깊이를 판정하고 다시 환자의 냄새를 맡고 병의
원인과 병의 경과를 묻고, 여러 가지 병의 증세 자료를 종합하
여 마지막으로 맥을 보는 절맥(切脈)은 맥의 부(浮)·삭(數)·침
(沈)·지(遲) 등 변화를 이해하여 병의 위치를 확실히 알 수 있
다."

편작의 강의에 제자들이 얼굴에 희색(喜色)을 띠었다. 그때
제자들이 서로 속삭이는 것을 보아 아직도 여전히 미심쩍은 듯
했다. 이때 자표(子豹)가 일어나 편작에게 제자들을 대표해서
질문했다.

"스승님, 방금 말씀하신 맥상(脈象)에 부(浮)·삭(數)·침(沈)
·지(遲)가 있다는 것은 무슨 이치입니까? 더 자세히 말씀해 주
십시오."

편작은 빙긋 웃으며 돌아서서 두루마리 의서(醫書)를 탁자

위에 올려놓고는 두 눈을 가늘게 뜨고 서성거리며 천천히 말하였다.

"진단할 때 맥을 잡으면 맥상(脈象 : 맥의 상태)이 빠른 삭맥(數脈)은 상지유여(常之有餘), 안지부족(按之不足)으로 마치 고기가 헤엄칠 때 물결이 내는 것같이 박동의 움직임이 빠른 사람은 병이 피부(肌表)에 있고 병의 위치는 가볍고(輕), 얕고(淺), 치료는 며칠이면 된다. 맥상이 느린 지맥(遲脈)이면 '거지부족(擧之不足), 안지유여(按之有餘)'로 마치 고기가 연못 바닥에 누워 있는 것과 같이 박동의 움직임이 완만한 사람은 병은 안(裏)에 있어 일반적으로 병이 장부기혈(臟腑氣血)에 있다는 것을 의미하고, 병정(病情)은 비교적 중(重)하고 심각하면 수일 내 치료가 안 된다. 그래서 의원에게 맥을 볼 때 마음을 가라앉히고 자세히 몸을 이해하여 판별하고 망진(望診), 문진(聞診), 문진(問診)과 병행하여 병의 위치를 정확히 진단해야 한다."

편작이 침입천출(沈入淺出)의 강의를 알기 쉽게 예문을 들어 설명하였다. 편작의 제자들은 말라버린 벼와 같이 필사적으로 의학의 진수를 빨아들이며 의학의 참뜻을 정복해 나갔다.

이후 편작은 매일 제자들에게 의술을 전수하는 것 외에 낮에는 홀로 다니며 의술을 행하기도 하고, 밤에는 의안(醫案)을 정리하여 제자들에게 지도하면서 난치병이 있으면 직접 찾아가 치료하였다.

　수년 후, 명성이 높아지자 장청(長淸) 주변 사방 백 리 백성들이 편작을 노(盧)나라에 내려온 신의라는 신의강노(神醫降盧)라 불렀다. 후에 편작을 아예 노의(盧醫)라고 부르게 되었다.

　노나라의 유학자(儒學家) 맹자(孟子 : BC 372~289년)는 아버지를 잃고 편모 슬하에서 자랐다. 맹가의 어머니 급씨(伋氏)는 아들을 훌륭하게 교육시키기 위해 이사를 세 번 했다(孟母三遷之敎)[11].

---

11) 맹모삼천지교(孟母三遷之敎) : 맹자의 어머니 급씨(伋氏)가 맹자의 교육을 위해 세 곳을 이사했다는 것에서 유래한 이야기. 전한 때 학자 유향(劉向)이 지은 《열녀전(列女傳)》에 등장한다. 맹자를 길러낸 맹모의 교육열을 잘 보여준다. 그래서 현대에 와서는 자식에게 극단적인 교육열을 내보이는 극성 부모들을 비판하거나 풍자하는 데도 주로 쓰이고 흉악범들의 열악한 성장배경과도 결부되어 사람은 환경이 중요하다는 뜻의 고사가 되었다. 열녀전에 따르면 맹자의 집은 원래 공동묘지 근처에 있었기 때문에 어린 맹자는 자라 오면서 평소 보았던 대로 상여 옮기는 흉내와 곡하는 시늉을 하거나 상여꾼이 부르는 노래를 부르면서 놀았는데 맹자의 어머니 맹모가 이를 보고 아이의 교육에 좋지 않다고 걱정하여 시장으로 이사를 가니 이번에는 맹자가 친구들과 상인 흉내만 실컷 내며 놀았다. 맹모는 역시 아이의 교육에 올바르지 않은 환경 탓이라고 생각하여 마지막으로 공자를 모시는 문묘 근처로 이사를 갔다. 그러자 마침내 맹자가 관원들의 예절을 따라하고 제례를 지내는 시늉을 하며 놀았으며 글월을 외는 공부에도 관심을 가졌다. 맹모는 그제서야 만족하여 그 곳에 계속 거주하였으며 이후 맹자는 맹모의 맹모단기지교의 가르침을 거쳐 대학자가 된다.

맹자는 어렸을 때 묘지 근처에서 장례에 따라 곡을 하는 등 장례 지내는 놀이를 하며 놀았다.

"이곳은 내가 자식을 키울 곳이 아니다."

맹자의 모친은 집을 시장 근처로 이사했다. 그러자 맹자는 장사꾼들의 흉내를 내면서 노는 것이었다.

"이곳도 역시 내가 자식을 키울 곳이 아니다."

다시 집을 학교 근처로 이사했다.

그러자 맹자는 글 읽는 흉내를 내고, 시를 낭송하고 제사 때 쓰는 조두(俎豆 : 제사 지낼 때 쓰는 그릇)를 늘어놓고 어른들에게 절하는 법과 예법에 관한 놀이를 하는 것이었다.

"참으로 나의 아들을 살게 할 만한 곳이다."

맹자가 성장하여 육예(六藝)를 배우니 마침내 학식이 높은 선비로서 명성을 이루었다. 육예는 여섯 가지 교육과목으로 예(禮)·악(樂)·사(射)·어(御)·서(書)·수(數)로서 각각 예법, 음악, 궁술, 승마 및 마차, 글쓰기, 수학을 뜻한다.

맹모삼천지교(孟母三遷之敎)의 맹자는 인간의 본성(性)은 선(善)이라고 하는 주장을 하며 농사에 방해가 되는 노역이나 전쟁을 하지 않고 우선 민생의 안정을 꾀하며 이어 도덕교육을 행하여 인륜(人倫)의 길을 가르치면 천하의 사람들은 기뻐하여 심복하고 귀일한다는 것으로, 이것이 옛날 성왕(聖王)들의 정치,

즉 인정(仁政)이며 왕도(王道)라고 했다.

맹자의 사상이 노나라 민중들에게 큰 역할을 할 때, 편작은 민중들의 병마와 싸우고 있었다. 그 때는 맹자의 사상이 널리 퍼져 있었다. 맹자는 편작보다 29살 어렸다.

편작은 이전 의학 선배들의 의료 경험의 기초 상 자신의 임상실습과 결합하여 실용적이고 실현 가능한 과학적 진단 및 치료 방법을 요약했다. 그러나 당시 그 생활 시대에는 과학적 문화적 낙후로 굿과 미신이 성행하였다.

그가 여행한 여러 나라에는 주문으로 병을 고치는 미신적 치료법 '축유(祝由)'와 무관(巫官)의 우두머리인 '사무(司巫)'라는 부서와 관리를 두어 이른바 질병을 쫓는 '축역(逐疫)과 구려(驅癘)' 등 미신적인 활동을 전문으로 하는 무당들을 공양하였고 의술은 오히려 그 종속물이 되었다.

이로 인해 무지몽매한 백성들이 이를 믿게 하여 치료 시기를 늦추고 결국 목숨을 잃곤 하였다.

편작은 의술을 행하는 과정에서 일찍이 무(巫)와 의(醫)의 경쟁을 한 차례 겪었다. 이번 의료 사례에서 우위를 정했지만, 편작의 사상에서는 경종을 울리고 앞으로의 의료 원칙으로 항상 스스로를 타일렀다.

어느 날 늦은 밤, 편작은 제자들과 낮 진료와 학습을 마치고 모두 잠자리에 들었다. 그 때, 먼 곳에서부터 발자국소리가 점점 가까워져 오는데, 매우 다급하게 들리더니 곧이어 문을 두드리는 소리가 크게 났다.

문을 두드리는 소리가 빗발치듯 다급해지자, 자양(子陽)은 깜짝 놀라 잠이 덜 깬 눈을 비비고 문을 열었다.

"무슨 일입니까?"

"큰일났어요. 사람이 죽게 생겼어요."

문 밖에는 마흔이 넘은 중년 남자가 땀을 뻘뻘 흘리며 달려들어와 헐레벌떡 자양(子陽)에게 말했다.

"이가장(李家庄) 큰 형님 아들이 많이 아파 곧 죽을 것 같으니, 가서 목숨을 구해주세요!"

"진정하시고 자세히 말씀해 보세요."

말을 마치자마자 의자에 털썩 주저앉아 땀을 닦았다. 편작은 옆에서 듣고 있다가 급히 물었다.

"얼마나 됐어요?"

"벌써 이틀째예요."

중년 남자는 거친 숨을 몰아쉬면서 짧막하게 대답했다.

"의원에게 진찰을 받았나요?"

편작은 계속 물었다.

"무당을 모셔와, 형님 집에서 검을 휘두르고 물을 뿌리고 뭔지 불태웠다고 합니다."

"또 무당이 사람을 잡는구나. 빨리 가보자."

편작은 더 이상 물을 겨를도 없이 급히 자양(子陽)을 데리고 서둘러 짙은 밤 환자 집으로 달려갔다.

"형님, 의원님을 모시고 왔어요."

환자의 집은 온 집안에 연기가 자욱하게 피어오르고 바닥에 불탄 헝겊과 노란 종잇조각이 가득 뿌려져 있었고, 탁자 향로에 꽂힌 향(香) 몇 개가 푸른 연기가 피어오르고 텅 빈 방구석에는 침대 위에 7, 8살쯤 된 남자아이가 누워 있었는데, 눈을 감고 얼굴색이 창백하며 콧방울이 벌렁거리며 숨이 가쁘고 입술을 꼭 다물고 사지가 수시로 경련하고 있었다.

아이의 아버지는 편작을 멍하게 바라보고 있었는데, 편작은 인사할 겨를도 없이,

"어서 아이를 봅시다."

급히 몸을 숙여 아이의 가슴 등을 만지고 나서 아이의 좌우 맥박을 자세히 진찰하고는 잠시 생각하다가 아이의 아버지에게 말했다.

"소아의 병은 처음 감기 기운이 있어 치료가 늦었으므로 지금 이미 사열조폐(邪熱阻肺)[12]입니다. 여기에 즉시 청열숙폐(清熱肅肺)를 하여야 합니다."

---

12) 담열이 폐를 옹조(壅阻)하여 발생되는 기침과 천식의 병리를 말함. 외사(外邪)가 폐를 침범한 후에 울결하여 열로 화하면 열이 폐의 진액을 손상하여 담이 생기고 담이 열과 결합하여 폐락(肺絡)을 막아서 발생한다.

진료 가방을 열고 종이와 붓을 꺼내 처방을 내려 하였다.

사열조폐는 현대의학에서 소아폐렴(小兒肺炎)이다. 환자의 아버지는 이미 술에 취해 막 깬 것처럼 가로막으며,

"지금 용한 의원을 불렀습니다. 우리 아이의 병을 아무나 맡길 수 없어요. 곧 용한 분이 도착할 거예요."

"제가 의원입니다. 지금 급합니다. 빨리 치료해야 합니다."

"신경 쓰지 마세요. 곧 용한 분이 오면 금방 치료될 거예요."

편작은 이 얘기를 듣고 낭패했다.

말이 끝나기도 전에 아이 아버지가 먼저 부탁하여 온 무당이 눈을 감고 중얼거리며 문으로 들어오는 것이 보였다.

편작이 모습이 보이자 그 무당은,

"오호라! 알고 보니 이 사람이 바로 왕진 온 의원이군."

무당은 급히 자양(子陽)의 옷자락을 잡아당겨 방구석으로 물러나 있으라는 뜻을 내비쳤다.

"옆에서 지켜보시오."

무당이 어린아이를 어떻게 치료하는지 직접 보여주겠다는 것이었다.

무당이 머리를 풀어헤치고 울긋불긋한 법의(法衣)를 입고 날이 선 예리한 검을 휘두르며 덩실덩실 춤을 추면서,

"천영령(天靈靈), 지영령(地靈靈) 요괴는 떠나라!"

무당은 춤을 끝내면서 물을 뿌리고, 부적을 태우고, 한바탕 소란을 피웠다. 굿을 하면서 어린애의 아버지에게 큰 소리로

말했다.

"귀신을 쫓으면 어린애가 병이 낫는다!"

어린애의 아버지는 병이 낫는다는 말에 그저 두 손을 빌면서 무당의 말을 믿고 있었다.

두 시진쯤 되어 동녘이 어슴푸레 밝아오자, 무당은 피곤한 듯 굿을 마치고,

"이제 나의 정성으로 이 아이가 일어날 거야."

"고맙습니다."

"이제 또 다른 곳에 굿할 것을 준비해야 하니, 아들을 잘 간호하게나. 복채는 준비됐는가?"

"예, 예. 여기 준비했습니다."

"내 정성으로 이 아이가 일어나면 몸조리 잘 시키게."

무당은 한 마디 말을 하고 떠나가는데, 무당이 문 밖으로 나가는 그 때 아이의 푸르스름한 얼굴색이 창백해지고 육맥(六脈)은 뛰지 않고 벌써 죽어가고 있었다.

"아들아! 아들아! 말해 보거라!"

아버지는 아들의 아직 굳지 않은 시신을 끌어안고 울부짖었다. 편작이 이러한 상황을 보는 지경에 이르자, 애처로운 눈물을 금치 못하여 자양(子陽)은 말없이 문밖으로 물러날 수밖에 없었다. 돌아오는 길에 두 사람은 마음이 무거워 오랫동안 말

을 하지 않았다.

무술(巫術)이 사람을 해쳤는데도 여전히 그렇게 많은 사람들이 그것을 믿어서 헛되이 목숨을 잃었는데도 하늘의 뜻이니 얼마나 한심한가! 설마 의술은 주술을 이길 수 없단 말인가!

편작은 향후 병을 고치기 위한 규칙으로, 무당을 믿고 의원을 믿지 않는 환자는 치료하지 않을 것을 마음속으로 다짐했다.

제(齊)나라에 돈이 많은 부자 할아버지(富翁)가 있었다.

열흘 남짓 병상에 누워 있었는데 의원을 불러서 치료해야 하는데, 워낙 구두쇠이기에 의원을 부르면 돈이 드니까 부르지도 못하고 그저 병상에 누워만 있었다.

가족들도 할아버지를 보면 숨이 막힐 정도로 고집이 만만치가 않았다. 가족들은 편작이 제나라에 있다는 소식에 그에게 와서 부탁하였다.

"어서 편작 의원에게 가서 할아버지의 병을 보이면 치료할 수 있을 거야."

그들은 편작의원에게 달려가 말했다.

"집에 병자가 있는데 왕진을 부탁합니다. 그런데 노인이 워낙 구두쇠라 돈 쓰는 것이라면 절대로 하지 않을 것입니다. 어떻게 해야 할까요."

“돈이 문제가 아니라 생명이 중요합니다.”

“혹시라도 할아버지께서 무슨 말을 하셔도 절대 신경쓰지 마세요. 일단 가서 진맥을 봅시다.”

가족들의 간청에 편작은 할아버지 집으로 갔다.

진단하러 온 편작을 보고 긴 한숨을 쉬면서 혼잣말로 중얼거렸다.

“의원이 내 병 보려 오면 진료비가 많을 텐데.”

“할아버지, 맥을 보겠습니다.”

“진료비는 얼마나 하는가요?”

“진맥을 하는데 진료비를 안 내셔도 됩니다.”

맥을 보니 세약맥(細弱脈)이 잡혔다.

할아버지는 편작의 눈치를 보고 있는데, 편작은 가족에게 말하였다.

“맥을 짚어보니 기허(氣虛) 증상이 있어요. 일단 몸의 활동력이 부족하고 쉽게 지치고, 특별히 비(脾)와 폐(肺)가 약해져서 식욕부진, 대변당설(大便溏泄), 완복허창(脘腹虛脹), 신권핍력(神倦乏力), 소기나언(少氣懶言), 동작천핍(動作喘乏), 이출허한(易出虛汗)이 납니다.”

“맞아요. 식사도 잘 못하고, 대변도 묽게 보며 배가 더부룩하고 쉽게 피곤하고 힘이 없어 말하기도 귀찮다고 하셨어요. 그리고 움직일 때마다 잔기침도 하시고 쉽게 식은땀이 나셔요.”

"독삼탕(獨蔘湯)을 드시면 나아질 겁니다. 보통 방제 이름을 붙일 때는 여러 가지 약재가 구성이 되는데, 인삼(人蔘)만은 끓이는 독삼탕이라는 방제 이름이 있어요. 효과 면으로도 강하고 빨리 나타납니다."

"인삼이 정말로 좋습니까?"

"인삼의 효능은 대보원기(大補元氣), 보비익폐(補脾益肺), 생진지갈(生津止渴), 안신증지(安神增智)를 해줘요. 맞아요, 원기를 보기하고 비장과 폐를 튼튼하게 하고 몸안의 진액을 만들어 주어 목마름도 없애주고, 정신을 안정시키고, 지력을 증진시켜 줍니다."

할아버지는 돈 걱정을 하며 말했다.

"인삼이 비싸고 귀한 것인데 내가 어찌 먹을 수 있겠는가?"

"인삼이 부담되면 숙지황(熟地黃)도 좋습니다. 숙지황은 인삼의 십분의 일도 안되는 가격이고, 몸을 보(補)하는 효과도 나쁘지 않습니다."

편작은 이어서 말했다.

"지금 말한 것은 조전비방(祖傳祕方)인데 민간처방으로 마른 개똥을 가루로 만들어 같은 양의 흑설탕을 섞어서 복용하면 원기를 보충할 수 있어요."

"흑설탕을 돈을 주고 사야 하는데, 개똥가루만 넣고 굳이 흑설탕은 넣지 않아도 되지 않을까요?"

그 말을 듣고는 편작은 화가 나서 일어났다.

워낙 고집이 센 할아버지의 말에 식구들은 눈치만 보고 있었다. 할아버지는 일어나는 편작에게,

"왕진비는요?"

"왕진비도 아까울 텐데 필요 없습니다. 궁색함이 사람을 망치는구나!"

제12장. 扁氏三絕(편작 3형제의 뛰어난 의술솜씨)

편작은 제자와 함께 제(齊)나라를 떠나 위(魏)나라를 거쳐서 산을 넘고 물을 건너다니며, 얼마나 많은 백성들의 질병과 생명을 구했는지 기억이 나지 않을 정도였다. 위나라는 현재 하남(河南) 신향(新鄉) 일대이다. 편작은 성실한 의원이 갖추어야 할 도덕성과 태도인 의덕(醫德)과 품격(醫風)을 갖췄다.

중원(中原) 백성들은 편작을 보살로 여기며 마음속에 깊이 뿌리내려 있으며, 각지의 사람들은 편작을 감사히 여기고 있었다. 편작의 진찰 의료 수준은 장기적 임상실습에서 지속적 탐색 요약으로 인해 완전한 수준에 도달했다.

한의에는 양의와 달리 천문(天文), 지리(地理), 인사(人事)의 삼위일체 사고방식을 중시한다. 《소문(素問)》에는 상지천문(上知天文), 하지지리(下知地理), 중지인사(中知人事)야말로 '의지도(醫之道)'라고 하였다.

上知天文　상지천문

下知地理　하지지리

中知人事　중지인사

醫之道　　의지도

위로는 천문을 알고

아래로는 지리를 알고

중으로는 사람으로 해야 할 일을 아는 것

이것이 의술의 도리이다.

편작은 인사(人事)가 의료에 미치는 영향을 특히 중시하였다.
편작은 제자를 데리고 여러 나라를 돌며 각종 난치병을 접하고
자신의 시야를 넓혔을 뿐만 아니라, 임상기술 역시 향상시켰으
며, 많은 귀중한 민간 처방전을 수집하였다. 편작이 가는 곳마
다 신의(神醫)의 명성도 더욱 높아졌다. 그의 고상(高尚)한 의
덕(醫德)과 뛰어난 의술에 감탄하지 않는 사람이 없다.

오늘날 산서(山西), 하북(河北) 등지에서 편작이라는 이름을
따서 신의(神醫)를 기리는 마을이 많았다. 그러나 편작은 그의
제자들에게 교만하고 자만하지 말 것을 자주 타일렀으며, 의원
으로서 허명(虛名)에 시달린다면, 자신의 의술에 정진하고 인심
(仁心)을 수양할 수 없었을 것이라고 하였다.

편작의 3형제는 모두 의원이다. 그들은 어렸을 때 부친은 향
의(鄕醫)이고, 모친은 몸이 약하여 늘 치료받는 것을 보고 자랐

다. 편작은 장상군을 만나 본격적으로 의술을 배웠고, 편작의 형들도 의술을 터득하여 의원으로 활동하였다.

편작의 큰형은 이름이 편안(扁雁)이고 의학의 탁월함만이 아니라 내면의 평화와 삶의 의미라는 말로 삶에 대한 그의 욕망을 표현하였다. 자신의 의술이 더 많은 사람들을 도와 질병에 시달리지 않도록 하면서 마음의 평화와 안정을 기원했다.

편작의 큰형 편안(扁雁), 둘재형 편홍(扁鴻) 3형제는 모두 의술이 심오하고 정밀하여 그들을 「편씨삼절(扁氏三絕)」이라 불렀다.

아버지는 평범한 농민이었고 또한 향의(鄕醫)이기에 의학에 대한 지식을 중요시하였다. 처음에는 편작이 출셋길로 가기를 바랬지만, 후에는 사람과 생명을 구할 수 있는 신성한 직업이라고 생각하여 자녀들 모두 훌륭한 의원이 되기를 바랬다.

삼형제는 어려서부터 엄격한 스승에게 학문을 배웠다. 아버지는 유명한 스승을 청해 그들을 가르쳤다. 스승의 지도 아래 삼형제는 학문뿐만 아니라 풍부한 실천 경험까지 익혔다. 그리하여 의학에 대한 그들의 천부적인 재능과 노력은 그들을 단시간의 의학계의 최고 자리를 올려 놓았다

편작 3형제의 의학 길은 의학적 지식뿐만 아니라 끊임없이 실천하고 탐구해야 할 만큼 험난했다. 특히 당시만 해도 의학

은 매우 초보적인 단계여서 치료하지 못하는 질병이 많았다. 그러나 편작 3형제는 포기하지 않고 꾸준히 배우고 실천하며 자신의 의술을 꾸준히 보완해 나갔다. 의학 외에도 편작 3형제는 자신의 인생 추구가 있었다.

편작의 맏형은 의학의 탁월함만 아니라 내면의 평화와 삶의 의미라는 말로 삶에 대한 그의 욕망을 표현한 바 있으며, 자신의 의술이 더 많은 사람들을 도와 질병에 시달리지 않도록 하면서 마음의 평화와 평온을 기원하고 있었다.

편작 3형제의 인생 추구는 단지 의학의 길만 아니라, 인생에 대한 사고와 추구가 오늘날에 있어서 자신의 인생 추구를 생각해 나갔다. 물질만이 아니었다.

맏형 편안(扁雁)의 장점은 "사전공제(事前控制)"로 미리 질병을 예방하는 예리한 통찰력과 전략적인 안목을 갖추고 있어 병을 미연에 방지하는 데 도움을 주고, 환자의 기색, 숨결, 맥상의 미세한 변화를 관찰해 잠재적인 병의 원인과 병의 상태를 판단한 뒤 약물·침구(針灸)·안마 등 방법으로 환자의 기혈(氣血), 음양(陰陽), 오장육부를 조절하여 균형 있게 건강을 회복시켰다.

그의 의술은 가장 뛰어났지만, 그가 병을 고칠 당시만 해도 환자가 뚜렷한 증상을 보이지 않았기 때문에 일반인들은 그의 공로를 모르고 조언을 그다지 중시하지 않아 그의 명성은 그다지 높지 않았다.

둘째형 편홍(扁鴻)은 사중공제(事中控制)로 손놀림이 빠르고 과감하며 세련된 것이 특징이며, 중대한 질병이나 재난에 시달리지 않도록 도와주었다. 그는 환자의 증상과 체질을 진단해 병세의 경중(輕重)과 진행되는 상태를 판단한 뒤 적절한 약물·침술·괄사(刮痧)의 방법으로 병독(病毒)이 발병할 때 즉시 치료하였다.

그의 의술은 매우 유용하다. 그러나 그가 병을 고쳤을 때만 해도 환자가 작은 병만 고친다고 생각하고 그의 공로도 그다지 감사하지 않아 그의 명성은 높지 않았다.

편작(扁鵲)의 장점은 '사후공제(事後空際)'로 큰 건물이 무너지는 것을 바로 세우는 것과 같이 위급한 상황을 핵심적으로 치료하는 것이다.

그는 환자의 상처와 장기를 검사해 병의 위급함과 사망 위험을 판단한 뒤 과감한 수술, 특별한 약물, 신기(神氣)한 침과 뜸 등으로 환자가 죽음에 이르는 상태에서도 구해내는 그의 의술이 놀라운 것은 그가 병을 고쳤을 때 이미 환자는 죽을 고비에 이르렀기 때문에 일반인들은 그가 환자에게서 천지를 뒤흔들

만한 치료법으로 그의 의술 명성이 만천하에 퍼졌다.

편작 3형제에게는 다른 이름이 있었다.

《갈관자(鶡冠子)》 권하(卷下) 세현제십육(世賢第十六)에는 편작의 이름은 유규(俞跗), 큰형 이름은 유부(俞跗), 둘째형은 유척(俞跖)으로 나와 있다. 모두 성은 진(秦)이고 이름을 모두 다리(足) 부위의 명칭으로 표시하였다.

복사뼈인 과(踝), 발꿈치인 종(踵), 발가락인 지(趾)이다. 이것은 그들 가족이 의술의 전통을 계승하고 이것은 침구의 치료 경락(經絡)이 분포되어 있는 것이다.

큰형 유부(俞跗)의 부(跗)는 발등을 나타내며, 둘째형 유척(俞跖)의 척(跖)은 발바닥을 말하며, 편작의 다른 이름 유규(俞跬)의 규(跬)는 발걸음을 말한다.

큰형 유부는 명성은 그리 크지 않았지만, 초(楚)왕과 위(魏)문왕(文王) 등 제후국 군주들에게 인정받고 신임을 받았다. 《사기(史記)》 편작창공열전(扁鵲倉公列傳)에 따르면 "초왕(楚王)은 매번 출정할 때마다 유부(俞跗)를 수행 의원으로 삼았다."

이는 유부가 군주 자체의 질병을 예방하고 치료할 뿐만 아니라, 전쟁터에서 군주를 보호한다는 것을 보여준다. 그리고 위문왕(魏文王)도 유부에게 의술을 청하고 유부에게 감탄하였다.

이는 유부가 군주의 신뢰와 존중을 얻을 뿐만 아니라, 의술과 치국(治國)의 도(道)에 대한 군주의 인식에도 영향을 주었다고 볼 수 있다.

유척(兪跗)은 비록 명성은 높지 않지만 놀랍고 기이한 일이 있었다.

《사기》 편작창공열전에 따르면 유척이 채환공(蔡桓公)이라는 귀족을 치료했는데, 그는 매일 저녁이 되면 의식을 잃고 다음 날 아침이 되어서야 깨어날 수 있다는 전모(傳暮)라는 병을 앓고 있었다고 한다. 유척은 채환공을 침과 약물로 치료하여 정상적 생활을 되찾게 하였다. 이는 유척이 희귀하고 난치성 질환을 치료할 수 있고, 환자의 삶의 질을 향상시킬 수 있다는 것을 보여주었다.

《전국책(戰國策)》 위책사(魏策四)에 의하면 유척이 전기(田忌)라는 장군을 구한 적이 있다. 그는 조(趙)나라에서 싸우다가 적에게 눈을 맞아 눈알이 빠졌다고 한다. 유척은 손으로 눈알을 다시 넣고 약물과 침구 치료로 전기(田忌)를 치료하여 실명하지 않았을 뿐만 아니라 작전을 계속할 수 있게 하였다. 유척이 급히 조치하여 위험한 상태를 넘길 수 있었고, 전기의 전투력도 보장할 수 있었다는 것을 보여주었다.

편작 유규(兪跬)는 명성이 가장 알려졌지만, 약간의 논란과 갈등이 있었다. 《사기(史記)》 편작창공열전에 따르면 유규는 일

전기(田忌)

찍이 곽태자의 귀족을 치료하였다. 그는 새벽닭이 울 무렵 이미 숨을 거둔 지 반나절도 되지 않았다고 한다. 유규는 자청해서 치료 끝에 세자는 곧 깨어났고 시간이 감에 따라 완전히 회복되었다.

편작 3형제는 춘추전국시대 삼위의학대가(三位醫學大家)로서, 각각의 장점과 단점이 있고, 그들 이야기를 통해 더 깊은 이해와 인식을 심어주었고, 의술과 의덕에 대한 기대와 존중을 높였다.

3형제는 의술에 뛰어나 사람들로부터 인정과 찬양을 받을 뿐만 아니라 황제로부터도 인정을 받았다. 당시 황제는 의학을 매우 중요시했는데, 의학이 국가의 근본이라고 생각하여 3형제에게 황궁의 병을 치유하라고 명령하여 황제의 기대를 저버리지 않고 3형제는 자신의 의술로 황제의 병을 치유해 황제의 극찬과 포상을 받았다.

3형제의 의술적 성취는 높지만, 그들의 성격은 사뭇 달랐다. 큰형 유부는 매우 엄숙한 사람으로, 의학에 대해 무한한 애정을 가지고 있지만, 그는 매우 개방적이고 새로운 치료법을 시도하는 것을 좋아하는 활달한 사람이었다.

반면 편작은 겸손한 사람으로 늘 겸허하게 남에게 배우며 자신의 의술 수준을 꾸준히 높여왔다. 3형제의 성격 차이로 인해 의학 분야에서도 활약이 달랐다.

유부는 의술이 뛰어나지만, 그의 자부심은 그로 하여금 환자를 치료할 기회를 많이 놓치게 했다. 유척은 새로운 치료법을 시도하는 데 능숙하였지만, 그의 활달함은 그로 하여금 중요한 의학적 일을 많이 놓치게 했다.

그리고 유규는 겸손과 부지런함으로 자신의 의술을 꾸준히 향상시켜 의학사의 전설적 인물이 되었다.

성공을 추구하는 길에 겸손하고 부지런한 마음을 가져야 하고 겸손하게 다른 사람에게 배우는 법을 배워 자신의 능력과 수준을 끊임없이 향상시켜 활달한 마음을 유지하고 자신의 성취에 눈이 멀어서는 안되고 열린 마음을 가지고 새로운 것을 시도하는 방법을 배워야만 인생의 길에서 더 멀리 온전히 갈 수 있었다. 편작 삼형제의 이름 중에 안(雁)은 기러기, 홍(鴻)은 고니, 작(鵲)은 까치이기에 치료를 먼 곳까지 날아가서 치료하며 아픈 이들에게 기쁨을 선사하라는 뜻이 내포되어 있는 것 같다.

편작이 줄곧 열국(列國)을 주유(周游)하다가 산을 넘고 물을 건너 그들은 위(魏)나라 경내(境內)에 도착했다. 어느 날, 위(魏)나라 왔다.

이때 위나라를 집권한 초대 총명한 임금 위문후(魏文侯)는 즉위하자 곧바로 도읍을 안읍(安邑)으로 옮겼다. 오늘날 서하현(西夏顯) 서북(西北)이다. 위나라는 황하와 회하(淮河) 양대 강 사이 평야지대에 위치하여 동쪽에는 제(齊)나라가 웅거(雄踞)하고 서쪽으로는 황하를 경계로 하여 강진호거(强秦虎踞)하고, 남쪽으로 초(楚)나라가 호시탐탐 노리고 북쪽에는 조(趙)나라가 위압하여 사경(四境)에는 강적이 둘러싸고 이처럼 지킬 만한 험한 곳이 없었다.

위문후(魏文侯)가 즉위했을 때 위나라는 생존의 위기에 직면해 있었다. 문후(文侯)는 50년 동안 재위했으며, 현명하고 뛰어난 군주였다. 서진(西秦)과의 전쟁에서 위나라는 연달아 승리했다.

그는 식견이 풍부하여 열국의 패권을 다투는 데 인재의 중요성을 알고 있었다.

현사(賢士)를 예우하고 인재를 등용하고 현명하게 행동하였다. 동생 위성자(魏成子)를 제노대지(齊魯大地)로 초청해 거금을 주고 현자(賢者)를 찾기도 했다. 위문후의 통치하에 위나라의 엘리트들이 모여들었고, 명사(名士)들도 구름처럼 몰려들었다.

그는 이리(李悝)를 등용하여 변법(變法)을 위해 위나라를 전국시대의 강대국으로 만들고 위나라의 백년패업(百年霸業)을 일구었다. 이리(李悝)는 변법(變法)을 개관(開關)하여 위나라의 경제를 활성화시켰다. 도성 안읍(安邑)은 거리가 정돈되고 상인과 여행객이 즐비하여 사람들의 왕래가 끊이지 않았다.

그 생기발랄한 도시의 기상(氣像)과 위문후의 야심찬 경제 대국을 이루고자 하는 대지(大志)가 서로 호응하였다. 편작은 이 번영한 광경을 보고 위문후에 대한 호감이 넘쳤다. 위문후는 인재를 사랑하는 것을 목숨과 같이 여겼다.

하루는 편작이 위나라에 도착했다는 소식을 듣고 위문왕(魏文王)이 사람을 보내 성안에서 편작을 찾아 궁으로 불러들였다.

편작과 제자들이 궁전에 들어오니 위문왕이 곧 일어나 맞이했다. 편작은 이미 예순이 넘고 명성이 자자한 신의이므로 위문후가 친히 부축하여 자리에 앉히고, 예의를 갖추어 상빈(上賓)으로 대접했다.

"나에게 아들이 있는데, 병을 앓고 있습니다."

"진맥을 해보겠습니다."

"태의들이 치료를 해봤지만 차도가 없습니다."

위문후는 편작을 모시고 태자의 침실로 갔다. 태자의 맥을 보니 삭맥(數脈)으로 몸의 열이 있으며, 만성적으로 병을 앓고 있었다.

같이 동반한 태의한테 물었다.

"어떤 약재를 사용했습니까?"

"몸이 약하기에 독삼탕(獨蔘湯)을 처방했습니다."

"몸은 약하지만, 인삼(人蔘)이 맞지 않는 처방입니다."

"오래된 담(痰)으로 기침을 오래 하셨고, 복부창만에 트림도 있고 위산과다로 설사도 하며, 해수·천식·변비·식욕부진이 있었기에 사용하였습니다."

"인삼이 효능이 아무리 좋다고 해도 모든 병에 적합하지는 않습니다."

"저희는 몸이 약해서 인삼만 처방했습니다."

"인삼을 처방한 다음 어떤 증상이 있었습니까?"

"구갈(口渴)·발열·두통·현훈(眩暈)·전신발진·소양(瘙癢)·호흡급촉(呼吸急促)·경궐(驚厥)·추축(抽搐) 그리고 가끔 코피도 흘렸습니다."

"인삼의 부작용입니다."

편작은 옆에 있는 태의에게 주의를 주며,

"내복자(萊菔子)를 한 줌을 끓여 가지고 오세요."

내복자는 무의 씨앗으로 기(氣)를 내리고 소화 기능과 기관지에도 작용한다. 태의는 몸이 허약하다고 독삼탕으로 처방하였던 것이다.

내복자를 복용하더니 태자의 증상이 완화하였다. 그러면서 편작은 태의들에게 말했다.

人蔘殺人無罪　　인삼살인무죄
大黃救人無功　　대황구인무공

인삼으로 사람을 죽여도 죄가 없고,
대황으로 사람을 구해도 공로가 없다.

인삼의 공효(功效)는 대보원기(大補元氣)·보비익폐(補脾益肺)·생진지갈(生津止渴)·안신증지(安神增智)한다. 그러나 인삼의 부작용은 신체가 음허화왕(陰虛火旺)일 때는 나타나기도 한다.

대황(大黃)의 공효(功效)는 사하공적(瀉下攻積)·청열사화(清

熱瀉火)·해독(解毒)·활혈거어(活血祛瘀)하는 작용으로 주로 설사나 배변을 촉진시키는 공하약(攻下藥)으로 사용한다. 이후로부터 한약을 지을 때 인삼이 들어간 방제(方劑)을 복용할 때는 무를 같이 복용하지 않게 되었다.

위문왕은 일찍이 편작의 이름을 듣고 제자가 많고 의술이 뛰어나다는 것을 알았다. 그는 아들 태자를 치료한 편작에게는 두 명의 형이 더 있고 그들 또한 의술에 정통하다는 것을 알았다.

주빈의 인사말이 끝나자 위문왕는 직접 난처한 질문을 던지며, 형제 셋 중 누구의 의술이 우수한지 가르쳐달라고 부탁했다. 위문후는 편작이 겸손한지 어떤지 시험해 본 것이다.

편작은 차분하게 말했다.

"큰형이 제일 높고, 둘째형이 다음이며, 소인이 제일 낮습니다."

뜻밖에도 편작은 큰형이 의술이 깊고 둘째형은 조금 모자라는 것을 거리낌없이 인정하고, 자신이 가장 낮다고 인정한 것이다. 편작의 대답에 위문후는 깜짝 놀라 말했다.

"편작 선생의 의술이 형제 중 가장 낮은데, 어떻게 명성이 가장 높을 수 있는가? 진선생의 명성은 자자하고, 모든 사람들이 신의라고 칭찬하는데, 그렇다면 두 형은 어떻습니까?"

"큰형은 발병하기 전에 이미 병이 있는지 어떤지 알아볼 수 있기 때문입니다. 그 때 환자는 자신의 병이 나았다고 생각하지 않고, 큰형이 환자 스스로 병증을 알아차리기 전에 병을 고쳤기 때문에 큰형의 의술은 좀처럼 인정받지 못한 것입니다.”

의술로는 맏형이 제일 으뜸가며, 그 뒤에 작은형이 있고, 자신이 제일 못하다는 것이었다.

다시 궁금해진 황제는 형들의 의술이 그리 뛰어나면 어째서 편작의 이름이 가장 널리 알려졌느냐고 묻자, 편작은 이렇게 답하였다.

“제 맏형은 환자가 고통을 느끼기도 전에 표정과 음색으로 이미 그 환자에게 닥쳐올 큰 병을 알고 미리 치료하기 때문에 환자는 의원이 자신의 큰 병을 치료해 주었다는 사실조차 모릅니다. 또한 둘째형님은 큰형님보다 못하기에 병이 나타나는 초기에 치료하므로, 그대로 두었으면 목숨을 앗아갈 큰 병이 되었을지도 모른다는 사실을 다들 눈치채지 못합니다. 그래서 제 형님들은 한갓 가벼운 병이나 고치는 의원으로 평가받아 그 이름이 고을 하나를 넘지 못하지만, 저는 이미 병이 크게 될 때까지는 알지 못해 중병을 앓는 환자들이 법석을 떨며 치료하니, 제 명성만 널리 퍼질 수밖에 없는 것입니다. 우리 3형제는 각자가 특기가 있고, 이 역시 각자의 명성이 확연히 다르다는 것을 결정짓습니다.”

편작은 계속해서 말했다.

"큰형님이 사람을 치료한 것은 병이 나기도 전에 치료합니다. 형님은 양생보건(養生保健)과 예방질병(豫防疾病)에 가장 능하고, 병자(病者) 자신도 병이 난 것을 깨닫지 못할 때 병을 진단하고, 환자가 모르는 사이 병의 원인(病巢)을 미리 제거합니다. 그래서 남들도 그에게 무슨 뛰어난 의술이라고 생각하지 않습니다. 사실 형님의 의술은 우리 집안 내부와 그 의술을 정말 잘 아는 사람들만 알고 있다는 것은 대단한 일입니다. 《역경(易經)》에 한의학의 신비에 대한 통찰이 담겨 있습니다."

無妄之疾　勿藥有喜
무망지질　물약유희

뜻밖의 병에는 약을 쓰지 말고 기쁨이 있어야 한다.

"바로 작은 병에 걸리면 함부로 약을 쓰지 않는 것이 상책이라는 겁니다. 여기에 치미병(治未病)의 의미를 볼 수 없고, 환자는 무지(無知)하여 작은 병이 큰 병으로 되면 의원도 중증(重症)으로부터 시작해 일전(一戰)에 성공하기를 갈망합니다."
위문후는 흥미진진하게 듣고 둘째형의 의술에 대해 물었다.
"둘째형은 어떤가?"
편작은 느긋하게 차를 한 모금 마신 후 둘째형의 톡특한 점을 이야기했다.

"둘째형은 두번째로 의술이 좋습니다. 이미 병의 초기에 알아차리고 환자를 치료해 줍니다. 둘째형이 병을 치료하는 것은 큰형과 달리 병의 증세가 막 드러났을 때 병정(病情)이 발전되는 것을 막고, 그 때는 병세가 아직 심하지 않아 환자 스스로 조급해 하지도 않고 그다지 고통스럽지도 않아, 둘째형은 약을 조금만 써도 병을 고칩니다. 둘째형은 두통(頭痛)·뇌열(腦熱) 등 심각하지 않은 병들을 고칩니다. 그래서 그의 명성이 그리 높지 않은데, 사실 더 이상 질병이 악화되는 걸 막는 것은 대단합니다."

"그러면 진선생은?"

"환자가 저를 찾아와 병을 고칠 때는 이미 말기에 이르러 병세가 매우 위중한 환자들을 치료해 준 덕분에 제가 유명해지기 시작한 것입니다. 하지만 근본적으로 저의 두 형님과는 비교가 되지 않습니다. 저는 병세가 위중하고 고통이 극심하여 자제하기 어렵고 지푸라기라도 잡듯이 침을 놓거나 환부에 고약을 바르고 수술까지 하여 병의 원인을 제거하고 위독한 환자가 점점 완쾌되는 것을 보고 의술을 신통하다고 여깁니다. 그렇게 명성이 백성들 사이에 퍼지자, 의술의 상등(上等) 의원은 질병이 퍼지는 향방을 예측해, 질병이 깊이 진행되지 않도록 조치를 취하지만, 하등(下等) 의원은 그저 겉으로 드러난 질병만 치료할 수 있습니다."

이것이 편작이 자신의 의술이 두 형에 훨씬 못미친다고 말하는 이유였다. 위문왕은 듣고 깨달은 바가 있어 편작에게 치미병(治未病)과 치이병(治已病)에 대한 차이를 물어보았다.

치미병(治未病)은 아직 발병하지 않은 병을 치료하는 것이고, 치이병(治已病)은 이미 발병된 병을 치료하는 것이다.

"사실 치미병과 치이병은 모두 매우 중요하지만, 둘을 비교하면 먼저 치미병을 추구해야 합니다. 다만 사람들은 눈앞에서 즉각적인 효과를 보는 것에만 급급해 하기 때문에 치미병에 능한 의원은 인정받지 못하는 경우가 많습니다."

위문왕는 마침내 깨닫고 편작에게 고개를 끄덕이면서 칭찬했다.

"일찍이 도가(道家) 창시자 노자(老子)는 치대국여팽소선(治大國如烹小鮮)이라고 했습니다."

治大國如烹小鮮　　치대국여팽소선

큰 나라를 다스리는 것은 작은 생선을 굽는 것과 같다.

편작이 말했다.

"명성이 자자한 사람은 출중하지 못하고 본 적도 이름도 없는 사람이 나라를 다스릴 만한 재능이 없는 평범한 사람이 높은 관직에 올라 이름을 날리면 그것이 바로 국가의 슬픔입니다."

편작의 겸손함을 보여주는 일화라고 해석하기도 하는데, 그
보다는 악화된 질병의 치료보다 예방과 초기 치료가 중요함을
나타내는 일화라고 해석하는 경우가 많다.

현대에서도 자각증상이 없는 암은 초기 진단이 힘들고 뒤늦
게 진단한 후에는 치료가 매우 힘들다는 것을 감안하면 여전히
유효한 일화라고 볼 수 있다.

편작은 모두들 큰 병(大病)과 중한 병을 치료하는 데 의술이
뛰어나다는 것을 알고 있지만, 사실 그 자신은 병세가 심각한
후 의원을 찾는 것을 반대하였다.

큰형처럼 병의 원인(病巢)의 낌새가 채 드러나기도 전에 적재
적소에 약을 투여해 병의 원인을 제거하기를 추천하였다. 이러
한 '치미병(治未病)'은 의학사상 오늘날까지도 의학 분야에서 여
전히 찬란하게 빛나고 있다.

위나라에 잠시 머문 후 그들은 여장을 꾸리고 초(楚)나라로
향하고 있었다.

제13장. 伯牙絶絃(백아 거문고 줄을 끊다)

춘추시대 후기 초(楚)나라의 거문고 달인(達人)으로 이름 높은 유백아(俞伯牙)는 진(晋)나라에 가서 출사하여 고관으로 지냈다.

유백아는 어려서부터 총명하고 천부적으로 음악성이 있어 음악을 남달리 좋아하였다.

그는 당시의 유명한 칠현금 연주가 성연(成連)을 스승으로 음악을 공부하였다. 3년이 지난 뒤 유백아는 그곳에서 명성 높은 연주가가 되었지만, 예술적으로 더 높은 경지에 도달할 수 없는 것으로 인하여 고민하였다. 그의 속마음을 꿰뚫어 본 스승 성연은 그에게 말했다.

"나는 이미 내 모든 기예를 너에게 가르쳤고, 너 또한 잘 소화하여 터득하였다. 그러나 음악의 감수성과 그 깊은 이해에 대하여는 나 자신도 아직 터득하지 못하고 있다. 나의 스승 방자춘(方子春)은 뛰어난 연주가로서 음악에 대해 독특한 감수성을 지닌 분이다. 그분은 지금 동해의 한 섬에 살고 있는데, 너를 그 분에게 보내서 계속 가르침을 받도록 하고 싶은데 네 생각은 어떠냐?"

그 말을 듣고 유백아는 흥분을 금할 수 없었다. 그는 배를 타고 동쪽 바다로 향해 떠났다. 배가 동해의 봉래산에 이르자 스승 성연이 백아에게 말했다.

"내가 가서 스승님을 모시고 곧 돌아올 테니 너는 봉래산에서 우리를 기다리고 있거라."

말하고는 배를 타고 떠났다.

며칠이 지나도 스승이 돌아오지 않자 유백아는 몹시 상심하였다. 바다를 바라보고 있는데 갑자기 파도가 세차게 일어났다. 머리를 돌려 섬을 바라보니 삼림은 고요한데 지저귀는 새들의 울음소리는 구슬픈 노래와도 같았다.

순간 유백아는 감흥이 일고 영감이 떠올라 하늘을 우러러 장탄식하며 칠현금으로 즉흥곡을 연주하였다. 그의 연주는 슬프고 애절하였다.

그 이후로부터 유백아의 연주는 한 단계 높은 경지에 이르게 되었다. 사실 스승 성연은 의도적으로 유백아가 혼자서 대자연 속에서 일종의 감수성을 터득하게 하려고 혼자 내버려두었던 것이었다.

외로운 섬에서 매일 같이 바다를 동무 삼고 삼림 속을 날아다니는 새들과 대화하노라니 서서히 감정의 변화를 가져오고 심령이 정화되어 갔다.

유백아는 예술의 본질을 진정으로 터득해야만 대를 이어 갈 수 있는 걸작을 창작할 수 있다는 이치를 깨닫게 되었다. 후에 유백아는 뛰어난 연주가가 되기는 하였지만, 그가 연주하는 곡을 감상할 줄 아는 사람은 드물었다.

자신의 음악을 알아주는 사람을 만나지 못해 무의미한 세월을 보내다가 자기 음악의 경지를 열어준 스승을 찾아 고국 초나라로 돌아갔다. 그러나 스승은 이미 고인이 되어버린 후여서 심한 상실감에 빠졌다.

백아가 배를 타고 유람할 때였다. 백아가 탄 배가 강가에 닻을 내렸을 때 때마침 팔월 대보름달이 허공에 높이 걸려 있었다. 순간 영감이 떠오른 백아는 칠현금을 받쳐 들고 연주하기 시작했다

백아는 달을 쳐다보면서 울적한 생각에 잠겨서 거문고를 연주하기 시작했다. 그때 누군가가 자기 거문고 소리를 귀담아듣고 있다는 사실을 알았다. 한참 거문고를 타던 백아는 현(弦)의 이상한 떨림을 느꼈다.

그것은 연주가의 심령 감응으로 부근에서 누군가가 그의 연주를 듣고 있음을 연주자가 알게 되는 현상이었다. 아니나 다를까 강 언덕 수림 가에 종자기(鍾子期)라는 나무꾼이 앉아 그의 연주를 감상하고 있었던 것이다.

백아는 그를 청하여 왔고 서로 통성명을 한 후 백아가 말을

꺼냈다.

"그대는 내 곡조에 담긴 뜻을 알아들을 만하시오?"

"그대가 타는 곡조가 공자의 안회탄(顔回嘆)이지요."

"맞소이다."

백아는 기쁨에 넘쳐 나무꾼 종자기와 함께 음악에 관한 이야기를 주고받았다. 나무꾼 종자기는 여러모로 박식하였다. 그러던 어느 날 백아가 또 말을 꺼냈다.

"공자님께서 방에서 거문고를 타시는데, 그의 제자 안회가 밖에서 들어오다가 문득 거문고 소리에 살기가 서려 있다는 것을 알아차리고 깜짝 놀랐다고 하는 이야기가 있지 않습니까? 나중에 알고 보니 그때 고양이 한 마리가 쥐를 잡아먹으려는 것을 공자님께서 보시게 되어 공자님께서 느낀 감정이 그 거문고 소리에 묻어 살기를 띠게 된 것이라고 했지요. 그러고 보면 안회야말로 소리를 안다는 「지음(知音)」이라고 하겠네요. 이제 내가 거문고를 탈 테니, 내가 무엇을 생각하는지를 맞혀 보시지요."

백아(伯牙)가 말하고 나서 거문고를 타면서 산을 생각하자, 나무꾼 종자기(鍾子期)는 곧바로 맞받아 노래하였다.

"좋고도 좋도다! 산이 높고도 험함이여, 태산과 같도다!"

이어서 백아가 도도히 흐르는 강물을 생각하며 연주하자, 종자기가 노래했다.

"좋도다! 넓고 넓음이여! 양자강과 황하와도 같구나."

이처럼 백아가 생각하는 것을 종자기는 반드시 알아들었다. 백아가 종자기와 함께 태산의 북쪽으로 놀러갔을 때, 배는 높은 산과 나란히 하여 노저어갔다. 그때 갑자기 큰비가 내리기 시작하는지라 배를 산기슭에 멈추고 비가 멈추기를 기다려야만 했다.

여기서 편작과도 연결되어 있는 백아와 종자기에 대한 이야기를 알아보자.

춘추시대(春秋時代)에 백아(伯牙)라는 거문고의 명인(名人)이 있었다. 그에게는 그의 거문고 소리를 듣고 악상(樂想)을 잘 이해해 준 종자기(鐘子期)라는 친구가 있었다.

어느 날, 백아(伯牙)가 높은 산(山)에 오르는 장면(場面)을 생각하면서 거문고를 켜자 종자기는 그 소리를 듣고 이렇게 말했다.

"정말 굉장하네. 태산(泰山)이 눈앞에 우뚝 솟아 있는 느낌일세."

또 한번은, 백아(伯牙)가 도도히 흐르는 강(江)을 떠올리면서 거문고를 켜자, 종자기(鐘子期)가 말했다.

"정말 대단해. 한없이 넓은 바다 같은 큰 강(江)이 눈앞에 흐르고 있는 것 같군 그래."

이렇듯 종자기는 백아의 생각을 거문고 소리를 통해 척척 알아맞혔다.

어느 날, 두 사람은 북쪽으로 여행을 떠났는데, 도중에 폭풍우를 만나 바위 그늘에 머물렀다. 백아는 자신의 우울한 기분을 거문고에 담았다. 한 곡 한 곡마다 종자기는 척척 그 기분을 알아맞혔다.

이에 백아가 거문고를 내려놓고 감탄했다.

"정말 대단하네. 그대의 가슴에 떠오르는 것은, 곧 내 마음 그대일로세. 그대 앞에서 거문고를 켜면, 도저히 내 기분(氣分)을 숨길 수가 없네."

무속을 좋아하는 풍토는 초(楚)나라가 가장 성하였다. 초나라에 가기 전부터 편작은 초나라 사람들이 무속을 좋아한다는 이야기를 많이 들었다. 편작은 초나라로 가기로 한 계획이 있었다. 그때, 대부 백아(伯牙)의 서신을 받고 편작은 초나라로 가기로 한 결심이 확고해졌다.

편작이 제자들과 태산(泰山) 기슭에 이르렀을 때 한 무리의 군대와 말들이 달려와서 물었다.

"편작이 누군가?"

그들은 신의를 찾아 중요한 일을 부탁하러 달려왔다.

편작이 나서서 그들에게,

"내가 편작인데, 무슨 용무가 있는가?"

편작이라는 말을 듣자, 우두머리는 즉시 말에서 내려와서 대부 백아의 명을 받들어 편작에게 편지 한 통과 황금 백 냥을 보냈다. 편지와 선물을 건네주고는 그들은 떠났다.

편작은 평소에 백아와 왕래가 없었는데, 왜 그가 편지를 써서 자신에게 보냈는지 의아해 했다.

'일백 냥의 황금은 또 뭐지?'

서신을 펴보니 백아의 지음(知音)인 종자기(鍾子期)의 병이 위중하니 초나라로 가서 종자기 병을 고쳐 달라고 청하였다.

편작은 의료 거처를 정하지 못하고 있을 때, 종자기의 질환으로 백아는 여러모로 편작의 행방을 수소문하여 백여 일이나 찾아다닌 뒤에 편작이 태산(泰山) 일대를 돌며 의술을 펼친다는 소식을 들었다.

편작은 백아와 종자기의 우정에 감동하여 제자들을 데리고 멀리 초나라 한수(漢水)의 양마(陽馬) 안산(鞍山)으로 갔다. 한수는 지금 호북성(湖北省)의 한양(漢陽)이고 안산(鞍山)은 안휘성(安徽省) 봉양현(鳳陽縣) 성북(城北)의 마안산(馬鞍山)이다.

종자기가 은거한 그곳으로 갔다. 종자기는 초나라 사람으로 어려서부터 무속 분위기 속에서 살아오면서 무신(巫神)의 법력(法力)을 믿어 의심치 않았다.

백아와 종자기

　그가 병으로 쓰러진 후부터 마안산(馬鞍山)의 산 앞과 산 뒤에 향불이 피어오르고 기도를 계속했다.

　편작의 제자들은 마안산 아래로 달려갔다. 거기에는 7, 8명의 무당이 성대히 굿을 올리고 있었다. 법대를 높게 쌓고 그 위에 천신(天神)과 문왕상(文王像)이 걸려 있었다. 이들은 잠시 후 주문을 속삭이며 천신과 소통하여 귀신을 쫓고 액막이를 도와주기를 바라며 고개를 들어 천신을 향해 축도하며 큰 소리로 외치고 있었다.

산 아래 백성들은 종자기의 고덕(高德)을 흠모하여 매일 법대(法臺) 앞에 무릎을 꿇고 천신(天神)과 문왕에게 기도하며 혼자 떠도는 고혼(孤魂)과 야귀(野鬼) 귀신들이 빨리 이곳을 떠나 다시는 종자기에 매달리지 않도록 기도했다.

편작은 농간부리는 무신(巫神)들을 아랑곳하지 않고 종자기 방으로 들어갔다. 종자기는 핏기 없는 얼굴로 침대에 누워 꼼짝도 하지 않고 이미 반 혼수상태에 빠져 있었다.

편작은 맥을 짚었다.

'이미 늦었구나.'

치료 시기가 늦었다는 것을 알았다. 편작은 고개를 저으며 안타까운 눈빛을 드리웠다. 편작은 종자기의 귀에 대고 조용히 자기소개를 했다.

"유백아 대부(大夫)가 청해서 왔습니다."

종자기는 혼미한 상태에서 '유백아'라는 이름을 듣고 혼수상태에서 깨어났는데, 힘겹게 눈을 뜨고 중얼거리며 말하는 소리가 매우 희미하였다.

"백아, 백아!"

'종자기는 무슨 병에 걸렸는지, 왜 이렇게 오래도록 낫지 않

는가?'

편작은 탄식하며 고개를 저었다. 종자기는 폐로(肺癆)에 걸려 치료를 미루다가 폐악(肺惡)으로 전위되어 중태에 빠졌다. 폐로(肺癆)는 지금의 폐결핵이다.

설령 여러 가지 의술 치료를 한다 해도 종자기의 병에는 약효가 없었다. 진작 의원에게 진료를 받았더라면 더 나빠지지 않았을 텐데…….

"애석하다!"

"예?"

"너무 시간이 늦었어요. 지금은 약도 소용이 없어요."

약이 없다는 편작의 말을 듣자, 종자기의 가족들은 모두 모여 울음을 터뜨렸다. 종자기는 기침을 한바탕하고 피를 크게 토했다. 종자기는 임종 때까지도 왜 초(楚)나라에서 가장 유명한 무당조차도 자신의 병을 고치지 못하는지 깨닫지 못했다.

종자기의 생명을 빼앗은 것은 폐결핵 자체가 아니라, 그가 굿을 믿었던 것이다. 이것의 바로 그의 병의 근원이었다. 종자기는 굿으로 수개월을 지체하다 병이 고황(膏肓)에 들었다(病入膏肓). 얼마 지나지 않아 종자기는 세상을 떠났다.

이듬해, 백아가 약속대로 종자기를 찾아갔을 때는 종자기는 병으로 세상을 떠나고 없었다. 백아의 비통은 이를 데 없었다. 그는 종자기의 묘소에 가서 그를 위해 그리움과 비통한 마음을 담아 한 곡 연주한 후 자리를 털고 일어났다. 그리고 가장 아끼던 소중한 칠현금을 종자기 묘 앞에서 부셔버렸다. 그 이후로 백아는 칠현금과 인연을 끊었고, 사람들은 다시는 그가 연주하는 것을 본 적이 없다고 한다.

자기의 속마음을 알아주는 지기지우(知己之友)를 마치 종자기가 백아의 거문고 소리를 알아주었다는 뜻의 「지음(知音)」이라는 고사성어가 생겨났다.

백아는 자신의 음악을 알아주는 사람이 이 세상에는 더 이상 없다고 생각하였기 때문에 거문고 줄을 끊은 것이다. 백아가 본인의 음악을 알아준 종자기의 죽음을 슬퍼한 나머지 거문고 줄을 끊어버린 「백아절현(伯牙絶絃)」이란 고사성어가 생겼다.

《열자(列子)》 탕문편(湯問篇)과 《여씨춘추(呂氏春秋)》에 나오는 이야기이다. 중국 춘추전국시대 원래 초(楚)나라 사람이지만 진(晉)나라에서 고관을 지낸 거문고의 달인 백아(伯牙)가 있었다. 백아에게는 자신의 음악을 정확하게 이해하는 절친한 친구 종자기가 있었다. 백아가 거문고로 높은 산들을 표현하면 종자기는 "하늘 높이 우뚝 솟는 느낌은 마치 태산처럼 웅장하구나"라고 하고, 큰 강을 나타내면 "도도하게 흐르는 강물의 흐름이 마치 황허강 같구나"라고 맞장구를 쳐주기도 하였다.

또 두 사람이 놀러갔다가 갑자기 비가 쏟아져 이를 피하기 위해 동굴로 들어갔다. 백아는 동굴에서 빗소리에 맞추어 거문고를 당겼다. 처음에는 비가 내리는 곡조인 「임우지곡(霖雨之曲)」을, 다음에는 산이 무너지는 곡조인 「붕산지곡(崩山之曲)」을 연주하였다. 종자기는 그때마다 그 곡이 의미하는 바가 무엇인지를 조금도 틀리지 않게 정확하게 알아맞혔다. 이렇듯 종자기는 백아가 무엇을 표현하려는지를 정확히 이해하고 감상할 수 있는 능력을 가졌고, 백아와는 거문고를 매개로 서로 마음이 통하는 음악 세계가 일치하는 사이였다.

그런데 종자기가 병으로 갑자기 세상을 등지자 너무나도 슬픈 나머지 그토록 애지중지하던 거문고 줄을 스스로 끊어버리고(伯牙絕絃) 죽을 때까지 다시는 거문고를 켜지 않았다고 한다. 백아는 자신의 음악을 알아주는 사람이 이 세상에는 더 이상 없다고 생각하였기 때문에 거문고 줄을 끊은 것이다.

이해관계에 따라 친구를 사귀거나 친구를 배신하는 현대사회의 이기적인 모습에서 진실한 우정을 생각하게 하는 고사성어이다. 또한 깊은 속마음까지 서로를 알아주고 위하는 완벽한 우정을 비유할 때 인용된다. 줄여서 절현이라고도 하며, 백아파금(伯牙破琴)이라고도 한다. 비슷한 말은 「지음(知音)」, 「고산유수(高山流水)」, 「지기지우(知己之友)」 등이다.

백아와 종자기의 진실한 우정이 세상을 감동시켰다. 백아의

친한 지음(知音)은 사라지고, 고산유수(高山流水)는 누가 듣겠는
가!

한없는 아쉬움을 달래며 편작은 제자들과 안산(鞍山)을 떠나
한양(漢陽)으로 북상하다가 마을로 들어가 순진(巡診)하였다. 그
는 무당이 사람을 해치는 것에 몹시 원망하였다.

편작은 한편으로 종자기가 무당을 믿다가 목숨을 잃은 일을
교훈으로 삼고, 그 지역 백성들에게 무당의 말을 절대 믿지 말
고 병이 있으면 의원을 불러오도록 교육하였다. 어느덧 그들 일
행은 초(楚)나라 완성(宛城)에 이르렀다. 완성은 지금 하남(河南)
남양(南陽)이다.

그 지방에 한 집이 있었는데, 주인 남자가 이상한 병에 걸려
꼽추처럼 배가 크고 둥글게 부풀어오르는 등 병세가 위급하였
다. 편작은 그 말을 들은 후 초대하지는 않았지만 스스로 찾아
갔다.

환자의 아내는 북방(北方) 억양을 구사하는 여행 중인 의원
에 대해 의심을 품고 있었다.

"남편 병이 이렇게 심하게 아픈데도 많은 의원들이 모두 아
무 치료법이 없다고 했어요."

편작이 방에 들어서자, 이 병은 울적조체(鬱積阻滯) 때문으로
기고병(氣鼓病)이라고 단정하였다. 다시 진맥을 보니 확실하였

다. 그가 환자의 진맥을 하자, 그의 곁에 있던 부인이 옆에서 수군거렸다. 편작이 이를 듣고 그의 병의 원인을 알게 되었다.

원래 환자는 얼마 전 마을에 왕이(王二)와 소송에 져서 홧김에 피를 토했는데, 그 후로부터 이 병에 걸려 자리에 누워 아무리 많은 의원들이 보아도 소용이 없었고, 배는 나날이 부풀어오르기만 갔다.

"기고병(氣鼓病)은 큰 문제가 없으니, 침을 한 대 놓고 뱃속의 기(氣)를 통하게 하고 약을 복용하면 좋아집니다."

환자의 아내는 편작이 의연하게 말하는 모습에 마음의 돌을 반쯤 내려놓은 것 같았다. 편작이 병상 앞에 앉자, 자양(子陽)은 침통에서 침을 꺼내 스승의 손으로 건네자, 밖에서 두 의원이 들어와 소리를 질렀다. 그 가운데 키 큰 의원 하나가 편작을 보자마자 눈을 부릅뜨고 기세등등하게 물었다.

"도대체 어디서 온 사람인가?"

"무슨 일인가요?"

그들의 억양을 들어보니 이 두 사람이 현지 의원이라는 것을 알 수 있었다.

그들은 막무가내로 억지를 부리는 것으로 보아 틀림없이 여기저기서 재물을 사취하는 돌팔이 의원일 것이라고 생각했다. 편작은 일어나서 허리를 곧게 펴고 침착하게 행동했다.

"나는 제나라 노읍(盧邑)에서 온 의원입니다. 이름은 편작이고 사람들이 저를 편작이라고 부릅니다. 오늘 이곳을 지나다이 환자를 치료하게 되었습니다."

뜻밖에 편작을 만나자, 그들은 바로 주눅이 들었다. 그들은 목청을 가다듬고 편작이라는 이름을 빌려 도처에서 재물을 사취하는 돌팔이라고 억지로 말하니, 편작이 껄껄 웃으며,

"세상에 약의 종류가 몇 가지나 있는지, 병의 종류가 몇 가지나 있는지 물어보세요. 수많은 약은 많은 병에 대해 고정불변한 것이 아니며, 반드시 사람마다 다르고, 병마다 다르며, 융통성 있게 사용해야 합니다. 나는 병을 치료하는데 약과 침을 병용으로 중요시하는데, 이것은 약이 몇 가지이고 병이 몇 가지인지 아는 것보다 더 중요합니다. 나는 최근에 많은 거짓되고 진실하지 못한 돌팔이 의원이 조제한 가짜 약으로 환자를 진찰하고 남의 재물을 가로채고 병세를 지연시켜 결국 사람을 죽음으로 몰아갔다는 소식을 들었습니다. 두 의원의 의술은 어떠합니까? 오늘 당신들이 이 환자를 치료해도 무방하며, 만약 치료된다면 내가 당신들을 스승으로 모시겠습니다."

그들은 편작의 이름을 빌려 환자들을 찾아다니며 재물을 사취하는 돌팔이 의원이었기 때문이다.

편작이 돌팔이 의원들에게,

"환자를 치료하면 스승으로 모시겠소."

그러자 그들은 편작에게 엎드려 용서를 빌었다.

편작의 말에 두 돌팔이 의원은 명의를 만났다는 것을 알고 진심으로 탄복하면서, 어찌 감히 권세를 부릴 수 있겠는가? 서둘러 공손하게 편작에게 가르침을 청했다.

편작은 자양(子陽)에게 복부를 부드럽게 안마를 부탁하고 또 자표(子豹)에게 혈자리에 침을 놓으라고 분부하고, 환자의 뱃속에 축적된 가스를 배출하도록 도왔으며, 환자는 즉시 나았다고 느꼈다. 6, 7분 후, 편작과 제자들은 침과 약을 병용하자 기고병(氣鼓病)이 완전히 나았다.

두 명의 돌팔이 의원은 잠깐 사이에 환자를 치료하는 편작의 의술에 감복하였다. 편작은 그들이 의리(醫理)를 잘 아는 것을 보고 의술보다 의덕(醫德)이 더 중요하다고 당부했다.

환자 부인은 편작에게 감격하고 암탉과 많은 돈을 편작에게 건네주었다. 편작은 사양하다가 자양(子陽)에게 지폐 두 장만 받으라고 하고 떠났다.

편작은 제자들을 데리고 완성(宛城) 일대에 의술을 행하며 북적이는 성읍뿐 아니라 인적이 드문 깊은 산골 외딴 마을까지 갔다. 그들이 가는 곳마다 약초를 채취하고 약재를 포제(炮製)하여 필요한 약은 그 현지에서 채취했다.

외진 산골짜기에 초목이 무성하고 온 산과 들에 약초가 우거져 있는데, 산에 가서 약초를 캐면 그들이 평소에 쓰던 약을 보충할 수 있고 제자들의 약에 대한 지식과 판별 능력을 단련시킬 수 있었다.

어느 날, 편작은 제자를 데리고 수레를 몰고 황산령(黃山嶺)이라는 곳으로 왔다. 그리 높은 산은 아니었으나, 나무가 울창하고 미풍이 스쳐 지나가며 겹겹이 나부끼는 것이 마치 물결이 파도치는 듯했다.

산 아래는 2, 30여 가구가 흩어져 살고 있으며, 여러 채의 저택이 산을 끼고 서로 엇갈려 있었다. 이곳은 번화한 도시에서 멀리 떨어져 있어 교통이 불편하고 오가는 마차의 소란스러움과 화려함은 없고, 새들이 둥지로 돌아갈 때의 울음소리는 이 작은 산촌을 더욱 풍취를 자아냈다.

편작과 제자들은 가는 곳마다 현지를 방문하여 현지의 흔한 병세를 물었다. 그 날은 날씨가 화창하고 바람이 상쾌하여 몇몇 백성들이 거리에 서서 저마다 한 마디씩 수다를 떨고 있었다. 편작은 제자들에게 수레를 마을 어귀 말뚝에 매어 놓으라고 하고는 그들과 이야기를 나누었다.

이곳에 왕(王)씨 집안이 있는데, 이곳에 왕(王)씨 집안이 있는데, 가난하여 식구들이 사방으로 흩어져 있지만, 어찌할 도리가 없고, 남녀노소 할 것 없이 모두 상한(傷寒)에 걸려 아무도 돌볼 수 없어 온 가족이 병든 몸을 이끌고 운명을 하늘에 맡기는 수밖에 없는 처지가 사람들의 마음을 아프게 하였다. 상한(傷寒)은 현대의 감기와 같은 유행성 감염질환이다.

이곳은 깊은 산간벽지에 위치하여 의술이 부족하여 의원이 있어도 청할 수 없고, 백성들이 병에 걸리면 속수무책으로 견뎌내야 했다. 편작은 그 말을 듣고 마음이 매우 괴로워서 왕씨 집안의 병을 고치러 가겠다고 청하였다. 그들은 아주머니의 뒤를 따라 낡은 집 마당에 이르렀다.

병세 탓인지 마당은 허술한 모습이고 생기가 없어 오랫동안 사람이 살지 않은 것 같았다. 편작은 사립문을 열자 중년 부인이 무거운 발걸음을 끌며 아궁이로 한 발짝씩 옮겨 점심을 준비하고 있었다.

그녀는 편작을 보고, 급히 그들을 쫓아내려고 했는데, 그 이유는 너무 가난하여 진료할 돈도 없고 주머니 사정이 여의치 않았기 때문이었다. 몇 마디 하지도 않았는데, 부인은 다급하게 기침을 하기 시작하였다.

기침한 가래에는 피도 섞여 있었다. 그녀의 상태가 매우 좋지 않은 것을 본 편작은,

"병을 치료하고 사람을 구하는 것은 의원의 본분입니다. 돈이 없어도 돌봐드릴 것입니다."

중년 부인은 이 말을 듣자 눈물이 흘러나왔다.

그녀는 땅바닥에 털썩 무릎을 꿇고 편작 일행에게 여러 번 감사하다고 말했다. 편작은 서둘러 중년 부인을 일으켜 세우고 부인은 편작을 곧장 방안으로 안내했다. 그곳에는 노부인이 달팽이처럼 침대 한구석에 누워 낮은 소리로 신음하고 있었다.

백발이 헝클어진 것처럼 베개에 흩어져 있고, 그녀는 오랫동안 씻지 않은 것처럼 눈이 움푹 패이고 뺨이 더러웠다. 그리고 두 명의 어린아이도 침상에 가로누워 있었는데, 오랜 시간 영양실조와 상한(傷寒)으로 얼굴이 누르스름하고 핏기가 거의 없었다.

알고 보니 이 중년 부인의 남편은 일찍이 전사(戰死)하였고 시아버지도 몇 년 전 폐병으로 죽었으며, 집에는 시어머니와 어린아이 두 명만 남게 되어 그녀 혼자서 집안의 생계를 꾸려나갔다. 가족 모두가 병에 걸려 매우 어렵게 살고 있었다.

이 집안의 참상을 본 편작은 가슴이 아팠다. 얼른 약상자를 내려놓고 제자들을 시켜 물을 끓이고 밥을 짓고 약을 달이는 것을 도왔다. 편작과 제자들의 세심한 보살핌과 치료 덕분에 그들의 병은 호전되었다.

마을 사람들은 그 집에 신선(神仙)이 몇 명 와서 선단(仙丹)으로 그들을 치료하였다는 말을 듣고 몰려들었다. 편작 일행은 48일 동안 계속 머무르고 나서야 그들은 건강이 회복되었다.

부인은 노인을 부축하며 편작에게 구해준 은혜에 무릎을 꿇고 감사하였다.

이미 추운 섣달이 되어 밤새도록 폭설이 흩날렸다. 자고 일어나니 눈이 쌓여 산을 빠져나가는 유일한 오솔길이 막혔다. 편작과 제자들은 이곳에 당분간 머무르기로 하였다.

대다수의 마을 사람들은 두통(頭痛), 뇌열(腦熱), 요산배통(腰酸背痛)이 있었다. 편작은 마을 사람들을 약석(藥石)으로 치료하였다. 요산배통은 허리가 쑤시고 등이 아픈 것이다.

편작은 마을 사람들과 깊은 우정을 맺었다. 눈이 녹은 그 다음 3월에 편작은 제자들을 데리고 마을을 떠났다. 온 마을 사람들이 모두 약속이나 한 듯이 눈물로 배웅했다.

편작은 뒤를 돌아보며 마을을 향해 손을 흔들고는 황급히 떠나 녹음이 짙어가는 골짜기로 사라졌다. 그곳은 겨울과 봄이 교차하는 시기에 기온의 변화가 심하고 사람들이 풍한사기(風寒邪氣)의 침입에 쉽게 두통·발열·해수·설사 등의 질병이 빈번하게 발생하기에 편작 일행은 길을 백성들에게 간단한 약초 지식을 알려주어를 풍사(風邪)가 몸을 침범하지 않도록 하였다.

6월 초순에 이르러 그들은 석고채(石鼓寨)라는 곳에 이르렀다. 정오 무렵에는 이미 태양이 작열하여 햇빛이 계속 내리쬐어 땀이 줄줄 흘렀다.

모락모락 피어오르는 밥 짓는 연기가 인근 집 지붕에서 서서히 피어오르며 회색빛이 도는 것도 있고, 흰빛이 도는 것도 있고, 위로 올라갈수록 희박해져 한 줄기 불꽃이 창공으로 퍼져나갔다.

석고채(石鼓寨)에는 흙색 얼굴에 피골이 상접할 정도로 야윈 처녀가 있었는데 매일 밥맛을 잃고 벽에 묻은 황토를 핥아먹었다. 처음에는 적게 먹다가 나중에는 잦아져서 매일 흙을 먹어야 했다.

슬하에 이 딸 하나밖에 없는 그녀의 부모는 그녀의 병을 고치기 위해 온종일 머리 없는 파리처럼 어디에 명의가 있는지 수소문하고 한 가닥 희망만 있어도 아낌없이 돈을 쓰며, 가산을 팔아 많은 의원을 찾아다녔고, 진귀한 약재로 달인 탕약을 얼마나 복용했는지 모른다. 하지만 딸의 병은 나아지지 않았다.

그곳 사람들은 그 까닭을 이해하지 못하여 어린 소녀가 요괴와 사악한 신에게 얽매여 이 이상한 병에 걸렸다고 전한다. 한순간 이야기는 현지에 떠돌았고, 자신의 딸이 요괴로 취급당하자 그의 부모는 매일 침울하고 근심이 가시지 않았다.

그날 마침 편작과 제자들이 이곳에 지나가게 되었다. 처녀의 가족들은 그가 신의라는 말을 듣고 자신의 딸에게 아직 한 가닥 희망이 있다고 생각했다. 그들은 편작을 집으로 초대하고 음식을 준비하여 대접했다.

편작은 병든 아가씨의 안위가 마음에 걸려 밥을 먹을 틈이 없었다. 아가씨를 주의깊게 관찰한 결과 그 처녀의 뱃속에 벌레가 있다는 것을 알았다.

그는 처녀의 부모에게 처방전을 주며 몇 가지 약을 반드시 약한 불로 두 시진씩 달여 매일 세 번 사흘 동안 계속 복용하면 병이 나을 것이라고 당부하였다. 그녀의 부모는 편작의 말대로 했고 3일 후 과연 딸의 병은 좋아졌다.

그녀의 부모는 편작의 의술에 감탄하여 사람을 만나면 편작의 어진 마음을 칭찬했다. 편작은 의술을 행한 그날부터 멀리 서남쪽에 있는 진(秦)나라 양의(良醫)가 배출되었다는 소식을 듣고 줄곧 동경해 왔다. 편작은 제자들을 데리고 초나라를 떠나 계속 북상하여 진(秦)나라로 갈 준비를 하였다.

편작은 그의 의술로 많은 환자들이 치료받을 수 있도록 제자들에게 자신의 의술을 아낌없이 전술하였다.

편작의 열 명의 제자들은 그의 모든 의술을 익히지 못했지만, 나름대로 장점을 지니고 있는 제자들에게 각각 성격에 맞게 의술을 전수하였다.

큰 제자 자표(子豹)에게는 주로 처방을 담당할 수 있도록 가르쳤다.

둘째 자명(子明)에게는 약(藥)을 관리하도록 하여, 약을 배합하는 방제(方劑)를 중점적으로 공부하게 하고,

셋째 자용(子容)에게는 침술에 능통하도록 편작이 침술로 시술할 때는 시술하는 침과 뜸을 중점으로 가르쳤다.

넷째 자술(子術)에게는 수술에 능하도록 수련시키며 또한 환자가 외상(外傷)을 당했을 때는 자술이 편작을 보좌하여 가르쳤다.

다섯째 자동(子同)은 화구(火灸)를 주로 담당하며 치료하게 하였고,

여섯째 자양(子陽)에게는 진맥에 능통하여 환자의 오관(五官)의 미세한 변화를 관찰하도록 수련을 시켰다.

일곱째 자의(子儀)는 안마를 중점으로 가르쳤다.

여덟째 자유(子游)에게는 연단약(煉丹藥)을 만드는 법을 주로 가르치며 주관하게 하였고,

아홉째 자월(子越)에게는 의학 상식을 통달하도록 하였고,

열째 괵태자(虢太子)에게는 약초를 잘 관찰하고 어떤 약초를 캐서 어떻게 치료할 것인지에 대한 의술을 가르쳤다.

편작은 열 명의 제자를 각 분야대로 훈련을 시켜 편작학파

편 작

(扁鵲學派)를 창시하여 그 후 우수한 의학 인재를 많이 배출하
여 위대한 의학가로 후대 높은 성과를 거두어 그의 발자취는
한의학의 상징이 되었다.

제14장. 專治兒疾(어린아이 질병 전문 치료)

진(秦)나라 수도였던 지금의 산시성(陝西省) 함양시(咸陽市)는 평소 800리 진천(秦川)으로 알려진 관중(關中) 평원으로 산수가 수려하고 토지가 비옥하여 사람들이 부지런히 경작하여 수확이 많았다. 그러나 진(秦)나라는 동주(東周)시대만 해도 정치·경제·문화 등 여러 면에서 낙후된 나라에 속했다.

BC 361년 당시 진(秦)나라 군왕 진효공(秦孝公)이 힘을 다하여 나라를 다스리며 훌륭한 인재를 목마르게 구하며, 천하 명사(名士)를 널리 받아들여 자국 국정에 대하여 지혜를 모아 낡은 것은 버리고 새것을 창조하며 상앙(商鞅)의 변법(變法)으로 바꾸었다.

상앙(商鞅)의 두 가지 변법(變法)은, 우선 각 지역의 영주제도를 폐지하고 국내의 작은 읍과 향촌(鄕村)을 큰 현(縣)으로 통합하여 각 현마다 현령(縣令)을 두어 행정 대사(大事)를 관장하고, 둘째는 백성들에게 야산과 버려진 땅을 개간하고, 각자가 개간한 토지의 소유권을 인정하여 국가는 점유한 토지의 면적에 따라 일정한 세금만 징수하였고, 셋째는 생산력을 발전시키고 각 가정

을 규정하여 아들이 성인이 되면 반드시 분가하여 홀로 생계를
도모하여 생산과정의 독립성과 자주성을 증강시킬 뿐만 아니라
또한 국가를 위해 더 많은 토지를 개간하여 생산을 발전시킬 수
있게 하였다.

상앙(商鞅)이 주장한 일련의 정치 경제 개혁은 진(秦)나라를
얼마 지나지 않아 정치·경제·군사·문화 방면에서 크게 일어
나 전국 7개국 중 가장 강력한 국가가 되었으며, 이후의 평정
과 통일을 위한 견고한 토대를 마련하였다.

진나라 강토(疆土)는 북쪽 협북(陝北)에서 남쪽으로 파촉(巴
蜀)에 이르고 동쪽으로 하남(河南)에서 영보(靈寶) 일대에 달하
기 때문에 땅은 넓고 인구는 적어 당시 국내 중여한 생산을 발
전시키고자 병사를 모집하여 번갈아 출전시켜야 하니 인구가 현
저히 부족하여 진(秦)나라는 이웃나라 농민들을 불러들여 농사를
짓는 한편 자국의 인구 출산과 생존율을 크게 증진시켰다.

당시 질병이 기승을 부려 어쩔 수 없이 의원도 약도 부족했
던 질병 감염자의 첫 번째 피해자는 어린아이들이었다.

치료가 제대로 이루어지지 않거나, 제때 이루어지지 않아 목
숨을 잃는 사람이 적지 않았다. 따라서 진나라 사람들은 특히
소아의 성장과 건강을 중시하였다.

중국 역사상 최초의 통일왕조를 세운 진시황은 영토 통일과

정치 통일 외에도 화폐 통일, 도량형 통일, 문자 통일로 대변되는 이른바 삼통(三統)을 단행했다.

또 진시황은 전국을 중앙집권적 군현제로 개편하였다. 이 사항은 진시황의 전매특허처럼 여겨졌는데, 이것을 창안한 사람이 바로 효공(孝公)과 상앙(商鞅)이었다.

진시황의 천하통일은 갑자기 이뤄진 것이 아니라, 오랜 역사적 배경에서 비롯됐는데, 바로 기원전 4세기 중반 효공과 상앙의 개혁정치에 힘입은 바가 크다.

상앙(BC 390~338년)은 위(魏)나라 사람으로 성은 공손(公孫)이고 이름은 앙(鞅)이다. 진나라는 기원전 7세기 목공(穆公) 때부터 외부 인재를 적극 영입하여 위세를 떨친 후로는 별다른 두각을 나타내지 못하였다.

내부에 난도 많았고 전국시대에 들어와서는 대신들이 권력을 휘두르면서 최고 통치자인 군주를 교체하는 일도 빈번했다.

헌공(獻公) 때 도읍을 역(櫟陽)양으로 옮겼다. 역양은 산시성 임동(臨潼)이다. 서하 지역을 되찾는 등 중흥의 기운이 돌기 시작하였는데, 그 기운을 이어받은 군주가 바로 효공(孝公)이었다.

효공은 즉위한 이듬해인 기원전 361년 「구현령」을 통해 개혁사의 기린아로 일컬어지는 상앙과 만나게 되어 상앙의 변법을 구현하게 되었다. 바로 상앙(商鞅)의 변법(變法)을 진나라에서 시행할 때 편작은 제자들을 거느리고 진(秦)나라에 왔다.

동방(東方) 6개국의 예악(禮樂) 문명(文明)과 공손한 기질에 비해 진(秦)나라 사람들은 본래 호탕한 기질이 있어 동방(東方) 6국으로부터 줄곧 업신여김을 받아왔다.

자양(子陽)은 결코 스승의 결정을 의심한 적이 없지만, 이번에는 오히려 근심스런 표정을 지으며 스승이 진나라로 가는 결정에 대해 의구심을 품었다.

"진나라 의학이 그렇게 발달하고 의술이 뛰어난 사람이 많은데, 진나라에 가서 발붙일 곳이 있을까요?"

편작은 제자 자양(子陽)의 의구심을 알아차린 듯 수염을 꼬며 제자에게 정색하고 말했다.

"의원을 하는 사람은 인덕(人德)이 지극히 필요하고 또한 의술을 깊이 연구하고 동료들과 기예(技藝)를 겨루는 것도 필수적이다. 진나라는 서쪽 변경에 위치하지만 좋은 의원이 많이 배출되었으니, 진나라에 가면 우수한 의원들과의 경합으로 의술을 교환하고 더 정교하게 배울 수 있지 않을까?"

자양은 진나라에 양의(良醫) 전통이 있다는 말을 들었지만, 그 이유를 몰랐다. 사실 진(秦)나라는 국가 경제와 민생에 실질적 도움이 되는 사업을 장려해 왔다.

의학은 사람들의 건강과 직결되며 백성들의 건강은 막강한 군대와 직결되기 때문에 진나라의 역대 통치자들은 의학 발전을 적극적으로 지지하고 장려했다.

훗날 진시황(秦始皇)의 「분서갱유(焚書坑儒)」 때 유가경전(儒家經典)이 치명적인 재난을 당하더라도 의약(醫藥) 서책(書冊)은 민생에 큰 쓸모가 있어 분서갱유의 소각에서 제외하였다.

연말에는 국가에서도 의원들의 성과를 심사하는데, 무릇 병을 정확하게 진단할 수 있는 사람은 상등(上等)이고, 10분의 1을 확실하게 진단할 수 없는 사람은 차등(次等)이고, 10분의 2를 진단할 수 없는 것은 차일등(次一等)이고, 10분의 3을 진단을 못하는 사람은 또한 차일등(次一等)이고, 10분 4를 진단하지 못하는 사람은 하등(下等)으로 구분하여 일 년 동안 성적에 따라 의원의 봉급이 결정되었다.

국가의 장려로 의학이 창명(昌明)하고 의학 전적(典籍)이 풍부하여졌다. 동방(東方) 6개국의 의원들은 진나라로 가서 의술을 배우고 그 당시 각국의 군주조차도 병이 난 후에 진나라에 의원을 청하여 모셔 올 정도로 부지기수였다.

편작은 일찍이 진나라에 가기 전에 진나라 의학계의 두 선배 의완(醫緩)과 의화(醫和)의 의술에 감탄했다.

진리를 탐구하는 실사구시(實事求是)의 태도는 편작이 받드는

취지와 일치한다. 진경공(秦景公) 때 진나라 양의(良醫) 의화(醫和)는 진(秦)나라 의학의 집대성자(集大成者)였다.

진평공(晋平公)이 병이 났지만, 여전히 진(秦)나라에 도움을 청했다. 의화(醫和)는 진(晋)나라에 파견되어 병을 치료하였는데 진평공(晋平公)의 병세는 무절제하게 욕망에 빠진 것임을 진단하였다.

의화(醫和)는 처음으로 대자연의 음(陰)·양(陽)·풍(風)·회(晦)·명(明) 육기(六氣)가 침입해 병례(病例) 분석에 도입하여 사람의 모든 질병은 모두 육기(六氣) 실화(失和)로 인한 것으로 보았다. 동방(東方) 6개국은 진(秦)나라를 업신여겼지만, 생명과 과학 앞에 어쩔 수 없이 진(秦)나라로 옮겨 가르쳤다.

의완(醫緩)과 의화(醫和) 의원을 오랫동안 알았지만, 이런 좋은 의원(良醫)과 교류하고 토론할 수 있다는 것은 큰 영광이었다. 하지만 이 낙후된 진(秦)나라는 전국(戰國) 쟁탈전에서 뒤처지는 것을 달가워하지 않았다. 상앙변법(商鞅變法)으로 빈약한 나라가 부강한 대국으로 바뀌었다.

진시황의 천하통일은 역사적 배경에는 효공(孝公)과 상앙(商鞅)의 개혁정치에 힘을 입었다. 변법 개혁이 진나라를 부강한 나라로 만들었다.

본명은 공손앙(公孫鞅)인데, 위나라 군주의 서자 출신이라 위앙(衛鞅)으로 불리기도 하는데 진나라에서 상읍(商邑)을 봉지로 받아 상을 성씨로 사용하여 상앙(商鞅)이라고 부른다.

부강한 대국이 되어 마치 숫사자가 육국(六國) 서쪽에 우뚝 서서 일거수일투족이 동방(東方) 육국(六國)의 간담을 서늘하게 했다.

편작과 제자들은 함양(咸陽)성에 와서 함양의 위용에 충격을 받았다. 함양성은 지금 섬서성(陝西省) 함양시 동북지역이다. 곧게 뻗은 큰길이 남북을 관통하여 함양성 남쪽은 위수(渭水)와 접하고, 북쪽은 구종산(九嵕山)의 산세가 높고 험하며, 함양 궁궐은 아름답고 화려하며 궁실의 누대의 기품이 비범하고, 낙조의 잔조(殘照) 속에서 웅장하고 숙연해 보인다.

거리와 골목은 종횡으로 가지런히 들어서 있고 집들이 즐비하며 거리 양쪽에 객관(客館)들이 각각 자리잡고 있다. 이곳의 백성 풍속은 엄격하여 객관(客館)에 투숙하려면 반드시 증빙이 있어야 한다. 편작은 제자를 데리고 내사부(內史府)에 가서 증빙서류를 만들어 입주(入住)하고 진나라의 흔한 병을 고찰(考察)하기 시작했다.

선진시대(先秦時代)의 의료 수준이 낙후돼 신생아 사망률이 높았기에 사람들은 자신의 아이를 더욱 소중히 여겼다. 진나라에서도 마찬가지로 병사(兵士)를 충원하기 위해 진나라 사람들은 유아의 건강 문제와 성장 상황을 매우 중요하게 여겼다.

공손앙

집안에 어린아이가 태어나면 무당에게 점을 보기도 하는데, 몸이 병든 아기를 낳으면 가족들도 눈물로 현실을 받아들여야 했다. 진나라에서 신생아 몸에 이물질이 끼거나 불완전한 경우, 부모가 살해하는 것은 불법이 아니라는 법률이 있었다.

이 예악문명(禮樂文明)에 오래도록 젖어 있던 편작은 이 법이 너무 잔인하고 유아들에게도 불공평하다고 여긴 것이다. 그는 수많은 의술을 행해오면서 스승 장상군의 당부를 끝까지 기억하여 의원으로서 어느 한 사람도 버릴 수 없었다.

그는 제자들을 곁으로 불러서 자신이 진나라에서 의술을 행하는 것이 중요하다는 것을 표명했다. 자신의 의술을 통해 선천적 장애 영아(嬰兒)와 병든 아들을 치료하고 유아의 건강한 성장을 보살폈다. 객관 앞에 넓고 깔끔한 큰 길이 있다.

양 옆에는 가게들이 즐비하게 늘어서 있고 각각 특색있는 간판이 걸려 있었다. 편작은 사람을 시켜 나무판자를 구해 손수 간판을 썼다.

齊國郎中 專治小兒雜症　제국랑중 전치소아잡증

제나라 의원이 어린아이의 갖가지 증상을 전문으로 치료한다.

줄곧 내과병을 치료하는 것으로 유명한 편작은 진나라의 국정(國情)과 백성들이 아이를 귀하게 아끼는 풍습을 알게 되자, 자신의 견고한 풍부한 임상경험으로 진료실을 열어 소아과 의원으로 변신하였다.

그러나 좋은 의원이 되는 것이 어디 쉬운 일이겠는가, 소아과는 '아과(啞科)'라고 하는데 이는 아픈 아이들은 대부분 어리고 아프면 아프다고 호소하지 않고, 소리와 몸부림으로 불편함을 표현하기 때문이다. 아(啞)는 말 못하고 벙어리처럼 자기 표현을 못하기에 소아과를 '아과(啞科)'라고 한 것이다.

그러기에 소아과 의원으로서 아이들의 울음소리와 태도로 병의 상태를 알 수 있어야 할 뿐만 아니라 특히 맥의 상태(脈象)로 알아봐야 한다.

어린아이 맥상은 즉 풍(風)·기(氣)·명(命)으로 둘째 손가락 안쪽의 삼관(三關)의 지문(指紋)의 부침(浮沈), 색깔, 부위의 변화에 따라 병의 증상의 진퇴(進退), 흉험(凶險)과 예후를 파악하여 성인을 치료할 때보다 난이도가 몇 배가 높아 옛말에 이런 말이 있다.

寧治十大人 不治小兒　영치십대인 불치소아

어린아이 하나 치료하는 것이 어른 열 명 치료보다 어렵다.

편작이 진(秦)나라에 왔다는 소식은 온 나라에 퍼져 큰길과 골목까지 삼삼오오 모인 백성들이 수군거렸다.

"동쪽에서 병을 잘 치료하는 신의(神醫)가 왔다고 하는데, 어떤 병이든 그분이 치료하면 다 낫는데."

"내가 듣기로 몇 년 전에 이미 죽은 지 반나절이 된 괵(虢)나라 태자(太子)를 치료하여 살아났다고 하던데!"

그래서 백성들이 떠들썩하고 편작의 의술과 명성이 물감이 퍼지듯 며칠 안 되어 온 성이 널리 알려지게 되었고, 편작이 머무는 곳을 수소문하여 아픈 아이들을 데리고 오는 사람들이 생겨났다. 그들은 어린아이가 아직 성장이 안 돼 장부가 잘 발달되지 않기에 질병을 방어하는 면역이 약하다는 걸 모른다.

어린아이들은 스스로 한온(寒溫)을 조절을 잘못하여 쉽게 병에 걸리기 쉽다는 사실을 알지 못한다. 일단 병에 걸리면 생리적 특성으로 빠르게 퍼지고 제때 치료하지 않으면 위급해지는 것 곧 장부에 침입해 생명을 위협할 수 있다.

편작은 소아의 생리적 특성과 병리학적 변화를 잘 알고 있으므로 임상치료에 왕왕 운용하며 자유자재로 적용하였다.

제자들은 객관(客館) 문 앞에는 전문적으로 어린아이 질환을 치료한다는 글을 천에다 써서 대나무에 매어 내걸었다.

專治兒疾 전치아질

어린이의 질병을 전문적으로 치료한다.

검고 큰 글씨로 행인들의 구경거리가 되어 향을 피우는 사이에 사람들이 입구를 꽉 막아서서 낭중(郎中 : 의원)이 사기꾼이 아닌가 하고 수군거렸다.

사람들은 외지에서 온 의원에게 반신반의했다. 많은 소아잡증(小兒雜症)은 현지 의원도 치료하지 못하는데 하물며 외지 의원이란 말인가?

안내 간판을 며칠 내놓아도 진료를 받으러 오는 사람이 없었다. 그래서 편작은 자양(子陽)을 데리고 순회진료를 나갔다.

한 고을을 지나치는데, 한 집에서 아이가 울음을 그치지 않고 계속되는 걸 듣고는 편작은 병이 중하다는 것을 알았다.

"우리는 의원입니다. 아이가 왜 그렇게 우는지요?"

자양(子陽)이 아이의 어머니에게 이유를 설명하고, 편작은 아이가 울음을 그친 틈을 타서 맥을 짚어주고 아이의 배를 더듬어 보았다. 아이가 큰 문제가 없다는 것을 알았다.

단지 상한(傷寒)에 걸렸을 뿐 제때 치료를 받지 못한 탓에 병세를 악화시켜 약 몇 첩을 달여 먹고 얼마간 몸조리를 하고 나서야 겨우 대변을 보게 되어 이삼일로 완치할 수 있었다.

"이 처방을 끓여 식힌 다음 복용시키세요."

편작은 약재(藥材) 이름과 용량을 자양(子陽)에게 죽간(竹簡)에 적어주어 아이의 어머니에게 주었다. 아이 어머니는 거듭 사의를 표하며 사례를 했다.

편작은 부인의 집이 가난한 것을 알고 받으려 하지 않았다. 그러고는 떠날 때 아이 어머니에게 당부하였다.

"만약 이틀이 지나 아이가 나아지지 않으면 아이를 안고 광래객관(廣來客館)으로 나를 찾아오세요."

아이가 편작의 약을 먹고 이틀 후에 과연 병이 나았다. 아이의 어머니는 사람을 만나면 편작의 의술이 뛰어나다고 칭찬하였다. 입소문이 퍼지자, 사람들은 모두 광래객관에 소아 전문으로 치료하는 신의가 있다는 것을 알아 아픈 아이들을 데리고 모두 줄을 서서 치료를 기다렸다.

병든 소아가 진찰을 받으러 올 때마다 편작은 어떤 증상이 있는지 먼저 물은 뒤 절맥(切脈)하고 망색(望色)을 보았다.

한 할머니가 손자를 데리고 진찰을 받으러 와서 편작의 주의를 끌었다. 이 남자아이는 8살이고 얼굴색이 누렇고(萎黃), 기운이 없어 편작이 아이의 안색을 눈여겨보니 상태가 심상치 않음을 알 수 있었는데, 그는 또래 아이보다 훨씬 작아보였다.

할머니는 편작을 보자 눈물을 흘리며 불쌍한 손자를 살려 달라고 애원했다. 엄마는 아이를 낳고 세상을 떠나 할머니 혼자서 키웠는데 아이는 자주 오줌을 쌌다고 한다.

이렇게 여러 해 동안 의원 여럿이 치료했지만, 여전히 낫지 않았다. 편작은 마음속으로 몇 가지를 생각했다. 아픈 아이는 선천적으로 비신허약(脾腎虛弱)하다고 생각했는데, 과연 진맥 후 예상대로였다.

편작은 몇 가지 약을 처방했다. 약을 세 첩을 먹고 나서 아이가 오줌을 누는 증상이 경감이 되고 정신도 맑아져졌다. 약을 일곱 첩 더 복용했더니 식욕이 왕성해지고 유뇨(遺尿) 증세가 말끔히 사라졌다.

아이 할머니는 기뻐서 눈물을 흘리며 줄곧 자신이 정말 신의를 만났다고 울부짖었다.

어느 날 저녁, 편작은 마지막 환자를 진찰하고 저녁밥을 먹은 후 자양(子陽)과 자표(子豹)를 대동하고 발길 닿는 대로 골목길을 거닐었다. 어느 집 문 앞에 지날 때 집안에서 아낙네의 울음소리가 들려왔다. 게다가 아기의 울음소리도 섞여 있었다.

편작은 귀를 기울여 확인한 후 자양(子陽)에게 문을 두드리게 하였다. 문을 연 사람은 30대 중반의 중년 남성으로 거친 옷차림에 헝클어진 머리를 한 모습을 보아 삶이 세상의 풍파에 시달리고 있음을 한눈에 알 수 있었다.

"집안의 부인은 왜 우는가요?"

편작이 작은 소리로 물었다. 그 남자는 문밖으로 나와 편작의 옷차림을 보고 길게 탄식하였다.

"다름이 아니라 여덟 살 난 아들이 이틀 동안 앓아 약을 구해 먹여보았으나, 차도가 없어 마음이 답답하고 속상해서……."

편작은 그에게 물었다.

"어떤 일을 하시나요?"

"조그마한 장사를 합니다."

"의원에게 진료를 받아 봤나요?"

편작의 물음에 남자는 눈물을 글썽이며 두 손을 저었다.

"선생님! 장사로 겨우겨우 하루를 보내다 보니, 어디 의원을 찾아볼 수 있겠습니까?"

남자는 말하면서 흐느꼈다. 자양(子陽)과 자표(子豹)도 그 남자의 울음에 감정이 복받쳐 눈물이 나왔다.

편작은 그를 안심시켰다.

"슬퍼하지 마십시오. 저랑 같이 온 사람 모두 의원입니다. 일단 아들 병상으로 가봅시다."

그 남자는 편작의 말을 듣고 놀라는 눈빛으로 멍하니 편작을 바라보다가 신선(神仙)을 만난 듯이 얼굴이 눈물로 뒤범벅이 된 것을 닦기도 전에 무릎을 꿇고 절을 하였다.

"의원께서 제 아들 생명을 구하여 준다면 의원님을 제 부모로 모시겠습니다."

자양(子陽)이 그 남자를 일으켜 세우고는 곧 함께 내실로 들어갔다. 바로 흐느끼며 울던 부인은 남편이 사람을 모시고 들어오자, 벌겋게 부어오른 두 눈을 손수건으로 닦고 몸을 굽혀 절을 하려 하자, 편작은 손을 뻗어 말리며 부인에게 물었다.

"아드님은 언제부터 병에 걸렸고, 증상은 어떤가요?"

"어제 오후 아이가 배가 아프다고 하더니 곧장 측간(변소)에 갔고, 그 이후 더욱 심하게 아파 더 자주 측간에 갔습니다. 하루에도 수십 차례 설사를 하였으며, 오늘 오후에는 변에 고름과 피가 나오며 온몸이 뜨거워졌고, 정오 이후에는 정신이 혼미해져 혼수상태에 빠졌습니다."

말을 하다 보니 참지 못하고 손수건으로 눈물을 닦기 시작했다. 편작은 이야기를 듣고 아이 앞으로 다가가 보니 아이의 얼굴색은 푸르면서 잿빛 색깔이 감돌며 입을 꽉 다물고 있으며, 고열이 나서 몸을 뒤척이며 사지는 차갑고 맥을 보니 세삭(細數)맥이었다. 진단하니 설질(舌質)은 강홍(絳紅)이었다.

"아이의 병이 심각하여 빨리 치료하지 않으면, 죽을 수도 있습니다. 아드님은 일반적인 설사가 아니라 역독리(疫毒痢 : 중독성 이질)입니다. 이 병은 갑자기 발작하고 기세가 맹렬하며 병의 속도가 빨라 지금은 이미 열사(熱邪)가 내장에 침투해 양기(陽氣)가 유욕외탈(有欲外脫)의 상태로 더 이상 치료를 미루면 목숨을 부지하기 어려울 것 같아요."

그 말을 듣자, 부부는 비통해 하며 목놓아 울었다.

"슬퍼하지 마십시오. 아들의 병은 위독하지만, 아직 치료의 희망은 있습니다. 제가 자세히 진단할 때까지 기다리십시오."

편작은 어린아이의 맥상(脈象), 설태(舌苔)에 따라 증후를 판별해 가며 치료하고, 청열해독(淸熱解毒), 식풍개규(熄風開竅)하기 위해 약처방을 적어내려갔다.

황연해독탕(黃連解毒湯)

황연(黃連), 황백(黃柏), 황금(黃芩),

대황(大黃), 연교(連翹), 진피(秦皮),

단피(丹皮), 조등(釣藤)

여기에다 서각(犀角), 호박(琥珀), 진주(珍珠), 사향(麝香) 등의 개규성신(開竅醒神)하는 약을 가미하여 자양(子陽)과 자표(子豹)에게 속히 지어 달여오라고 당부했다.

"어린아이들은 순양지체(純陽之體)13)이기에 양기(陽氣)가 많기 때문에 열사(熱邪)가 침입하면 성인들과 달리 빨리 병이 진행된단다. 양기가 많이 운행하기에 찬 물을 벌컥벌컥 마시기도 하고 겨울에도 조금만 움직이면 흠뻑 땀이 나고, 또한 양기가 쉽게 빠져나가기에 찬 음식만 먹으면 탈이 나기 쉽단다. 그리하여 열사(熱邪)가 소아들에게 침입하면 열은 상승(上昇)하기에 뇌에 손상을 주어 소아들에게는 열이 있을 때는 성인보다 빨리 열을 내려야 한단다. 그렇지 않으면 뇌가 손상되어 치료 후에도 바보가 되기도 하지. 예를 들어 인삼이나 녹용을 복용할 때 감기 기운으로 열사가 있을 때 얼른 인삼이나 녹용을 중지하여야 한단다."

부부는 편작과 제자가 자기 집 아들을 구하기 위해 부산을 떠는 것을 보고는 감격하였으나, 마땅히 대접을 하지 못하여 무릎을 꿇고 편작을 향해 연거푸 절을 하였다.

편작은 상황을 보고 만감이 교차하여 얼른 허리를 굽혀 부부

---

13) 어린아이 체질의 생리적 특징을 이르는 말. 어린아이는 어른보다 성장과 발육이 빠르기 때문에 음양의 견지에서 보면 양이 상대적으로 우세하다. 이러한 특징으로부터 병이 생기면 양열(陽熱)이 쉽게 왕성하여 열증(熱證)으로 나타나며 치료에서도 청열법(淸熱法)을 많이 쓰게 된다.

를 일으켜 세웠다.

"굳이 큰절을 올리지 않아도 돼요. 우리는 의술을 하며 사람을 위해 병을 치료하는 데 빈부귀천의 구분을 두지 않습니다. 목숨을 구하고 질병을 없애는 것이 나의 본분입니다. 빨리 일어나셔요."

자양과 자표는 성심껏 봉지약을 달여서 먹인 후, 아이 몸의 열이 점차 떨어지기 시작하고 지체(肢體)의 움직임이 점차 진정되고 나서야 편작은 안도의 한숨을 내쉬며 부부에게 신신당부하였다.

"오늘 한밤중에 아드님에게 두 번째 약을 먹이고, 내일 아침에 정신이 맑아지고 이질이 멎을 거예요. 내일 오후에 세 번째 약을 먹으면 병이 나을 것입니다."

그리고 편작은 덧붙여 말했다.

"앞으로 아드님은 식사 전이나, 용변 후에 반드시 손을 씻도록 하고 음식 위생에 신경 쓰도록 해야 합니다. 이 병의 원인은 깨끗하지 않은 음식이나, 상한 음식 때문입니다."

부부는 뜨거운 눈물을 머금고 고개를 끄덕였다. 떠나기 전 편작은 그들의 가정형편이 어려운 것을 고려하여 자양(子陽)에게 약간의 은전(銀錢)을 주어 부부에게 전했다.

병이 나은 후 아이를 보양할 수 있도록 하였던 것이다. 부부는 감격에 겨워 편작과 제자들을 문밖까지 배웅했다. 편작이 사제와 숙소로 돌아왔을 때는 자정 무렵이었다.

　3일 후, 편작이 병을 치료하고 있을 때 과일을 든 남자가 급히 진료실로 들어오는 것을 보았는데, 알고 보니 바로 그 환자 아이의 아버지가 편작에게 기쁜 소식을 전하고, 감사인사를 하러 온 것이었다.

　아들의 병이 나아서 편작의 뛰어난 의술과 의풍(醫風), 의덕(醫德)을 생생하게 들려주며 현장에 있던 대기 환자들이 편작을 향해 엄지손가락을 치켜세우며 환호했다.

　또 다른 오후, 비단옷을 입고 옷에 치장이 가득한 부유한 상인 부부가 세 살쯤 된 사내아이를 품에 안고 편작의 진료실로 들어섰다. 이 부부는 키가 크고 우아하게 생겼지만, 안고 온 사내아이는 머리털이 뻣뻣하고 안색이 누렇고 몸은 마르고 기운이 없어 보였다.

　부유한 상인의 아들을 진료할 차례인데, 부인이 말했다.

　"선생님! 제 아들이 반 년 가까이 식욕이 없고 무엇을 먹어도 맛을 모르고 해서 처음엔 음식을 닭, 오리, 생선, 고기로 바꿨더니 젓가락도 들지 않고 하루 종일 물을 달라고 아우성쳤어요. 너무 적게 먹어서 온종일 축 늘어져 있어, 기운이 하나도 없어요."

　편작은 조용히 그의 말을 고개를 끄덕이며 듣기만 했다. 그

부인은 계속 말을 이어갔다.

"최근 10여 일 동안 아이 혼자 있을 때 엎드려 벽의 흙을 후벼 입에다 넣고 있는 일이 잦다는 것을 알게 되었는데, 대체 무슨 병에 걸린 것일까요? 선생님, 저희 외아들입니다. 치료해 주셔요."

말을 마치자, 눈시울이 붉어지고 눈물이 뚝뚝 떨어져 이들 마음이 얼마나 힘든지 짐작할 수 있었다. 그제야 편작은 사진법(四診法)을 통해 병인병기(病因病機)를 알아본 후에 천천히 입을 열었다.

"그리 걱정할 것 없습니다. 아드님은 음식이 오랫동안 식체(食滯)로 인한 염식(厭食 : 거식증)입니다."

부부는 이런 병명을 들은 적이 없었다. 또한 이해가 안 갔다.

"염식증(厭食症)과 이식증(류食症)은 어떻게 해서 걸린 겁니까?"

편작이 말했다.

"당신들이 중년에 얻은 자식이라 애지중지 키워 총애를 받고 자란 탓에 아이가 어리고 비위(脾胃) 기능이 매우 약하다는 것을 거의 알지 못한 겁니다. 설령 풍족한 집안일이지라도 먹이는 데 세심한 주의를 기울여야 합니다. 소아의 장부(臟腑)는 연약하고 배고픈 줄 모르지만, 아이가 편식하도록 내버려두면 이렇게 나날이 장위(腸胃)에 음식이 쌓이고 정체되어 종당에는 충(蟲)에 감염되는데, 염식(厭食)과 이식증(異食症)이 일으키지 않겠소?"

부부는 편작의 면밀하고 조리 있는 분석에 기뻐하며 고개를 끄덕이게 되었다. 편작은 이어 말했다.

"위(胃)에 식열(食熱)로 인해 물을 자주 먹고 싶어도 갈증을 풀지 못하고, 비위운화(脾胃運化) 실상(失常)으로 인해 음식을 생각만 하면 몸이 여위고 뱃속에 벌레가 있어 이물(異物)을 즐겨 먹기 때문에 정신적으로 불안합니다."

"질병 치료는 두 단계로 진행합니다. 먼저 충적(蟲積)을 물리치는 것을 치표(治標)라고 하고, 그 다음에 조리비위(調理脾胃)하는 것이 치본(治本)입니다. 치표(治標)는 겉으로 나타나는 증상을 치료하는 것이고, 치본(治本)은 근본을 치료하는 것입니다. 여기에다 추나(推拿)와 안마(按摩)를 하는 것이 외치법(外治法)입니다. 이렇게 한 달이면 아드님 병이 완치될 수 있습니다."

부부는 편작의 말을 듣자 기뻐서 말했다.

"우리 아들의 병을 고쳐주신다면 큰 사례를 하겠습니다."

편작은 손을 내저으며 자양(子陽)에게 말했다.

"지금 추나(推拿)로 날척(捏脊) 요법을 하거라."

날척요법은 척추 양 옆을 주무르는 요법을 말한다. 편작은 한약을 준비했다.

사군자(使君子)·노회(蘆薈)·야명사(夜明砂)·아출(莪朮)·간섬(干蟾) 등 구충소적약(驅蟲消積藥)과 사인(砂仁)·진피(陳皮)·황련(黃連)·천궁(川芎)·청피(靑皮) 등 이기화체약(理氣化滯藥)으로 처방했다.

먼저 구충행체(驅蟲行滯)하고 난 후에 건비소적(健脾消積)으로 공보겸시(攻補兼施)의 치료 방법을 쓰자 어린아이의 식벽잡병(食癖雜病)이 점점 호전되었다.

편작은 백성들을 진찰할 때 귀하고 비싼 약재를 처방한 적이 없고 모두 평범한 약초였다. 환자마다 한두 냥의 돈을 받고, 집이 가난하면 진찰료를 면제해 주었다. 날이 갈수록 편작은 무수한 소아병을 치료하였다.

진(秦)나라에서는 누구나 제(齊)나라에서 온 신의가 소아잡병(小兒雜病)을 전문적으로 치료하며 의술이 뛰어나다는 것을 알고 있었다. 편작 일행은 진나라 함양(咸陽)에 1년 동안 머물다가 낙양(洛陽)으로 갔다.

제15장. 險象橫生(위험한 상황이 뜻밖에 생기다)

서주(西周)의 성왕(成王) 때부터 주공(周公)은 이미 낙읍(洛邑)을 건설하기 시작했다. 낙읍은 지금의 하남성(河南省) 낙양(洛陽)이다.

주평왕(周平王) 때 여러 차례 발전을 거쳐 낙양은 천하의 정치, 경제와 문화 중심지였으며, 풍부한 전적(典籍)을 가지고 있다. 낙양은 사방이 집결하는 곳으로 산업 무역의 중심지이다.

공자(孔子)께서 일찍이 노(魯)나라에서 이슬을 맞아가며 객지 생활을 하고 이리저리 떠다니며 온갖 고생을 다 겪어 낙양에 와서 문화를 배웠다. 도가(道家) 창시자 노자(老子)는 낙양에서 황실 도서관(典藏室)의 관리원으로 일한 적이 있다.

편작은 견문을 넓히고 낙양성의 번화한 모양을 통해 한눈에 문제점을 알게 되었다. 낙양의 거리와 골목에는 많은 노인들이 앉아 거리풍경을 바라보며 햇볕을 쬐고 있었다.

편작과 제자들에게 동주(東周)의 경로(敬老) 전통을 강의했다. 남자들은 예순 살이 지나면 이가 상하고 노티가 나고 몸 상태가

"

예전만 못하다는 것을 일찍이 깨달았던 것이다.

관리들이 일흔이 넘으면 퇴직하게 되는데, 백성 가운데 나이가 많은 연장자들은 나라에서 모두 관학(官學)을 보내 노후에 대비하게 하였고, 주천자(周天子)는 정기적으로 관학(官學)에 나가 노인을 찾아 노후의 예를 갖추었다. 공자의 말씀에,

仁之行 莫大於孝   인지행 막대어효

인자한 행실이 효도보다 위대한 일이 없다.

보통 가정에서는 노인 50세 이후에는 부역을 할 필요가 없고, 60세 이후에는 병역을 할 필요가 없으며, 80세에는 아들 한 사람은 부역과 병역을 하지 않고 집에서 노인을 도울 수 있도록 허용하고, 90세 장수 노인은 온 가족이 군복무와 부역을 하지 않아도 되며, 천자(天子)는 가족들이 온 마음을 다해 노인을 섬겨 천수를 다하기를 바랬다.

제자들은 경로(敬老) 전통이 의료행위와 무슨 상관이 있는지 이해하지 못했다. 편작은 직접 대답하는 대신 자의(子儀)에게 가서 노인에게 근처에 객관(客館)이 어디 있는지 물어보라고 했다. 자의는 곧장 한 노인에게로 가서 몸을 숙여 절을 하고 공손히 객관의 위치를 물었다.

노인은 자의의 말을 제대로 알아듣지 못하고 귀를 쫑긋 세우

고 다시 한번 말해달라고 부탁했다. 자의(子儀)가 다시 한번 큰 소리 물으니 노인은 비로소 그들에게 방향을 가리켰다.

제자들은 그제야 비로소 편작의 의도를 깨달았다. 원래 사람은 노년이 되면 눈이 침침하고, 난청, 콧병, 치아가 헐거워져 빠지며, 다리가 저려 오는 등의 질환으로 큰 고통을 겪는다. 하지만 노인들은 종종 의원에게 무시를 당했다.

지금까지 노인성 질환을 전문적으로 연구하는 의원이 있다는 얘기는 들어본 적이 없었다. 오늘 그들이 이곳에 와서 노인들의 흔한 병을 봤으니, 노인질환을 정성껏 연구해 고통을 덜어줘야 했다.

객관에 가서 자리를 잡은 후, 그들은 노인병 연구에 몰두하였다. 편작은 허리와 다리가 저리고 거동이 불편한 노인의 생리적 특성에 따라 안마, 침구 등의 방법으로 그들의 근육을 풀어주고 질병을 호전시켰다.

그들에게서 적지 않게 노인시력, 청력감퇴를 보았다. 편작은 오관과(五管科)에 힘쓰기로 마음먹었다. 오관과는 안과(眼科)와 이비인후과(耳鼻咽喉科)를 말하는 것이다.

편작은 병리(病理)를 연구하고 약초를 정성껏 조제했다. 그의 관리와 진단 치료로 적지 않은 노인들이 난청(耳聾), 눈의 어지러움(目眩) 증상이 크게 개선돼 다시 잘 들리게 되었고, 잘 보이게 되었다.

곧 그곳에 노인성 질환을 전문으로 하는 의원(郎中)이 있다는 것을 알게 되었다. 편작과 제자들은 낙양(洛陽)에서 한동안 머물면서 많은 노인 환자들의 고질병을 고쳐주었고, 사람들은 그에게 감사하였다.

편작은 제자들을 데리고 오늘날 복우산(伏牛山) 남쪽 노의묘향(盧醫廟鄕) 일대로 떠돌아다녔다. 전국시대는 이곳은 늪지대어서 역병(疫病)이 빈발하여 백성들의 고통이 극심하였다.

물에는 거머리가 많아서 사람과 가축들이 실수로 마시고 피를 토하며 죽어갔다.

성내의 위(魏)씨 성을 가진 부자가 강에서 길어온 물을 마신 후 그릇 바닥에 거머리 한 마리가 있어 놀랐다.

사방 바닥의 거머리 때문에 그는 자신이 거머리를 잘못해서 마셨다고 생각했는지 하루종일 배가 더부룩하고 가슴이 답답했다. 증세가 한 해를 지나도록 나아지지 않자, 의원을 청하여 구충제를 처방받았으나, 효험이 없었다.

무당을 불러서 굿도 해보고 술법을 행해보기도 했지만 구충(驅蟲)은 못하고 병이 나아지지 않았다. 식구들은 다급해졌다. 편작은 제자들과 위나라를 지나다 부자(財主)가 괴질에 걸렸다는 소식을 듣고 위씨를 만나보기로 했다.

뜻밖에도 위(魏) 부자는 줄곧 성(城)에서 명의들을 불러 외지에서 온 의원(郎中)은 믿지 못하니 가족들을 통해 돌려보내라고 했다.

그러다가 마을에 어떤 처녀가 신발 밑창을 갈던 중 바늘을 깨물어버리고 바늘이 그대로 목구멍에 꽂혔는데, 아무도 부러진 바늘을 빼내지 못하여 바늘이 뱃속으로 들어가버릴까 걱정하였다.

편작은 처녀의 입을 벌리고 부러진 바늘을 빼낸 다음 상처의 감염을 막기 위해 몇 첩의 약을 처방했다.

위(魏)씨 성을 가진 부자(財主)는 그 말을 듣고 편작이 돌팔이가 아니라는 것을 알고 그를 집으로 초대했다. 편작은 지난 일을 전혀 염두에 두지 않고 환자의 느낌에 대해 진지하게 물었다.

위부자의 뱃속에는 거머리가 없겠지만, 만약 거머리가 있었다면 진작 피를 토하고 죽었을 것이고, 일 년 넘게 버틸 수 없었을 것이라고 생각했다. 그는 또 위부자의 맥을 보니 심맥(心脈)이 세침(細沈)이기에 우울증(心鬱症)에 걸렸다는 것을 알아차렸다.

그는 위부자 몸의 각종 불편함은 모두 정신적인 우려에서 비롯된 것이라 단정하였다.

편작은 위부자에게 말했다.

"뱃속에 두 마리 거머리가 있군요. 그것을 토해내면 병이 나을 것입니다."

편작은 먼저 자양(子陽)에게 익기보중약(益氣補中藥) 두 첩을 처방하여 위부자에게 몸을 추스르라고 말했다.

사흘 뒤, 한 끼 식사를 실컷 먹게 한 후, 구토를 유발하는 탕약(湯藥)을 복용시켰다. 약을 복용하기 전 위부자의 가족에게 강에 가서 거머리 두 마리를 잡아오게 했다.

큰 대야를 구해와서 위부자에게 대야에 토하게 하고 위부자가 눈치채지 못하게 거머리 두 마리를 대야에 넣고 토하게 한 후 위부자에게 토한 물을 보여주었다. 과연 두 마리의 거머리가 있다는 것을 발견하고 안심하였다.

그 후 식욕이 왕성해지고 얼굴이 훤해졌다. 위부자와 가족들은 후한 선물을 편작에게 답례하려고 했지만, 그들이 이미 그곳을 떠났다는 것을 알게 되었고, 위부자는 가족에게 말했다.

"정말 신의로다!"

편작이 위중한 소아와 난치병을 잘 고친다는 명성이 진(秦)나라에 널리 퍼지자, 수백 리에서 백성들이 자녀를 데리고 도성으로 편작을 찾아와 병을 고치려 애쓰니, 진료실 앞은 조(趙)나라 때처럼 온종일 문전성시를 이뤘다.

도성에 와서 그를 찾아온 진찰 받는 환자가 날로 늘어가는 것을 보고 편작은 백성들이 수백 리를 달려와서 진찰을 받느니 차라리 자신이 매일 지방을 다니며 순회진료를 하면 얼마나 많은 사람들이 노고를 면할 수 있겠는가 하는 생각이 들었다.

편작이 어린아이 병을 잘 고친다는 소식이 진(秦)나라 왕궁에 전해졌다.

어느 날, 진무왕(秦武王)은 아침 조례시간에 문무백관들에게 말하였다.

"여러분은 제가 듣기로는 제(齊)나라에서 편작이라는 의원이 와서 현재 우리나라 각지의 어린아이들을 치료하고 있다고 하던데, 그의 치료만 받으면 위중한 질환도 안정되고 작은 병은 사흘만에 나을 수 있다 합니다. 그의 의술이 이렇게 뛰어나다는데, 우리나라에서는 인재를 얻기가 이리 어려운지……"

무왕(武王)의 말이 끝나자 한 고참 노신(老臣)이 절을 하며 말했다.

"군왕의 말씀이 옳습니다. 편작이라는 의원의 의술은 일찍이 진나라 군왕 조간자(趙簡子)의 위중한 병을 치유하였다는 소식을 들은 적 있습니다. 제환공(齊桓公)의 병을 그가 한눈에 알아 봤지만, 환후(桓侯)께서 수긍을 하지 않아 치료를 받지 못해 붕어하였고 괵(虢)나라 태자 역시 죽음에서 살아나신 게 모두 편작 의원의 신묘한 의술에 의한 것입니다."

무왕(武王)은 미소를 지으며 고개를 끄덕여 동감하였는데, 또 다른 문관(文官)이 아뢰었다.

"편작은 지금 진(秦)나라 백성들과 아이들을 치료하고 있습니다. 장기적으로 이것은 진나라의 인구를 증가시키고 진나라 국력을 증강시키는 데 커다란 도움이 됩니다. 이런 재능이 출중하고 뛰어난 의술을 지닌 사람을 각별히 애지중지하는 것이야말로 중요합니다. 이렇게 해야만 이웃나라 모사(謀士)들을 진나라로 끌어들여 왕을 위해 봉사할 수 있습니다."

그러자 무왕(武王)은 크게 기뻐하면서 말했다.

"애경(愛敬)의 말씀이 옳습니다. 편작을 궁으로 초청하여 과인이 명의(名醫)를 직접 만나봐야겠습니다."

애경은 군주가 신하를 칭할 때 말하는 말이다. 편작의 의학적 명성이 진나라 궁궐에 전해진 이후, 진나라 태의원(太醫院)의 태의들을 공포에 떨게 하였다.

국가에는 실제 의술을 많이 익히지 못한 태의들이 있었는데, 무술(巫術)을 추앙하는 태의들이 만약 진무왕(秦武王)이 편작을 보고 임용(任用)한다면 앞으로 자신의 높은 봉록이 없어지고, 자칫 죽음의 화를 초래할 수 있다는 것을 마음속으로 알고 있었다.

그래서 하나 둘씩 다급하게 손발을 떨며 안절부절못했다. 그래서 늘 모여 눈앞의 위협에 어떻게 대처하고 피해가 갈지 상의했다.

이때 나이 50살이 넘어 보이는 험상궂게 생긴 태의(太醫)들의 우두머리 이혜(李醯)라는 태의령(太醫令)이 태의들을 불러 음모를 꾸몄다.

"내가 알기로는, 편작은 망(望)·문(聞)·문(問)·절(切) 사진(四診)에 능할 뿐 아니라 내과·외과·부인과·소아과 각과(各科)의 치료에 능하다. 그런데 우리가 모시는 무술(巫術)을 반대하니 그 의술은 여러분들보다 뛰어나다. 만일 그가 진(秦)나라에서 의료행위를 하도록 내버려두면 훗날 명성이 우리를 능가할 것이고, 이렇게 되면 진왕(秦王)은 반드시 그를 태의원(太醫院)에 머물게 할 것이다. 만일 이런 국면이 생긴다면 내 생각으로 앞으로 여러분들과 나의 처지는 어떻게 될까?"

태의들은 모두 얼굴을 마주보며 어찌할 바를 몰랐다. 이혜는 태의들이 모두 멍하니 자신을 주시하는 것을 보고 간사한 웃음을 지으며 계속 말했다.

"나는 매일 조마조마하게 이 일을 회피하는 것보다 그의 발뒤꿈치가 안정되지 않는 틈을 타서……"

이때 태의들은 이혜가 말이 끝나기를 기다리지 않고 지체없이 태도를 표명했다.

"쫓아내야 합니다!"

"아니, 아니오!"

이혜는 고개를 가로저으며 능글맞은 눈을 깜빡이며 어두운

낯빛으로 말했다.

"쫓아버리면 다시 올 것이다."

"그럼 어떻게 하죠?"

태의들이 석연치 않은 듯 물었다. 이혜는 웃으면서 말했다.

"차라리 그의 자취를 감추게 해서 영원히 보지 않도록 하는 것이 어떻겠소."

이때 노태의(老太醫)가 비틀거리며 이혜 앞으로 다가와서 귓전에 대고 작은 소리로 말했다.

"그를……이렇게 말하는 것은 당신에게 그를 넘겨주어 준비를……"라며 손바닥으로 '죽인다'는 시늉을 하자 이혜는 음흉하게 고개를 끄덕였다. 여러 태의들이 상황을 보고 그 뜻을 깨닫고 잇달아 말했다.

"그래 맞아. 그래 죽이자!"

이혜가 손가락으로 입가를 세우며 조용히 말했다.

"조용히 하시오."

말한 다음 목소리와 얼굴빛이 달라졌다.

"이 일을 누구라도 누설하면 내가 누설한 사람과 그 가족에게 무례한다고 탓하지 마시오."

태의들은 이혜가 성질이 사납고 악랄하기에 저마다 얼굴이 흙빛으로 묵묵히 집으로 돌아갔다. 그렇게 편작을 암살하려는 음모가 만들어졌다.

어느 날, 진무왕(秦武王)은 아침에 일어나는데, 몸이 좋지 않아 내시를 불러 편작이 입궐하여 치료를 받고자 하니, 이혜는 매우 당황하며 급히 입궐하여 무왕(武王)을 배려하는 척하면서 말했다.

"군왕의 병은 귀 앞에 생기고, 눈 아래 있기에 만일 편작이 와서 치료하면 반드시 낫는 것이 아니며, 잘못하면 귀도 멀어지고 눈도 멀어 볼 수 없을 수 있습니다. 제가 봤을 때는 태의에게 정성껏 치료받는 것이 좋을 것입니다."

진무왕은 다년간 자신을 수행했던 태의가 이렇게 충성심 어린 이야기에 편작을 궁으로 모셔 병을 고치려던 생각을 포기했다. 이혜는 편작의 의술이 자기 의술보다 높음을 알고 편작의 행적을 미행하고 그를 찔러 죽이려 하였다. 그러나 기회를 찾지 못하여 하루 종일 좌불안석이었다. 그리고 생각했다.

'지난번 왕이 편작을 불러 병을 고치려고 한 것을 가까스로 얼버무렸는데, 앞으로 또 이 일을 당하면 어떻게 하지? 안돼, 최대한 빨리 손을 써서 후환을 없애야 해!'

그날 밤, 이혜가 보낸 사람이 급히 들어와 아뢰었다.

"알아보니, 편작이 내일 임동(臨潼) 일대를 돌며 백성들을 순회진료를 한다고 합니다."

"알았으니, 물러가거라."

이혜는 참을 수 없다는 듯이 손을 흔들며 방안을 서성거리며,

내일 편작이 임동(臨潼)으로 가는 길에 인적이 드문 곳에서 처치하는 것이 좋다고 생각했다.

이튿날 새벽, 편작은 많은 사람을 치료하여 무거운 몸을 이끌고 자양(子陽)과 자표(子豹)와 나귀를 타고 길을 떠나 임동(臨潼)으로 향하였는데, 그곳 백성들은 편작이 그들의 병을 치료하여 주기를 학수고대하고 있었기 때문이었다. 평생 청렴결백하고 명리에 욕심이 없는 편작 의원 앞에 큰일이 조용히 다가오고 있었다.

편작은 임동 백성들의 병을 진찰하고 나서 날이 저물자 뭇 백성들의 극진한 대접을 정중히 사양하고 길을 재촉하여 돌아갔다.

은백색의 달빛이 드넓은 들판을 향해 쏟아지고, 조용한 길에 당나귀 발굽소리만 주변을 따라다닐 뿐이었다.

"딸각, 딸각, 딸각……"

적막한 공기 속에 당나귀 발굽소리는 한층 더 청낭하게 울려퍼졌다.

그들이 작은 숲을 지나가는 순간, 갑자기 복면을 한무리의 괴한들이 칼을 들고 길가 관목 숲에서 대갈일성(大喝一聲)하며 뛰쳐나왔다.

편작은 소리를 듣고 가던 길을 멈추고 당나귀에서 내려 앞으로 나서서 두 손으로 읍하며 괴한들에게 예의를 갖추었다.

"형제들이여, 우리들은 민간 초의(草醫)인데, 오늘 의술을 행하고 숙소로로 돌아가는 중입니다. 우리는 장사꾼이 아니니 그냥 보내주시오."

"꼼짝 마라!"

"돈이 필요하면 가진 돈을 다 줄 테니. 우리 길을 막지 말아주시오."

"우리는 돈은 필요없다!"

"무엇을 원하시는지?."

"우리가 원하는 건 바로 너야!."

괴한이 고함을 지르며 편작 앞으로 달려오자, 번쩍 빛나는 서릿발 같은 비수가 무방비 상태인 편작의 가슴을 찔렀다.

"으윽!"

편작은 손으로 칼에 찔린 가슴을 가린 채 괴한을 노려보며 천천히 쓰러졌다. 쓰러지자마자 괴한들은 순식간 사라져버렸다.

자양과 자표는 스승을 부축하고 큰 소리로 도움을 청하였다.

"여기 사람 없어요!"

구조의 목소리는 하늘 높이 애절하게 울려퍼졌다. 스승을 흔들며 울부짖는 제자들의 소리는 주위 일대 들판에 메아리쳐 나갔다.

"스승님! 눈을 떠보셔요."

애절한 울부짖음에도 아무런 대꾸가 없었다. 온 열국을 돌며 백성들을 치료하며 한 평생 살아간 한 세대의 명의는 이렇게 진(秦)나라 도적의(盜賊醫) 이혜(李醯)의 손에 91세 나이로 참사당했다.

임동 백성들은 슬픔과 분노에 가득차 편작의 시신을 마을로 옮겼다. 그리고 편작을 입관시켜 임동현 동북쪽 남진촌(南陳村)에 장사지냈다. 봉토 주변의 흙으로 봉하고 나무를 심어 기념하였다.

사흘 후, 제자 자양, 자표는 자용(子容), 자명(子明), 자의(子儀), 자월(子越), 자유(子遊) 등 사제들을 데리고 편작의 묘 앞에 무릎을 꿇고 스승의 의술과 의덕을 계승하고, 명리(名利)를 도모하지 않으며, 백성의 병을 고치는 좋은 의원이 되겠다는 뜻을 세웠다.

그리고는 눈물을 흘리며 작별을 고하고 뿔뿔이 흩어져 의술을 행하였다.

제16장. 啓迪後人 (후세 사람에게 깨우쳐 인도하다)

의원은 신성하고 고상한 직업으로 예부터 지금까지 사람들은 흔히 '인심인술(仁心仁術)'로 의원을 찬미했다. 흥미롭게도 지혜 있는 옛사람들은 '인심인술'을 말할 때 이미 의식적으로 '술(術)'보다 '심(心)'을 먼저 생각했다.

가장 소박한 말은 종종 사람들이 세상에 대해 생각하는 것을 담고 있다. 의원이라는 특수한 직업으로, 대상은 인체와 생명이다. '덕(德)'은 앞서고 '기(技)' 재주는 뒤에 있다. 옛날에 사람들은, 좋은 의원을 명의(名醫)가 아니라 양의(良醫)라고 불렀다. 의덕(醫德)은 한의학의 가장 중요한 덕목이다.

상고시대부터 의학(醫學)의 시조 신농(神農)은 '불감위천하선(不敢爲天下先)'을 주장했다.

不敢爲天下先　불감위천하선

구태여 천하에서 앞장서려고 하지 마라.

높은 산 준령을 뛰어다니며 세상의 질병을 치료할 약초를 채집하고, 용감하게 인류를 위해 백초(百草)를 맛보고, 개인 생사를 도외시하며 한의학의 숭고한 의덕을 기리는 금자탑을 세웠다.

후세에 편작, 문지(文摯), 화타(華佗), 장중경(張仲景), 이시진(李時珍) 등은 신농(神農)을 이어받아 의덕(醫德)을 수양하고 한의학을 빛나게 하였다.

편작은 십여 명의 제자들을 이끌고 만릿길을 걸었는데, 제(齊)·위(魏)·진(秦)·진(晋)·노(魯)·위(衛)·초(楚)나라 등 10여 개국을 두루 다니며 발자취를 남김으로써 백성의 사랑과 존경을 받았다.

산동(山東)에서 출토된 한(漢)나라 때 석각(石刻)에는 편작의 형상이 있는데, 그는 일손과 얼굴, 머리에는 두건을 쓰고 있고, 새의 몸으로 긴꼬리가 있다. 사람들이 편작을 사람의 머리와 새의 몸 모양으로 묘사한 것은 원시적인 숭배의식을 반영할 뿐만 아니라, 편작이 일반인이 아닌 통천의술(通天醫術)의 신인(神人)으로 인식되었음을 보여준다. 그러나 편작은 결코 신인(神人)이 아니었다.

그는 다만 전심전력으로 사람들의 병을 치료하여 사람 마음을 위한 활인(活人)이었을 뿐이었다. 일생의 실사구시(實事求是), 즉 사실을 토대로 진리를 탐구하는 일의 의료 기술을 혁신하고 한의학 이론을 보완한 것이었다.

편작이 이렇게 명성이 자자한 것은 그의 숭고한 의덕 때문이다. 행림(杏林)에 발을 들여놓은 그날부터 평생을 상처를 싸매고, 죽어가는 사람을 살리는 의원을 추구하며 살았다.

비록 한 시대의 명의 편작은 진(秦)나라 적의(賊醫) 이혜(李醯)에게 살해되었지만, 편작의 의술과 의덕(醫德)과 그의 의학사상, 의료준칙은 백성들 마음속에 깊이 뿌리내리고 2400여 년 동안 줄곧 사람들의 그리움과 존경을 받고 있다.

편작의 일생은 백성을 위해 봉사하는 일생으로 그는 열국(列國)을 돌며 민심을 살피고 백성의 질환에 관심을 가지고 귀천(貴賤)을 막론하고 의술을 베풀며 의학 발전에 중대한 공헌을 하였다. 그는 춘추시대 이전 국민의 의료 겸험을 총결산하고, 자신의 수십 년간 임상을 통해 선인들의 경험을 발전 향상시켜 한 의학 이론 형성 토대를 마련했다.

특히 진단학의 '맥진(脈診)'에 있어 '촌구진맥법(寸口診脈法)'을 창안해 간단하면서도 세밀한 방법으로 진료를 편리하게 했다. 마침내 한(漢)나라 사마천(司馬遷)은 그의 전기를 쓰면서 말한다.

天下言脈者 由扁鵲也　천하언맥자 유편작야

천하에 맥을 보는 사람은 편작에 의해서 유래된다.

치료학적으로 편작은 내과 · 외과 · 부인과 · 소아과 · 노인과를

사마천

정통하여 백성들의 필요에 부응하기 위해 치료 시에도 치료 범
위를 다양화하고 치료 방법에서 익힌 침구(針灸)·탕약(湯藥)·
안마(按摩)·도인(導引)·추나(推拿)·위첩(慰帖) 등의 의술은
그로 하여금 더욱 중병을 고치도록 힘썼으며, 빈부(貧富)를 불
문하고 차별을 두지 않고 주머니까지 털어 환자를 위해 봉사하

는 등 고금(古今)의 의료인들에게 빛나는 모범을 보였다. 과학적 태도를 중요시하고 미신이나 굿을 믿지 않았다.

'신무불신의자 불치(信巫不信醫者不治)' 곧, 무당을 믿고 의원을 믿지 않는 자는 치료하기 힘들다는 그의 철학은 일생 의학에 반영하고 의료의 실효성을 중시하는 엄격한 태도였다.

편작은 의학 과학을 추구하고 치료와 교육의 업적을 중시하기 때문에 결코 대중을 현혹시키지 않고, 공명과 이익을 추구하지 아니하며, 또한 항상 세상을 구제하고 백성의 질병을 돌보는 데 심혈을 기울였으며, 의술적 조예(造詣)와 의덕의 심오하고, 고귀한 덕목으로 그가 떠나고 살해된 후 그의 의술을 행한 도시와 향읍의 백성들은 대부분 그를 위해 묘를 만들고 비석을 세워 편작에 대한 향수를 그리워하며 생각했다.

편작의 고향 하북(河北) 임구(任丘) 막성(鄚城)에 편작묘(廟 : 사당)는 청(淸)나라 《임입현지(任立縣志)》에 따르면, '편작사(扁鵲祠)는 옛 막성(鄚城) 북쪽에 명(明)나라 때 다시 웅장하고 아름답게 보수하고, 매년 4월에 묘회(廟會)를 지내 모든 제물을 모아 복을 기원하는 기간에 참가자들의 발길이 이어져 강희(康熙) 무오년(戊午年 : 1678년)에 화재로 소실되다.'라고 씌어져 있다.

이 글을 보면 당시 매년 4월이면 백성들이 편작묘(사당)에 운집하여 장사를 하면서 편작 신상에 향불을 모시고 평안을 비는 등 떠들썩한 광경이 벌어졌음을 알 수 있다.

20세기 한의학 연구학자가 현지의 편작 의료팀이 현지 답사를 하고 나서야 비로소 편작의 진가를 알게 되었다.

현재 편작 사당(廟)은 1938년 일제가 화북(華北)을 점령할 때 전투로 지금은 벽이 무너지고 비석만 남아 있다. 《기보통지(畿輔通志)》에 의하면 하북성 남궁현(南宮縣) 용강촌(龍岡村)에도 편작 사당(廟)이 있고 절 옆에 편작촌(扁鵲村)이 있었다고 하나 규모가 작았다. 이 절은 편작을 그리워하는 지역민들이 창건한 것으로 보이며, 연대가 오래되어 현재는 남아있지 않은 것으로 추정된다.

하북성(河北省) 내구현(內丘縣) 신두촌(神頭村)에도 꽤 규모가 큰 편작 묘(廟)가 있는데, 내구현은 전국시대 때 조(趙)나라 관할로 편작이 당시 의술을 행하던 곳으로 보인다.

한(漢)·당(唐)시대에 창건되었다고 전해지며, 이 절의 건립과 관련하여 지역민들에게 아직도 전해오는 일화가 있다. 당나라 초기 대장 위지경덕(尉遲敬德)이 편작을 받들어 이 절을 짓게 하였는데, 완공 후 현관(縣官)이 경덕(敬德)에게 검수를 청하여 경덕이 사당 앞을 들렀는데, 만족하여 웃음이 나왔다.

그러나 이 웃음소리에 현관(縣官)이 놀라 다음날 스스로 목을 메어 죽었다. 경덕은 원래 상을 주고 싶었는데, 그는 뜻밖에도 자신도 모르게 웃다가 현관의 목숨을 앗아갔다.

웃음 때문에 죽었기에 마음에 걸려 전(殿) 앞에 작은 절을 지어 그를 기리게 하였는데, 지금도 이 작은 절이 존재한다.

위지경덕((尉遲敬德, 585~651년)은 당나라 때 큰 무공을 세운 대장군으로 이름은 공(恭)으로 호경덕(胡敬德)이라고 불렀다.

이 이야기는 정확한 역사적 근거가 없기 때문에 당연히 믿기 어렵지만, 당시 이 편작 묘가 어떻게 웅장하고 세련되었는지 말해준다. 그리고 하남성 노씨현(盧氏縣) 서쪽에 노의묘(盧醫廟)가 있었는데 《노씨현지(盧氏縣志)》에 의하면 동주(東周) 시기 편작이 의술로 이름을 떨치기 위해 건립되었다고 한다.

왜 노의묘(盧醫廟)로 불렀는지는 그 지역의 지명에 따라 부르는 한편, 편작이 제(齊)나라에서 의술을 행할 때 '노의(盧醫)'라고 불렀기 때문이다.

위에서 언급한 고대에 세워진 편작 묘에 정부는 막대한 투자와 웅장한 건축을 중요시하고 있어 현재 섬서성(陝西省) 임동현(臨潼縣) 동북 30km 남진촌(南陳村)에 새로 지은 편작묘가 있다.

이곳에는 묘(廟)를 새로 지었을 뿐만 아니라 편작을 위해 묘

(墓)를 증설하고 비(碑)를 세웠으며, 묘비명(墓碑銘)에 편작의 일대기가 기술되어 있다.

편작이 당시 임동(臨潼)에서 살해된 후 임동 백성들이 편작 의원을 흠모하여 편작의 안장(安葬)을 위해 자발적으로 나섰는데, 마을 사람들이 가난하여 장례가 매우 빈약하였다.

2400여 년 동안 비바람과 전쟁의 포화를 겪었고, 묘 높이 5척(尺)밖에 되지 않고, 옆에 나무 한 그루를 심은 흙더미만 남았다.

섬서성(陝西省)의 저명한 한의사 미백양(米伯讓) 선생이 편작의 묘에 심혈을 기울인 까닭에 섬서성 각급 지도자의 관심을 끌게 하였다. 미백양 선생은 정부에 상서(上書)한 《섬서통지(陝西通志)》, 《임동현지(臨潼縣志)》에 의하면 '편작의 진짜 묘는 임동현(臨潼縣) 동북쪽 마액남촌(馬額南村), 지금의 남진촌(南陳村)에서 수천 년 동안 그 묘지가 현지 사람에 의해 보호되어 왔다.'고 중국 정부에 상서(上書)한 바 있다.

지금은 임동(臨潼)에 가면 무덤 옆에 오래된 측백나무 한 그루가 있는데, 그 나무는 원(元)나라와 명(明)나라 때 심은 것으로 추정된다. 유감스럽게도 묘(墓) 앞에 편작의 전기가 기술되어 있지 않으나, 다만 《섬서통지》, 《임동현지》에는 모두 기록되어 있다.

임동 편작 묘를 보수하는 이유는 단지 고적을 보존하는 것만이 아니라, 선현을 표창(表彰)하고 후세 사람들이 과학사업을 위해 일생을 분투하도록 장려하는 데 크게 공헌하는 것이다. 이는 자존심과 애국주의 사상을 높이는 것이 당연히 중요한 임무다. 의료에 종사하는 사람들이 참관할 수 있도록 조속히 수리하고 개선하도록 촉구하는 데 주의를 기울이기를 바란다. 참배하고 기념 활동에 종사하며 문화교류를 하는 것이 한의학적 영광이다.

편작을 위한 묘총(墓冢)에 대해서는 역사책에 기록되어 있으며 관련 전문가와 학자들의 고증에 의하면 전국에 산재해 있는 곳이 약 10곳이라 하는데, 편작의 행적에 따라 두루 서술하고 있다.

먼저 편작의 고향 하북성 임구현 막(鄚)은 《대청일통지(大淸一統志)》에 따르면 '편작묘는 임구현 폐막주성(廢鄚州城) 동북 3리(里)에 있다.' 편작은 젊을 때 고향을 떠나 수십 년만에 진(秦)나라에서 암살당하여 멀리 떨어져 있었는데, 사후 시신이 고향으로 귀장(歸葬)되었는지는 당시 여건상 도저히 어려웠을 것으로 보이며, 후에 묘(廟)를 따 묘(墓)를 지어 기념하였을 것으로 추정된다.

둘째는 산동성(山東省) 경내의 노성(盧城), 작산(鵲山), 조성현(朝城縣) 각각 편작의 묘(墓)가 있다. 노성(盧城)은 현재 장청현(長淸縣)으로 편작이 제(齊)나라에 이르러 의술을 행하고 작산(鵲山)에 가서 제자들을 가르치고 다시 제(齊)나라 서쪽을 떠나 조성(朝城)을 거쳤다.

사후 현지 백성들은 이 민간의원을 그리워하여 묘(墓)를 만들어 모셨다. 기록에 편작 묘(墓)와 유적이 많은 곳은 하남성(河南省)으로 《탕음현지(湯陰縣志)》에 따르면 '편작 묘는 복도(伏道)에 있다'고 기록되어 있다.

복도(伏道)는 지금 하남성(河南省) 탕음현(湯陰縣) 경내에 있다. 서기 1152년(宋, 소흥紹興 22년) 범성대(范成大)라는 행상이 복도촌(伏道村)을 지나다가 편작 묘(墓)에 갈대가 있는 것을 보고 그곳 백성들이 묘총 주위의 흙을 주워다가 약에다 넣어 썼는데, 흙에서 흑갈색의 작은 알갱이를 끓여 조그만 진흙 환을 만들어 복용하여 만병통치약으로 전해져 내려왔다.

13년 후 1165년 범성대(范成大)가 또 한 번 그 길을 지나갔는데, 복도촌(伏道村) 22.5km 정도 편작 묘(墓) 주위에 쑥이 가득 자라나는데, 이 쑥은 다른 곳에 자라는 쑥잎보다 치료 효과가 크다고 하였다. 따라서 복도(伏道) 쑥은 당시 가격보다 훨씬 비쌌다고 했다. 이 전설적인 이야기에서 편작 의술에 대한 대중들의 숭배로 신비로운 미신 색채를 띠고 있음을 알 수 있다.

하남(下南)의 다른 지방에 편작 묘(墓) 터에 남아있는 곳으로는 탕음현(湯陰縣), 개봉(開封), 진평(鎭平), 상도(商都) 등이 있다. 산서(山西)의 우향(虞鄕), 섬서(陝西)의 임동(臨潼), 함양(咸陽) 등 기타 지역 모두 편작 묘(墓)의 유적에 대한 기록이 있다.

편작의 이름이 널리 알려지면서 백성들이 의술(醫術)과 의덕(醫德)에 감사하며 그를 기리고 있을 뿐이라는 점에 유의해야 한다. 진짜 묘는 도대체 어디에 있는 걸까?

임동(臨潼)에 있는지는 전문학자들이 더 연구해야 한다. 편작이 남긴 저서가 많다. 역대 역사책 기록에 의하면 《편작내경(扁鵲內經)》9권, 《편작외경(扁鵲外經)》12권, 《편작경경(扁鵲鏡經)》1권, 《편작함수환방(扁鵲陷水丸方)》1권, 《편작주후방(扁鵲肘後方)》1권, 《편작언측침구도(扁鵲偃側針灸圖)》3권, 《황제팔십일난경(黃帝八十一難經)》1권, 《편작맥경(扁鵲脈經)》1권 등 근 20편의 의학 전문 저서가 있다.

그러한 의서는 전문가와 학자들의 고증에 의하면, 편작이 쓴 것이 아닐 뿐만 아니라, 《황제팔십일난경(黃帝八十一難經)》을 제외한 다른 의서들은 모두 이미 없어져 전해지지 않았다. 참으로 안타까운 일이다. 후대 사람들이 편작(扁鵲)이라는 글자를 붙이거나 편작(秦越人) 이름을 빌려 쓴 것은 편작의 의술이 뛰어나고 명성이 높았기 때문이다.

이는 책의 의리(醫理)가 심오하고 가치가 높을 뿐이라는 것 때문에 다른 사람의 이름을 빌려 책을 만드는 방법이 고서적 인쇄 출판업에서 비교적 흔하다.

앞서 말한 《황제팔십일난경(黃帝八十一難經)》 역시 편작이 손수 쓴 것이 아니라, 후세 사람들이 탁명(托名)하여 만든 작품이다. 그러나 맥진(脈診)·경락(經絡)·장부(臟腑)·병증(病症)·영위(營衛)·수혈(腧穴)·침자(針刺) 등 기초이론을 문답 형식으로 풀어낸 책으로 편작의 의료학술 사상과 상당히 유사하다. 이 때문에 후대 의원들은 대부분 《황제팔십일난경》을 편작의 대표적 저서로 여겼다.

편작이 살해된 지 200여 년만에 서한(西漢)의 사마천(司馬遷)이 《사기(史記)》를 편찬하면서 편작의 전기(傳記)를 세웠다. 전기(傳記)에는 편작의 일생의 의학적 성취와 그 뛰어난 의료 기술이 총결산되어 있었고, 동한(東漢) 말기(AD 220년)에 이르러 의성(醫聖) 장중경(張仲景)도 편작의 의학 재능에 감탄해 그의 의료 경험을 계승 발전시켜 《상한잡병론(傷寒雜病論)》이라는 의학계 거작을 편찬하였다.

그리하여 한(漢)나라 때 의학이 꽃을 피워 「한의(漢醫)」가 탄생되었고, 장중경은 의성(醫聖)으로 추대되었다. 중국은 문화혁명 전에는 한의(漢醫)라는 말을 쓰다가 후에 한의(漢醫)를 중의

456

(中醫)로 사용하니, 대한민국에서는 한의(漢醫)를 한의(韓醫)로 사용하기 시작했다. 그러나 일본에서는 지금도 한방을 한방(漢方)이라고 사용한다. 편작 시대의 한의는 제노(齊魯) 의학이었다.

편작이 가르친 제자들은 편작이 살해된 후 각자 독립적으로 의술을 행하여 행방을 알지 못했다. 그 가운데 제자 자의(子儀)는 후에 《자의본초경(子儀本草經)》을 저술하였다고 전해지는데, 아쉽게도 원본은 소실되었다.

요컨대 편작은 중국 역사상 의학을 계승하고 이어온 저명한 의학자이다. 그는 춘추전국시대 이전 백성의 의료 경험을 총결산하고 민간 깊숙이 파고들어 민간 질병에 관심을 가지며, 수십 년간의 의료 실천을 통해 질병을 피부·혈맥(血脈)·장위(腸胃)·골수(骨髓)에 이르는 천심(淺深) 단계를 인식시켰고, 진단에 있어서 망진(望診)·문진(聞診)·문진(問診)·절진(切診)을 중시했다.

병을 아는 방법은 한의 진단학에 큰 진전을 가져왔고, 내과·외과·부인과·소아과·노인과에 능통하고 제자를 거느리고 각지를 돌아다니며 의(醫)를 업으로 삼아 각처를 다니며 전국시대 이전의 의학 경험을 총결산한 첫번째 인물이다. 편작의 한의학 발전에 기여한 공로는 결코 빼놓을 수 없다.

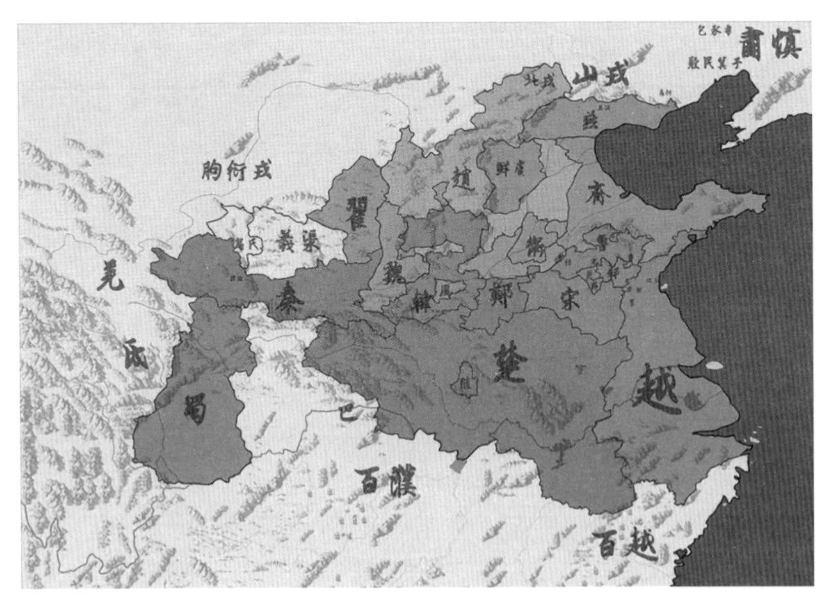

편작 시대의 지도

편 작
扁鵲

초판 인쇄일 / 2026년 1월 9일
초판 발행일 / 2026년 1월 16일
☆
지은이 / 이풍원
펴낸이 / 김동구
펴낸데 / 明文堂
(창립 1923년 10월 1일 창립 100주년)
서울특별시 종로구 윤보선길 61(안국동)
우체국 010579-01-000682
☎ (영업) 733-3039, 734-4798
(편집) 733-4748
fax. 734-9209
e-mail : mmdbook1@hanmail.net
등록 1977. 11. 19. 제 1-148호
☆
ISBN 979-11-94314-56-1 03820
☆
값 25,000원